藏茶秘事

徐杉 著

四川大学出版社

项目策划：欧风偃　黄蕴婷
责任编辑：欧风偃　黄蕴婷
责任校对：罗永平
封面设计：墨创文化
责任印制：王　炜

图书在版编目（CIP）数据

藏茶秘事 / 徐杉著. — 2版. — 成都：四川大学出版社，2022.3（2024.7重印）
（徐杉文集）
ISBN 978-7-5690-4121-7

Ⅰ.①藏… Ⅱ.①徐… Ⅲ.①长篇历史小说－中国－当代 Ⅳ.① I247.5

中国版本图书馆CIP数据核字（2021）第001037号

书名	藏茶秘事
	Zangcha Mishi
著　者	徐　杉
出　版	四川大学出版社
地　址	成都市一环路南一段24号（610065）
发　行	四川大学出版社
书　号	ISBN 978-7-5690-4121-7
印前制作	四川胜翔数码印务设计有限公司
印　刷	成都金龙印务有限责任公司
成品尺寸	170mm×240mm
插　页	2
印　张	22.5
字　数	346千字
版　次	2022年3月第2版
印　次	2024年7月第2次印刷
定　价	82.00元

◆版权所有◆侵权必究◆

◆ 读者邮购本书，请与本社发行科联系。
　电话：(028)85408408/(028)85401670/
　(028)86408023　邮政编码：610065
◆ 本社图书如有印装质量问题，请寄回出版社调换。
◆ 网址：http://press.scu.edu.cn

四川大学出版社
微信公众号

引 子

西藏，雪山绵延，峰插云霄，为世界最高的陆地。过去到达西藏中心拉萨有三条路：一条是由四川打箭炉（今康定）分南北两线，南线经理塘、巴塘、江卡（芒康）、察雅至昌都，北线经道孚、甘孜、德格、江达至昌都；另一条由青海经玉树入藏；还有一条由印度越大吉岭入藏。其中，由四川打箭炉入藏的南线最为险峻，被称为"天路"。

千百年来，藏茶大多产自四川雅州，再由人背马驮，沿高耸入云、曲折坎坷、危机四伏的天路一步步艰难入藏。这条天路，也被人称为"川藏茶马古道"。

清末，社会动荡，天下大乱。在这条天路上，围绕着藏茶，一场场惊心动魄、爱恨交织的大戏交迭上演，在戏中的主角茶商、官员、土匪，汉人、藏人、洋人等的演绎下，精彩纷呈、跌宕起伏、匪夷所思的故事不断展开……

第一章

清末。

四川西部打箭炉,藏汉杂居的乡间荒野。

寒风呼啸,星光黯淡。一间灯光昏暗的小屋里,一个身着皮袍、头戴皮帽、看不清面容的男子正在擦拭一把崭新的双管猎枪。那男子长发鹰鼻,面容半明半暗,一边擦枪一边大口喝酒,他投射到地上的阴影传出一股森然之气。石桌酒坛旁边的红布包露出一角,锃亮的银元发出诱人的光亮,石桌下有四个用油纸和绳子捆扎齐整的小包裹。

几声狗叫,一个人急匆匆闯进来,微弱的灯摇晃两下熄灭了,屋子里一片漆黑。

"搞清楚了。"

"嗯。"擦枪人拉了下枪栓,从鼻子里含混地应了一声,然后把装银元的红布包扔给来人。来人掂量了一下,然后用低得听不见的声音在擦枪人耳边嘀嘀咕咕说了一会。半响,擦枪人说了句:"晓得了,你走吧。"

来人起身刚出去,屋角阴影里冒出一个鬼魅般的黑影,从头到脚裹在一张毡毯里,仅左眼前露出一道缝隙。只听他发号施令道:"干掉他!"尽管声音很低,但又冷又硬,令人不寒而栗。

擦枪人一怔,刚才凶狠的气焰顿时散去一半,低声下气道:"这——"

黑影阴沉道:"两个人知道的秘密就不叫秘密。他活,你就死;你活,他必须死。任你选择其一。"

擦枪人不敢再犹豫,转身出门疾步消失在黑暗里。

天空中扬起密密麻麻的雪片,远处传来一声沉闷的枪响,很快被风雪刮走,黑夜复归寂静,飘雪无声,山川大地白雪皑皑。

一个晴朗的初夏，阳光灿烂，天空碧蓝，苍鹰在空中盘旋，不时扇动巨大的翅膀，箭一般俯冲下来，转眼又直上云霄。山坡上，河流旁，五彩经幡飘舞，在风中哗哗作响，悬崖峭壁飞瀑流淌，远处晶莹闪亮的雪峰直插云端。雪域高原大气磅礴的绮丽景色如一幅画卷徐徐展开。

通往西藏的崎岖山路上，一队运茶的马帮穿过峡谷逶迤而来，马蹄声声，铃儿叮当。忽然传来一阵悠扬高亢的歌声，只见一个小伙子扯起响亮的嗓子忘情地唱起采茶歌：

哎——
正月冒芽二月生，
三月四月长成林。
采茶要唱采茶歌，
唱得茶树绿茵茵。
粗茶采来自己用，
细茶采来待朋友。
扬子江边去取水，
烧得茶香等情人。
……

歌声还未结束，一个汉子打断歌声，调笑道："马旺，我看你娃儿是想魏幺妹了！你真的有狗日的狗屎运，长得黑不溜秋的，又是篾条割口口——眯缝眼，就凭两片嘴皮一副黄喉居然让幺妹看上了。啧，简直是鲜花插在牛屎上啰。"

"哎呀，这世上有的牛屎就是为鲜花准备的，没有牛屎花咋开得鲜嫩？"

"马旺回去要当新郎官了，到时闹洞房大家不要客气，先把他龟儿子扔到青衣江里去洗白。"

面对众人的取笑，唱歌的马旺并不慌乱，把手放在嘴里打了一个长长的口哨，一本正经地说："各位兄长给我做个见证人，我发誓这次驮茶的脚钱全给幺妹买首饰，我要是沾了一滴酒就是众人的儿！"

众人一阵开怀大笑，笑声还未停，忽又听他说："是乌龟的儿！"

这下大家才知道又被他占了便宜，于是大叫起来不依不饶：

"你狗日的，想讨打呀，赚我们的欺头。"

"又冒出一个炕耳朵，我敢打赌马旺以后肯定要喝婆娘的洗脚水。"

"哎呀，这有啥稀奇！结婚前是妈的儿，结婚后就是婆娘的儿。要不就不准他上床，赶到灶门前睡地下。"

"哈——"

……

众人笑闹，唯领队魏家贵含笑不语，他是个身材敦笃壮实、面容黑红发亮的沉稳汉子，右嘴角有一颗醒目的黑痣。马旺的未婚妻是他小妹家英，今年十八岁，家里已置办好嫁妆，只等婆家来迎娶。马旺家并不富裕，但家英看上了他本人，魏家贵的父母也只好应承。马旺是一个乐乐呵呵的人，最能制造笑料，这会儿大家逮住机会一起拿他逗乐开心，山谷中回荡着欢笑声。行走在川藏线上的马帮不但辛苦劳累，也极具风险，说笑打闹是解除疲劳的最好方法。

马帮开始盘山而上，折多山是通往藏地的第一座大雪山，蜿蜒的山路如一根细细的带子，在山中呈"之"字形来回曲折，盘旋而上，形成九九八十一道拐。魏家贵走在最前面，到一个山垭口回头俯身一看，几十个人夹在两百多匹骡马队伍中，上下重叠在山路上，绵延近十里。

这时，刚才还是一片湛蓝的天空忽然被一片阴云笼罩，接着纷纷扬扬飘起了雪花。高原的天气瞬息万变，魏家贵常年行走其间，已是见惯不惊了。可是这会儿不知为什么右眼皮接连跳动了几下，一种不安的感觉从心里升起，他看了看头顶上方鹰嘴崖峭壁狰狞，崖下沟壑万丈，四周雪峰连绵，重峦叠嶂，再次感到人在巍峨险峻的大雪山下是如此脆弱渺小，如蚂蚁小虫一般，一旦发生意外，即刻化为乌有。想到这儿，魏家贵立刻招呼

身后的马帮停下,虔诚地对雪山顶礼三拜,这才轻声说:

"招呼后面的兄弟伙都轻步前行,不许说话。前面就是鹰嘴崖了,当心惊动了山神引起雪崩!"

众人顿时安静下来,一脸肃穆,望着鹰嘴崖不敢吭声,小心翼翼往前走。

魏家贵以往率领马帮运茶通常只到打箭炉就结束,再由其他人转运到西藏。可是这批朝廷的赏赐茶要赶在西藏雪顿节之前到拉萨,专门赐给西藏上层贵族和有功之臣,事情重大,所以不得不多走一程,赶到四川与西藏交界的金沙江渡口边交割,再更换包装和马队。为此,打箭炉茶马司还派出一名官员和几名卫兵护送,以防半路发生意外。

这时鹰嘴崖上一只苍鹰拍翅飞过,发出几声刺耳的叫声。接着,几只鹰急速飞过。魏家贵的马显得有些不安。魏家贵忙握紧缰绳,左右看看并无异常,这才继续前行。走着走着,只听耳边"嗖"的一声轻响,好似一支箭飞过,接着一匹马忽然跳起来,嘶叫着挣脱缰绳往前奔跑。登时,马队大乱,受惊的驮马撞着另一匹马一同坠入山谷。马队顿时炸了锅,吓得相互拥挤,脑袋乱晃,一阵乱叫。"稳住,稳住!"魏家贵话刚出口,只听山顶传来两声闷响,刚抬头往山上看,一声巨大爆炸声响起,接着一座雪峰腾空而起。"雪崩了……"他后面的话还未出口就被巨大的轰鸣和震荡吞噬,只见山顶冰雪像发怒的白龙俯冲下来,裹挟着石头以排山倒海之势向马帮扑来,顿时地动山摇,白雾弥漫。人和马被掀倒在地上,铺天盖地的冰块砸向他们,人们惊恐地相互推拉,呼救声、惨叫声和骡马的哀鸣声很快被震耳欲聋的响声淹没。巨大的冰块下血流成河,脑浆迸裂,躯体被压成肉饼,而一些断裂的四肢被震荡波抛向空中,又向山谷坠落下去。转眼间一支欢快的马帮就消失得无影无踪。鹰嘴崖下的山谷被滚滚冰雪填平……

第二章

  四川西部雅州城,连日阴雨的天空终于绽放出一缕阳光,沿河粗壮的榕树绿荫如盖,青衣江碧波荡漾,如玉带一般穿城而过,空气中弥漫着润湿的清新之气。一年一度的"新茶会"即将到来,城里四处显现出热闹的节日景象。

  位于北街的兴义茶号大门前横停着几辆马车和两顶轿子,轿夫和马夫凑到一旁闲聊打发时间。一会儿门里走出一个男仆,给轿夫们提来一大壶热茶和一大盘刚出炉的烤馍馍。一个年轻的马夫开口道:"你们东家是个善人,不亏待我们这些当下人的。"

  男仆得意地回答说:"当然,你伸起耳朵打听一下,城里还找得出我们东家这样的好人吗?"他手指着大门门楣上"兴义茶号"的朱漆金匾又说:"那是乾隆爷亲笔写的,一般人家岂有这等福气!"

  众人齐刷刷抬眼看过去,满脸恭敬羡慕之色。他们尽管并不识字,但是都知道正是李家祖上这份余荫,让后代享受到荣华富贵。这时太阳照耀在兴义茶号古色古香的黑漆大门上,巨大的香樟树如华盖般伸展开,树叶间闪动着水珠的光亮。这个院落在雅州城虽算不上最气派堂皇,但百年御供茶号的根基在那里,不能不使人刮目相看,何况茶号的东家几代都是雅州茶业行首,自然格外引人注目。

  男仆撇下几个发呆的驮夫进去,不久,就见兴义茶号的东家李复生走到门外来迎接客人。他已是六十好几的人了,但看上去只有五十多岁,面容微黑,身板硬朗,头发粗硬,浓浓的眉毛下目光深邃,下巴留有一撮山羊胡须。走路时身子挺直,步伐有力,如同年轻人一样敏捷。李复生站立时两脚成八字形,脚底如钉在地上,四平八稳,无有闪失,这是长期习武养成的，也是他显得年轻的缘由。他看上去并不像一个精明的商人，却将生意做得有声有色，比他岳父掌管茶号时的生意翻了好多倍。今天他邀请城内几大茶号东家、掌柜前来商议一年一度举办的新茶会事宜。

雅州自古为朝廷钦定供应西藏等地的边销茶的种植加工地，这种茶俗称边茶。州府所在地有大小茶号近两百家，城里人也多以茶为业，密集的茶叶加工、销售、仓储使整座城弥漫茶香，成为远近闻名的茶城。而新茶会在雅州也是最重要的节日，比春节还热闹忙碌，因为届时知府大人要亲率众官吏、乡绅、茶商等登上蒙山，主持祭茶祖的大典，茶行还将大摆酒席，请戏班来演出，等等。

目送李复生进了大门，一个抽着旱烟的老马夫叹道："李老爷真是有福气！他原来也是个靠背茶为生的驮夫，穷得叮当响。可没想到后来老东家竟把独生女儿嫁给他，那可是当年雅州城里的一朵花，走在街上不要说人的眼珠儿盯住不转，连蝴蝶也要往她身上扑。不光人长得美，识文断字，对人也不摆架子，说话面带笑容，轻言细语，随便哪个看了都喜欢！听说李老爷为娶她连名字都改过，他原来本不姓李。老东家不仅不要他一分钱的彩礼，还把整个家业交给这个上门女婿，李老爷就像说书当中的传奇人物呀！"

"耶，李老爷原来叫啥名？是哪儿的人？"

"不晓得，李老爷自己从没对外人提过，他家的下人也搞不清楚，从没见李老爷家的亲戚来走动。"

"听我叔说李老爷是很多年前老东家从外面带回来的，当时好像病得很厉害，皮包骨头，脸色蜡黄，走路腿都在打闪闪。"

"日怪，该不会阴到有点啥说不清楚的鬼名堂？我听说李老板有功夫，能飞檐走壁，穿墙越舍，在河上蜻蜓点水一样走……"

"你狗日的放屁，简直把李老板说成是江洋大盗，比被绑在府衙门口站木笼的莽二娃还凶。你龟儿子，又吃又喝还把你臭嘴塞不住！李老爷待我们不薄，背后张嘴乱说小心以后生的娃儿不长屁眼儿。"

"哎，你骂人——"

"骂你又咋个？"

"哎呀，不要吵嘛。"

"莽二娃窝赃按说不该是死罪，咋被绑在府衙门口站木笼？"

……

马夫们吵吵嚷嚷的议论声传到斜对面恒泰茶号掌柜孟廷轩的耳朵里，他今天也受邀到李家议事，可是迟迟不肯出门，一直冷眼从窗缝里打量着兴义茶号进进出出的人，杯子里沏好的茶已经凉了，却一口没喝。孟廷轩白净高挑，衣着讲究，眼里透着精明，比李复生年轻。可是他生就一副小肚鸡肠，与李复生较劲多年始终占不了上风，心里别提有多别扭。兴义茶号别的不说，单是专制朝廷赏赐茶这一项，就等于坐地收独一份的银子，雅州其他茶号只有干瞪眼。孟廷轩一想到此就来气，觉得老天待他不公平，可他心里还窝着更来气的事，二十多年来一直耿耿于怀。马夫们议论中提到的莽二娃其实并不是一个作奸犯科之辈，在澡堂子里替人搓背，因脑子反应有些迟钝，被人唤作"莽瓜儿"。可是他的哥哥莽大娃却因偷盗在大牢里关过两年，出狱后听说又干起盗墓的营生，前几天竟然打起李复生岳父家祖坟的歪主意，把李家祖坟掘开一道大口子。官府闻报后立刻派人去抓莽大娃，可他跑得无影无踪。搜查他家时搜出一个价值不菲的玉圈，莽二娃支支吾吾说不出来历，于是就将他绑在府衙门口站木笼，想诱捕莽大娃。他们兄弟二人本姓王，因为哥哥行事粗鲁霸道，当地方言称这类人为"莽汉"，久而久之"莽"就被冠成他们的姓氏，哥哥不以为耻反以为荣。

孟廷轩对莽大娃之流地痞小偷的事不感兴趣，但马夫们议论李复生的来历却又勾起他心中驱散不去的疑虑。李复生的身世始终是一个谜，他像来去无影的风一样，冷不丁地突然出现在雅州城，接着又抢走了本该属于他的东西。他曾四处打听李复生的来历，但一无所获，心里一直耿耿于怀。

"大掌柜，您还没走？"二柜冯喜小心翼翼的问讯声惊醒了正在出神的孟廷轩。冯喜是东家从陕西派来的,来雅州时间不长,对孟廷轩毕恭毕敬,此刻哈腰站在一旁,等候孟廷轩的吩咐。

"慌什么?好事不在忙上。"孟廷轩起身抖了抖衣衫,然后不慌不慢出了恒泰茶号。刚走两步,忽听小儿子稚嫩的声音传来:

"大大,你要去哪里?"

孟廷轩转过身,见十岁的儿子孟泾恒一瘸一瘸扑过来,手里拿着一根系有布条的细木棍,因为玩抽陀螺的缘故,累得大口喘气,胸部剧烈地一起一伏,白得有些发青的面颊上满是汗水,鞋子和裤脚上沾满泥土。

孟廷轩心疼地一边给儿子擦汗一边呵斥陪他玩的仆人三娃:"咋搞的?少爷背上汗都湿透了!"

三娃低头小声分辩道:"少爷说今天一定要让陀螺转五十圈,不然连饭都不吃。"

孟廷轩眼睛一瞪:"胡说!少爷出汗多了会着凉,到时犯病我非让你脱一层皮不可!"

三娃脖子一缩,吓得大气不敢出。原来孟泾恒五岁时患小儿中风,病好后落下残疾,右脚痿软,肌肉萎缩,孟廷轩四处请郎中治疗,但收效甚微。别人告诉他泾恒是感受风热暑湿,邪气入骨而致,古称"痿疫""软脚瘟",是无法治愈的,只能好生将息。孟廷轩气得好长时间都缓不过劲来。孟廷轩子嗣不旺,元配生的三个都是女儿。不孝有三,无后为大,孟廷轩只得张罗着娶了一房妾,名叫巧珍。巧珍倒也肚子争气,第一胎生下儿子泾恒。于是满心欢喜的孟廷轩将元配和三个女儿留在陕西老家,只把巧珍和泾恒留在身边,可是老天不作美,泾恒病后成了残废。孟廷轩虽不死心,但后来也没添儿子,所以很宠爱泾恒。

"大大,不怪三娃,我今天就是要让陀螺转五十圈。"泾恒为三娃开脱。

"乖儿,转五十圈有啥稀奇?我们不用转那么多。"

"不,我今天一定要转五十圈。"一向温顺听话的泾恒倔强起来。

孟廷轩感到有点奇怪:"为啥?"

"秀秀说我是笨蛋猪,要是我转不了五十圈她就不同我一起玩了。"

孟廷轩一听,一股火从心里冒出来:"不玩就算了,有啥稀罕!一个臭女娃子家!"

"我不,我就要和她一起玩,我就要转五十圈。"泾恒挣脱父亲的手,小脸憋得发红。

孟廷轩看儿子那副较真的模样只好忍住。秀秀是李复生的小女儿,比泾恒小两岁,可没想到儿子竟然对她的话奉若神明,泾恒腿瘸以后就不太爱动,不想秀秀一句话就让整天憋在屋里的儿子跑到外面来撒野。孟廷轩越想越气,一肚子火只好冲三娃发,转身使劲揪着三娃的耳朵吼道:"就是你惹的祸,今晚不许吃饭……"

"哎呀——"三娃疼得龇牙咧嘴,却又不敢大声叫。泾恒看不过去,上前拉着孟廷轩的手央求道:"大大松手,大大松手。"

孟廷轩只好松手,三娃如获大赦,捡起地上的陀螺迅速离去。

兴义茶号是一个五进大院,每个院子的地上都铺着平整光滑的青石板,前院的客堂最宽敞,柱子用上等巨大木材做成,里面对称摆放着两排漆色光亮、雕着牡丹花的楠木靠椅,四壁挂着字画,布置得古色古香。

这时雅州城里各大茶号的东家、掌柜正相互寒暄客套,论序入座。李家老仆五叔忙不迭将热手巾送上,让各位擦脸净手,接着又把用青花瓷盖碗茶杯沏好的茶呈放在茶几上。满屋茶香带着些许奶香和鸡汤的鲜味,客人们都迫不及待端起茶来品尝。李家筹办新茶会时要沏一道特别的茶敬客人,这是多年延续的老规矩。李家是茶叶世家,对品茶一事格外有讲究,而这道特别的茶通常是由女主人亲手冲泡的。李复生的妻子雅芝在泡茶前要沐浴更衣,将指甲修剪齐整,并用铜盆盛满山泉,加入两滴醋,将手放进去浸泡一会,使双手清洁嫩滑,关节柔软有韧性。沏茶的水要专门到蒙山取上好的甘泉,这是从茶圣陆羽在《茶经》中所论沏茶的水的要领"山水上,江水中,井水下"而来,因为山泉经沙石过滤后轻缓涌出,水质清冽,最宜泡茶。茶是取三月新出的芽尖,在薄雾中采摘,日出前烘焙揉制而成。茶喝三泡后每一盅里又加入一枚盐制过的橄榄、一枚糖浸过的金橘，橄榄与金橘合在一起形似元宝，寓意"财源滚滚"。茶商们都希望讨这个吉利，故这盏茶也吃得格外用心。

众人正在品茶吃点心，大门外一个女人急匆匆策马而至，一双大脚露在马镫外，脑后挽着乌黑紧扎的发髻，身穿绿色的短褂子，宽大的袖子镶着三寸宽的黄绲边儿，深蓝色的裤子下面一双没绣花的青布鞋。她急急忙忙往兴义茶号里走，湿浸浸的石板有点滑，脚下没留神，一个踉跄，险些摔倒在地。

"曾管家——"一个仆人欲上前扶她。

"没事，没事，去干你们自己的事。"女人头也不回径直往里走。

这个女人是兴义茶号的管家曾秀，虽然已四十出头，因为没结婚生子的缘故，身材匀称苗条，额头和眼角没有皱纹，步伐轻盈，腰肢柔软，看上去仅三十来岁。曾秀属于那种耐看的女人，虽然最初并不起眼，但多看几眼就发现眉目有神，透着聪慧、灵秀。她说话做事手脚麻利，干脆利落，丝毫没有一般女人的羞怯扭捏模样。

曾秀瞄见客堂内人头众多，一转念闪到一边，招手唤老仆五叔过来，低声说了几句，五叔脸色大变，转身走回客堂。

客堂内，李复生见众人坐定，双手一拱，朗声开言道："各位掌柜，今天鄙人请大家来是要商议一下蒙山祭茶祖和开茶的诸项事宜。新茶会在即，祭茶祖是我们茶人的头等大事，先人吴氏理真自挂锡蒙山，携来灵茗之种，在五峰间植茶七株，悬壶济世，后开山培土，广植新芽，以后遍及中华，利益蛮夷之地。上裕社稷，下裨民生，商贾获利，皆因我先祖福泽……"

五叔走进客堂，贴近李复生低语一声，李复生歉意道："对不起诸位，鄙人有点急事，耽误片刻就来。各位请先喝茶！"说毕三步并作两步出来。

曾秀急切迎上前："老爷，不好了，运往西藏的五千条赏赐茶在途中遭遇雪崩，连人带茶全被雪埋了！"尽管曾秀压低嗓音，但对李复生来说这也无疑是晴天霹雳。

"真的?!"

"千真万确!这是次仁旺堆老爷托人从打箭炉带来的消息,是打箭炉茶马司里的人透露给他的。还说茶马司的额尔尼大人得知此事气得大发雷霆,以六百里加急上报朝廷。如今西藏正等这批茶用,弄不好又要生出祸事来,到时我们咋脱得了干系?"曾秀头上渗出一层汗珠,语调里满是忧虑。

"不要慌。"李复生皱紧眉头,表面没动声色,心中却是翻江倒海。这批为朝廷御制的赏赐茶,必须赶在雪顿节以前送到拉萨,用以赐给西藏喇嘛首领和有功之臣,这是每年的惯例。边茶与汉地所见的茶有较大区别,通常是压缩成长条状,外表用竹篾包装,以便人或马帮驮运,每条大约十六斤。在汉地以"条"为计算单位,而藏地则习惯称"条"为"驮"。

赏赐茶是边茶中的极品,也被称为御供藏茶,这其中的分量有多重,李复生当然心知肚明。何况赏赐茶也是兴义茶号的命根子,出不得半点闪失。

"这个天气,怎么会雪崩?"李复生满腹疑惑。

"是啊,马帮弟兄一个也没逃出来。事后旺堆老爷还派人去看过,说整个山谷几乎都被雪填平了,什么也看不到……"

"魏家贵是个经验丰富的人,这些年来从没出过大事,会不会……"

"老爷的意思是?"

李复生皱起眉头,说:"此事回头再细说,我先去招呼那些掌柜,暂且不要声张。"

"嗯。"曾秀背上一层冷汗。

曾秀进去不久,李家大门口走出一个小姑娘,大约八九岁模样,上穿粉色小褂子,下着紫色裤子,神态从容雅静,手里拿着一把小巧玲珑的铜茶壶,那模样一看就知道是富贵人家的小姐。

"秀秀,你看我新买的陀螺。"泾恒像从地下冒出来似的,一下出现在秀秀跟前,讨好地把手里的东西向她展示。

秀秀大名叫李永秀，在李家排行老三，此刻一双水灵灵的眼睛果然被泾恒手中的新陀螺所吸引。雅州城的小孩大都会玩抽陀螺，但一般都是自己动手或央求大人做：选择一段木头，把一头削尖，削成陀螺状，然后在尖部钉上钉子，把钉子磨尖。再用一根细木棍或者竹条，在一头绑上麻绳或者布条，抽打旋转的陀螺。削得好的陀螺，旋转起来稳稳的，旋转时间长，还可以听见响声，仿佛在唱歌；而削得不好的陀螺，旋转起来不稳，东摇西摆，旋转时间不长就倒地了。泾恒新买的陀螺又大又光亮，通身漆了锃亮的黑漆，顶端用红漆描画了一个黄眼、白脸、咧嘴嬉笑的孙悟空，手里还拿着细长的金箍棒。泾恒见秀秀喜欢，立马把陀螺往地上一旋，然后抽动手中的小鞭，那只孙悟空陀螺旋转起来既好看，声音也好听。秀秀显得很兴奋，高兴地拍掌叫起来，发出银铃一般爽脆的笑声：

"好安逸！好安逸呀！"

"秀秀，你跟我一起玩吗？"

"你抽陀螺可以转五十圈不倒吗？"

泾恒恢恢虚虚地答："嗯，我……"

秀秀挺直的小鼻子一皱，露出蔑视的神情："笨蛋猪。"

泾恒忙说道："你和我玩，我把这个孙悟空陀螺送你。"

秀秀两眼一亮："真的？"

泾恒收了小鞭，又把孙悟空陀螺托在手上交给秀秀。秀秀将绳索缠在陀螺上然后轻轻抖动小鞭，"滋溜"一下陀螺就在地上稳稳地转起来，隔一会再抽一鞭，陀螺急律律地旋转，画着五彩光环。

泾恒在旁边站了一会，感到有点受冷落，便无话找话说：

"秀秀，告诉你一个秘密。"

"嗯。"

"你曾姑姑是长毛杆杆。"

"你说啥子？"秀秀一怔，终于停下抽陀螺。她虽然年幼，但还是懂得这句话的分量，"长毛"是很多年前官府捉拿的谋逆叛匪——太平军，他们在大渡河边遭到官兵包围，不是被砍头，就是被开膛破肚，或者扔到河

里淹死。故至今有人恫吓小孩还会说"抓长毛的来了!"或讲长毛被杀的血腥故事。而那些长毛留下的遗孤,则被当地人称为"长毛杆杆",视为土匪秧子,有野种之嫌,备受人鄙视。

"哪一个说的?"秀秀生气了,眼睛瞪得大大的。

泾恒怯生生地答:"昨晚偷听我大大对我娘说的,他还说曾姑姑是你爸的小老婆……"

"你胡说,你妈才是小老婆!你才是长毛杆杆!"秀秀把抽陀螺的小鞭子扔在地上扭头就走,并甩下硬邦邦一句话:"以后不跟你一起玩了!笨蛋猪。"

泾恒一张脸煞白,伤心地抹起眼泪来。

雅州知府武道学的大轿还未在兴义茶号门口停下,随从就粗着嗓子高喊道:"知府大人到!"

李复生匆忙跑出来,先恭恭敬敬地跪下给知府大人行了一个礼,这才开口道:"恭迎知府大人驾到。"

武大人并没下轿,从轿帘后露出半个紫脸,没好气地说:"雪崩的事想必你已知道,本官就不必多说了。现令你即刻筹备五千条赏赐茶,一个月后运往西藏,必须在雪顿节以前到达拉萨,不得有误!"

李复生一听急了,慌忙请求道:"武大人容禀,赏赐茶精挑细选,工序繁复,制作考究,仅备料就需半年时间,一月时间哪里能赶出?再则以往边茶除收蒙山鲜叶外,还要到峨眉、洪雅、蒲江等地收鲜叶加工。去年天旱,收的叶子不够,库房如今已空虚,恐怕一月内难以筹够五千条茶。请武大人高抬贵手,可否多宽限一些时间?"

武大人圆眼一瞪,伸出一颗肉滚滚的脑袋不耐烦地打断道:"你说得轻巧,宽限你?那谁宽限我?这边茶顾名思义就是巩固边防、保土守疆的茶!藏人宁可三日无肉,不可一日无茶。何况是皇上御赐的赏赐茶!如今藏地动荡不安,英国人又在其中搅扰,拨弄是非,唯恐我大清江山不乱。这要是因为缺茶闹起边患来,别说是你们全家的脑袋搬家,就是我的脑袋也保不住！告诉你，一月之内要是拿不出茶，可就别怪本官翻脸不认人！"

李复生欲言又止，武大人鼻子一"哼"，随即一摔轿帘不再理会李复生。随从见状高叫一声："起轿，回府！"一队人马吆喝着摇摆而去。

李复生脑子里一团乱麻。眼下距雪顿节只有三个多月，而雅州距拉萨五千多里，如果在内地，五千多里倒也不算什么，可去西藏情形就完全不同，途中雪山高耸，空气稀薄，江河横亘，道路艰难，最快也要走三个多月，更何况眼下茶还没有着落，一个月的时间怎么加工得出五千条赏赐茶？

李家发生的一切都被前来商议新茶会的各茶号掌柜看在眼里，然而大家都各怀心事，不便多言。而孟廷轩则心中暗暗高兴，说道："哎呀，这皇粮不好吃呀，李老板这回可是倒了大霉，遇上这种天灾。唉，五千条茶看李老板怎么变得出来？我们小本生意虽然吃不上皇粮，但也不至于为了五千条茶丢了脑壳……"

这时恰好秀秀气呼呼地进来，她并不知道家里发生了什么事，对孟廷轩说的话也似懂非懂，但看孟廷轩那副幸灾乐祸的表情，心里很不舒服，又想起泾恒刚才说的那番话，脱口而出：

"你才要掉脑壳！"

"你一个小女娃家——"孟廷轩被噎得说不出话。

第三章

李家刚才还喧闹的客厅转眼人走茶凉,寂然无声,只有李复生独自一人坐在椅子上沉思。一阵风来,门窗嘎吱作响,天空阴沉沉的似乎要下雨。

过了一阵,一个小巧玲珑、体质单薄的女人走进来,紫色的褂子镶着绿宽边,深紫色的裙子下露出一双黑缎绣花弓鞋,小巧的脚使她走起路来如风摆柳枝,却又不失稳定自然。这个女人皮肤白皙,五官清秀,与李复生敦实的外表正好相反。她便是李复生的妻子李雅芝。雅芝出生于茶叶商贾世家,如许多书香官宦之家的千金小姐一样,从小读书写字,因此熏陶得端庄贤淑,落落大方,说话做事都能把握好分寸。雅芝为人温和安详,办事井井有条,对丈夫温柔体贴,待下人宽厚仁慈。

"雅芝……"

"我已经知道了,唉,怎么办?五千条茶一下就没了。还有那些驮夫都是有家有室的人,这以后孤儿寡母怎么过……"雅芝声音有些颤抖,一阵着急,泪从眼角流出来。

李复生安慰道:"你不要着急,我正在想办法。明天准备去天全走一趟,永清岳父家是明朝六番司的后人,世代以茶为生,平时总会储存一些做庄茶,以备急时之用。这是过去兵荒马乱年月养成的习惯,关键时刻很管用。"

"做庄茶"是指经过粗制的边茶。

"可即使他们能拿出一些存货,也凑不够五千条茶呀。"

"我们窖里也存了一些,然后再想其他办法,我们兴义茶号有一百多年的根基,很多茶商会买账的。"

雅芝稍稍安稳下来："也是。"

"曾秀已经安排伙计到名山、芦山、洪雅、峨眉等地去调货，连夜运回雅州。"

"要不，就把茶室里的茶砖拿出来吧。"

"不，那些茶砖是你娘在世时留下的，陪你从小到大，既是能吃的古董，也是你心爱之物，不要动它。"

雅芝感激地看了丈夫一眼，丈夫在关键时刻总是心细如发，体贴入微。原来雅芝家的后院有一间宽敞别致的茶室，整齐地堆放着历年加工成型的好茶。室内的墙壁是用上好的茶砖砌成的，从脚下一直砌到天花板，不但如此，甚至连供桌、条凳、屏风等都用茶砖镶嵌而成，这些都是按雅芝母亲的想法一点点精心制作的。茶砖制作工艺颇为讲究：选当年生长六个月的成熟枝叶，经杀青、揉捻、渥堆、干燥等前后三十二道工序制成。做好的茶砖呈长方形，表面平整紧实，色泽棕褐，香气纯正，沏出的茶汤色泽红褐，滋味浓醇。雅芝小时候经常与母亲在茶室里玩，在那里学会了沏茶，也学会了辨识各种各样的茶。母亲告诉女儿茶砖是发酵茶，在空气中存放的时间越长越香，越放越值钱，最终变成能吃的古董。

雅芝对母亲的记忆大部分与茶有关联，可是她母亲在生第二个孩子时难产而死，肚子里的儿子也没能保住。母亲死后，雅芝郁郁寡欢，有一天忽然不见了，家里人急得四处寻找，仍无下落，最后，还是她父亲李百安在茶室里找到在茶砖上睡着的女儿。李百安问女儿为什么要躺在那里，雅芝答睡在砖茶上也许能梦见母亲。父女两人抱头痛哭。此后很长一段时间雅芝经常独自坐在茶室里出神，不愿意与其他人交流。雅芝没有兄弟姐妹，性格也比较内向，于是茶室就成为她的精神和生活天地。李百安心疼女儿，也不勉强她改变，有空时就到茶室来陪女儿。直到有一天李复生出现在兴义茶号，才彻底改变了雅芝的生活，而他们两人的爱情也是在茶室萌生发展的。

"嗯，永清呢？到现在还没见他露面。今天筹备新茶会他溜到哪里去了？"

一听丈夫问起大儿子李永清，雅芝就有些气短，但仍然遮掩道："可能在作坊里吧。"

李复生没好气地说："他要是在作坊里，那太阳一定从西边出来。"

雅芝替儿子辩解道："清儿早产，自小身体羸弱，是靠药罐保大的。你不要对他太严厉，他以后慢慢会懂事的，毕竟这也是他的家业。"

这些话李复生不知听了多少次，有些不耐烦："他都是当父亲的人了，还是整天游手好闲，茶号里的事从不操心！孽种。"接着叹了一口气："他要是赶得上永明一半就好了。"

雅芝欲言又止。李永明是他们的二儿子，三年前去日本留学。他与哥哥的性格截然不同，从小活泼好动，身体健康，充满好奇心和求知欲，丈夫对他寄予了很大的希望。提起二儿子，又勾起雅芝的思念，她已经三年没见永明了，平时儿子书信也很少。

正当李复生家忙成一团时，长子李永清却悠然自得地在春江茶楼里喝茶听川剧。春江茶楼里是城里最气派的茶楼，三层木楼朱柱红墙，雕梁画栋，正前方一个宽敞的戏台。茶楼里不但出售产自雅州的黄芽、石花、毛峰、甘露等上品绿茶，还有兴义茶号的金尖、芽细、金砖等熬煮的边茶，而且国内的各种名茶如西湖龙井、太湖碧螺春等，在这里都能品到。

一出折子戏刚结束，两个打扮得花枝招展的女人又与李永清打情骂俏。李永清模样长得很像母亲，白皙清秀，身材瘦削，虽是一表人才，但目光游离，骨子里透着轻浮，一副纨绔子弟的派头，镶金边的白绸长衫外套一件绯色团花背心，头发抹得油光锃亮。

一个名叫牡丹的女人说："哟，李公子是不是又想上台过一盘瘾？"

李永清答："有啥子不可以，我是一个年轻的老票友！知道不，戏坛有许多名票友，演技、唱腔、扮相，都胜过台上正角。我又不是为钱去演戏，兴致来了，水袖长衫、长靠短靴，粉墨登台，只是为了一个'好耍'，却决不会收那一份包银。可惜这份雅兴你们不懂，俗，俗呀——铛——啵啵，咪——啵啵，咪——啵啵，铛——啵啵！铛、铛、咪！咪、咪、铛！

锵咦,锵咦,锵锵咦……"李永清忘情地用手敲打节拍,嘴里哼起川剧锣鼓。

"哟,李公子学问真是高深呀!假如川剧要列入朝廷科举,说不定李公子还能拿个川剧状元、榜眼、探花之类的头衔回来。"

李永清对牡丹的调侃并不生气,煞有介事道:"看看,这就叫无知无畏,信口开河。川剧是一门大学问,有上千年的历史,你懂吗?不是吹牛皮,在雅州地界上难找像我这样的票友!对川剧精研深钻,呕心沥血,我先给你们讲一讲这锣鼓中的门道,锣鼓是干什么用的?你以为就是开演前,先'发擂',接着'三吹三打',告知观众戏要开场了;然后'排鼓',请观众肃静下来;戏毕,一通幺台锣鼓,宣布演出结束那么简单?不是,这其中的学问深奥呀,锣鼓是川剧的魂!俗话说半台锣鼓半台戏,没有锣鼓就没有戏。鼓板、签子、小鼓、二鼓、大锣、大钹、小锣、马锣、苏锣、苏钹、梆子、二星、包锣,等等,就像一根红线穿珠,将唱、念、做、打穿在一起,如同串珠,让演员的表演统一在舞台节奏之中。'唱、念、做、打',对演员来讲指的是唱腔、念白、做功、武打。若以整台演出来讲,'打'字,是指打锣鼓,而'武打'的'打'则含在'做'字之内。两者是完全不同的。"

另一个叫桃花的女人皱眉摇头说:"哎呀,李公子,我听得脑壳发晕。这川剧锣鼓有啥子好深沉?我两下就能学会。"

李永清有点恼,急道:"吹牛!亵渎!"

"李公子,你听——"桃花摇头晃脑,用茶杯盖轻敲茶碗,踏着节奏有板有眼地唱道:"汤一钵钵,菜一钵钵,菜一钵钵,汤一钵钵。汤、汤——菜!菜、菜——汤!汤、菜!汤、菜,汤、汤、菜……"

李永清忍不住大笑,牡丹与桃花也吃吃直笑。

笑声引得左右看客侧目而视,议论纷纷。恰在这时,永秀走进春江茶楼,她本以为到这里来找大哥会很费事,可没想到进来就听到刺耳的笑闹声。她气鼓鼓地冲到李永清面前吼道:

"大哥,你还有心思在这里看戏,爸妈都快急死了!"

李永清一惊,险些碰翻茶杯,定睛一看是小妹,立刻松了口气,小声问道:"小妹你咋跑到这里来了?"还没等妹妹回答,又招呼道:"伙计,快给我小妹拿点心、橘饼来。"

"不稀罕!"李永秀并不领情,接着又白了牡丹和桃花一眼,然后一跺脚,扭头就走。

"小妹,小妹——"李永清追过去。他一想起父亲威严的样子心里就发怵,在他的记忆里父亲很少给他好脸色,总是指责他没出息,如果知道今天的事一定会大发雷霆。李永清想叮嘱小妹回家不要告诉父亲,可是出了春江茶楼的大门就不见小妹的踪影,只好加紧步伐往家里赶。哪知刚走过一条街忽然感到内急,想起桃花和牡丹给他灌了一肚子茶水,忙四下里找厕所。他穿过教堂,拐进一条僻静小巷,不想和迎面来的人撞了个满怀。"啊——"李永清一抬头,大叫起来,原来那个帽檐压得低低的、嘴上贴了假胡子、一身脚夫打扮的人正是官府通缉的犯人莽大娃。莽大娃听到叫声,脸上顿时布满杀气,抽出一把匕首顶在李永清腰间。李永清大惊失色,脸上的冷汗一下就冒出来了,哆嗦道:"莽……你这,为啥?"

莽大娃冷笑一声,两眼盯得李永清发毛:"就是你老子去报的案,害得我兄弟站木笼!现在你去为老子办一件事,不然,老子就杀了你!"

李永清战战兢兢问:"啥事?"

莽大娃左右张望了一下,压低声说:"你到府衙门口去看看我兄弟二娃,再把这个馒头给他。"

李永清哭丧着脸哀求道:"那里有官兵把守,我去了会没命……"

"老子现在就可以要你的命。"

"不,我——去。"

"你要敢耍花枪,到官府去告发我,那以后老子在哪里碰见你就哪里收你的命!"

第四章

西藏,一座金碧辉煌的寺院鼓钹齐鸣,宽敞的院子里一群头戴白面具、身着艳丽服饰的人正在表演雅隆扎西雪巴藏戏,嘴里不断发出有节奏的"唉哈哈哈哈、唉哈哈哈哈"的叫声。一段歌舞表演结束,演员们取下面具休息,这才看清所有的演员均为男性,其中女性角色也是由男性扮演。

"来,来,喝酥油茶!"一个年轻喇嘛一手提一只大铜壶,一手托着一摞木碗快步走来。

演员们正又渴又累,见状一阵欢呼,高兴地围上去。

"好香!这是什么茶熬的?"

"这是陈年金砖,大活佛一直珍藏着没舍得享用,今天特地拿出来犒劳你们。等雪顿节演出完还要请你们喝赏赐茶。"

"哦呀呀,太好了……"

众人喝酥油茶时,远处一个叫扎西、一个叫多吉的男子还在谈论着什么,他们是藏剧团的主演。

扎西说:"雪顿节后我们还要到各寺院和一些贵族、官老爷府邸表演。"

多吉若有所思,喃喃地说:"我想回打箭炉去……"

"你在打箭炉不是没亲人了吗?"

"嗯,可我想念家乡……"

"你一直没告诉我,你阿爸阿妈是怎么死的?"

多吉脸上的肌肉抽搐了几下,欲言又止,最终低声答:"我,哎,以后告诉你……"

扎西没注意多吉忧郁矛盾的表情,催促道:"说嘛!对我还有什么不能说的?"

"我说了,你会嫌弃我吗?"

"你想到哪里去了?我们是好兄弟,有福同享,有难同当。"

多吉沉默了一会:"我爷爷是一个热巴艺人,经常四处游走卖艺,我记忆里他的腰上总是系着一条黑白牛毛编成的花绳,绳下端坠有各色毛缨,脖子上挂着一个海螺。爷爷说跳唱吹样样精通,他右手持铃,左手持红色牦牛尾巴舞蹈时的样子曾经令许多女人着迷。可是后来爷爷不知怎么开始掉头发脱眉毛,村里的人吓坏了,认为他得了麻风病,立刻把他赶到山里。爷爷在山里搭了一个小屋,孤独寂寞时只有吹海螺打发时间,我阿爸有时偷偷给他送一些东西去,但又不敢见他,偷偷放在小屋附近的山坡上等他来取。有一天我阿爸又去给爷爷送东西,结果下山时被村里人发现了,他们怕我阿爸和阿妈传染村里其他人,于是就放火把我家房子烧了,阿爸阿妈就这样被烧死……我爷爷得病后,阿妈担心我被传染,与阿爸商量后就把我送到打箭炉的一座庙里,那里有好些孤儿。后来热拉活佛到拉萨朝圣路过我们庙,就把我带上了……我不知道爷爷是否还在世,昨晚我又梦见他了……"

扎西一怔,他知道麻风是一种可怕的传染病,人患上这种病刚开初没有任何疼痛感,只是掉头发脱眉毛,以后随着病情加重,不但皮肤损毁、溃烂,而且会眼瞎鼻烂,手指脚趾一节一节坏掉,剩下棒槌似的四肢,最后在痛苦中孤独地死去。因为麻风病难以医治,所以一旦谁患上此病,就将被逐到深山老林里去自生自灭,以免瘟疫流行传染他人,这似乎已成为不成文的规矩。人们对麻风病人的家属也会另眼看待,唯恐避之不及。

扎西听完多吉的讲述并没有多的安慰,而是拍着他的肩膀说:"这么多年你一直好好的,说明没被传染。走,我们喝酥油茶去。"

多吉咬住嘴唇点点头,眼角溢出感激的泪花。

李永清拖着铅一般沉重的双腿,好不容易才挪到府衙高高的八字墙外。远远看见木笼里站着一个衣衫褴褛、头发散乱、半死不活的人。李永清根本不敢朝莽二娃的脸看，一见到那个木笼就心惊肉跳。木笼内壁布满铁钉，人身子吊在木笼内，头卡在木笼顶端外，脚下垫了几块砖头。如此，人在笼内完全不能活动，稍有动弹，身体就会被铁钉刺得鲜血淋漓。如果狱吏要折磨犯人，就会不断抽去垫在脚下的砖头，让犯人慢慢悬起来，直至断气吊死为止。

李永清还没有走近，一个年龄稍大的衙役眼尖认出他来，招呼道："李公子，咋有闲心到府衙门口来转耍？"

李永清忙搪塞道："我，我肚子有点胀气，出来走动一下，顺路来看一看告示。"

"要是有莽大娃的线索赶紧来报一声。"

说者无心，听者有意，李永清不由全身一颤，吓得把打听莽二娃的事抛到九霄云外。

"告示在墙上，李公子你慢慢看吧。"衙役又敷衍了一句，就和同伴继续东扯西拉聊天。

李永清眼睛盯着告示，脑子里却在盘算如何向莽大娃交差，心乱如麻，手里的馒头已捏成一团死面疙瘩。正当李永清不知如何是好时，忽听两个衙役议论道："莽大娃这狗日的咋还不来？天热了，要不了多久就要发臭。"

"远处看不出来，只要抓住莽大娃我们就有赏。"

"不知我们还要守这死鬼多久？"

"莽二娃怕是替他哥背了黑锅。"

"嘘，小声点。"

……

李永清脑筋慢慢清醒过来，明白莽二娃其实已经死了，继续摆放在木笼里是为了诱莽大娃上钩。李永清沿着墙根慢慢离开府衙大门口，待转到商铺鳞次栉比的大街上，一块灰不溜秋的算卦布招横在他的面前。李永清头也不抬摆手道："不算，不算！"

布招仍然没挪开,"走开!"李永清不耐烦推开道。

"公子还是算一卦吧!"

李永清听到这声音浑身一震,原来眼前乔装打扮的算命先生就是莽大娃,吓得站在原地不敢动弹。

莽大娃眼珠四周扫射了一圈,一把拽住李永清走到一个僻静处:"我兄弟咋样?"

李永清拿出被捏成一团的馒头:"他,他已经死了。"

"你胡说,你为什么不把馒头给他?他明明还站在木笼里,见到馒头他就知道我在救他。"莽大娃挥手打了李永清一耳光。

"他真的死了,放在那里是为钓你上钩。"

莽大娃听罢发出一声哀号。李永清不敢吱声。少时,莽大娃跳起来对李永清吼道:"滚!"

李永清吓得撒腿就跑。

李永清还没有走进家门,远远就听见屋里传来一阵阵尖厉的哭声。悄悄走近,见客堂里面三四个女人围着李复生和雅芝哭成一团,左右有人在劝解,但是丝毫不起作用。哭得最凄厉、最绝望的中年妇女就是魏家贵的妻子魏林氏,只见她头发乱糟糟的如一团稻草,胸前湿了一大片,脸色青黄,两只眼睛红肿得像桃子,沙哑着嗓子哭诉道:"老爷,太太,我们咋这么倒霉哟?一家人走了两个,好端端的大活人说没了就没了呀……呜、呜、呜……家英气得要上吊,我也想眼睛一闭算了,可屋里老的小的又咋办?呜……呜……"

李复生的劝慰几乎被哭声淹没,雅芝也忍不住抹眼泪。

"活要见人,死要见尸,可我们连他们身上一根纱线都看不到,他们以后不就成了孤魂野鬼?呜……呜……"

马旺的母亲一边抹泪,一边哆嗦道:"我的儿呀,我不活了……没想到挣这点血汗钱你就把命丢了,我们以后咋办哟?"她说着说着就把头往木柱上使劲一撞。几个人把她拉开时,她已经人事不省,一小股鲜血从额角流了下来。

李永清这时才知道茶号里出了大事,他心里冒出一丝歉意和不安,但很快就烟消云散,觉得天塌下来有父亲顶着,无需他操心,更何况他也无能为力,一想起生意上的事就头脑发晕。李永清是早产儿,母亲生他时大出血,又不慎感染风寒,得了严重的月子病,以致后来多年无法再孕,故一家上下都将他当独苗,百般娇宠,生恐有闪失。他从小就看见几十号人在自家茶号的作坊里忙碌,将运回来的茶叶杀青、揉捻、渥堆、干燥之后,又人拉肩扛,装货、运货。父亲和曾秀每天早早到铺子里,对客人恭恭敬敬,卖茶、记账,然后又出去收账。他觉得那些事既无聊,又劳累。他是被母亲、奶妈、用人围着长大的,从小想吃什么就吃什么,想去哪里玩就去哪里玩,大家都顺着他。正如奶妈经常挂在嘴边的一句话:"小祖宗,你一个月不得病全家就像过年一样,要烧高香呀!"所以他早已习惯这样饭来张口、衣来伸手的生活。其实李永清从小也聪明伶俐,虽然不像二弟永明有抱负,敢作敢为;也不像小妹永秀聪明灵秀,有一股泼辣劲。但他就是没有长性,对什么事情的热情都只能维持很短一段时间,天生不喜欢传统规矩,对四书五经、入仕当官没兴趣,也不想做生意挣钱,只想逍遥自在,随心所欲混天过日。成年后他面对父亲的责备常在心里抵触道:茶号里的财产一辈子都吃不完,何必要我去操那份心?岂不是多事!

但李永清从小就惧怕父亲,眼下更不想在父亲气头上与他碰面,于是蹑手蹑脚离开,悄悄溜回自己房中。

李永清的妻子春茗正在哄女儿香香睡觉,见他身上污迹斑斑,一副狼狈样,忙问:"你咋了?身上弄得那么脏,我这就叫王妈端一盆热水过来。"春茗是一个柔顺听话的女人,自嫁到李家以来,孝敬公婆,恪守妇道,从不飞短流长,对丈夫浮浪的行为虽有所耳闻,但也闷在心里,不言不语。

"唉,我今天差一点被人绑架了!"李永清如散架一般瘫倒在床上。

"又扯把子。"春茗并不把他的话当真,随口胡编是李永清惯常的把戏,春茗早已见惯不惊。

李永清翻身坐起来,将先前发生的事夸张渲染一番。春茗听罢脸色陡

变,拉起丈夫欲往外走:"快去官府报案!"

"哎呀,这红白两道都不好惹……"

夫妻两人正在说话,李复生铁塔般的身子已出现在门口,李永清像老鼠见到猫一样,顿时大气不敢出。父亲锐利的目光盯着他,李永清感觉自己丢人现眼的事父亲全都知道了,就如做贼被当场抓住一样,不禁有些慌乱不安,李复生见他头发蓬乱,衣衫不整,面色紧张,一副没出息的窝囊样子,心里来气。于是厉声问道:

"你今天跑到哪里去了?"

"我——"

"快说!"

"没,没去哪里——"

春茗见状忙上前替丈夫解围,柔声道:"公公息怒,永清他今天有点,有点不舒服。"

"我是有点不舒服,我……"李永清如落水之人抓救命稻草,一边鹦鹉学舌,一边往春茗身后移。李复生见状更是气不打一处来,永秀回来已把见到的一切告诉了他。还没等李永清后面的话说出口,重重一巴掌已打在他脸上。李复生习武多年,尽管克制但一出手依然很有力量,李永清摇摇晃晃一下瘫软倒在椅子上。

"复生——"雅芝的惊叫声从身后传来。

李复生一愣,什么话也没说转身疾步离去。雅芝扑过去急切道:"清儿……"话未落音,眼泪就止不住往外淌:"不要怨你父亲,你也该帮他分担一点……"

"他从来对我没有好脸色!我怀疑他是不是我的亲老子。"永清捂着脸怒气冲冲道。

"胡说!"雅芝脸色一沉。稍后缓和语气道:"清儿,你现在大了,心思要放在正道上,你不想读书就该学习经商,不能老是这样……"

李永清没好气地打断母亲的指责:"一天到晚都在唠叨,我知道你和父亲都喜欢二弟,哼,他是栋梁,我是朽木,那你们就不要对我寄希望!"

"永清——"雅芝气得脸色煞白:"你,你太不争气了!"

李复生穿出小天井,迎面碰上曾秀,曾秀一看李复生的表情就猜到几分,她本想说说今天官府又派人来催问赏赐茶的进展一事,可是见李复生的神情,只叫了一声"老爷"就没往下说。

李复生这时已从刚才愤怒的情绪中摆脱出来,他处事一向冷静,从容泰然,只是对这个不争气的儿子有时会流露出恨铁不成钢的气恼。他停下脚步对曾秀说:"你去永清屋里把太太叫来,我在账房里等你们。"

"嗯。"曾秀点点头转身离去。在这个家里最能揣摩到李复生心思的要算曾秀,有时一个眼神、一个不经意的表情,曾秀就能心领神会。这也难怪,除了曾秀的聪明和善解人意外,也因为她是在李复生的关怀呵护下长大成人的。她从小对李复生既崇敬又眷恋,经常观察李复生的言行举止,留心他的眼神和表情,甚至模仿他的动作和语气。

曾秀之所以这样,是因为她的特殊人生经历。她原来是一个孤儿,连她自己都不记得被转卖过多少次。从她记事起就有人骂她"长毛杆杆""土匪秧子"。她从小替人放羊,看牦牛,捡牛屎,捏牛粪饼,因生性倔强,不奉承讨好,挨打受饿已是家常便饭。一天,她正在山间给主人放羊,不想遭到狼群的袭击,就在绝望时刻,李复生突然出现了。李复生如传说中的英雄般将她救出,并带她离开草原来到雅州。她的命运也由此发生根本的改变,她终于有了一个温暖的家,有了一个呵护关爱她的人。

李复生经常在外奔波转运茶叶,怕她一人在家无人照顾,就介绍她到兴义茶号给雅芝当了丫头。那时雅芝尚在闺中。没有兄弟姐妹的雅芝拿她当亲妹妹看待,可谓关爱有加,教她识字,还教她女红。曾秀觉得苦尽甘来,内心里把雅芝和李复生当成自己最亲的人。

直到得知李复生要和雅芝结婚时,她才突然发现自己内心裂开一个大口,止不住的血往外滴,原来她早已深深爱上比自己年长近二十岁的李复生!可是她明白自己的身份,一个丫头怎么能与主子相争?更何况她觉得应该感恩图报。李复生与雅芝入洞房那晚,她默默流泪到天明。但是曾秀

从小在苦难中磨砺，练就了坚毅隐忍的性格，不会像一般女子那般期期艾艾，顾影自怜，忧愁忧思。她默默地把这份感情埋在心底，表面上看不出任何痕迹，一如既往地照顾雅芝，帮助李复生打理茶号的生意。可是她内心的挣扎却无法停止，白天烦琐的事务可以分散她的注意力，而一旦夜深人静时，炽烈的情感就如无数小虫吞噬她的心，让她痛苦万分，备受煎熬。

后来，她担心自己克制不住情绪，让彼此陷入尴尬难堪的境地，就不断在远离雅州的各个分号里奔走逗留，尽量避免与李复生见面。其间她曾想一走了之，也动过嫁人斩断情丝的念头，但无论如何就是下不了决心，所以也没付诸行动。开初雅芝不明白其中的原因，曾好心几番托人为她物色人家，但她都找各种理由婉言拒绝了。

光阴如箭，一眨眼曾秀拖到四十岁仍是形单影只，不过也没人再提嫁人的事。渐渐地，曾秀成为兴义茶号不可或缺的一部分。

雅芝和曾秀一前一后跨进门来。曾秀虽然深得主人的信任和倚重，但始终谨记做下人的身份，说话办事极有分寸。尤其是和夫人在一起的时候，她总会自觉退后两步或站在一侧，保持主仆之间的地位。

李复生抬起头对曾秀说："赶紧给这些死者的家属一笔银子安抚。"

曾秀犹豫一下："他们挣的是脚钱，照茶行的规矩——"

李复生打断道："不管别人如何，我兴义茶号不会亏待驮夫。"

"是，老爷。"曾秀点头答应。

"另外，我打算去打箭炉一趟。曾秀尽快从各地调做庄茶回来，赏赐茶耽误不得。"

雅芝问："你去打箭炉何事？"

李复生顿了顿："我愈想愈觉得雪崩一事蹊跷，魏家贵常年行走这条路，可以说对那里了如指掌，何况眼下就快是端午，天已转暖，怎会突然遇到雪崩？而且驮队全部覆没，一个也没逃出来！我越想越感到不对劲，所以想去事发地点看个究竟。"

"刚死了那么多人，"雅芝感到有些害怕，"再说，赏赐茶又催得紧。"

"事情不弄清楚，以后马帮咋走？"

"可是，赏赐茶迫在眉睫，武大人定会三天两头派人来催促，还有驮夫们的家属安抚……"

"老爷，太太，还是我去比较妥当。"曾秀见李复生与雅芝相持不下，便提出自己前去，没等他们开口，又接着说："赏赐茶的期限只有三十天，就算做庄茶能从其他地方调来，也要连夜开工，许多事要老爷太太铺排。否则一旦不能如期完成，皇上降罪下来，李家的百年基业将毁于一旦。"曾秀的话简明有力，并非一时冲动，似乎早有打算。

"不，你一个女人家。"李复生不想让她去冒险，多年来曾秀对茶号忠心耿耿，不图回报，李复生心里总觉得有些亏欠至今独身的她。

不料曾秀态度很坚决："老爷、太太，你们待我恩重如山，知恩图报是我的分内之事。何况我对打箭炉比较熟悉，打听消息也方便一些。"

曾秀的一番话让李复生犹豫起来。的确，在这个节骨眼上他不能离开，五千条赏赐茶压在他的肩上，容不得再出现半点闪失。

曾秀看出李复生的心思："我这就去收拾一下，明天一早上路。"说罢立马告辞离去。

雅芝表情复杂地看了李复生一眼。李复生转身喝了一大口茶，似乎想把什么吞下去。空气有些凝滞，两人都没再说话。

第二天天刚亮曾秀就带了两个人上路。冯喜从窗口瞥见，自言自语道："这婆娘是李家的骡子，傻瓜！"

孟廷轩冷不丁从后面冒出，阴阳怪气道："你懂个屁，这婆娘是个难缠的角色，与李复生钩子麻糖几十年勾扯不清。"

"他们是不是暗中有一腿？"冯喜马上来了兴趣。

不料孟廷轩却答非所问地道："看来老天爷也不是处处护着他！如果李复生不能如期拿出五千条赏赐茶，我恒泰茶号就有出头之日了。哼，他压了我几十年……"

"大掌柜这次算是出了口恶气。"冯喜帮孟廷轩出气。

"哈哈。"

第五章

"李老爷，有信！"

李复生一看邮差拿着贴满花花绿绿邮票的信封进来，就知道是在日本留学的二儿子李永明的来信。雅芝生下长子永清后，因体质虚弱，多年未孕，永明的降生给李家带来巨大的喜悦。李复生是一个敏锐的人，当科举废除、新学在雅州还没兴起时，他就决定让儿子出国去留学。当时要考取官费留学太难，他自己也没有这样的人际关系可以活动打点，于是自己出钱送儿子去日本。他希望儿子学成后继承家业，让兴义茶号更加兴隆。永明已经好长时间没来信，雅芝念叨了很多次，自己心里也是挂牵。李复生拆开信，不想儿子只有寥寥几句：

父母亲大人近安：

　　日本目前动荡不安，不宜静心读书，儿子准备近日返回，另谋发展，望父母大人见谅为盼。

　　恭祝安好！

儿：永明敬上

李复生心中掠过一丝不安，他听说孙中山领导的革命党在日本活动得很厉害，思忖着儿子放弃学业提前回国是否与此有关。不过他很快把思绪调整过来，一是因为永明是一个有抱负的人，凡事自有主张，不像永清混天过日；二来茶号里还有许多事等着他张罗，尤其是应对雪顿节前的五千条赏赐茶让他有些喘不过气来。

待晚上躺在床上他才又想起儿子的信，雅芝看了永明的信满心欢喜，把信贴在心口处说："明儿终于要回来了！他离开家三年，就像走了三十年，我的心一直悬起放不下。"雅芝说着不禁一阵长吁短叹，接着又拿过放在床头的儿子照片细细端详，眼角溢出泪花。而照片上李永明英俊的脸上青春焕发，目光充满自信，含笑向上翘起的嘴角处带有一缕叛逆的神情。

李复生岔开话题道："儿子大了就是要出去闯，经风雨，见世面，窝在家里吃自来食没出息。我希望他能成一个顶天立地的男子汉，别像永清一样。"

雅芝点点头，忍不住又轻叹一声："话是对，可心里舍不得，毕竟是自己身上掉下来的肉。"

李复生忽然想起什么，说："嗯，我听说这阵子南边革命党闹得很厉害，内中有一大帮是留学日本的学生。"

"革命党？"雅芝瞪大眼睛，隐隐感到有些不安，"他们要干什么？"

李复生有些神秘地说："有一个叫孙中山的人组织了同盟会，联络各路江湖好汉，想要推翻朝廷。"

"啊！谋反？"雅芝大吃一惊，直起身子说："那是要被砍头的呀！"

"要我说这个朝廷也该垮台了。割地赔款，列国欺辱，皇帝是个傀儡做不了主，凡事都是幕后那个老女人说了算，弄得坏人当道，好人倒霉，难怪别人要造反。"

"你呀，当心祸从口出！这把年龄还是不退火，以后千万不要谈论国事。"雅芝用手捂丈夫的嘴，无不担心地道。

"雅芝，你年轻时可没这么胆小，看似柔弱，骨子里却是女中豪杰，也不怕我这个穷光蛋给你惹祸。"李复生满不在乎调侃道。

雅芝身子一扭："那是被你吓的。反正无论如何，我是绝不让儿子参加什么革命党，我们李家就指望他了，他这次回来你要好好说他，千万不要和那个姓孙的什么会，还有他手下的那一帮人扯上瓜葛，拿着鸡蛋往石头上碰。你一定要给他说重点，年轻人脑壳容易发热，别人一鼓动就来劲，到时吃亏上当是自己。你听见了吗？看你心不在焉的样子。"

李复生含含糊糊应了一声:"嗯,知道了。"

雅芝仍不放心,又说:"那些娃娃哪知世道的险恶?哎,从古至今那些造反的人几个有好结果?不是暴尸荒野,就是株连九族,杀来杀去最倒霉的是平头百姓。改朝换代,得利的是当官的,百姓该干啥子还是干啥子。其实百姓最想要的就是太平日子,远的不说,就说我们茶号吧,一旦天下真的乱起来,生意也就难做了……"

"睡吧,我困了。"李复生不想谈这个过于沉重的话题,但侧过身子却又毫无睡意,满脑子是牵扯不清的头绪。他挂牵去打箭炉的曾秀,陷入往事回忆之中。

一片厚重的乌云从山后升起,翻滚盘旋,像浓烟一样迅速蔓延开来,转眼之间云影便吞没了刚才还是蓝天白云的山川,挟着豌豆大小雪蛋子的北风顷刻间扫荡而来,似乎要卷走一切生灵。一个裹着破旧羊皮袍子的男孩见状急忙抢起鞭子赶着羊群往回返。男孩约摸七八岁模样,长得又瘦又矮,乱蓬蓬的头发上黏着茅草,黑黑的小脸脏得如同乞丐,但乌黑的眼睛里却透着一股与年龄不相称的倔强和冷峻。

突然,猎狗狂吠起来,原来前方山冈上出现一只老狼。只见它通体黑灰,额上长有两撮白毛,尾巴拖近地面,两只眼睛发出幽幽的绿光。男孩一惊,本能地捡起一块石头向狼扔去,期望能赶走这只孤狼。可是狼躲闪一下,不但没离去,反而一步步逼近。男孩操起棍子欲冲上前,不料山冈上一下子又冒出五只狼,它们不慌不忙分散开来,对羊群形成包围。本来训练有素的猎狗会让狼也害怕,不敢靠近。猎狗凶猛、暴烈,有攻击力又异常机敏,通常在羊群外围游走,一旦发现狼,它会跳起来向狼冲去,又咬又摔,直至弄死才肯罢休。所以牧羊人带上猎狗就会感到比较放心。可眼下却是出现一群狼!——草原上最可怕的就是遇到狼群,因为无论多么好的猎狗也经不起狼群来自四边八方的围攻。

羊群显然被紧张和恐怖笼罩着,站在原地吓得一动不动。一头锐气正旺的狼跃起来,用利爪抠住一只羊,锋利的钢牙凶狠撕咬,鲜血喷洒,毛肉横飞。血腥使这群狼异常亢奋，变得杀气腾腾。

猎狗急红了眼，径直冲向领头的有两撮白毛的狼，男孩也吼叫着追扑上去。哪知这时一只狼从侧面跃起来，俯冲下去，发狠地朝猎狗脖子咬去，猎狗被撞翻在地，山坡上顿时一片恶战，狼与猎狗翻滚扑腾，死掐狠咬，狼牙交错，兽毛横飞，狗哭狼嚎，狗血狼血喷涌。男孩从没见过如此惨烈的场面，吓得不知如何是好。不一会猎狗的胸和颈被剥去大片皮，身上血肉模糊，撕打起来有些力不从心，但仍然顽强地与狼搏斗。这时另几头狼一同扑上去，一阵乱咬，猎狗终于倒下，发出一声哀号，断了气。猎狗一死，狼群开始肆无忌惮地攻击羊群，毫无反抗能力的羊一只接一只倒下，带着热气的血腥味迅速弥漫开来。

两撮白毛得意地注视着男孩，并不急于张牙舞爪，似乎想戏弄一番嘴边的猎物。情急之下，男孩突然想起有人说狼怕火，于是脱下破羊皮袍子点燃。突如其来的火光使狼群骇了一跳，条件反射地往后退开，男孩趁势往外冲跑想摆脱狼群。两撮白毛目露凶光，两个瞳孔像锥子直刺这个胆大的男孩，紧跟在他的后面，企图伺机扑上前去将其按倒在地。只听它发出一声怪叫，其他狼暂时放弃羊群，步步逼近。眼看羊皮袍子就要燃到尽头，男孩几次想点燃草地都没成功，狼知道男孩已陷入绝境。它们并不怕这么一个小孩，它们怕的是火，烟熏的味道就让它们有些头晕，但是火熄灭后要咬死这个男孩就毫不费力。

火更小了，男孩绝望地大声哀号起来。正在这时，李复生出现在山冈上，见此情景，忙抽出一条长约一丈五尺长的铁链冲过去，铁链顶端系着一个铸铁六棱锤，甩出去呼呼生风。"嘭"，一只狼的头被击中，脑浆四溅，立刻倒地毙命。其他狼疯狂地扑上前，李复生旋转着挥舞铁链形成一个相对安全的圆圈，又一只狼想冲进来结果被击中，倒在地上口吐鲜血，全身抽搐。另外几只狼见状，发出疯狂的咆哮声，它们顾不上去吃就在嘴边的鲜活羊肉，而是要撕碎眼前这杀死它们两个同伴的人。不过狡猾的狼群改变了战术，不再死拼硬打、跃起来扑咬李复生，而是突然散开往后退。李复生知道狼不可能就此善罢甘休，很快就会发起另一轮进攻，或招

来更多的狼,于是对惊恐不安的男孩说:

"我们到前面那个坡上去。"

"羊……"

李复生没等男孩说完话,一把将他提到马背,迅速登上坡顶,占据有利地形,坡后是一片乱石陡壁,前面能看清四周动向。李复生不敢有半点喘息,赶紧将马背上的茶包都卸下来,在正前方摆成一个半圆圈。正在这时,李复生听到石头响动的声音,回头一看,两撮白毛狼竟然选择了一条最艰险的路,从后山坡往上腾跃。石头犬牙交错,凹凸不平,李复生见铁链在这里派不上用场,只好用手捡起石头往下砸,两撮白毛狼在石缝里左右躲闪,狼爪所踏之处,石片哗哗往下滑,转眼间狼不见了。

"狼来了!"男孩尖叫起来。

李复生转过身见三只狼从正面往山坡上逼近,忙对男孩说:"快,把那些茶包都点燃!"

竹篾编的茶包"嚓、嚓"燃起来,三只狼看见火掉头就跑。这时两撮白毛狼却趁机接近坡顶,以亡命徒的拼命劲想要扑上来咬死这两个人!这时李复生的马"噗、噗"地喷鼻孔,猛烈地用马蹄蹬踏,李复生转身见两撮白毛狼已登上坡顶,四目相对那一刹那,李复生的匕首飞过去,狼身子一闪,一道寒光擦着狼掠过。狼一惊,爪子在坚硬光滑的岩石上没抓稳,身子一侧摔下坡去。

竹篾很快燃尽,然而压紧的茶条却只有少许火星,风一吹很快熄灭,化成几缕青烟消失而去。三只狼恼羞成怒,重新向山坡上攻来。李复生挥舞铁链甩出去,六棱锤"砰"的在最前面一只狼的腰上撞了个正着,狼被撞得在地上打了两个滚,还没有站起来,又一锤飞过来,狼血喷涌而出,直射天空,喷红了六棱锤。被六棱锤砸开的狼肚皮,心肺肠子都滑落出来,另外两只狼被吓蒙了。李复生定了定气,抓住狼还没有反应过来的空隙,把六棱锤举过头顶,狠狠向一只狼头砸去。狼向上跳起来,张牙舞爪,向下猛砸的六棱锤正好迎面打去,狼一头栽倒,满嘴是血地蜷缩在地上哀号。这一切都在瞬间。李复生回手一抖,铁链就像套马竿一下套住另一只狼身,使劲一拽。狼龇牙咧嘴,企图蹿起来扑咬,李复生从腰间拔出一柄尖刀直朝狼的咽喉刺去。抬起头,远远看见两撮白毛老狼瘸着腿逃走,嘴里发出一声怪叫。

筋疲力尽的李复生坐下来喘了口大气,一边擦汗一边对男孩说:"你快赶羊回家吧。"

男孩"哇"一声大哭起来。李复生去拉他的手,才发现他已浑身冰凉,赶紧脱下自己的外套给他裹上:"别哭了,你叫啥名字?"

半晌孩子止住哭声:"曾秀。"

李复生仔细打量他一番,半是猜测半是询问:"你,是女孩?"

曾秀点点头,李复生疑惑不解地说:"你咋打扮成一个男孩?以后千万不要自己乱跑,这附近没有人家,很危险的。"

曾秀双膝一弯跪在地上,双手扯住李复生的衣襟哀求道:"叔叔,我要跟你走。"

曾秀的举止让李复生始料不及,手忙脚乱忙把她拉起来,说:"嘿,嘿,没事了。要不我送你回家,说不定你爸爸妈妈现在正着急嘞。"

"我没有爸爸妈妈,他们都……死了……"曾秀眼泪滂沱而下。

李复生有些意外:"不哭,不哭,慢慢说。"

曾秀抽抽搭搭地说:"他们骂我是长毛杆杆,说我爸爸妈妈是叛匪乱军,被清兵丢进大渡河里淹死了……"

李复生内心一震,知道这是太平军时留下的遗孤,不由得一把将曾秀紧紧搂在怀里:"造孽呀!可我只是个背茶的驮夫,无家无室,穷得叮当响,拿啥子来养活你?"

"羊死了,我回去要挨打,说不定东家又会把我卖了,我已经被卖过几次……我跟着你,叔叔,我什么活都会干,我帮你洗衣服、做饭、放羊、种地、捏牛粪、打柴、背水……"曾秀一口气说出一串,生怕李复生嫌她累赘。

李复生鼻子酸酸的说不出话来,曾秀以为他还在犹豫,急切道:"叔叔,我不会吃很多,我听你的话,以后你老了我服侍你!"李复生的眼泪

终于忍不住流下来:"可怜的娃娃,我带你走,只要有我吃的,就有你吃的。"

……

李复生牵着曾秀在雪山上走,突然曾秀脚下一滑坠入雪坑,李复生伏在地上伸手去拉她,可总够不到。曾秀拼命挣扎,却越陷越深,很快雪淹没了头顶……

"曾秀——"李复生大叫着从梦中醒来,雅芝也被惊醒了,点亮油灯见丈夫大汗淋淋,忙起身沏了碗热茶端过去,问:"做噩梦了?"

"我梦见曾秀被雪埋了,这不是好兆头。"李复生用手揉了揉太阳穴。

雅芝安慰道:"梦是反的,说明她没事。"

李复生没吭声。雅芝又说:"明天我想去蒙山烧烧香,求菩萨保佑我们度过这一关。五千条赏赐茶,唉,兴义茶号损失惨重。"

李复生没说话。雅芝靠在床头沉默了一会儿,忽然郑重其事地说:"复生,给你商量一件事,你要说心里话。"

"啥事?"李复生感觉妻子话中有话,侧身看着她。

雅芝避开李复生的目光:"曾秀这次回来你就纳她为妾吧。"

"你看你,又来了。我说过不纳妾的,我对岳父发过誓,我是一个信守诺言的人。"

"可是曾秀喜欢你,我早就看出来了。你也对她有点意思,她一直不嫁人还不是因为忘不了你。"雅芝语调有点酸溜溜的。

李复生克制住自己:"雅芝,不要再提这件事。"

雅芝欲言又止。

"睡吧。"李复生转过身背对雅芝躺下。

雅芝在黑暗中毫无睡意,不由回忆起曾秀初来茶号时的情景。

那天李复生带着曾秀来到兴义茶号,梳洗干净,一身女孩装束使曾秀显出几分灵动,与以前判若两人。两人刚跨进门就看见雅芝袅袅婷婷地走来，一袭湖蓝色与天蓝色相配的丝绸衣裙使她越发显得清雅脱俗，光彩照人。李复生对曾秀说："这是小姐，快问好。"

"这是谁家的小女孩？"雅芝微笑着打量曾秀。

曾秀瞪大眼睛呆呆地看着雅芝，一语不发。李复生弯腰低声问道："你咋忘了我教你的规矩？"

曾秀似乎没听到李复生的提醒，依旧一眨不眨眼看着雅芝，好一会才兀自开口道："小姐比画上的仙女还好看！"

雅芝白皙的脸腾一下红了，露出羞涩的表情。李复生忙岔开话题，将曾秀的来历和自己的请求告诉雅芝。原来李复生担心自己经常在外奔波，无暇照顾曾秀，希望雅芝能将她留在身边当丫头，彼此也好有个照应。

"可以。"雅芝没有半点犹豫，并说自己没有兄弟姐妹，身边多个人也会不寂寞，转而向曾秀问道："你识字吗？"

曾秀咬着下嘴唇摇摇头。

"你会做针线活吗？"雅芝又问。

曾秀先点一头，接着马上摇头。雅芝把手轻轻搭在她的肩上，轻言细语地说："没关系，我教你。我还教你茶艺，教你珠算，好吗？"

曾秀的鼻子有些发酸："小姐，你真好！"

"你叫我小姐，那你就不能叫他叔叔，要叫大哥辈分才对。"雅芝含情脉脉地看着李复生，李复生躲避雅芝的目光，有些局促不安。

时光飞转，曾秀灵巧的双手在笔纸间行走，杯碟上旋转，针线中穿梭，算盘上飞舞，一个相貌平平的小女孩出落成楚楚动人的女人。加之曾秀到雅州后一直跟着李复生习武，强健有力的体魄，使她看上去多一份飒爽英姿，即便是粗布衣衫也难以遮挡她的青春活力。也就是在这时候，雅芝发现曾秀时不时含情脉脉地偷偷注视李复生。雅芝是过来人岂能不明白？心里顿时沉闷起来，但是她一直不向李复生挑明，只是偶尔对曾秀旁敲侧击……

黑暗中李复生似乎已经睡着了，雅芝无声地叹了一口气。窗外又下起细雨，雅芝想到赏赐茶，心情不由更加潮湿起来。

第六章

"咚——"一声锣响,几顶官轿威风凛凛喝道而来,百姓顿时闪开道路,鸦雀无声。雅州知府武大人亲临蒙山,主持一年一度的祭茶祖大典。只见他红顶官袍隆重请香,其余官员、乡贤、行会首领无不依序跟在其后虔诚祭拜,祈求来年风调雨顺,茶业兴旺。

接下来佛事开始。蒙山是佛门甘露祖师道场,故每年祭茶祖寺中僧侣都要举行盛大的蒙山施食仪轨。此刻,但见彩台上铃索撞摇,宝轮层叠,僧尼们缁衣袈裟款款登台,唱诵《般若波罗蜜多心经》、吉祥偈、赞佛偈,庄严肃穆。法会结束后是一段舞狮表演,其间由人扮演的诸方神灵出场,观音、财神、关公、魁星、判官等等,分别手托胖孩子、金元宝、大刀、毛笔挥舞,这时一个戴面具穿黑衣的小鬼上场,偷偷摸摸四处捣乱,各路神仙一起上前,很快将小鬼打翻在地,最后小鬼磕头求饶。在台下百姓一片欢呼中,各路神仙退下,年轻美貌的茶仙子踏着丝竹声袅袅上台,粉白的瓜子脸上两只水灵的眼睛顾盼生辉。她踮着脚尖旋转、翻滚、扭动,时而舒缓,时而激昂,将两只长长的水袖舞得如飞龙在天,令人眼花缭乱。最后无数鲜嫩的茶叶从天而降,密密麻麻,如同蝴蝶飞舞,在阳光下闪闪发光。大典在人声鼎沸中进入高潮。稍后,川剧鸣锣开场。台上各色人物粉墨登场,台下各茶号掌柜早已暗中展开各自的手段。

冯喜凑到孟廷轩耳边,喜形于色道:"孟掌柜,又有人想把叶子卖给我们,你请的边引或许会不够,要不要再去请一些?"

"着啥急?那边引也是银子堆出来的!这几年税不断上涨,请引就要出钱,生意还没做官府就先把银子收去,至于商家有没有赚头他们才不管!眼下重要的是要把李家那个最大的供货商撬过来,那些小茶贩多几个也没啥搞头。"孟廷轩眼睛望着茶市，心里飞快地盘算着。

冯喜有点泄气："你说的是洪家？可我听说他们是几代人的交情。那咋撬得动？"

孟廷轩用手指了一下脑袋，说："这是用来想事的，不是长来看的。你想，李家刚没了五千条赏赐茶，要赶时间再做，肯定要大量购进原料加工，眼下又要收新茶叶，哪来这么多银子压仓？只好赊账，而我可以立马兑现，你说哪个更划算？生意人谋利是天经地义的事！我听说那洪家二少爷虽然初出道，却爱不懂装懂，端起一副架子，这种人好打整，只要花花轿子把他抬晕事情就好办。"

"他们家的那个老管家也一起来了。"

"哼，管家再老也是仆，主子再少也是主。"

这时雅州下辖各县的茶贩和茶农都云集在市上，开始交头接耳，东张西望，心思已渐渐不在台上。每年蒙山祭茶祖他们都会赶来进行茶叶交易，只等庆典结束，知府大人宣布"开秤"，交易活动就正式开始。可是在此之前大宗的买卖已初步谈妥，来这里凑热闹是为了解到行情以外的新鲜事，茶市如今已演变成以茶为主的综合贸易市场，汇集各方人士。

孟廷轩说："今春雨水太少，从清明前采芽尖起就一直没下过透雨，你看，那些做庄茶的叶子哪像往年那般饱满？你要多收一些鲜叶起来。"

冯喜仍然没猜透掌柜的心思，小心问："那，这边引……"

"李复生要赶制赏赐茶，必定大量收购鲜茶，我们就抬高价提前把市场上的鲜叶收购囤积起来，李复生就必定抓慌。只要赏赐茶没有按时加工出来，他的茶号就会倒闭。"

"可是，那要压很多银子进去，万一……"冯喜担心这样太冒风险，弄不好挤不垮兴义茶号，反倒是自己亏损。

哪知孟廷轩一下摆出掌柜的派头，不容半点商量："生意有时就是要赌！到时候茶不够，自会有人把边引送上门，到那时就不是我求人，而是人求我啰。"

"边引"是茶商们的行话，外行人不知其意。

中国是茶的故乡,所产之茶品种多样,按色泽大致分为六类:绿茶、红茶、黄茶、白茶、青茶、黑茶。边茶属于黑茶,原料选用粗老的叶片和部分茶梗,堆积发酵使叶色呈暗褐色,再加工挤压成长、圆、方等形状。雅州的黑茶主要是供边区藏族人饮用。藏族人多居住在高原上,气候干燥寒冷,易发多种高原疾病,而边茶的重要价值就在于能克服这些病症,促进血液循环,振奋精神,消除晕眩头疼、精神萎靡等症状。同时藏族人食肉较多,缺乏瓜果蔬菜,茶恰又能去腻除烦,化解油脂。所以边茶是藏族人民不可少的生活必需品,藏族谚语这样评说:"一日无茶则滞,三日无茶则病。""宁可一日无食,不可一日无饮。"正因为藏族人与边茶密不可分,所以历代朝廷都将边茶作为管理边区的重要手段之一,先后设立了一系列管理茶的机构和制度。唐代即设置官吏,征收茶税。宋初,设茶专卖机构,不准私商贩卖;后改为由商人与茶户自行交易,政府抽收一定税金;再后又改为向茶户征租,向茶商课税;至崇宁元年(1102年),蔡京立"茶引法",规定:商人经营茶必须到官方领"引",凭引卖茶,运销数量和地点都有严格的限制,政府则按引课税。"引"就是茶的专卖许可证。"边引"也就是边茶专卖许可证。

历来雅州各茶号都是纳钱请引,每引为一百斤,引票上印有茶号老板的名字,采购、加工、销售的数量和地点。无引或者引货不符者,以违法论处,茶马司和地方政府都有权处罚。

茶马司是朝廷为管理边茶与少数民族马匹贸易等事宜而设立的,从宋延续到元、明、清。茶马司虽然是个不大的衙门,却一直是令不少人眼红的肥缺,精明的人在其中滚打几年,无不是腰缠万贯,富得流油。

四川是边茶主要种植和加工地,而四川边茶又分为"南路边茶"和"西路边茶"两种。南路边茶以雅州为中心。雅州境内多为丘陵山区,终年多雨多雾,非常适合茶叶生长,辖下的雅安、天全、名山、荥经等县茶农居多,出产的茶主要销往西藏等地。而西路边茶以灌县为中心,通过威州、茂州、松州等地运往甘肃、青海等地,也可以经过威州翻鹧鸪山转道进入西藏。南路边茶品质优良,经熬耐泡,在藏地享有盛誉,所以消费占边茶总量的七成左右。

孟廷轩与冯喜说话的当口，李复生与雅芝、洪二公子一边品茶，一边观看台上的表演。李复生人坐在这里，心思却在赏赐茶上，眼看交货的时间一天天接近，许多事情需要他亲自过问，最近他经常忙碌到半夜才能休息。今天抽空来参加新茶会，除了茶行首领的身份要求，也是为陪陪兴义茶号最大的供货商洪家的二公子。洪公子是第一次代表他父亲出来谈生意，显得踌躇满志，目空一切。

看了一会儿戏，洪公子望着杯里黄中带红的茶水，问："李伯伯，恕晚辈直言，这边茶不如绿茶。别的不谈，单说这蒙山出的黄芽、雀舌、石花、毛峰，甚至比这些档次低很多的绿茶，我觉得都比边茶清香回甘，醇和生津。不知李老爷为何劝我喝边茶？"

李复生呷了一口刚熬好的边茶，说："听说洪公子肚子不太舒服。"

洪公子嘿嘿一笑："雅鱼太美味，本已吃了很多，结果烤牦牛肉上来又忍不住……"

"所以我让你多喝一些边茶。"

"这是为何？"

"公子有所不知，当年神农尝百草，日遇七十二毒，得茶而解之，这茶并非是你说的那些清香可口的嫩芽，恰好是茶树的老叶！其实，茶的妙处更多在老叶中。不知你试过没有，新上市芽尖如果没超过半个月，有的人喝了会轻微腹泻，有的人会有点头晕，还有的人会感到胃不舒服。为什么？就是发酵时间太短，存放时间稍长就自然消失。边茶，也称黑茶，比其他品种的茶发酵时间长，因此最具茶的药用功效。绿茶、白茶、黄茶、青茶、红茶固然都是好茶，但都是锦上添花，唯黑茶是雪中送炭。黑茶的妙处要在寒冬中才能体会。天寒地冻，无论帐篷被雪压垮，还是窗户遭风吹裂，哈气结冰，靴子如铁，只要有滚烫的酥油茶，人就不惧寒冷。熬茶的炉子是全家人的中心，不停地喝，不停地添，困顿消除，活力上来，满肚热茶，使他们能在风雪漫天中放牧骑马。所以几乎所有的藏民，就连小

孩都喜欢饮用黑茶熬的酥油茶，没有黑茶他们在高原就难以生存。"

洪公子清了清嗓子，说："这边茶生意你我两家做了几代人了，算得上边茶世家，虽然赚了不少钱，可李伯伯有没有想过拓展一下新路子？比如贩些绿茶，或者做点其他茶？眼下这般墨守成规能发展壮大吗？李伯伯认为我说得有道理吗？"洪公子上过新学堂，说话直截了当，而且喜欢用反问句，觉得这样不但显得有学问，也颇为新潮。

坐在洪公子身后的余管家先咳嗽两声，接着又不断佯装咳嗽提醒。洪公子知道老管家嫌他言语冒昧，想阻止他往下说，心中不悦，故意提高声音问："余管家你受凉了？这般咳嗽不觉得难受吗？"

老管家没料到洪公子如此毫不留情，不禁面露尴尬之色："少爷，我……"

"要不你回客栈休息，未必一点小事我也不能做主？"

"少爷，看你说到哪里去了……"

李复生忙打圆场道："洪公子的想法没错，年轻人是该有股闯劲。只是绿茶娇贵，不能熬，价格高，保存期又短，稍稍存放不当就会串味、霉变。我们产的边茶主要是供给藏地，所以很多人叫藏茶。此去藏地山高水远，日晒雨淋易变质，而黑茶粗放，保存期又长，不需要用罐子密闭，而且越存越香，它在空气中会不断发酵。以往我往藏地背茶，在汉地还没什么感觉，一翻过二郎山，空气干燥，茶就开始有香味，越往里走越干燥越香，连过路的人都会闻到。再则，汉地人对茶的依赖远不及藏地，可多可少，对于日常生活不会有太大的影响。而茶对藏民则是必需品，每日不可缺，每顿不可少，一旦价格贵了他们就无法承担。所以朝廷对边茶一直有个榷价，就是对边茶价格实行限制，以保障藏民能喝上茶。因为我们两家做了几代人的藏茶，故对这个行道熟，若做其他茶，未必有优势。"

洪公子不痛不痒地"嗯"了一声，心里并不认同。这时台上表演结束，知府大人走到台前高声宣布："开秤！"左右一阵欢呼呐喊，茶市正式启动，于是各茶号的东家、掌柜、二柜都移步市中，在价格、水分、斤两上各显手段。

每年蒙山祭茶祖都是孩子们的节日，各种小吃和玩具都会出现在茶市上。这会儿李永秀在仆人的陪同下来到风筝摊前，五颜六色、各种形状的风筝令李永秀眼花缭乱，犹豫半晌仍拿不定主意选哪一个。手里拿着茶叶蛋在市场上游逛的孟泾恒远远地看到李永秀，就撇下母亲一跛一跛地跑过去："秀秀。"

李永秀没有接他递过来的茶叶蛋，有些犯愁地说："我不知道哪一个飞得最高……"

"这个好。"孟泾恒选了一个蝴蝶风筝，然后将翅膀轻轻向上弯一下，形成一个小夹角，又重新调整拉线位置，转眼间风筝就飘到空中。李永秀高兴得咯咯大笑，跟着孟泾恒左右跳动，孟泾恒来了精神，不停地奔跑，大汗淋淋。跑了一会儿李永秀开始吃茶叶蛋，并对孟泾恒炫耀道："我二哥要从日本回来了，他肯定会给我带很多礼物。"

"好巴适，"孟泾恒很是羡慕，"你可以给我看一下吗？"

"嗯，可以，我二哥对我最好。"李永秀露出很得意的神情，接着又嚷嚷要放风筝。她自己在前面领跑，孟泾恒跟在身后。李永秀叫孟泾恒跑快一点，免得风筝坠落下来，孟泾恒如奉圣旨，累得气喘吁吁也不肯停下。孟廷轩在远处看见气不打一处来，也顾不得身份面子，疾走过去甩手给儿子一巴掌："你个没出息的东西！"

孟泾恒先是一愣，接着"哇"地放声大哭，李永秀也吓呆了，跟着呜呜哭起来。

孟泾恒的母亲鲁氏正在选梳子，听见儿子哭声便转过身来，见状，气得一改平日低眉顺眼的模样，冲向丈夫气哼哼地说："拿娃儿撒啥气？"话还没完就委屈得闪出泪光。

孟廷轩两眼一瞪："你也跟着瞎闹啥，滚开！"

"见不惯我们娘俩就送回陕西老家，不要拿我们当出气筒。"

孟廷轩吼道："你还敢顶嘴？"

"我知道你心里忘不了那个婆娘！"鲁氏发起狠来，一副豁出去的神

情,鼻涕眼泪滂沱而下,脸色由红转紫。

孟廷轩一扬手本想打过去,一转念担心惹人笑话,只好咬牙转身离去。身后儿子和妻子哭成一团,引来不少围观。孟廷轩气得朝路边的树上猛踢一脚,不想撞到大脚趾尖,疼得直嘘冷气,忍不住骂道:"闯他妈的鬼,都是李复生你这混账闹的!"

李永明剪了辫子,头戴礼帽,身着白色西服、黑领结、白皮鞋,在雅州街上分外惹人注目。离开家乡三年,眼前一切都让他备感亲切,不时驻足观望。

孟廷轩带着一肚子对李复生的怨气走来,远远看见一个时尚的年轻人站在那里悠闲观望,走近一看有些眼熟,试探着问:"你是李家二少爷?"

李永明转过身来一个日本式鞠躬:"孟伯伯好,我是李永明。"

孟廷轩先是一愣,随即回过神来,挤出一丝假笑拱手道:"哎呀,二少爷真是越长越英俊潇洒,风流倜傥,要不是你开口,我还不敢认你了!"

"孟伯伯过奖了。"

孟廷轩忽然一脸惊诧,指着李永明的头:"你咋剪了辫子?"

李永明不以为然:"在日本不兴留辫子,别国人会嘲笑是猪尾巴。"

孟廷轩摇摇头,眼睛里露出不满:"日本那地方好像出革命党,搞得人心惶惶,鸡犬不宁。"

李永明哈哈一笑:"是吗?看来孟伯伯消息很灵通呀,或者认识那些革命党人?"

"不,不,我从没见过他们。"孟廷轩吓得连连摇头。

"我还没见过反骨是什么样子,也不知长在哪里,孟伯伯不妨指给我看看。"

"二少爷说笑话了。"

"再见!"李永明优雅地揭了一下帽子,以示礼节,然后转身离开。孟廷轩穷追不舍地问:"二少爷回来有什么打算?"

李永明回头笑了笑,没有回答就大步离去。

孟廷轩恨恨地说了句："留洋有啥好得意!"

孟廷轩本来要回茶号,看到李永明出现,忽然意识到李家多了一个强有力的帮手,想借赏赐茶挤垮兴义茶号的可能性不大。他想着想着,一股妒忌之火从胸中升起,于是转身向一家纸火铺走去。

经营纸火铺的老汉见孟廷轩走来,忙起身问道:"孟掌柜想要点啥子?"

"鞭炮。"

"小店虽然小,但货色齐全。孟掌柜,你看这是响声大的大地红,还有啄木鸟、雷鸣、财神灯;这是摔炮,扔在地上脆生生的;还有可以升到天上的飞鸟、射箭;等等。不知孟掌柜想买哪一种?"老汉连珠炮一般说了一大堆。

孟廷轩想了想:"哪一种射得最远而又没有声音?"

老汉拿出一盒飞鸟:"这个就是,但是小孩耍一定要在敞坝子里,并且要有大人陪,若不小心飞到房子上就会引起火灾。"

"哦。"孟廷轩选了两盒响炮,然后又要了一盒飞鸟,才不慌不忙返回茶号,脸上露出一丝冷笑。

第七章

茶市上人头攒动，李复生已经带着雅芝离开，赶到岳父李百安墓前祭奠。每年都是如此，祭茶祖大典一结束，李复生就立刻去祭拜岳父。今年虽然被赏赐茶一事弄得损失惨重，不得安宁，但是李复生还是坚持要来祭拜，因为在他心目中岳父不但是救命恩人，也重新塑造了他的人生。

李复生远远地就下了马，望着小山坡上李家的坟山出神。那里葬着李家数十位先人，是远近有名的风水宝地。其中先祖李兴义的墓最有气势，高高地矗立在最前方，左右各立了一根五米高的石桅杆，每根桅杆之上有两个套斗，桅杆底座为八棱角，杆身圆形，杆尾渐细。这对石桅杆展示了李家昔日的辉煌。

先祖李兴义是一个仗义疏财的茶商，乾隆年间因出资招募兵勇并率茶号青壮助朝廷平定大小金川之乱有功，乾隆皇帝授予八品官，并亲赐茶号匾额。可是李兴义对做官的事兴致不高，倒是期望文曲星高照，李家能出流芳百代的文人。于是重金求助一个精通堪舆之术的高人，高人费尽心机终于在此觅得一块俯临青溪，正对笔架山的风水宝地。果然李兴义安葬在此后，李家出了举人，以后又有人中了进士，于是墓前的单斗桅杆变成双斗桅杆。从古到今官府对民间器物和建筑都有严格的等级划分和规定，不得因富有而僭越冒用。桅杆上套斗的数量就说明等级：如果仅考中了举人，只能套一个斗，称作单斗桅杆；如果考中进士，就可以多套一个斗，称为双斗桅杆。石桅杆意在展示荣耀，激励后人读书入仕，光宗耀祖。桅杆底座分四角、六角和八角等样式，秀才底座凿成四角，举人为六角，进士和四品官位以上的为八角形状。可是到了李百安上一代，文曲星似乎不再眷顾，于是家族又把主要精力转到边茶生意上。

其实李家祖坟并无金银财宝，李家人离世时大多会陪葬一些茶，寓意在阴间保佑李家茶业兴旺。而外人并不知道，看见李家祖坟的气势总会联想到丰厚的陪葬品。自被莽大娃盗窃后，李家便委托一家农户代为看管坟山。这家人得知今天李老爷要来，便早早准备好一切，此刻也在一边照料。

李复生提着一个盖有蓝布的竹篮，径直向岳父的墓前走去，在离墓碑三尺远的地方，双膝一弯：

"岳父，我来看您了！"

说罢先从竹篮里取出一壶酒、一碟点心、一盘时鲜水果摆在碑前，再打着火镰仔细点燃香烛插上，又将一壶沏好的茶端举过头顶，伏在地上三拜，轻轻洒在地上。然后，点燃带来的纸钱，燃尽的纸钱破碎、旋转，如飞舞的灰蝴蝶，把李复生的思绪带到过去，再次回忆起初次与岳父相识的情景。

大雨滂沱，河水呼啸，刚刚放晴的天突然响起一阵轰隆隆的爆炸声，在马群中和人堆里接连炸开，人仰马翻，哀鸿遍野，猛烈的冲击波将破碎的肢体抛向空中，浮尸漂在大渡河上，浑浊的河水被染成暗红色，四周一片大火，空气里弥漫着刺鼻的焦味……

硝烟散尽，空明澄碧，血腥战事似乎从未发生。阳光灿烂，山风吹拂，野花摇曳，清澈的大渡河里流淌着波光粼粼的蓝天白云，干燥的空气中飘荡着青草和花粉的香味。高原的景色瞬息万变，却保留着最纯真自然的魅力。

这时，蜿蜒崎岖的山路上闪出两骑，上面驮着兴义茶号的老东家李百安，身后跟着他的仆人——老实憨厚的中年汉子老五。李百安到打箭炉与吉祥锅庄交割完茶叶生意后返回雅州，他本是与马帮同行，因为想在打箭炉多逗留几天，就打发其他人先走。虽然他已年过半百，身材瘦削，但硬朗精神，因为从小喜欢读《三国演义》《封神榜》《神仙传》之类的书籍，他的豪侠之气中又透着几分逍遥自在的仙风道骨。李百安经常会不按生意

人的思维行事，做出一些出人意料的举动。他觉得能守住这份近一百年的祖业就心满意足，不想把全部心思都放在赚钱上，他觉得那样过一辈子划不来。他不时会对朋友讲，老辈给我起"百安"这个名字就是要我"安"，而不是要我"发"，说明老天给我的命就是如此，知足常乐。他喜欢自在，喜欢交朋友，守信誉，讲义气，因此在江湖上有不少朋友，在茶行里口碑也不错。

走着走着，李百安忽然勒马停下，招呼道："老五，歇一会儿，烧点茶来喝。"

"是，老爷。"老五应了一声，忙扶李百安下马。这里前不挨村，后不挨店，但老五跟老爷多年，熟悉他随心所欲的秉性，并不感到意外。待安顿好老爷，捡了三块石头垒起灶台后，才拿起水壶到河边取水。不一会儿，老五慌慌张张跑回来："老爷，河滩上有一个人，好像没气了！"

"哦？走，过去看看。"李百安熄灭了水烟，随老五深一脚、浅一脚地往河边奔去。

河边一个年轻男子昏迷不醒伏在那里，半截身子在水里，半截身子陷在乱石沙滩上，衣衫褴褛，鞋子脱落，衣衫的开裂处露出一道道伤痕。李百安与老五费力地将他翻过身，只见那人面容青紫淤肿，双目紧闭，嘴唇惨白，一副气绝身亡的惨样。李百安手在那人的颈脉和腕脉处停顿了一会，对老五说：

"还有一息，快烧茶，也许有救！"

"嗯。"老五忙不迭张罗，手脚麻利地点火烧茶。

随着热茶一点点进入那男子口中，男子冰冷的身体渐渐有了一丝暖意。李百安又叫老五脱去那人湿透的衣衫，用一块毡毯裹住全身，好一阵，那男子透出一口气来。当他费力睁开眼睛时，李百安欣喜地说："哎呀，你终于活过来了！"

老五在一旁补充道："要不是遇见李老爷，你肯定没命了。"

听到这关切的声音，那男子想撑起身子，不料一阵撕心裂肺的疼，使他不由自主滑倒下来。

李百安问："你叫啥名字？家在哪里？"

那男子没说话。

"我叫老五去告诉你的家人。"

男子仍然没搭腔，李百安有点无奈。老五摇摇头说："老爷，他也许是个哑巴。咋办？"

李百安看看左右："救人救到底。天不早了，把他扶上马，到前面客栈歇下来时再给他弄点药。"

"是，老爷。"

老五将那男子扶上马，三人缓步上路。

黑夜，万籁俱寂，小客栈里的人都早早睡下。李百安一边抽水烟，一边在滚烫的木盆里泡脚。那男子步履蹒跚地走进李百安的房间，双膝跪下，以头触地："谢李老爷救命之恩，您的大恩大德我一定衔环结草为报！"

李百安来不及擦脚，一双湿漉漉的脚站在地上将他扶起："原来你能说话呀，来，来，坐下。"

"谢老爷！"

"我看得出你虽衣衫褴褛，却掩盖不了英雄之气。我李百安在江湖上闯荡了几十年，什么人没见过？龙蛇虎豹、乌龟王八、鱼虾泥鳅，都瞒不过我这双眼睛。你不是一般的人，到底出了什么事？"

那男子低头不语。

李百安宽宏一笑，豁达大度地说："如果你不想说，尽可以不说，我不会勉强。"

那男子抬起头，言辞恳切："李老爷，我今天晚上来就是要把一切告诉您，说完我就走。不过，我有一个请求，请您不要告诉其他人。"

"好！"李百安点点头。

于是那男子坐下，压低声音述说起来。李百安侧耳细听，时而感叹，时而拍案，时而歔欷。讲到最后那男子泪如雨下，李百安也惊呆了……

直到黎明前那男子才结束话语，起身向李百安告辞，李百安拉着他诚恳地说："你跟我去雅州。"

"可这样也许会连累您。"

"我李百安在江湖上混了几十年,为人仗义疏财,所以黑白两道上都有些朋友。你放心,有我在你就不会有事。"

"这……"

李百安忽然想起什么:"我们两个说了一夜话,还不知道你的姓名。"

"我叫李义,不过您以后就叫我复生吧。过去的我已经死了,是您让我起死复生。"男子眼睛里含着泪,再次叩拜致谢。

李百安拉起他,感慨道:"我没看错,你是一个重情义的人!好,就叫你李复生,大难不死,必有后福。我相信你!"

"日后报答您的恩情!"李复生抱拳一拱,再次跪下。

早晨,老五端着牛肉、烤饼、酥油茶来到李百安的房间,不觉有些意外:"老爷,这么早就穿戴收拾巴适了?"

"嗯。"李百安正在洗脸,心不在焉应了一声。

"昨天那个人咋办?"

李百安转过身说:"带他回雅州。"

"啊?他是搞啥子的都不晓得,又是一个哑巴。昨晚我听一个赶马的人说,前些天官兵在安顺、泸定等地杀了好多长毛,闹得鸡飞狗跳的。官府的告示上说窝藏长毛要杀头,举报长毛有赏金。这个不晓得底细的人会不会是长毛?再说他那个样子半死不活的咋个走?"

李百安神色严峻地告诫道:"正因为他半死不活的我才要带他走。老五,你给我听清楚,他叫李复生,不是哑巴,也不是啥子长毛。别人要是问起他的来历,你就说是吉祥锅庄的恩朱老爷举荐来当学徒的,其他你一概推说不知,连小姐也不许说!"

"是,老爷,小的记住了。"老五对老爷交代的事从来都是言听计从,认真照办,而且绝口不问为什么,加之他生性忠厚,干活卖力,做事仔细,所以深得李百安的信任。

细雨黄昏,疲惫不堪的李百安一行终于回到兴义茶号,面色蜡黄的李复生几乎站不稳。这时李百安的独生女雅芝出现在前院里，半是埋怨，半是欣喜："爸爸，你咋这久才回来？"

雅芝就像古画中的仕女，神态恬静文雅，皮肤白皙细腻，说话时声音细柔，嘴唇微张，只能隐隐约约看到白净的牙齿。胸前垂着一条长辫子，走起路来随裙子轻轻摆动，更增添少女妩媚的神韵。

"女儿想爸爸了？告诉你，要不是因为你呀，爸爸还要继续云游，何必慌忙回来？"李百安见到女儿，脸上所有的线条都柔和起来，眼里堆满笑意，声音也变得悦耳。

"你还想当那个周游天下山水的徐霞客？徐霞客老了都晓得老老实实在家里写游记，可你还在到处跑。"雅芝娇嗔道。

"嘿嘿，我的乖女儿不满意老爸啦！"李百安子嗣不旺，中年才得一女，妻子死后又未续弦，所以对雅芝格外宠爱。

这时，雅芝忽然注意到站在老五身后面孔陌生的李复生，以仅李百安能听到的声音小声问："爸爸，他是谁？"

李百安嘿嘿一笑："芝儿，他叫李复生，是恩朱老爷举荐来当学徒的。"李百安说罢，吩咐老五带李复生去住下。

雅芝有些疑惑，但当着外人没有深究。李复生从看到雅芝那一刻就感到有些局促不安，李百安和女儿之间谈论的什么他都没听清楚，只感到膝盖有些微微颤抖，身上一阵阵发热，细细的汗珠涌上额头。雅芝趁父亲在安排老五的空隙看了李复生一眼，不想李复生消瘦的脸上两只眼睛正望着她，雅芝不知不觉地垂下眼睑，面颊上飞起两片红晕。

李复生与老五前脚刚走，就有仆人过来禀告："李老爷，孟家几番差人来问老爷几时回来。"

"啥子事？"

"孟老爷要过来送孟少爷的生辰八字。"

"哦，晓得了。"李百安轻轻一拍前额，这才又猛然想起女儿婚姻大事。

十五岁的雅芝是远近有名的标致女子，上门求婚的人络绎不绝。李百

安舍不得女儿嫁出去,但也不想委屈女儿,于是对说媒的人宣布两个条件:一必须入赘李家,当上门女婿;二是要女儿自己中意,父亲不包办代替。可是雅芝是一个文静内向的女子,很少与外面的人往来,更不可能与年轻的男子接触交往。从小母亲不但聘请先生教她读书写字,而且更重要的是教导她如何成为一个贤德温柔、守身如玉、操持家务的好女人。雅芝七岁时母亲就为她裹小脚,开初雅芝受不了那份痛,又哭又叫,但一向疼爱她的母亲在那时毫不手软。她认为一个女人有一双完美的小脚才会有福分,走起路来袅袅婷婷,不但有窈窕淑女的韵味,也能显出娘家的教养……母亲去世后,雅芝没了可以说私房话的人,所以当父亲将未来丈夫抉择权交给她时,她内心非常茫然,完全不知所措。两年前,恒泰茶号的老掌柜孟渭长就为自己的儿子孟廷轩托媒人到李家求亲。最初李百安推说女儿尚小,暂时没有答应,但孟渭长并不气馁,他是一个十分有耐性的人,如果不具备这一点,他不可能在雅州扎下根。后来李百安见其子孟廷轩聪明能干,相貌不俗,而且女儿也不反感,心里就基本默许了这桩大致门当户对的婚事。

孟渭长祖籍陕西泾阳,少年时期就离乡背井来雅安恒泰茶号,几十年努力打拼,勤谨做事,将恒泰做成仅次于兴义茶号的大茶号,他自己也从最低级的小伙计"娃"熬到最高级的"掌柜",在雅州商界挣下了很大的名气。孟廷轩是在雅州出生的,从小与雅芝相识,长大后爱慕雅芝的美貌,喜欢她聪明解事。而孟渭长则希望儿子能娶到一个古典贤淑的媳妇,虽说心里有些不愿意儿子入赘,但从长远看这是一桩完美、合算的婚姻。孟渭长将生意上的精打细算运用到生活中,极力想促成儿子与雅芝的婚事,因此经常找各种理由,备好礼品,或亲自到访,或让儿子送去,与李家保持密切的关系。

"爸爸,女儿觉得那个人不像是个学徒。"雅芝心里仍想着刚谋面的李复生。

"学徒是啥子模样?人嘛,长相都有差异。没听说过吗?一娘生九子,九子不同样。"

"哎呀,爸爸,女儿说的不是他的长相,而是他的气韵……"

李百安岔开话题:"好了,现在我们不说他,先说说你自己的事,爸爸离开这段时间你做些什么事?"

"不过是读书、绣花之类的事。嗯,女儿听说官兵在大渡河边围剿石达开的太平军,爸爸可曾见到他们?"

"没有。"

"听说太平军里都是些好汉。"

"女娃家不要听这些打打杀杀的事,容易做噩梦!"

李百安与女儿边说边往里走,忽听身后传来熟悉的声音:"李伯伯回来了,晚辈给您请安。"

白净斯文、眉清目秀、个子高挑的孟廷轩打着一把油纸伞跨进院来。他收了伞,先向李百安行过礼,然后双手将一个木盒递给雅芝:"雅芝小姐,这是我特地托人从外地给你带的礼物。"

雅芝害羞摇头不接。孟廷轩的手停在空中,显得有些尴尬。李百安看不过去,拿过手说:"芝儿,打开看看嘛,难得孟公子想得周到。"说着越俎代庖打开,雅芝眼角一扫,不由惊叹道:"自鸣钟!"

"这是大英帝国产的自鸣钟,一到准点那只小鸟就鸣叫,声音比真鸟叫得还清脆悦耳。嗨,如今国外都时兴用自鸣钟,时间一点误差都没有,不像我们这些小地方还靠沙漏打更,落后无趣……"孟廷轩来了精神,一边指点一边口齿伶俐地说个不停。

一会儿,雅芝有些心不在焉,孟廷轩见状忙告辞:"李伯伯一路鞍马劳顿,晚辈就不打扰了。"说罢一拱手但并没有离开的意思,而是拿眼角瞟一下雅芝,又扫一眼李百安,特别希望和雅芝多说一会儿话。不想李百安确实很累,想早点洗漱歇息,于是顺水推舟叫送客。孟廷轩心里好生失望,没精打采离开李家。刚走出门,一只手从后面拍来,孟廷轩吓得险些惊叫起来,回头一看竟是父亲,余悸未消:"吓死孩儿了!"

孟渭长问:"你未来的岳父没留你吃晚饭?"

孟廷轩没精打采地答:"连一句客套话都没有说。"

孟渭长的脸上阴郁起来:"小姐是啥态度?"

孟廷轩叹了口气:"不冷不热的,见了我花大价钱买的英吉利自鸣钟也没有好稀罕的样子。"

"娃呀,李百安已收了我下的聘礼,这门亲事就成了一大半,你急啥?你想想,这雅州城里有几个后生能与你比?扳起指头算一算,哪个身材、相貌、家境超过你?你爹我如今是恒泰号的掌柜,我用一生心血把恒泰做成雅州的大茶号,凭的就是毅力和手段!一旦我们和李家联姻,在茶行的地位更加坚不可摧。兴义茶号有老根基,他们的'金砖''芽细'是西藏贵族认定的牌子。所以你和李家小姐的婚姻不光是你心里喜欢,还关乎我们将来的生意。只要与小姐结婚,那赏赐茶生意也顺利到手,以后就无人能与你抗衡。"

"小姐要是反悔呢?"孟廷轩不知为什么忽然生出一丝担忧。

"呸,咋说这样不吉利的话?!她咋会反悔?你又没干丢脸丧德的事,也没有残废重病。我们孟家虽说没有出过官宦、名流,但还是家财丰厚,人丁兴旺,治理有方。李家虽说荣耀,但也是昔日的事了,如今我们孟家与他们李家是半斤与八两,说不上高攀。再说,别忘了这里的规矩是男退八百,女退三千,谁要是悔婚,都要照此赔偿,一两银子都不能少!"

孟廷轩听罢来了精神,孟渭长一挥手又说:"我明天就把你的生辰八字送过去,再叫人尽快择下吉日把喜事办了。照我看,孟李两家的命运是分不开的,谁又敢说我和李老爷明年不会得一个孙子?到时候我要把红蛋放在铺子大门口,请过往的人都来吃!"

父子两人都兴奋地嘿嘿笑起来,孟廷轩的心早飞到雅芝的身上。

第八章

　　李复生动手将岳父坟上长出的细小杂草一一拔去,又用铲子在周围培土,仔细认真,一丝不苟。雅芝在一旁感慨万千,浮想联翩,思绪不由又回到过去……

　　雅芝捧着一盒新买的香穿过前院往后院的茶室里走,向左拐,穿过另一个院子的天井时,看见老五手里拿着一个纸包与李复生说话,那情形似乎不想让人听见,而李复生一边点头,一边用手捂着嘴压低咳嗽声。雅芝觉得有些奇怪,不觉放慢脚步走过去。李复生似乎格外敏感,一下转过头来,两眼看着雅芝,仿佛把雅芝的内心活动洞悉得一清二楚。雅芝有些慌乱,不过还是硬起头皮应付道:"五叔在忙呀。"

　　老五转过身:"哦,小姐,没忙啥子,给李复生带点药。"

　　李复生朝雅芝点一下头算是礼节,然后一语不发,躬身离去。李复生一走,雅芝好像轻松了不少。老五是家里的老仆,其妻也在李家为佣,雅芝从小就叫他们夫妻五叔、五孃,说话没有什么拘束。

　　"五叔,他得了啥子病?"

　　"没啥子,就是受了风寒。"

　　"可我觉得他病得不轻,眼睛也有些红肿。爸爸说他是打箭炉恩朱老爷举荐来的,恩朱老爷的锅庄里都是藏人,咋会荐一个病恹恹的汉人来?"

　　恩朱是一个以经营茶叶为主的大藏商,生意遍及藏地四面八方,在打箭炉设有大商号吉祥锅庄,不过名号和经营方式与汉地有很大差异。"锅庄"一名马帮,古时藏商马帮到达打箭炉后,先要搭好帐篷,立三块石头架上铜锅做饭熬茶,"锅庄"由此得名。明末清初,藏族头人到打箭炉拜

见朝廷册封的明正土司时,都是这样安营扎寨的。后来明正土司便在他们惯常搭篷的地方,用石头修筑起房屋,供各地头人和往来商队居住,相当于明正土司自己家的接待地。后来由于茶马贸易扩大,打箭炉成为远近闻名的城市,人流不断增多,明正土司提供的住地难以满足需要,于是其他锅庄便逐步发展起来,而且所经营内容也由原来相对单一的住宿,发展成食宿、货栈、加工、借贷、中介等多种行业。到清代中期打箭炉城已有四十八家锅庄。恩朱家锅庄的生意位列前茅,恩朱家与李百安家是几代人的生意往来,交情深厚,故雅芝对恩朱家的情况非常了解。

"他是恩朱老爷的人,别的老奴就不知道了……"老五知道雅芝冰雪聪明,凡事很难瞒过,但老爷有言在先,不得不依命行事,在小姐面前撒谎遮掩。

雅芝看出老五目光躲闪,言不由衷,更觉得其中有蹊跷,但她知道老五口紧,多问也是枉然,而且有失礼数身份,于是没再开口,点点头离去。

李百安刚回来就接到舅舅去世的消息。舅舅家住天全县,世代以种茶为业。舅舅是一个闲不住的人,长年劳作,身体却十分硬朗,不想那天吃完晚饭出来在院子跌了一跤,结果什么话也没说得出就撒手而去。舅舅是李百安母亲家最后一个长辈,从小对侄儿百安就十分关爱,闲暇时最爱给他讲《水浒传》中一百零八条好汉的故事,两人十分亲密,故李百安接到信后,立刻马不停蹄赶去奔丧。

父亲带老五等一帮人离开后,偌大的宅院里一下子又变得冷清单调起来。第二天下午,雅芝到后花园折花,准备插到茶室里的花瓶中,走着走着突然听到一声微弱的鸣叫,寻声而去,发现一只刚出生的小黑猫蜷缩在假山洞里,身子下面虽然有一点干草,但似乎仍然感到冷,微睁着眼睛,身子不停发抖,模样既可怜又可爱。雅芝走过去轻轻地把它抱在怀里,小猫"咪咪"叫了两声后用柔软的小舌头不断舔雅芝的手。雅芝大为喜欢,除了母亲之外,从没人用那般细腻的情感对待她,她心里泛起阵阵柔情,于是把小猫抱回自己的卧室,并用衣衫在床头柜上给它做了一个温暖舒适的小窝。

吃晚饭时雅芝想偷偷带一点饭回去喂小猫,于是对在一旁伺候她的五孃说:

"五孃,一会我自己回屋,你不用陪我。"

五孃略有些意外:"小姐不怕走黑走廊了?"饭厅在院子的西角边,从那里到雅芝的卧室要在黑暗中经过几个走廊,雅芝胆小,平时都是由五孃或其他人陪着回去。

"不怕。"

五孃见小姐一本正经,便没再多言。雅芝趁五孃收拾碗筷时,用手帕包了一点米饭藏在袖中,然后跨出门外。

走了一小半路,雅芝感到有些害怕。她壮起胆子向前走,走着走着她觉得身后有一点轻微的声音,好像有人尾随,雅芝的心脏怦怦跳起来,不由加快步伐往前走。穿过一个天井,雅芝正要向右拐,突然看见通往她房间的月亮门处闪过一道黑影,瞬间又消失不见了。雅芝赶紧把身子缩到墙角处,吓得不敢睁开眼睛,心想:那个黑影是谁?他要干什么?

雅芝不敢再往前走,可也不敢退回去,心慌意乱,六神无主。等了一会,听没有任何动静,才探出头去看,结果什么也没有,一切平静如初。雅芝长长出了一口气,暗想刚才自己或许是太紧张,看花了眼,于是赶紧往前走,心想回到自己的屋里就平安无事。哪知刚走几步,一个脑袋从月亮门后伸出,两只绿莹莹的眼睛突突地冒出凶光,龇牙咧嘴,露出满嘴白森森的利牙,模样十分可怕。

雅芝大叫,转身向后跑去,她觉得那个黑影在后面追,可她根本不敢往后看。在黑暗中她急速奔跑,越跑越害怕,越跑越喘不过气,头晕目眩。忽然她听见一声叫:"小姐,出了什么事?"李复生站在她的面前。雅芝来不及思索,身子一下扑过去:"有鬼——"话未说完就晕过去。

"小姐,不用怕,是一只野猫。"

雅芝醒来,李复生温和的声音使她情绪安定下来,恐惧散去后才发现

自己躺在李复生屋里简陋的小床上，不觉羞愧难当，赶紧撑起身来称谢道歉，准备离开。

李复生放心不下："我送你回屋吧。"

一走近月亮门就听见老猫声嘶力竭的叫声，雅芝又紧张起来，禁不住全身发抖，不由自主抓住李复生的衣袖。李复生护着雅芝往前走，敏捷地四下打量，步伐稳定，两臂微曲，完全是个护卫的架势。雅芝一下感到有依靠，情绪稳定下来，也没有了先前的恐惧和害怕。走进雅芝住的院子，李复生若有所悟，问："小姐，你屋里有小猫？"

雅芝点点头："嗯，下午我在后花园看它很可怜，就捡回来了。"

"难怪，那一定是刚生下来的猫。以后千万不要去动没断奶的小猫。若被母猫发现，它会又抓又咬，疯狂得像母老虎一般！"李复生松了一口气，赶紧将屋里的小猫抱出去，不一会老猫叫声消失，四周也恢复了平静。但李复生仍然没有掉以轻心，又在周围转了转，确信一切平安后又嘱咐雅芝关好门窗才离去。

那一夜，雅芝难以入睡。她长这么大，除小时候与父亲之外，从没和哪个男子如此亲密接触。她一点点回忆和猜想李复生是如何把她抱进屋，为她盖好被子，之后又与她一同穿过黑暗的走廊回到她的闺房。想着想着，她觉得既害羞，又害怕；既奇妙，又可悲；既混乱，又清醒。猛然间她感到一阵激烈的心跳，触动了她内心最柔软的地方；模模糊糊中女人的天性被唤醒，一种不可言喻的喜悦流过全身。她隐隐感到李复生外表虽然冷峻，实则是一个细心温和，而且有胆量和气魄的人，她甚至有点怀念黑夜中两个人行走的那一刻。

第二天傍晚，雅芝犹豫了好一阵，终于克服了矜持和羞涩，来到李复生的门前。门虚掩着，雅芝以为没有人，想放下东西就走。她想了一天，觉得这样的感谢方式比较合适，她按母亲的教导配好三种茶：姜茶、盐茶、柿茶。这三种茶对感冒咳嗽、目赤肿痛、肺痈等症非常有效，能治疗李复生目前的病症。

雅芝推开门轻轻跨进去，不想被眼前的情景惊呆了：李复生赤裸着上身正在抹药,结实的肌肉和几道红肿的伤痕暴露无遗。李复生也大吃一惊,因为除了老五之外没人进过他这间僻静简陋的小屋。李家茶号里帮工不少,但多是本地人,下工后就各自回到自己的家里。

"小姐!"李复生瞬间反应过来,迅速将衣衫罩在身体上。这时雅芝窘得走也不是,留也不是,垂下眼帘,脸上阵阵发热。

"你的伤——"好一会雅芝才问,一开口又觉得有些难为情。"没什么,小姐请坐。"李复生将屋里唯一一张旧凳子端到雅芝跟前。

"哦,不用。这茶是给你的。"

"谢谢!"

"昨晚的事谢谢你。"

"举手之劳,不足挂齿。"

"你在恩朱老爷那里干了多久?"雅芝终于忍不住问出这个一直萦绕在心中的问题。

"嗯——有一段时间了。"

"不对,我觉得你不像是一个学徒。打箭炉周边藏人居多,除了活佛喇嘛、土司头人外大都没学过读写计算,可是你说话行事像受过教育的。你是一个好人,但一定对我爸爸有隐瞒。"雅芝不知哪来的勇气,竟一口气说出心中的疑虑。

"小姐,老爷对我有天高地厚的恩情,我这一世还不了,来世再还。只是请小姐不要把今天见到的告诉别人,好吗?"李复生一边把话题扯到其他地方,一边手脚麻利地把带血布条裹在一起,顺手掖在床铺的草垫下面。

雅芝点头同意。

李复生沉默了一下说:"我的事以后告诉你好吗?"

雅芝将信将疑:"说话算数?"

李复生郑重其事:"一言为定。"

李复生和雅芝还在祖坟地里挂纸,一个仆人骑马急匆匆赶来,远远地

就大声呼唤道:"老爷,夫人,二少爷回来了!"

"明儿终于回来了!"雅芝的眉头舒展开来。这个消息一扫多日郁积在她心里的阴霾,让她暂时忘却了赏赐茶的压力。

就在李复生和雅芝往回赶的路上,恒泰茶号的冯喜和洪公子在雅州城里最好的饭店鸿宾楼里正吃得起劲。

"来,再来一块,这鸿宾楼的雅鱼是一绝。按说在雅州哪里还缺这一口?青衣江里就能捕到,可手艺不同,味道就天壤之别呀!用荥经出的砂锅小火慢煨,哪是鲜香两个字就能说尽的?"冯喜一个劲夹菜斟酒,洪公子面前的碗碟里堆满各种佳肴。

洪公子已有几分醉意:"冯先生太客气了,我都吃胀了!"

"没关系,等一会再去温泉泡一泡,搓搓背,喝点极品黄芽,啥饱胀都消了!"

"嘿,让你破费了。"

"我们两个有缘。"

"嘿,嘿……"

按理,以冯喜的身份根本请不动洪公子,更不用说洪公子家与兴义茶号是世交,而兴义与恒泰又是生意上的竞争对手。可是冯喜脑子一转想了一个主意——

茶市上人头攒动。冯喜在一个摊前品茶,见洪公子走近,忽然一个转身将茶水溅到洪公子衣衫上。

"咋个搞的嘛!"洪公子顿时火起。

冯喜赔着笑脸,忙不迭又是作揖,又是用手帕来擦干:"这位公子,抱歉,实在对不起!你看这样行不?请公子随在下到兴隆绸缎庄重做一件新衫子,算是赔偿如何?"

伸手不打笑脸人,洪公子当着众人也不想显得自己小气,于是辫子一甩,故作大度:"算了,算了。"

"哎呀,那咋行?公子如此豪爽大度,更令我惭愧不安。不如这样,我们一同到江边的鸿宾楼小坐,也给我一个赔罪的机会。"

"这——"

"这是我们俩的缘分,请公子一定赏脸。"

洪公子就这样被冯喜连诳带拽弄到鸿宾楼,一顿酒肉扯上了交情。

第九章

李永明放下包,见家里无人,就一溜烟往茶作坊里跑,刚跨进院子就大声叫道:"好香啊!三年没有闻到这股茶叶的味道了!"

作坊里的工人不由停下手脚张望,忽然一个眼尖的人呼道:

"哎呀,这不是二少爷吗?"

"是呀,差点认不出来了。"

作坊里的人都涌过来。在红锅子屋里干杀青的活的人们大都精光着上身,此时也毫无拘束地围着他看,七嘴八舌,问个不停。李永明从小就喜欢在作坊里玩,觉得比家里的气息更符合自己的心情,乐得与工人们聊天。

李永明边说边挽起裤腿,准备踏上高高的蹓茶架。这边茶制作要经过粗制和精制两道大环节,其中粗制又分杀青、蒸揉、沤堆、干燥四道工序。杀青是将刚下树的鲜叶放在高温锅里,待叶子变成棕褐色时再取出晾干,俗称红锅子。第二步是将杀青后的毛茶加入适量的热水,堆放一夜,第二天再倒入甑子在锅里蒸一会,然后取出装进麻袋提上蹓茶架搓揉。

在茶作坊诸多工序中,李永明最感兴趣的就是蹓茶。踏在空中有踩高跷的感觉,一上一下颤悠悠地晃动,站在蹓茶架顶端能触到房梁。蹓板由两块很长很厚、十分结实的杂木并拢而成,上面横钉着一道道锯齿形的细木条,然后斜搭起来,如一个高高的楼梯,两边用粗长的楠竹扎上扶手。蒸后的茶十分柔软,装入麻袋,人在蹓茶架上踏着麻袋从上至下用脚来回蹬转,往返几次茶叶就成条卷褶。小时候李永明曾经爬上蹓板的顶端把野生毛梨藏在房梁上,直到熟透后取下来与哥哥妹妹分享,那份惬意深刻地印在他的记忆中。不过他也曾从蹓板上摔下来,摔得鼻子出血。母亲严厉警告他以后不许再上蹓板，可是他依旧会偷偷跑上去过瘾。

有人劝阻道："二少爷，看把你一身雪白的新衣服弄脏了。"

"莫来头！"李永明将西服上衣一脱，兴致勃勃地提一麻袋刚蒸好的茶叶走上蹓板。只见他手扶楠竹，身体稳健，出脚均匀，一步一步地往下蹬蹓，熟练有力。作坊里的人见状议论开来。

"看不出二少爷还能干我们这些下人的活。"

"一点架子也没有。"

"是呀，二少爷从小就不拿我们当下人，经常跑到作坊来耍。"

……

一帮人正说得起劲，只见老五急匆匆走来："二少爷，咋一回来就钻到这里？快，老爷、太太回来了！"

"五公好！"李永明笑着，"噔噔"几下走下蹓板。李家的几个孩子小时候都被老五夫妇照看过，所以称他们俩"五公、五婆"，关系很亲密。尤其是李永明，小时候母亲生病，很长一段时间晚上都是五婆陪伴他。

正在这时小妹李永秀也跑进来，怯生生地叫了一声："二哥。"

"嘿，秀秀，长高了！"李永明说着抱起妹妹在院子里转了两圈，妹妹兴奋得咯咯直笑，过去兄妹俩经常这样转圈。这一转，李永秀的陌生感立刻消除，恢复了从前与二哥的亲密无间。

李永明手拉着妹妹跨进大门，见父亲和母亲站在客厅的中间，赶紧走上前深深鞠了一躬："给父母大人请安！"

雅芝说："哎呀，我都担心死了。自从收到你的信就天天在等！明儿啊，你好像瘦了，日本的饭菜哪有家里的好？听说他们总吃半生不熟的东西，没盐没味，不辣不酸。回来就好，五婆早准备好你爱吃的东西……"

雅芝格外开心，一直说个不停。李复生没插嘴，看着儿子，听妻子说话。骨肉团聚是件高兴的事，说家常该让女人占头份。一会儿，李永清、春茗带着孩子，还有五婆等人都过来了，客厅里一下热闹起来。

李复生插空儿问道："永明，你回国后有啥打算？"

李永明答："父亲，儿子已在成都的省立高等学堂谋得一份教书的差

事。因为课程已安排，所以在家只能停留两天。"

"你要在成都做事？"雅芝很意外，想到儿子依旧不能留在身边，不禁又难过起来。李复生虽有些失落，但觉得儿子有抱负是一件好事。他知道这所学堂是前任四川总督岑春煊创办的，设有西洋学堂的诸种学科，但不学中国的儒家经书，与传统的书院学府完全不同，一直被有些人视为离经叛道之学，温和一点的人称学堂是"洋派"，洋派也就成了省立高等学堂的代名词。那里的人走出来总会被人指指点点，因为男人穿的衣衫像洋铁片一样笔挺，没有一丝褶皱，或拿一根被称为"文明棍"的手杖；女人爱戴缀有花边或蝴蝶结的帽子，与男人说话丝毫不躲闪羞怯，昂首挺胸，大脚上穿着锃亮的皮鞋，走路时发出"噔、噔"的声音。

"你把'洋派'的详情给我们说说。如今科举废除了，去新学堂兴许是一条路子。"李复生对儿子的选择表示同意。

李永清急切地问道："那里的薪俸如何？其实'洋派'好歹无所谓，银子多少才是关键。"

"我是被一个同在日本留学的朋友介绍去的，在那里住了几天，觉得比较适合我，就先签一年合约。薪俸并不高，但是我的抱负不在银钱上。在日本，我大开眼界，明白了为什么我们中国总是被别国欺负。一些芝麻大的小国，比如葡萄牙之流也敢强占我们的领土，就是因为我们的朝廷太懦弱无能！"

李永清不痛不痒地说："那有啥办法？打不过只好割地赔款买平安啰，不然再打下去遭得更惨。再说，大清国那么大，也不在乎那一点边边角角的小地方，只当是打发讨口子。"

"大哥，国家兴亡，匹夫有责。你别忘了得陇望蜀和唇亡齿寒的典故！"李永明有些激动。

李复生打量李永明："那你说该咋办？"

"按照孙中山先生所说，'驱除鞑虏，恢复中华，创立民国，平均地权'。只有这样中国才能走向自立自强，才不会被列强欺负。"

雅芝听着觉得有点不对劲，见李复生没表态，屋里也没外人，这才把要制止李永明的话吞回去。

李永清注视着李永明警告道:"二弟,你说话小心点,这番语言有点革命党的味道哟!"李永清自知各方面不如弟弟,但又要端起架子,仗着比弟弟大许多,口吻里带着长者的腔调。

雅芝立马附和:"你大哥说得对,你离他们远一点。"

李永明有些沉重:"妈,我们国家再这样下去会被别人灭族!"

李复生若有所思:"听说南边的几次起义都被朝廷镇压下去,死了不少人,你说那些人的血不是白流了吗?"

李永明慷慨激昂:"不,不会白流,革命者以血醒民,会唤起更多的民众觉醒。"

李复生正要开口,雅芝忙打断:"哎呀,刚回家,说点高兴的事,不要老是死呀血的,听得人心里发毛。明儿,告诉妈你在外面有没有中意的女子?"雅芝心里直打鼓,赶紧转了个话题,此时她真希望有个女子能拴住儿子,免得他成为脱缰的野马,跟别人一起去闹革命。

"嘿嘿,终身大事当由父母做主。"李永明见母亲有意岔开话题,便开玩笑说道,想使家里气氛轻松一点。

不想雅芝认真起来:"那妈就替你物色一个好女子。俗话说家有贤妻,夫无横祸,有一个好女子为妻是终身的福气。"

李永明见母亲认真了,怕她真的立马找一个媳妇拴住自己,便调侃道:"不过,妈要找就给我找一个天足女子,嗯,要三寸金莲的三倍,既能骑马,又能穿高跟鞋,跑起来风一样快,最好嗓门也大,说起话起来铿锵有力。"

雅芝忍不住笑起来:"瞎说,真要娶了这样的媳妇,你呀,就被管得大气也不敢出了!"

一家人都笑起来。李复生见五婆转身准备出去,便挽留道:"五孃你坐一会,厨房里有人弄。你歇一会,听听永明讲外面的新鲜事。"

五婆年轻时就在李家当仆人,极是勤快忠心,每天从早到晚都闲不住。听老爷这般体恤她,不由咧开门牙稀疏的嘴对众人羞愧一笑:"老爷,

太太,我是个不中用的人,啥子都不懂。"

李永秀咬着指尖说:"五婆,你就听二哥讲洋派的事嘛。"

五婆一本正经道:"听你们围着洋派说了半天,好像是二少爷的朋友,可我这个老颠东一直没弄清楚这个洋派到底是男的还是女的,往后来家里做客我都搞不清楚。"

短暂的惊愕后,所有的人都忍不住大笑起来,李永明嘴里的茶几乎喷出去。春茗的女儿香香也被众人感染,挥动胖乎乎的小手张嘴"嘿嘿"直笑。自赏赐茶出事以后,李家大院便没了笑声,李永明返回也将欢笑带了回来。

一家人正欢天喜地吃晚饭时,曾秀风尘仆仆地赶了回来。李复生闻讯放下碗筷跨出饭厅往外走,见到曾秀径直问道:"事情咋样?"

"老爷,说雪崩发生后有两个人逃出来。"

"是谁?"

曾秀摇摇头:"没打听到。听说这两个人逃出来后遇一个放羊的藏族男孩,就向这个男孩讨吃的。男孩不懂汉语,双方比划了一阵,男孩给了他们一点羊奶和糌粑。后来有人把这个消息传给旺堆老爷,旺堆老爷派人去问过,但是没有找到这个小孩。不知是游牧的搬走了,还是怕惹麻烦避而不见,总之这两个人就如泥牛入海,一点消息也没有。"

"怪!"李复生吃惊之余,大脑飞快地转。这两个人逃出来后又发生了什么事?如今人在哪里去了?按理马帮的人一旦有事必定会去吉祥锅庄找次仁旺堆,可是旺堆竟然一无所知,这太匪夷所思了!

次仁旺堆是恩朱的大儿子,在父亲恩朱死后继承了大部分家业。恩朱本有三个儿子、一个女儿,但女儿远嫁拉萨,另外两个儿子志不在经商赚钱,先后出家当喇嘛,一个在喜马拉雅山麓闭关修行,另一个潜心研究藏医,与家人几乎没有往来。次仁旺堆既要照顾庄园,又要经营生意,十分劳碌。好在夫人尼玛拉姆是个美丽能干的女主人,在她的精心打理下吉祥锅庄愈发红火。如今吉祥锅庄里五十多间客房温暖舒适,二十几个帮工分工明确，缝茶包、洗衣、做饭、喂养马帮的骡马，井然有序。倘若是大马帮住店，锅庄还会将骡马赶到城外雅拉河畔水草肥美的地方放养，以保证骡马肥壮不落膘。吉祥锅庄往来客人多，在当地关系深广，消息灵通，四周发生的大小事情很快就会得知。李复生推测逃出来的人必定是未到吉祥锅庄就遇到意外，想到此，一种更强烈的不安爬上他的心头。

"老爷，沿途的客栈和饭铺我都留下话，让他们帮忙打听，一旦有消息不会亏待送信的人。"

曾秀的声音打断了李复生的思索，这时不远处传来爆竹声。李复生说："曾秀，你一路鞍马劳顿，先进屋一起吃饭吧，永明从日本回来了。"

曾秀先是一喜，不过接着又摇头推辞道："你们一家人难得聚在一起，我就不进去打扰了。我到厨房去吃，回头还有许多事要料理，今晚从天全、洪雅购回的两百石做庄茶就要运到，明天其他地方的茶也要陆续运回入库，这样赏赐茶的事总算能应付过去了。"

李复生点点头，也没有再勉强："吃完饭你早点歇，卸货的事我安排其他人去照管。今天是新茶会，我让作坊里的工人早些回家，厨房里备了水酒好菜，有你喜欢的咸烧白和嫩茶叶炒鸡蛋，等会儿多吃一点。"

曾秀心里一阵感动，本想说几句感谢之类的话，但最终只是点点头就离开了。李复生看着曾秀清瘦孤独的背影，听着客厅里不时传来的阵阵笑声，无声地叹了一口气。

曾秀一个人在走廊里穿行，她分明能感受到背后李复生关切注视的目光，但她没有回头。李复生可以说是她唯一的亲人，也是她内心深爱的人，但她明白他们之间有道永远无法逾越的鸿沟，他们之间只能默默相望，因为当初李复生对岳父发过誓：一辈子不娶妾。李复生是个言而有信的人，曾秀不想使李复生为难，只有忍受这份煎熬。这时远处传来爆竹声和喧哗声，孩子们大声欢叫，在灯光和礼花的照映下，曾秀的脸上忽明忽暗，眼神里露出淡淡的忧郁和落寞。走到走廊尽头，她感到李复生离开了，才转过身，立在原地久久没有挪动。

夜深了，李家的灯光渐渐都熄灭了，黑暗中欣喜忙碌了一天的人们进

入了梦乡,四周一片安静。

突然,作坊里冒出一股浓烟,烟越来越大,接着火苗"呼"一下蹿起,转眼间燃起熊熊大火,伴随着"噼噼啪啪"的响声,很快染红了半边天空。燃烧后的碎片高高扬起,又纷纷落下,空气中四处弥漫着烧焦的茶味。

"来人啊!快来人啊!"

"救火,救火——"

兴义茶号一片忙乱和喊叫声……

第十章

真是祸不单行！天亮后李复生不禁被眼前的情景惊呆了。地上一片狼藉，四周焦黑，作坊里的木架、隔板、梁柱都变成木炭，瓦砾和灰烬仍在冒着热气，烧焦的茶叶洒了一地，踏上去立即成为碎渣。损失最惨重的是沤堆房和库房，里面的茶全部化为灰烬。

雅芝用手捂住嘴哭，这对兴义茶号而言是灭顶之灾。

沤堆就是茶叶发酵。蒸揉后的茶叶堆放一天后，开始第一次翻拌。翻拌后码起很高的堆子，继续堆放七天左右，使其进一步发酵。待茶堆中央冒出热气，又开始第二次翻拌，翻后再堆放四天。待堆面呈现露水，茶叶呈现均匀的棕褐色时，又开始进行第三次翻拌。三次翻拌后，再次把茶叶扎成堆，继续发酵达到标准。然后开始干燥，完成粗制工序。

李复生为了赶五千条茶，一方面自己抓紧加工，一方面从外地调回大量做庄茶，准备进行除杂、整形、配仓、冲包等一系列精加工。哪料翻拌完的茶还没有放入石坑烘干就被烧焦，而且火势蔓延到库房，将昨晚运回的做庄茶也全部烧毁！

"昨晚是哪个当值？"待作坊的火完全熄灭，帮工们正收拾残局，曾秀脸色通红，柳眉倒竖。雪崩发生后，为了按期完成赏赐茶，作坊一直在连夜赶工，昨天因为是新茶会，只留了一个人守候。

一个中年汉子怯生生地答："是我……"

曾秀忍不住火起："你是不是在打瞌睡？扎堆的茶要随时查看，发现冒气就要挖沟散热，以防里面太热茶叶烧焦变黑。你在茶号干了那么多年还不晓得？"

"散热沟白天就挖好了，我还仔细检查过，不晓得咋燃起来了……"

"这是茶号的救命茶,你把众人的饭碗都砸了——"曾秀说着声音禁不住有些颤抖。

"我,我该死……"那汉子蹲在地上用手拍打自己的脑袋,呜呜哭起来。

"赏赐茶都毁了,哭有什么用!"曾秀自己却也忍不住哭起来,"我们如何向官府交差?茶号以后咋办……"

曾秀说的是实话,李复生呆立在烧焦的茶叶灰烬中,眼看着竭尽全力准备的赏赐茶原料又一次化为乌有,心里一阵阵刺痛,兴义茶号从来没有遭到这样沉重的打击,他半晌说不出话来,大脑里一片空白,真不知该如何应对这山穷水尽的局面。

李家发生的一切,孟廷轩看在眼里喜在心上,禁不住自言自语道:"李复生你完了!赏赐茶让你得意,也让你倒霉!"

三十年来他一直不忘李复生夺走雅芝之恨,当年李百安正式向他表明雅芝要退婚的情景历历在目。那天李百安闷声不响抽了一阵水烟后说:

"多的话我也不想再说了,是我们李家对不住你。可是我又只有这一个女儿,她妈走得早,我不能让她在婚姻大事上觉得委屈。不过我是一个讲规矩的人,既然是我女方提出的退婚,当然会按规矩加倍赔偿。钱,明天我就派人送到府上,也向你父亲致歉。"

"李伯伯,能否让我与雅芝说几句?"孟廷轩争辩了好一阵,这会挣扎着想抓住最后一线机会。

"唉,强扭的瓜不甜。我看就算了,我实在有点难为情,请孟公子见谅!"李百安说完又闷头抽烟,孟廷轩见事情再无回旋余地,只好心灰意冷、垂头丧气地走出李家大门。

那天阴雨绵绵,街上行人稀少,孟廷轩沿着河边漫无目的地行走。天黑尽了,心急如焚的孟渭长才在乱石河滩上找到望着河水发呆的儿子。孟渭长劝道:"娃,你有啥想不开?!天下好女人多的是,何必这样折磨自己?"

孟廷轩一语不发。孟渭长急得像热锅上的蚂蚁，哀求道："廷轩呀，你倒是说句话嘛！"

跟着孟掌柜一同来的用人也在一旁附和："大少爷，老爷到处找你，连午饭都有没吃，都要急死了！"

孟廷轩看见父亲一身湿透了，心一软，眼泪一下流出来："大，我心里憋闷啊！咋就突然翻脸不认人？毁约，退婚，让我的脸面往哪里放？我还不如死了……"

孟渭长脸色一变，恨恨呵斥道："没出息，说这种话！我听说雅芝看上了他们家的帮工李复生。"

"他？一个穷光蛋！他有什么能耐？"

"听说上次他带马帮去打箭炉，途中遇到几个拦路打劫的土匪，他赤手空拳将那几个蟊贼收拾了，从那以后李百安就对他刮目相看，雅芝也就动心了。"

"有一点憨力气也算本事？"

"这个李复生恐怕不简单哪。原来那些驮夫都是各自结伴而行，可是他却将他们组织起来一同走，路上彼此照应，打劫的见人多势众也不敢轻易下手。廷轩呀，男子汉要提得起，放得下。"

"可我喜欢雅芝，这份情放不下……"

"唉，啥情呀爱的，大大是过来人，早看穿了。女人说白了就是拿来生娃，传宗接代，延续香火。不错，雅芝这女子是漂亮、水灵，可是既然不成就不要浪费精力。就如同做生意一样，这笔不成赶快做另一笔，银钱抓到手才实在！有钱啥样的女子都可以娶回家。"

"大大，你不要老是钱、钱，我心里难受。"

"说钱咋了？银钱才是永远不变的东西，女人的心如天上的云，时刻都在变，最捉摸不透。"

"可我吞不了这口气！"

"廷轩，君子报仇十年不晚。等着看吧，我们孟家迟早要和李家算这笔账，要等着看他们倒霉的样子。"

孟廷轩似乎一下振作起来，一擦眼泪大步往回走。雨越来越大，天地笼罩在一片朦胧的雨雾之中。

雅州是个多雨的地方，当地民谣中说"雅无晴"就是指雅州很难有晴天。传说上古时候女娲补天时不慎漏掉一小块，于是这一块终年雨水不断，这个漏掉的地方的下面就是雅州。不过祸兮福兮，丰沛的雨水和多雾的天气，造就了适合茶叶生长的好环境。

很多年后孟渭长去世，东家念他对茶号有功，便提升孟廷轩当了掌柜。孟廷轩上任后，为在生意上战胜李家，曾多次花钱打点，但御制赏赐茶的买卖一直未抢到手。而许多西藏贵族买茶大都点名要兴义茶号制的茶，因为他们从小就喝这个茶号的茶，看着家里的仆人把一块块的茶掰碎，放进锅里熬开，再倒入特制的木桶里，加入酥油、盐慢慢搅动，最后做出醇香可口的酥油茶，那种香味一直伴随他们长大，深入骨髓里，又传给下一代。孟廷轩曾无数次尝试改进自己茶品的口感，想让其达到兴义茶号的品质，或者接近也罢，可是一直未能如愿。多年的经商经验告诉他：藏人一旦认准某个字号、某个品牌便始终如一，很难改换门庭。再则兴义茶号制作赏赐茶的秘笈从不外传，即便重金挖走他们作坊的个别帮工，也只能知道其中某几个工序，无法了解全过程，劳神费力也只能弄个仿制，茶一到别人口中就尝出不同。孟廷轩那个气呀，一直憋在心里。

今天他感到从没有过的舒畅，禁不住高声对冯喜说："去，给厨房说今天多加几个荤菜，再弄些酒，让大家都好好吃一顿。"

"今天是啥日子？"冯喜有些纳闷。

"啥日子？好日子！"

冯喜顺着掌柜的目光看出去，终于明白，嘿嘿一笑："是好日子，是好日子，看来我们恒泰号要出头了，老天也在帮我们。"

"老天？哼，那是我加了一把劲。"孟廷轩阴沉一笑。

冯喜眨了眨眼睛有些不解，孟廷轩没有往下说，一直在打量对面的兴义茶号，幻想着日后恒泰茶号财源滚滚，脸上露出得意的笑容。隔了一会，他忽然想起什么，转过身对冯喜吩咐道："等一会你去洪公子下榻的客栈,你这么对他说……"孟廷轩附在冯喜得耳边如此这般耳语一通。

通往京城的驿道上,一骑快马飞过,卷起滚滚烟尘。鞍上骑者头插标有快马标志的雁毛,身背装有文书的包裹,马颈下的鸾铃清脆急促,随风传扬。人还没到下一个驿站,已有一个同样装束的人出门等候,待来人走近,立刻接过包裹飞身上马。一站接一站,马鬃飘飘,铁蹄嘚嘚,由山间小道转上官道,烟尘消失在皇城外。

"报——八百里加急到。"

"八百里加急——"

"八百里加急——"

宫中太监们尖细的嗓音一个接一个传进深宫。

一个老太监拿着一卷血迹斑斑的奏折,用眼角偷偷瞟了一眼心不在焉、年仅六岁的小皇帝,将身子往小皇帝身边的摄政王凑了凑,小心翼翼道:"启禀皇上。"

"说!"摄政王载沣催促道。

"是。"老太监忙展开那份字迹被血和汗浸得模糊不清的奏折,磕磕巴巴地道:"启禀皇上:四川边界塘坝发生武装骚乱,朝廷派驻的十多名流官被杀,另有随从、守卫、家眷近三百人也全部遇难身亡。起因是茶荒,南北两道盗匪猖獗,茶路阻断。塘坝由哄抢茶叶发展为对抗朝廷的'改土归流',最终酿成武装骚乱。叛匪不但叫嚣恢复土司制,还打劫过往商队,致使烽烟四起,人心惶惶,路人绝迹……"

"不用往下念了!"载沣一挥手,太监立刻止住声音。此刻他青黄色的脸上满是怒气。内忧外患,接二连三的烦心事让他郁闷烦躁,寝食难安,如今又雪上加霜,发生骚乱。屋里一派肃静,连衣袖的摩擦声也清晰可闻。沉默半晌,他站起身来,大声说:

"着令赵尔丰即刻率兵前往塘坝平乱!令各地边茶火速调往藏地,并派成边军士沿途护送,各州县不得懈怠!"

父亲震怒的声音,吓得小皇帝一个激灵,转瞬变为一副哭相。载沣用

眼神示意儿子，小皇帝会意，以稚嫩的童声说："快快传旨。"

片刻，载沣缓了缓口气："藏地的茶大都来自四川雅州，为了西藏稳定，着人去雅州督办茶事，以解燃眉之急。"

第十一章

塘坝，金沙江边一个热闹的城池。从炉城出来后一路高山连绵，氧气稀薄，人烟稀少，而一旦跨入塘坝，却是一派河谷绮丽的景象。塘坝地处川、滇、藏交界处，四周是水草肥美的草场，牛羊成群，瓜果丰富，加之又地处通往拉萨的咽喉要道，因此熙来攘往，商贸繁荣。清朝康熙初年川、滇等地就不断有汉、回等族移民到此经商或从事手工制作，到清末经商的移民大大增加，当地藏人统称这些外来户为"八十汉家商"。汉商们与当地藏人和谐相处，先搞起财神会，供奉关羽，提倡有福同享、有难同当的桃园义气；后来又修建起有关帝庙、戏台、钟鼓楼的"川滇陕会馆"，逢年过节还在其中跳弦子，摆酒席。所不同的是每到农历十月二十五日宗喀巴大师圆寂的日子，大家就吃掺有酥油、奶渣的面疙瘩；而农历腊月初八，释迦牟尼成道这天，大家又吃混有豆菜的腊八粥。其时，无论是汉人还是藏人都沿袭这种习俗：有两个儿子，就送一个出家为僧；有三个儿子的，长子继承家业娶妻生子，一子出门入赘，一子入寺为僧。

可是繁华的塘坝自骚乱发生后就变得行人稀少，店铺关门，商家的布招在寒风中瑟瑟发抖，就像当地居民的心，整日惴惴不安。

远离塘坝城的山里一顶破旧的帐篷里躺着一个遍体鳞伤、昏迷不醒的男人，他显然被噩梦缠身，面容痛苦，浑身抽搐，嘴里不时发出含混不清的呓语。一会，远处一个藏族男子骑马飞奔而来，这人就是多吉。只见他急匆匆钻进帐篷，俯身对昏迷的男人叫道："老爷，匡老爷。"

多吉自梦见爷爷以后，就魂牵梦绕渴望回到故乡，于是告别了藏戏班，然后随一个马帮踏上了回打箭炉的旅途。走到塘坝他生病了，只好暂时住在一家小客栈里。病好后他钱财耗尽，眼见就要山穷水尽，恰逢节日

来临,他到川、陕、滇会馆去看耍龙灯和马车灯,趁着酒兴他唱了一段藏戏,被来参加联欢的满族官员匡盛看中。匡盛问他的来历,多吉不敢据实相告,只说自己是马帮里的一名驮夫,如今暂时没有着落。匡盛惜他是个人才,就留他在身边当马夫,待他不薄。多吉还没有来得及向匡盛说明自己的打算,塘坝就发生了骚乱,他只好暂时留下,并冒着生命危险把受重伤的匡盛背到山里藏起来。

匡盛睁开青紫肿胀的眼睛,定了定神问道:"情况弄清了吗?"

"听说是英国人在暗中搅和。"

"英国人?我说怎么觉得有点不对劲,一切像是有计划有预谋,原来是他们在其中搞鬼!"

"听说英吉利人鼓动一些头人把西藏从大清国独立出去,送洋枪给叛匪……"

"妄想!"匡盛激愤地想撑起身来,不想震动了伤口,一阵钻心的疼袭来,又倒下了。

多吉将他扶起:"匡老爷息怒,您先喝点水。小人实在弄不到茶,叛匪四处在追杀官府的人,怕稍不小心暴露大人的藏身处。"

"这些混账,逆贼!"匡盛依旧难以平静,到塘坝为官以来,他对这里的历史沿革十分清楚。西藏在唐朝时称吐蕃,塘坝就在与吐蕃的交界处;元时朝廷就在此置招讨司;明代置千户所;清雍正置粮台、宣抚司,下辖七个土百户;光绪三十三年"改土归流"后置县,翌年升为府。

匡盛正想着,远处传来一阵急促的马蹄声。多吉心中一惊,转身出去张望,只见远处一队人马挥舞着长刀弓箭呼啸而来,知道事情不妙,吓得慌慌张张钻进帐篷:"不好了,老爷,那些叛匪追来了!"说罢欲扶起匡盛往外走。

"你快走!"匡盛挣脱多吉的手。

"老爷……"

"你拖着我就走不了,快走,这是命令!你一定要把消息带出去,让边茶尽快进入藏地,以免有人借机闹事。"

马蹄声愈来愈近，多吉仍然犹豫不决，匡盛抽出怀里一个牛皮小袋交到多吉手中："把这个交给箭炉厅用八百里加急传到京城。"

这时吆喝声愈来愈近，多吉不敢再停留，把那个染有发黑血迹的牛皮小袋揣进怀里，双膝一弯跪在地上，颤抖着说："匡老爷，您的恩情来世再报，小人粉身碎骨也一定把信送到！"说罢钻出帐篷朝山顶奔去。

一群叛军冲进帐篷得意地叫嚷："哈，哈……清廷的狗官，终于把你找到了！"

"窝藏你的狗奴才跑到哪里去了？"

"不说？今天就要好好享受一下这种滋味——"

"啊——"

多吉藏在山上，听到一阵阵撕心裂肺的惨叫，不由蜷缩在地，两手紧紧捂住耳朵。不一会叫声停止了，他伸出头往山下张望，见两个人把血肉模糊的匡盛拖出来，将其长辫子拴在马尾上，又一把火把帐篷点燃，然后上马扬鞭呼啸而去。马尾拖着匡盛四处乱撞，衣衫和肉骨一片片散开，白花花的肠子暴出来，转眼间就变得血肉模糊，接着骨头裸露出来。多吉又难过又害怕，双手紧捂着嘴不敢哭出声，牙咬破嘴唇，鲜血一滴滴从指缝里落下……

印度南部阳光炽烈，热气袭人，蓬头赤足、面色黝黑的印度人面无表情地在田间劳作，这里房屋低矮，人们生活贫困。而附近东印度公司豪华的商馆四周树木葱郁，鸟语花香，与之形成鲜明对比。商馆底楼宽敞的客厅里三台两页电扇缓缓转动，凉爽宜人，墙壁和每个角落都摆置着从印度各地搜集来的石刻佛像、银器、铜盘、木雕等珍贵文物，留声机里英格兰民歌舒缓传来。大腹便便的英国驻印总督与一位身材魁梧的将军、一位干瘦的老年绅士频频举杯。

总督满面喜色："哈，哈，来，为我们大英帝国的又一次成功干杯！"

将军高声："干杯！"

老绅士略一躬身："请！"

总督一口喝干，拿起一个硕大的烟斗点燃，松了松短颈上的领结说："我们大英帝国对中国的西藏关注已久，那里有丰富的矿藏，还有许多未知的秘密。大英帝国一旦控制了西藏，不但可以像如今这样将印度的宝贝据为己有，还能以水资源控制南亚和东南亚的许多国家和地区。为了西藏，我们大英帝国付出了很高的代价，从第一次因为鸦片与中国开战以来，就不断从尼泊尔、锡金、不丹、克什米尔以及喜马拉雅山西段的地区渗透，逐步形成对西藏的包围之势。以后又修通印度平原到大吉岭的喜马拉雅山铁路。我们的一名优秀军官徒步潜入西藏，成功探得'青稞之热，非茶不消，腥肉之食，非茶不解'，藏人不可一日无茶的重要情报，随后立即在大吉岭大面积植茶，准备将大吉岭产的茶销到西藏各地，以便用此茶取代中国一千多年的边茶，将茶作为有力的手段掌控西藏。"

将军有些不满，道："总督大人，请恕我直言，我们完全可以用武力快速占领西藏，何必耗时耗力以小小的茶叶曲线进入？这样有损我们帝国军人的荣誉！"由于激动，将军稀疏的金发抖动开来。

总督拍着将军的手臂，嘿嘿一笑："将军的功勋与帝国同在。不过，政治不同于打仗，更要讲究策略，考虑到大英帝国在国际上的荣誉和影响。不要说占领，'占领'是个带有贬义的词汇，容易让人误解为以强欺弱。我们是用文明拯救愚昧，以发达帮助落后，推进世界文明的进程。大英帝国是日不落之国，我们一定要站在地球的最高端俯瞰人类，统治众生。西藏是世界之巅，所以它对于我们有特殊意义。将军阁下，您千万不要小看这茶叶，有时候它比炸药、钢枪还有威力。引用中国的一句著名的唐诗，'随风潜入夜，润物细无声'。"

"总督大人真是个天才的演说家，博闻强识，能思善辩！佩服，佩服！"老绅士竖起大拇指。

"知己知彼，百战不殆。我研究中国文化多年，最大的收获是借鉴他们的经验。你们知道英帝国为什么能吞食并控制印度吗？秘诀就在于通过东印度公司对印度'分而治之'！从表面看，印度是一个庞大的国家，一个所谓的文明古国，伟大佛教的发源地。但是它却长年陷于封建割据纷争，朝廷内部矛盾重重，同时，又不断受到外来势力的入侵，所以国力衰弱，江河日下，加上种姓制度造成的巨大贫富差距，使社会矛盾更加尖锐。大英帝国能比较顺利地进入印度，就是利用了他们国内的各种矛盾，设法让印度人打印度人，让这个教派打另一个教派，打来打去越耗越弱，造成极度混乱后，东印度公司才像救世主一样出来收拾残局。哈，哈，后来的事查理比我更清楚了，因为你有许多激动人心的经历。"

被唤作查理的老绅士故作矜持："哪里，哪里！当初东印度公司为在印度立足，运用了许多手段，其中种植鸦片、黄麻，贩运食盐是确立统治权的重要策略……"

总督抢过话头："中国与印度有许多相似之处，所以也要挑起他们的内部矛盾，让藏人打汉人，汉人打藏人，满人打藏人、打汉人、打胡人、打其他人，让他们械斗不止。总之，越乱对我们越有利！中国有句成语叫'鹬蚌相争，渔人得利'。"

将军忍不住拍手赞叹道："总督大人真是深谋远虑！"

"哈——我不过是借鉴前人的经验。查理是我们大英帝国的资深间谍，1858年在政府直接统治印度前，就是东印度公司驻印度的负责人，曾以各种手段令印度等地农民种植鸦片，再走私运到中国、东南亚等地销售，赚得丰厚利润。"

这时一个仆人模样的人在门廊里向查理使了一个眼色。查理会意，说："总督大人、将军阁下，今天我隆重向你们二位介绍一位杰出的年轻人，他为我们大英帝国作出了重大贡献。"说罢轻轻一摆手，仆人带一名一袭黑袍传教打扮的年轻男子进来。只见那男子约莫三十岁模样，身材修长，举止优雅，面色黑红，一头褐色的卷发，高高的眉骨下一双灰蓝色的眼睛，眉宇间流露出自负，鹰钩鼻显出冷峻与阴郁。

查理得意地介绍道："这就是我向你们说起的詹姆斯，一个具有高贵的血统的年轻人。他曾在牛津大学学习地理学和生物学，后来又到神学院进修，研究东方的佛教和道家学说，后来通过教会以传教的身份进入中国西藏传教。詹姆斯不但通晓汉语、藏语，而且熟知藏地民俗禁忌、地理环境，

这次塘坝骚乱就是詹姆斯的杰作之一！瞧，西藏强烈的阳光将他原本白皙的皮肤染成紫铜色，多像文艺复兴时期的铜铸佳作！"

总督站起身来，上下打量一番："年轻人，好样的！"

将军道："你的卓越表现查理已经详细告诉我们了，不错，继续努力！"

詹姆斯一躬身，右边嘴角微微向上一咧，露出内心抑制不住的得意："谢谢鼓励！"

总督转身问："查理，你下一步准备如何安排年轻有为的詹姆斯？"

查理用手捋着下巴上修剪细致讲究的胡子，不紧不慢地答："我已做好安排，让詹姆斯脱掉传教士的外衣，以东印度公司商人的身份进入西藏腹地，并在打箭炉开设商号，以经销印度大吉岭茶为主。商人比神职人员行事方便很多，可以四处走动，广交朋友，也不易引人怀疑。"

总督点了点头，不过露出一丝担忧的神情："听说中国朝廷已派赵尔丰率兵到塘坝平乱。这是个手段强硬的家伙，几年前，清朝驻藏大臣凤全遇害，赵某被调去平定叛乱，从那时起他便细心观察研究川边藏地事务。当他了解到我们英国支持西藏地方军队制造冲突的内幕后，便上奏朝廷在川边实行改土归流的政策，意图稳定川边局势。后来他充任川滇边务大臣，就立刻着手实施改土归流，将世袭土司制改为朝廷任免的流官，这一招果然奏效，那些朝廷委派的流官一度控制了地方事务，我们也举步维艰。如今由他带兵去会不会再次对我们不利？毕竟，西藏不是印度。"

将军深表赞同："我们英军以前也和藏人交过火，高原作战并不利于我们的将士，尤其是小股部队作战。藏人耐力好，勇猛彪悍，熟悉地形，而且不惧死伤。他们对生命的理解与我们完全不同啊！"

"正因为考虑到这一点，所以我让詹姆斯身份变成商人。"查理似乎早已胸有成竹，顿了顿又说："我早在亚东、拉萨、江孜、塘坝、打箭炉、雅州等地布下了自己的人。正如总督大人所说，与中国人打交道要用中国人的智慧。詹姆斯到达后就可与他们取得联系，迅速展开工作。"

总督举起酒杯："来！预祝你成功，为我们未来的胜利干杯！"

将军:"等候你的好消息!"

查理:"我相信詹姆斯不会让我们失望。"

詹姆斯:"为大英帝国的胜利。"

四只酒杯猛烈地碰在一起,红色的酒液像鲜血一样翻滚四溢。

第十二章

兴义茶号大门口围了一圈看热闹的人,中间洪公子和他带来的几个人正站在石阶上与曾秀大声争执,洪公子指着茶号的匾额气哼哼地说:"你们也太不讲信誉了,上一批的货就没付款,如今又推三阻四不给钱。这哪里是在做生意?要不是看在老一辈的面子上,我非到府衙去告你们赖账!"

"就是!哪里像个老字号的样子?"

"拿不出钱就退货!"

另外两个人也在一旁大声帮腔。曾秀赔着笑脸说好话:"洪公子,请你多包涵一下,能不能再宽限点时间?到时候把钱送到府上去。我们两家是多年老交道了,从未因为生意上的事扯过筋,红过脸。你说是不是,余管家?"曾秀希望一直未说话的余管家帮她一把。

余管家露出很难为情的表情:"曾管家,洪少爷,你们看可不可以坐下来商量一下?"

"商量啥子?有啥子好商量?我不能做亏本生意呀!这次出来是我说了算,还是你说了算?虽然我们两家有交情,但生意上从来都是亲兄弟明算账,这不是你余管家经常讲的吗?"洪公子没好气地说,余管家不敢再多嘴,满是歉意看曾秀一眼。曾秀的确为难,她现在实在是拿不出钱来。

看到眼前这一切,孟廷轩高兴得哼起川剧:"我正在城楼观山景,忽听得城外乱纷纷……"

这时冯喜从后面走近,伸长脖子往外看了看,问:"他们吵啥?"

孟廷轩呷了一口茶:"李复生拿不出钱,别人上门来讨债啰!"

冯喜幸灾乐祸道:"该他背时了,赏赐茶接连遇到雪崩、火灾,洪公子再一催账,兴义茶号肯定就只有关门了。"

"嗯。你与洪公子谈得如何？"

"谈是谈成了，不过，洪公子要把价往上抬一点。这个人不好打交道，稍不如意就变脸。"

孟廷轩阴沉着脸想了一会，说："行，高就高一点吧，我们已在他身上花了不少钱，先把他这个大供货商拉过来再说。我就是要看着李复生的茶号倒闭！"

冯喜点点头："孟掌柜，如今兴义茶号走霉运，我们就可以多弄些茶去狠狠赚它一把。"

"你说得轻巧！如今南路骚乱不安，北路劫匪出没，谁敢提起脑袋走？弄不好就是人财两空。"孟廷轩看着对面忽然说："咋没看见李复生出来？就曾秀那个婆娘在外应付？"

冯喜一下想起什么来："我正说要给你说这事，今天一早我见他骑马出东城门了，我当时还想有啥子重要事可以连茶号都放下不管。"

"出东城门？他要干什么？"孟廷轩有些意外。

"或许是去借钱，或许是去调做庄茶，他必不肯眼看着兴义号破产关门吧。"

"借钱？他调这一批做庄茶恐怕还赊欠了账，谁会再借给他？再说谁又有那么大一笔借钱给他？一旦他的茶号倒闭了，借的钱又如何能归还？"孟廷轩嘴里虽然这样说，但刚才那份好心情一下消失了，多年的较量让他知道李复生经常会有令人意想不到的招数。想到此，忙对冯喜说："你要继续收购茶，把行市抬高，另外，再怂恿那些雪崩中死去的驮夫家属到李家去纠缠，让李复生没有喘息之机！"

曾秀与洪公子的争执声传到李家院内，李永明几次想出去都被雅芝阻拦，最后雅芝将李永明拉到后院茶室说："明儿，你把这墙上和屋里的茶都搬出去。"

"妈——"

"难道你要妈亲动手？"

"可，这些茶砖是外婆和外公留下的宝贝，也是你心爱之物，从小父

亲就告诫我们不许动它们。"

"眼下顾不了那么多了……"

"父亲去找武知府还没有回来?"

"你父亲从府衙出来就赶去了蒙山,了空师父病重,带信来叫他尽快去一趟。"

"就是那个独臂师父?在我的印象里他很少说话。"

"了空法师的身世很凄惨,他当年因救一个太平军的人而被官兵放火烧死了全家,他的胳膊就是被官兵砍断的,后来死里逃生,不得不隐姓埋名远走他乡,几经辗转才到蒙山当和尚。他说自己年纪大了,手也不方便,就在斋厨里干些粗活,从来不出去接待香客,故认识他的人极少。你父亲偶尔会去看他,两人也不说什么,只是静静地喝一会儿茶。"

"家里遭了火灾,债主就在家门口,西藏那边又急等着茶叶,父亲在这时候还赶去看朋友,是不是有点不寻常吧?"李永明一边思索,一边自言自语。

"你父亲做事从来有些与众不同,他就是这样的秉性。"雅芝叹了一口气。

"哦,我明白。妈当初就是看上爸这一点,虽地位低下,却不卑不亢,行事有勇有谋,所以才不顾一切嫁给他的。"李永明想让母亲心情好一点,故意扯一点轻松的话。

果然,雅芝淡淡一笑:"你还拿妈开玩笑!"

"嘿嘿,儿子岂敢。"

"唉,让人家堵在门口讨债,我们李家几辈人从没有这样丢脸失格的事!"雅芝说着从抽屉里拿出一张房契、一个首饰盒递给儿子,"这是小南街的一处房子,是你外婆的陪嫁,首饰盒里的东西是你外婆外公给我的陪嫁,你把它都拿去卖了。"

李永明接过手:"妈,可是这些并不够呀。"

"眼下先把洪公子应付了再说。"

李永明走到茶室门口忽然又停住脚:"妈,要不按我说的办法试一试？"

雅芝有些为难，沉默了一会说："你说那个转让参股的办法或许是一条路子，可我和你父亲都不愿意，兴义号一百多年来都是我们李家自己经营，记载三十二道工序的制茶秘笈只能为李家子孙掌握，一旦有人合伙岂不将秘笈泄露出去？这样不光对不起你外公，也对不起李家的先人啊！"

"妈，要保住兴义号这块牌子，除此之外没有其他办法。我在上海、成都等一些大地方见不少老字号也这样。再说股东并不参与生产过程，秘笈不会被人知晓。眼下中国一些重要口岸被迫对洋人开放，洋货大量涌入使国民生意难以维系，倘若不采取一些手段很难自保生存。"

"明儿，你先去吧，其他事等你父亲回来再说。"

李永明见母亲下不了决心，只好作罢。儿子一离去，雅芝就转过身用锥子费力地撬下墙上一块茶砖。看着手里的茶砖，雅芝百感交集，禁不住流下眼泪。她继续撬墙上的茶砖，一块又一块，可是她并不绝望，她相信丈夫一定会有办法让义兴茶号渡过难关。

"了空法师！"李复生满头汗水扎进位于柴房旁边的小屋，了空似乎病得不轻，双目紧闭，面色潮红，身边一个小和尚正不知所措。

听到李复生的叫声，了空睁开眼睛，定了定神，示意小和尚离开。然后轻声说："我要去见翼王五千岁了。"

李复生张了张嘴，但并没有出声。了空所说的翼王五千岁是指太平天国首领之一的石达开，曾率四千余人参加金田起义，被封为左军主将。永安建制后石达开被晋封为"翼王五千岁"，意为"羽翼天朝"。可是同治二年，石达开负气离开天京后在大渡河边遭清军围剿，四川总督骆秉章遣使劝降，石达开决定舍命救众将士。经双方谈判，太平军遣散四千人，其中一部分人得以逃生。剩余两千人保留武器，随石达开进入清营。哪知石达开被押往成都后，清军立刻背信弃义，不但将石达开凌迟处死，其余两千将士也全部遇害。

"我带你下山看病。"李复生一边说，一边动手收拾。

"不用了。我今天叫你来，是有一件十分重要的事相托。"了空语气很坚决。

"你说吧，我一定尽全力。"

了空撑起身来："李掌柜，当年我救的那个太平军是翼王五千岁的侄儿。"

"真的？他叫什么名字？"李复生大吃一惊。

"石勇。"

李复生一下愣了。

了空似乎没注意到他的表情，顺着自己的思路说："他是翼王的卫士。翼王在决定舍命赴清营之前，吩咐他带领一些人先离开，可是半途遭到清兵的追杀，队伍很快就打散了。我当时正在山上砍柴，见石勇处境危险，就把他带到家里藏起来。哪知清兵很快就追来，我的家人被清兵活活烧死，我和石勇侥幸逃出，但两人都受了重伤，躲在一个山洞里没吃没喝……后来他不行了，死前告诉我一个秘密：翼王的妻妾在同一天夜里自杀了，于是翼王命人买了六口棺材，用来装敛妻妾的尸体。其实，这些棺材并没有用来装尸体，而是用来装财宝，并埋在六个不同的地方。翼王知道自己此去清营讲和凶多吉少，所以将身边的财物保存起来，以备不测，希望有一天能东山再起。翼王将藏宝的地方绘成图，又撕开分成四片，交给四个心腹之人，四张图拼在一起就能找到藏宝地点。石勇手中就有一片，他要我好好保存，设法找到另外三个人，并说这些棺材就藏在紫打地附近的山下。伤好后我云游四方，想找到另外三个人，可踏破铁鞋仍然找不到他们的下落。我想他们大概都不在人世了……我把石勇留下的藏宝图交给你，请你再去找他们……"

"我马上背你下山。"李复生说着动手想扶起了空。

"你，快去应付赏赐茶……"了空摆摆手，指了一下挂在墙上的旧蓑衣。

李复生会意，立刻取下。了空哆嗦着从蓑衣领口处掏出一个小竹筒，然后放到李复生手心里，闭上了双眼。

李复生紧紧地捏着小竹筒，双手禁不住颤抖起来。

第十三章

打箭炉茶马司后院内，额尔尼正悠闲地躺在一把靠椅上，一边晒太阳，一边由仆人用熬好的茶籽水梳理自己又黑又亮的大辫子。茶马司虽说不管钱粮赋税、审核刑狱、吏治风纪，但在边陲也是六品要员，除夏秋两季外，平时并无多少事可做，于是每天他都令仆人用上好的茶籽熬水，仔细梳理按摩他那头油光水滑的长辫子。他的这个癖好当地官员和商贾们都知晓，明白他是在以此显示自己的身份与地位，不过也明白若是他哪天没有摆弄头发，必定事出有因。

额尔尼三十多岁，身材瘦削，五官清秀，一副公子哥儿的派头。他能混上茶马司这个位置，并不是靠自己努力打拼，而是舅舅多方活动打点的成果。

额尔尼是在省城成都少城里长大的旗人。在成都一提少城都知道是满族人居住的地方，满族人分八旗，故又称旗人。而居住在成都的汉人说到少城，都有一种难以言说的心情，因为少城最早是汉人聚居的地方，也是城中最繁华的地方。相传秦惠王时，丞相张仪、蜀守张若就依秦都咸阳在成都太城的西边建少城，并使少城比太城更为壮观。以后经过历代扩建，尤其是宋明两代，少城更加繁荣锦绣。陆游来四川上任时曾在诗中描写道："城中雄繁十万户，朱门甲第何峥嵘！锦机玉工不知数，深夜穷巷闻吹箫。"明末清初战乱结束后，由于屠杀、服装、削发等诸种原因，民族矛盾十分尖锐，为防止发生冲突，清朝官吏、军队及其家属都集中在少城一带居住，故少城又被人称为满营。至康熙五十七年，年羹尧又扩修满城，建八条大街，三十二条巷，重要官署如将军衙门、右司、左司、恩赏库、都统衙门、永济仓、火药库都设在其中，防守十分森严，汉人和其他

人严禁入内，除五座城门设有关卡外，各街要隘和巷内还有巡兵哨卡和木栅栏。

清廷规定，居住在满城中的满人和蒙古人可以坐享俸禄，月赐钱粮，不耕而食，不织而衣，永济仓内的米多为他们所享用。本来清廷也要求满城的旗人和他们的子弟日习武功，勤练骑射，骁勇者才能披甲做官。但当天下安定以后，旗人逐渐不思文武，坐吃俸禄，安享特权。

额尔尼在满城读了几年书，但累试不第，便淡了读书求功名的心，开始东游西晃打发日子。其母担心儿子学少城里那些八旗子弟，成为游手好闲的寄生虫，不是提着鸟笼就是团弄铁球，再不就出没于茶馆、酒肆、赌场、勾栏妓院，于是央求自己门路较多的哥哥帮忙。哥哥出于对侄儿前途的考虑，费了一番周折，终于将侄儿补到打箭炉茶马司这个缺上。

额尔尼骑了近十天马，翻山越岭，涉水过河，把屁股颠疼，脑袋颠晕，到达打箭炉上任，后悔得差点想立马转身返回去。打箭炉城位于山谷之中，湍急的雅拉河穿城而过。传说三国时当地部落经常为争夺土地发生械斗，诸葛亮便在这里建炉铸箭，以箭所射的方向和里程划分各部落界限，自此各部落相安无乱。铸箭的地方以后建起城市，为纪念诸葛亮，就取名叫"打箭炉"。实际上，"打箭炉"三字是藏语"达者都"的音译，意为"三山相峙，两水交汇的地方"。

打箭炉是川藏线上繁华的茶马交易市场，自唐起官府便设卡收茶税，俗称"炉关"，后来居住人口多了就叫炉城。额尔尼去上任时，打箭炉尚未设府，最高行政官府是打箭炉厅。虽说管理的地盘远比四川其他州府的大很多，可是炉城与成都相比简直是有天壤之别。炉城又脏又小，往来穿梭的牧民经常席地而坐，毫无顾忌地说笑喝酒；更无所谓公共卫生，满街洒落的马粪、牛粪和弥漫的酥油味让他恶心得想吐，觉得快喘不过气。

好不容易安顿下来后，额尔尼更感到无聊。打箭炉茶马司的茶马御史是六品官，掌管边茶贸易、抽取茶税、负责边茶与藏族交换马匹等事宜。以茶易马，是中国历史上实施很久的策略。很早以前，中央就在西南、西北靠近少数民族聚居区的交通要道上设立关卡，制定"马法"，专司易马，让边区少数民族用马匹换取日常生活必需品。北宋时为作战需要，还曾在四川设立提举马司，并在四川、陕西、甘肃等地设置买卖马场，规定沿边少数民族只准与官府的马司从事交易，不准私贩，否则处死，或充军三千里以外。但到清代中期以后，由于马在战争中的作用日渐减小，茶马司的功能也逐步只剩下茶叶贸易，而茶的交易多在夏秋两季，所以平时并无多少事做。离开成都后，额尔尼更怀念在成都的快乐日子：与一帮旗人子弟在茶馆里，喝着清香的绿茶，就着蛋烘糕、蒸蒸糕，或者沙琪玛、鱼皮花生等，听书听戏，飞天眩惑神吹一通。再不就是遛鸟、斗鸡、滚铁环、掷骰子。额尔尼家底并不厚，可成都这个地方茶馆鳞次栉比，多如牛毛，每条街上都有几家，这在全国恐怕没有任何一个地方可与相比。而且成都茶馆最大的特点是热闹，从早到晚不曾消停，社会上三教九流都喜欢聚在其中，进入茶馆就不分高低贵贱。还有就是环境各异，露天的、室内的、江边的、乡间的，各式各样，茶客无论钱多钱少都可以找到适合自己耍得开心的地方。但打箭炉就不一样了，他来了很久都没有找到一个好耍处，也没有找到可口的美味，天一黑大家就早早熄灯入睡，整个城死一般寂静。藏族人嗜茶如命，却没有一间供人消遣聚会的茶馆；藏族人喜欢唱歌跳舞，经常在山间河谷围成一圈又跳又唱，可是额尔尼试着跳了几下就感到上气不接下气；藏族人爱骑马射箭，在草原山间飞奔如履平地，可是要额尔尼动真格骑马射箭，他既吃不下那份苦，也没那般功夫，满人祖先弯弓骑射的看家本领，到他身上蜕化殆尽；而且藏地没有勾栏瓦舍，也没有听戏说书的场所……

  额尔尼实在忍受不了打箭炉枯燥无味的生活，于是给舅舅写了一封信，央求舅舅在成都给他谋一份差事，哪怕是降两级的冷门闲差也行。额尔尼的信写得无比凄凉可怜，说当地如何蛮荒可怕，五月飞雪，七月下火，白天解不出大便，夜里头疼难眠，上山喘不过气，下坡腿肚子打闪，联想到成都的新鲜蔬菜也忍不住流口水，打箭炉只有萝卜、白菜、洋芋、粗糙的糌粑和腥膻的酥油糊口，如此种种。

  好容易盼来舅舅的回信，可是信中只字未提帮他在成都寻职位的事，

反而长篇大论教导他一番。先是列举宋朝茶马司大提举李杞死后,皇帝如何为其子女加官晋爵;另一任大提举李稷,皇上为他五年创收四百多万贯,大加赞赏,赐田百亩;等等。末了告诫他茶马司这个职位是许多人梦寐以求的,要他自己把握好机会,机不可失,失不再来,等打好基础回成都才好找合适的职位云云。额尔尼看完信后恨不得两把将信撕烂,心里直骂舅舅不是人。可是当他再读一遍信时,却发现舅舅暗含深意,于是再读几遍,终于明白舅舅是要他留心观察,寻找机会。额尔尼心中豁然开朗,再看打箭炉也不似原来那般黯淡无光了。

很快,额尔尼就体会到"茶马司是个肥缺"的含义。除了课税外,茶马司的库房里会囤积大量的茶,以备急时所用。打箭炉虽然仍属四川管辖,但以二郎山为界,气候与潮湿多雾的盆地内完全不同。这里晴朗干燥,阳光炽烈,多风少雨。所以茶在打箭炉存放一段时间后都会变干燥,重量减轻,故历来都有一个许可的"损耗",由朝廷给予补贴。额尔尼的眼光盯在了这"损耗"上。库房里每年茶叶出入上万斤,他动动脑筋就从中捞了一笔,一年下来赚了不少。他在打箭炉慢慢安下心来,糌粑不像当初那么卡喉咙,对酥油茶也开始上瘾,一天不喝就口干舌燥,浑身不舒坦。为了打发漫长的时间,他开始摆弄头发,每天用茶籽熬水梳洗按摩。不想无心插柳柳成荫,头发竟然越来越黑,越来越亮,谁见了都要赞叹一番,他更来了精神,甚至对人吹嘘当年老佛爷的头发就是这样保养的。不知底细的,还以为他是皇亲,极力巴结讨好,额尔尼心里很受用。

"禀报大人,小的回来了!"额尔尼的心腹随从安江风尘仆仆跨进来。安江与额尔尼年龄接近,但长得牛高马大,一副粗鲁相。他与额尔尼是毛根朋友,从小在一起玩,爱吹牛,胆子大,满身市井之气,时不时给额尔尼出些歪点子找乐趣,也会一点拳脚,可以为他出气扎场子,故额尔尼一直拿他当兄弟看待。安江家里虽然也是坐享俸禄,但他父亲死得早,兄弟姐妹多,因此家境不宽裕,所以额尔尼到打箭炉上任时就把他带在身边,名义上负责一些文牍和茶叶往来账簿,有一笔稳定不菲的收入。

额尔尼睁大眼睛:"事情咋样?"

安江答:"赵大人在塘坝四周杀得昏天黑地的,总算把那个围了两个月没拿下的寺庙给破了,寺里的几百个叛军被杀得鸡犬不留。杂种,骇死人了!"

额尔尼站起身来:"活该,恶人就要恶人收!这位赵大人是出了名的凶神,当初他在山西任静乐、永济知县时,就以能灭匪患而闻名。有他在我就可以高枕无忧了。嗨,想当初塘坝骚乱那阵,吓得我坐立不安,头发都没有好好打整。这里离塘坝不过十八个马站,快马就几天的路程,说不准那些蛮夷伙起一阵风冲来,就把我们当绵羊一样开膛破肚。"

安江眨了眨眼:"咋会等死?肯定早跑尿了,这茶马司又不是你家里开的,管他那么多?自己保命要紧吧。"

"你说得好听!本人毕竟是朝廷命官,不能临阵脱逃。"

"嘿,人家说官越大越好当,凡事叫手下的差狗子去办就行了。"

"你懂个屁!"

安江见额尔尼有点生气,便想引开他的注意力:"哎,我听说被叛军杀的人中除朝廷命官和家属外还有两个法国神父,他们准备到拉萨去传教。"

额尔尼一股邪火被勾上来:"这些洋夷都不是好东西!塘坝就是因为有英国洋夷在其中搅骚,才把事情闹大了。这些砍脑壳的东西,我们大清国就是让洋夷给搅乱的,开着炮船打进来还不够,连山旮旯里也不放过。该把这些砍脑壳的洋夷统统砍翻才解气!"

安江说:"嗨,那些洋杂种比泥鳅还滑溜。听说赵大人为了抓领头闹事的那个头人,把好几个村的人都杀了。"

"啊?!"

"这也难怪,那些蛮夷亦匪亦民,头上又没刻字,朝廷派去的兵哪里弄得醒豁?开初是赵大人重金悬赏领头闹事那个头人的首级。不久,有人提头人的首级来领赏,哪知事后又有人提着头人的首级来领赏,赵大人还是赏了银子。过了一段时间,还有人提着一个人头来称是头人的首级要领赏,可是骚乱还是平息不下,躲在山里的土匪也不下山来受降。赵大人心

里虽然冒火,但放话出来:只要下山返回村子就既往不咎,并且每人发大洋若干。嘿嘿,结果有胆大的来领,接下来又有人来,赵大人——兑现,不久躲进山的人以为没事就陆续下山。一天,赵大人设宴请这些村民和头人,人人开怀畅饮之后,赵大人命人关闭前门,让客人从后门出去,后门极其窄小,只有一人身子宽窄。当那些人酒足饭饱从后门出去时,早已埋伏好的兵丁举刀就砍,出来一个斩一个,所有的人都被杀光了。结果还是没抓到大人你说的那个洋夷,早脚底抹油——溜屎了。"

额尔尼摆摆手:"算了,算了,不说他们,听起不来情绪。喂,那件事如何?"

安江欲言又止,额尔尼会意,挥手让梳理头发的仆人退下。安江见左右无人才说:"听说袁大脚在打箭炉四处暗访,晓屎得在搞啥子名堂。"

"啊?"额尔尼大吃一惊。袁大脚本名叫袁田贵,是赵尔丰的随从,因为长一双特别大的脚,额尔尼与安江背地里就叫他袁大脚。他刚才问安江的"那件事",正是关于袁田贵的行踪。袁田贵在打箭炉暗访的事赵大人一点口风也没漏,袁田贵本人也不与他照面,来去无踪,所以额尔尼才心神不定。他担心的不是五千条赏赐茶为雪崩所埋一事,遇上这样的天灾他可以把责任推得一干二净,他担心的是自己吃茶叶"损耗"的事露了马脚。

"库房的账目你和古师爷弄巴适了吗?"

安江答:"账面上已经抹平了,怕只怕认真查起来就麻烦了!茶马司这两年并没有那么大的进出量,一但要让调茶叶进西藏,你如何拿得出来?那才是老鹰抓蓑衣——脱不了爪爪。"

"你狗日的乌鸦嘴!尽说些讨人嫌的屁话。老子时常告诫你不要说粗话,要文雅一点,你狗日的就是狗改不了吃屎性。"额尔尼烦躁起来,满口粗话发作,披头散发站起来在院子里走来走去,他知道赵大人是个火暴脾气,稍不如意就翻脸不认人。这时院子里寂静无声,阳光炫人眼目。突然一只乌鸦在屋顶发出几声鸣叫。打箭炉本是乌鸦很多的地方,可今天额尔尼却想起乌鸦叫是不祥之兆的说法。

"那个袁田贵现在哪里?"

"不晓得。不过老爷也不必多虑,有一个人与赵大人关系特别亲密,藏地的许多事情赵大人都喜欢向他讨教。这里虽然民风凶悍,但百姓虔诚信佛,寺院里从来香火旺盛。你只要和这个人攀上交情,就等于和赵大人交上朋友,其他事情也就说得脱、走得脱,屎事都没得。"

"哪一个?"额尔尼来了精神。

安江一字一顿道:"热、拉、活、佛。"

热拉活佛是打箭炉一带很有声望的高僧,额尔尼曾见过,但当时并没当回事,听安江这么一说,心里忽然有了主意,不觉轻松了许多。但转而又忧虑道:"他这个人是神龙见首不见尾,我到哪里去找他?"

"嘿,我已经打听到他最近要来炉城讲经,到时何愁见不到。"

"嗯,你龟儿还是有点能耐!你去准备几驮上等好茶,到时我要去拜访他一下。"额尔尼心情舒畅起来。

塘坝赵尔丰行辕一派肃杀,众将士在门外的坝子里列队而站,几十个士卒被绑了手脚跪在中间空地上,一身戎装的赵尔丰眯起一对细眼,两道寒光直射过去,看得那些被缚者头皮发麻,恨不得把脑袋缩到肚子里去。

"通通给我砍了!"赵尔丰怒气冲冲。

这些被缚者是攻打桑披寺时临阵脱逃的士卒。桑披寺地势险要,易守难攻,围攻数月也没拿下,官军人困马乏,死伤无数,可里面的叛军非但不投降,还从寺里扔出一条活蹦乱跳的鱼嘲讽官军无能。这时一些怕死的士卒便开小差偷偷溜走,逃到半路又听说桑披寺被攻破了,于是又转身跑回来想瞒天过海,领一份丰厚赏金。哪知赵尔丰心中有数,早在几天前就经过反复分析,认定叛军能长久坚持的原因之一是不缺吃喝,粮食可以囤积,而水则难以办到,极可能有地下水进入,支撑寺里的生活。于是悄悄派人四处寻找泉眼,果然找到通往寺里的暗泉,并立刻将其堵上,断绝了寺里的水源。赵尔丰日日盼着干渴难耐的叛军出来投降,没想到却先看到自己的部下逃跑。他气得怒火万丈,可大敌当前又不敢打草惊蛇,乱了自

己的阵脚,于是只能眼睁睁看着部下溜走。最终,寺里的叛军由于干渴难耐而被攻破。他早想整肃军务,严明纪律,今天正是要借此杀一儆百。

一看见这么多人士卒将被处死,赵尔丰身边的两个军官忍不住跪下哀求:"大人,求你饶这些士卒一条命吧!"

几十个被缚者也一起哭喊着求饶命。赵尔丰凶神恶煞,狰狞冷笑一声:"国有国法,军有军规。临阵脱逃,就该问斩!谁敢再求情,一同军法处置!"

众人见赵大人已是盛怒,知道事情无回旋余地,只好遵令,手起刀落。伴着一阵撕心裂肺的喊叫,几十个人头滚落在地,强烈的血腥味直冲而来。列队旁观的军士,虽然不少久经沙场,杀人如麻,但见眼前的惨烈场面依旧不寒而栗。有的闭眼不敢看,有的流下眼泪,唯有赵尔丰面无表情,纹丝不动。

第二天下午,赵尔丰在营帐中正与几个军官商议平乱后的治理事宜,卫兵郭大牛进来禀报:"大人,有一个自称是您朋友的人求见。"

赵尔丰有点纳闷:"我的朋友?"

"是一个藏人。"郭大牛补充道。

赵尔丰更觉得奇怪,暂停说话,匆匆走出,只见一个身穿皮袍,头戴皮帽的藏族汉子背对他,一动不动站在前面。背影有点熟,但仓促间来不及细想,只听郭大牛喊了一声:"赵大人到!"那汉子转过身来,赵尔丰才看清来者的容貌,不免大吃一惊,脱口而出:

"热拉活佛!"

第十四章

热拉活佛笑盈盈地走近，用流利的汉语说道："出乎大人的意料吧。"

赵尔丰激动地拉着热拉活佛的手："真没有想到是您，见到您真是太高兴了！"两人说着用额头相互轻轻碰了一下，这是川边藏地的人们表示亲热友好的礼仪。

"快，快，屋里坐！"

郭大牛虽然站在一边，但从赵尔丰的神态动作就知道来者是一位贵客，所以一听到吩咐，又是忙不迭上茶，又是端来热水，拧起热毛巾递过去。

赵尔丰摆手让郭大牛退下。"活佛，您怎么这身装束？"

"为了避人眼目。"

"哦，原来如此。不知活佛在途中走了几天？"赵尔丰早听说热拉活佛从小得高人指点，习练功夫，又曾在山洞里闭关多年，身怀绝技，武艺高强，能日行七百里等。可是活佛本人从曾不说起这方面的事，即使有人提及也避而不谈，故赵尔丰也不好正面问，此刻旁敲侧击也有试探之意。

热拉活佛淡淡一笑，没正面回答。

赵尔丰知道热拉活佛不想回答，虽说心里有一点不快，但也不再追问，转而说道："您这么大老远来找我，必有非常重要的事。"

热拉活佛睁着一双有神的眼睛，说："对，是有非常要紧的事！"

这热拉活佛是什么人，让身为川滇边务大臣的赵尔丰如此看重？这要从热拉活佛的身世说起。热拉活佛原名赤乃嘉措，出生于川藏交界的一个山村，父亲是藏人，母亲是汉人。赤乃嘉措七岁时被认证为转世活佛，法号热拉。热拉自幼聪慧好学，凡所学经书皆过目不忘，曾有几位教过他的

上师都自称才疏学浅难以胜任而告辞离开。成年后的热拉通晓藏语、汉语、梵语,先后到拉萨、印度等地游学,为莲花生大士教派高僧,在藏地颇有威望。

赵尔丰对佛教了解并不多,他与热拉活佛交好的重要原因是二人在许多方面想法一致,尤其是反对西藏一些贵族暗中投靠英国的做法,所以一僧一俗竟然成为朋友。

"活佛,是什么事?"

"我本来在江达宗的措汪土司家讲经,有一天晚上我在山坡上练功,无意发现有人来访,偷偷摸摸,行为鬼祟,似乎有些见不得人。接着,不断有人深夜来,马蹄用布包裹,走起来没有声响,在屋里一待就是一两个时辰。不久,我见他晚上悄悄运回几大包东西藏在粮仓里,待他离开后我去看,发现是英吉利造的枪支弹药。"

赵尔丰顿时警觉。江达宗就在通往拉萨的途中,为了防止叛军调集人员增援塘坝,赵尔丰派有少部分军队驻扎在那里,观察动向,伺机而行。措汪土司一直与官府配合,并未参加犯上作乱之事,不想暗中却有不轨之举,令赵尔丰十分吃惊。

"后来呢?"

"自从措汪土司运回枪支弹药后,我就更留意他的一举一动,担心他被人收买利用。果然后来发现他与人商议如何准备配合叛军袭击朝廷的军队。"

"这个混账!"赵尔丰禁不住骂了一句。

"我心急如焚,晚上去找他,分析利弊。我对他说西藏分裂出去只遂了个别人的心愿,不但对众生百姓有害无利,于自己也不会有好报,打来打去倒是英吉利人隔岸观火,最后尽收渔翁之利!我要他迷途知返,尽快归附朝廷,合力抗击叛军。"

赵尔丰急切道:"活佛明了大势,对措汪土司所言句句是实。结果呢?"

热拉活佛轻叹一声:"可惜他魔障迷心,听不进劝阻,还与我争吵起来，扬言马上就要带人出去袭击官军，我抓住他不放，他竟然抽出刀来砍。千钧一发，不容我再犹豫，只好将他绑起来。"

"他人现在何处？"

"我给你带来了，就驮在门外的马背上。"

赵尔丰瞪大眼睛，不禁双手抱拳一拱，赞叹道："活佛，你太了不起了！我虽然不懂佛法，但也知救人一命胜造七级浮屠之理。抓了措汪这个孽贼，也就避免了一场大的流血厮杀，救了无数百姓的性命。太好了！我要上奏朝廷为你请功，你为维护我们大清国的疆域立下大功！"

热拉活佛摆摆手："出家人不在乎这些功名利禄，重要的是不想让西藏成为英吉利人的殖民地，看众多生灵涂炭。"

"活佛所言甚是。不瞒你说，我思考了很久，感到最近塘坝骚乱、盗匪猖獗、茶道阻塞、哄抢茶叶，等等，都是蓄谋已久的阴谋。"

"阴谋？"

于是赵尔丰把最近发生的一些事，孙中山成立革命党，洋人以经商、传教的名义在各地频繁活动等讲了一遍。热拉活佛听得仔细，预感到一场更大的风雨就要来临。他沉思半晌，说：

"赵大人，有一件事你还须特别当心，那就是英吉利人的印度茶。大吉岭在喜马拉雅南麓，只要翻过乃堆拉山口再走几十里就可到达亚东，路程远比川藏路近。再加上大吉岭较之川藏气候炎热，茶树生长快，使用英吉利机械烘焙，制作容易，运输较我们的马帮便捷，若不尽早抵制，后患无穷！"热拉活佛侃侃而谈。

"活佛说的是。如今英国人已在西藏江孜开埠，若不设法抵制印茶，势必东下，不独失我西藏之大销场，也将控我炉边之地。"

"正是，川边藏汉两族半数以茶为业，以茶为生，茶市带动百业。英吉利的茶一旦进入，这些人将无以为生，流离失所，不但川边会陷入动荡危机，而且将影响整个云贵川的局势。"

两人又说了一阵有关茶的事，热拉活佛便起身告辞。

"怎么刚来就走？至少住一个晚上吧！"赵尔丰诚恳挽留。

热拉活佛朝门外看看:"不啦,我还有急事要赶到炉城去。"

"可天不早了,到不了下一个镇天就黑尽了。这一路野兽出没,若再遇风雨就更令人担忧。"

"我看过,今夜无雨。再说,走夜路于我也是家常便饭。"

"要不我安排几个兵士送你,一路台站也好有个照应。"赵尔丰入藏地以来,仿照内地驿站和元代军台的办法,沿途增设台站,办理军事文书和驰递事宜,每个台站设专人看守,并配备武器和粮食。

"不用了。"

赵尔丰见热拉活佛主意已定,也不强留,吩咐卫兵先把措汪关起来,回头审讯。两人在门前又以额头相触,然后别过。

送走了热拉活佛,赵尔丰铺开纸笔,把自己准备在雅州筹办官督商办的边茶公司、由官府要员担任公司提调的想法一一上奏朝廷。写完这份奏折,他仍觉得还有一些事梗在心中,于是又提笔上书,请求平乱之后,一、在藏地推行革教易俗策略;二、将打箭炉厅升为打箭炉府,调派精壮人员,加强朝廷对川边藏地的有效控制;三、在打箭炉长期驻扎军队,戍边屯垦……

入夜,朔风呼啸,星空黯淡,营帐里的灯直到深夜也未熄灭。热拉活佛骑上马,只见他嘴唇稍稍一动,发出一种奇异的声音,他的坐骑立刻如有神助,奔驰如飞。

第二天一早,卫兵郭大牛刚端着洗脸水进来,眼珠里满是血丝的赵尔丰劈头问道:"袁田贵传消息来没有?"

郭大牛挺直身体回答:"没有。"

赵尔丰皱紧眉头。袁田贵好长时间没有消息,自上次带信来报雪崩前有人依稀听到枪响,雪崩后有人逃出下落不明后,便再无音讯。打箭炉周边多是山高水深、地广人稀的蛮荒之地,他有点后悔单独把袁田贵一人留在炉城。

雅州又一个晨曦初露的早晨。兴义茶号门口停着好些驮马,驮夫们正在一边吵吵闹闹地说话,等候给运送赏赐茶的马装货。茶号里,曾秀一边记账,伙计们一边把包装成条状的茶搬出去,驮夫们开始将茶往马背上捆绑起来。一个官吏模样的人过来,不满道:"曾管家,这赏赐茶离五千条还差得远,其他的啥子时候能运走?"

曾秀塞给他一锭银子:"你也不用天天来守,我们正从其他分号调茶,直接运到金沙江边交货,不会耽误时间,到时把茶马司的凭单送到府衙请武大人过目。"

"曾管家,我听说雅州市面上的茶都被人收购囤积起来了,你不可能像变戏法一样变出几千条茶来嘛?"收了银子,官吏口气软了一点。

"你放心,兴义茶号能在雅州立足一百多年,靠的就是'信用'两个字。"

"我也不想逼你,只是上头催得紧。"官府的人丢下这句话,转身离开。

接着人力驮夫马上靠近,这些都是城乡的穷人,无力购买或者租用骡马,只好以肩膀驮茶。在肩背的驮夫队里有两个神情忧郁的女人,一个是魏家贵的妻子魏林氏,另一个是魏家贵的妹妹魏家英。雪崩发生后,虽然李复生额外给了驮夫的家属赔偿,但还是有一些人在孟廷轩的暗中怂恿下,不断到兴义茶号哭闹。本来按茶行的规矩,驮夫挣脚钱,茶行对驮夫在途中的伤亡不给赔偿金,可是李复生出于同情,给了遇难家属一些补偿,于是孟廷轩就借此煽动人继续索要。魏林氏是个要强的女人,当别人来鼓动她向李复生讨要钱财时,她一口拒绝了,理由是人要活得有骨气。眼下为了生计,她只好带上家英加入男人的行列驮茶。

曾秀见魏林氏已搬了六条茶还没有停止的意思,忙放下手中的活,走过去关切地问道:

"魏大嫂,你是驮长脚,还是短脚?"

"长脚。"

曾秀阻止道:"一条茶是十六斤,六条茶已经近一百斤,再加上一路吃的几十斤苞谷和穿戴的蓑衣、斗笠、草鞋,那么重咋受得了?"

魏林氏苦笑一下："家里没有男人，女人就要当男人用。"

"那也不能不要命呀！这一趟走下来草鞋都要磨烂十几双，眼下正是二郎山雨季，山路又陡又滑，危险得很。"

"曾管家，你没要我们交顶单已经是天大的人情。我多背一条，家英就少背一条，我比她经磨搓。"

曾秀正与魏林氏说话，忽见她的大儿子过来："妈，我要去背茶。"

魏林氏转过身正色道："这是大人的事。"

"我已经十岁了，有余才九岁就跟爷爷一起去背茶。"有余是另一家的孩子，父亲也在上次雪崩中丧生。

"不行！"

"为啥？"

"他们走短脚，妈和幺孃走长脚，而且是走小路翻二郎山。"

"我也跟你们走长脚。"

"不行！你知道驮夫们是咋说二郎山的？正二三，雪封山；四五六，淋得哭；七八九，稍好走；十冬腊，学狗爬。你是老大，听话，留在家里照顾弟妹。"

曾秀看着魏家的人，心里酸酸的不是滋味。她也曾随李复生一道驮过茶，女人驮茶的艰辛她深有体会。每天天不亮就起来弄早饭，中午一般吃随身带的冷苞谷馍馍，晚上住在简陋的小客栈里。女人走得慢，去晚了棉被分完了，经常只能以草帘子裹身御寒。最难堪的事是在陡峭的山路上想解溲，沉重的茶包无法卸下来堆放，只能将手杖撑在茶包下，脱下裤子用事先准备好的笋壳放在胯下，像男人一样站着撒尿……

可是眼下魏家捉襟见肘，这样总比坐吃山空强，毕竟驮长脚一条茶能换回将近六十斤米的脚钱，扣除在每天在路上的用度，还能给家里挣回一笔钱。想到此，曾秀没再说话，转身回到柜前为魏林氏办妥手续。

这"长脚""短脚"是驮夫们的行话，"长脚"是指由雅州城到炉城的长途驮运，一般要走二十多天；"短脚"是由雅州运到二郎山下的转运站，一般走七天左右。城里所有茶号为避免茶叶在途中丢失，就要求驮夫们持有"顶单",城里有开顶单的商号,出具顶单前要先对驮夫的身份、家庭进行登记,或者有人出面担保,交纳一定费用后再开出顶单。一旦驮夫在运输途中丢失茶叶,就必须按顶单要求进行赔偿,这是多年形成的规矩。但曾秀破例照顾孤儿寡母的魏家,未让她们赔偿。

三十多个人的驮队捆好茶启程上路,魏林氏与魏家英走在后面,她们各自肩上整齐驮着七条茶与五条茶,这些茶每条长约三尺,宽六寸,厚三寸,叠成一摞背在肩上,像一道高高的墙横在空中。

孟廷轩站在自己的铺子里侧目打量对面,满腹疑惑地对冯喜说:"奇怪,李复生咋就翻梢了?居然又开始往打箭炉运茶!"

冯喜没精打采:"就是,烧了的房子翻修好,从外地运回很多做庄茶。不过我看离五千条赏赐茶还差得远,他如何交得了差?"

"这些日子一直没看见李复生的人影,他会不会在别的地方加工赏赐茶?"话一出口,孟廷轩不禁被自己这种突如其来的想法吓了一跳,倘若那样,自己精心算计的事岂不又是一场徒劳?!

"我们囤积了那么多茶,边引也不够,会不会偷鸡不成蚀一把米?"

孟廷轩心里正有这份担忧,被冯喜的话戳到痛处,便立刻瞪了他一眼。冯喜自知失言,赶紧住口。

李复生的钱从哪里来?五千条赏赐茶在雪崩中损失,后来赶制的茶又在大火中烧毁,无论哪个茶号都无法应对这样接二连三的打击,只能关门倒闭。可是李复生居然又一次熬过来,这让孟廷轩大为不解。半晌,他恨恨地说:"哼,总有一天我要把他的秘密揭穿!"

说罢,他倒背着手从屋子这头走到那头,又从那头走到这头,心里甚是烦恼。为了让兴义茶号倒闭,他这次是花了血本提高价格收购了大批鲜茶囤积起来,原以为这对李复生而言是釜底抽薪,哪知并未如愿以偿,反倒是自己的资金不能按期回到东家的账上,被几番责怪,弄得焦头烂额。

冯喜眼珠跟着孟廷轩的身子转,可是不敢再多嘴。过了一会,孟廷轩忽然想起什么,开口吩咐道:"你去把那一盒从西藏带来的麝香,还有那两张放在樟木箱里的狐狸皮拿出来包好,我马上到武知府那里去一趟。"

雅州知府武道学此刻正在书房与江师爷商议边茶之事。茶税占雅州的赋税大头，武道学不敢掉以轻心。最近武道学已经听闻川滇边务大臣赵尔丰想搞官办的藏茶公司，实行垄断购销，以对抗印度茶入藏。这是一个新鲜事，武道学琢磨了一阵，也没权衡出利弊来，于是找颇有心机的江师爷来商议。江师爷原是有钱人家的后代，能写会算，脑袋灵活，无奈染上鸦片瘾，抽空了家当，老婆也跟别人跑了，只好在武大人身边，当一名下僚。武道学看重他的头脑，待他不薄，江师爷也知恩图报，经常为武道学出谋划策，排忧解难。

"依你之见，是官办垄断为佳，还是像原来那样商办官督更妥？府衙里吏治、诉讼、赋税一大摊子事已是忙碌不堪，再增加此事，何来精力应付？"

江师爷来前刚过足烟瘾，此刻两眼晶亮："老爷，恕小人直言。根据本人多年的经验，但凡朝廷要试办的事，照例都会拨一笔银两，或者给一些特许的免税优惠。事情成不成是后话，老爷何不抓住这个机会先滋润一下自己？看看江南那些产茶之乡的县衙州府，哪一个不是气势恢宏，官员谁不是腰缠万贯，肥得流油？唯有这雅州府是清水衙门！看这副破旧样子，还当不了茶神庙有气派。大人，你是一个清官呀，白花花的银子都落到茶商们的腰包里去了。"

武知府点头赞同，呷了一口茶说："看赵大人的意思是要那些大茶商们共同入股，成立一个边茶股份公司，再由官府操办，朝廷并不出一分钱。然后再在打箭炉、理塘、昌都等地成立分公司，把边茶从头到尾统辖起来。可是，那些茶商几辈人做生意，天天在钱孔里翻跟斗，个个都是精蛇蚤、铁算盘，哪一个愿意自己腰包里的钱由别人来支配？"

江师爷摇头晃脑道："不管他们咋算，都算不过大人您！"

"此话怎讲？"

"那边引不是都在大人你的手里吗？有了这个杀手锏，谁敢啰唆？就像孙悟空再怎么变也逃不过如来佛的手心一样！"

"哈哈！……"

"那边茶公司若由府衙来督办,大人你就是提调,名正言顺管理公司,其他事也就顺理成章了。大人若掌管股份公司,可以订一些特殊的条款。"

"既然是股份公司,就要根据茶商们出资多少确认股东、理事、总经理之类。这在我们雅州是新潮事,当然,对抵制印度茶有好处。"

"那些洋夷无孔不入。那天,我看见教堂那两个洋神父还跑到蒙山去看祭茶祖大典……"

"对洋人不能太紧,也不能太松。他们到山上看茶不是什么好事,他们的鬼名堂多,难缠。"

"哦?大人的意思是……"

两人正说得起劲,仆人来报:"恒泰茶号的孟掌柜求见。"

江师爷自作聪明道:"孟掌柜一定是闻风而动,奔这边茶股份公司而来,商人都是无利不起早。"

"不见,没见我这正忙吗?"武道学刚说完,忽然脑筋一转,又对仆人喝道:"请孟掌柜到小客厅坐,我一会就过去。"

江师爷有些意外,望着武道学不停眨巴眼睛,猜测他有何用意。武道学得意道:"你啥时候能把小聪明变成大智慧就能做官了。"武道学虽然经常采用江师爷的主意,但随时又要打压他,免得他得意忘形翘尾巴,搞不清自己的身份地位。

果然江师爷一下就蔫了,忍不住打起哈欠。

第十五章

　　武道学故意让孟廷轩在客厅里等了一阵。他骨子里看不起商人，觉得让那些有钱的商人们在衙门里受点冷落，有助于他们学会收敛安分，不忘夹着尾巴做人。

　　武道学还没跨进屋，孟廷轩就早早从凳子上起来施礼："拜见武大人！"

　　武道学一副公事公办的样子："孟掌柜来有什么事？"

　　孟廷轩顿时底气不足："没，没啥子，只是来给武大人请安。前些天有位朋友从西藏来带了一点好东西，特地拿来孝敬你。"

　　武道学心里很舒坦，但表面仍不动声色："孟老板不必破费，我是一个为政清廉的人，再说朝廷给我的俸禄养家糊口绰绰有余。我们各级官员是大清国的柱石，国家是靠一层层父母官来管辖治理，不然早乱套了。你说是不是？"

　　"是，是。"孟廷轩应承着，不知从何开口。

　　武道学顺着自己的思路说："这父母官不好当呀！别的不说，单是你们茶商这一摊子事就够费神。这不，英国人用枪炮开路，将印度茶倾销西藏，以后你们的生意恐怕就要大受影响啰。"

　　"啊？这咋办？可恶的洋夷！"孟廷轩真的着急起来，两个眼睛瞪得大大的。

　　武道学心里也讨厌洋人，那些洋教士得到朝廷的许可来雅州传教，他不好公开阻拦，可是他见那些入了教的人渐渐变得有些不安分守己，经常聚在教堂里又念又唱，心里就来气。他听说山东有人杀了两个德国传教士，结果不但巡抚丢了官，还把胶东半岛割给德国。他知道洋人不好惹，于是经常对衙署的属下敲边鼓:要让百姓坚守自己的本分,不要受洋教异端邪说的蛊惑。意思是规劝百姓不要加入洋教。这会儿见孟廷轩仇恨洋人,便扯开了话题:

"要是那些义和团真有法术,刀枪不入,就可以把洋人赶走,可惜……当年那些长毛,弄了一个洋神供起,整起多大的阵势,最后还是成不了气候。"

"长毛"两个字一下刺激了孟廷轩的神经,顿时想起今天来此的目的,舌头和思维活泛起来:"大人,长毛虽然没有成事,可你有没有听说当年石达开兵败大渡河前藏了一大笔财宝?"

"财宝?那些传说姑妄听之吧。"武道学似乎兴致并不高,低头摆弄自己的修剪齐整的手指甲。

"不是传说,而是真有其事,有人当地老鼠去挖,弄了一大笔钱。"孟廷轩一副亲眼所见的样子。

"哦?"武道学转过头来,"怎么传的?怎么挖的?你给我仔细说一说。"

孟廷轩心里一阵欢喜:终于把武大人给钓住了。一路上他都在想如何把话题引过去,然后通过武大人的手去治李复生。可他深知武大人久经江湖,精明过人,不是好糊弄的人,于是字斟句酌道:"说来话长。当年有人看见石达开一个妾的尸体浮在大渡河里,就心存怀疑,因为当时他的六妻妾自杀后,买回六副棺材,那棺材里既然没装人又装了什么呢?于是就有人开始追究,终于探知那六口棺材拿来装了财宝。石达开没有想到总督大人会杀他,以为被关几年,或者流放瘴疠蛮荒之地,然后花钱疏通就能出来,哪知事情并不如愿。藏宝的必是心腹之人,眼见主子死了,其他人也不知道,就据为己有,安享财宝。"

武道学眼睛转了转:"孟掌柜咋知道这些底细?"

"因为我父亲当年就怀疑一个人是逃脱的长毛。"

"哪一个?"

"兴义茶号的李复生!"

武道学鼻翼一扇,似乎来了精神,但很快端起架子不露声色。

孟廷轩起劲道:"他的身世一直是个谜。老掌柜李百安凭什么把女儿嫁给一个驮茶的穷力夫?眼下他的茶号接二连三倒霉,但看上去还是没有伤筋动骨,一转眼不但作坊开工了,往拉萨运的赏赐茶也上了路。他凭啥有那么厚的家底?恐怕是有来路不明的财神。"

"你怀疑李复生有石达开留下的财宝?"

"要不他的银子从哪里来?"一想到自己费尽心思囤积的茶,孟廷轩就透不过气来。

说实话,武道学对李复生能如此快地缓过劲来也感到非常意外。五千条茶不是个小数目,即便把雅州市面上所有商号囤积的上品做庄茶收集起来也不够,而且市面上鲜茶收购的价格并没有因为兴义茶号急需而大幅上涨。武道学一直在琢磨李复生的周转资金从哪里来,眼下听孟廷轩这么一说,更觉得蹊跷。有关石达开藏宝的事他早有耳闻,但他一般不把市井传说放在心里,觉得大多是无稽之谈。但涉及李复生就不同了,他根据来雅州府上任这些年的观察和接触,对李复生的印象还不错,但总感到对方骨子里有股说不出的桀骜,彬彬有礼后面隐藏着冷峻和干练。他与官府保持往来,但并不深交;他在江湖上有很多朋友,但不沉湎于交往应酬;他行为检点谨慎,办事不温不火,在同行里口碑不错。想到眼下李复生家发生的一连串事情,他也觉得孟廷轩所说的财宝一事并非空穴来风。但他没有向孟廷轩多问,因为他知道孟廷轩的消息有限,与李复生又是生意上的竞争对手,一问反而让他窥探到自己的想法,于是矜持一笑:"怪不得孟掌柜这么说。——哦,同行是冤家嘛。这个,本官理解。"

武道学话一出口,孟廷轩顿时就泄了气,觉得刚才的劲白使了,正胡思乱想,忽又听武道学说:"孟掌柜,有啥新消息你就来告诉我。雅州可能要组建边茶股份公司,这对茶商们联合起来抵制印度茶大有裨益。到时我会考虑一个合适的位置给你。"

"谢谢大人!请大人放心,我孟某是懂规矩的人。"

"懂规矩就好。"武道学皮笑肉不笑地说了句。孟廷轩还没有完全回过神来，武道学用左手端起茶托，右手一按茶盖，仆役立刻向外招呼："送客！"原来武知府一直用这样的规矩待有事相求的客人。但凡会客，仆役照例用托盘端两杯盖碗茶上来，宾主面前各一杯。盖碗茶茶具由茶盖、茶盅、茶托三部分组成，一旦主人不愿留客，就左手端茶托，右手按茶盖示意，仆役就会立刻领悟主人端茶送客之意。

走出府衙，孟廷轩仔细一想，才发现自己非但没钓住武道学，反而被人家牵着鼻子走，不禁嘀咕道："老狐狸，精虼蚤！"

连日的操劳，加上风寒所侵，曾秀病倒了，一张清秀的脸蜡黄，浑身酸疼，有气无力。这天吃完药睡了一会又醒来，想坐起又感到吃力，于是伸手去拉床栏，不想触到枕头下面一样东西，发出一声轻响。曾秀苦笑一下拿出一条银项链，正中坠着一个小银锁。项链的样式已有些陈旧，但闪闪发亮，似乎经常擦拭。望着这条项链，曾秀不由又出起神来，这是她十六岁生日那天，李复生送给她的礼物，那天的情景历历在目。

李复生风尘仆仆从打箭炉回来，有些神秘地对曾秀说："猜一猜，我给你买了一样啥礼物？"

"酸奶子。"

"不是。"

"人参果。"

"也不是。"

"牦牛肉。"

"还是没猜对。"

"哎呀，我猜不到，你快告诉我嘛。"

李复生慢慢把手心摊开。曾秀惊喜地叫起来："银项链！"

李复生说："瓜女子，你今天满十六岁，以后就是大人了。吊坠是一把锁，以后等你嫁出去了，就把那锁挂在你丈夫的项上，把他的心拴住。"

这时雅芝也走过来，在一旁附和："就是，别让他被别的女人迷惑。"

曾秀脸色一变："我不嫁人。"说罢转身就走。

"她咋了？"雅芝不解地问。

"不晓得，可能是我又叫她瓜女子吧。"

雅芝一笑："你呀，人家那么大了你还乱叫，女子长大了面皮就变薄了。"

"从小就那样叫她。你看哪个女子闹着要学拳脚？只有她！摔得鼻青脸肿也不罢手，风风火火的，不就是有点瓜吗？"瓜是方言，意思是有点傻。

"你去哄她一下，今天是她生日，父母又不在世了。"

"还是你想得周到。"李复生说罢没敢耽搁，转身去找曾秀。那时雅芝已和李复生结婚，雅芝惊世骇俗的举止令雅州城上下颇为震动。李复生感激小姐的垂爱，对她呵护有加，两人十分恩爱。其实，曾秀心里早就暗恋李复生，她也喜欢雅芝，觉得与他们生活在一起很快乐。当她知道自己可不能成为李复生的妻子时并不失望，她知道自己无法与雅芝相比，但幻想长大后能给李复生当妾——丫头被收了房的不乏其人。她没想到李复生要把她嫁出去，于是生气地躲回自己的小屋。

"曾秀，曾秀。"李复生叩门叫道。

好一阵，曾秀噘着嘴把门打开，眼里似乎还有泪水。

李复生半是开玩笑，半是认真地问："项链不要了？以后不叫你瓜女子就是了。"

曾秀一下把头靠在李复生的肩上哭起来："我要跟着你，当不了妾，就当丫头，我就不嫁别人……"

"你，你在胡说啥？哎，哎，不要哭嘛……"李复生言滞口呆，不知如何是好，走到拐角处的雅芝听得清楚，也一下愣了。

……

曾秀的沉思被一阵叩门声打断，曾秀懒洋洋地应了一声："进来。"门一推，李复生走了进来。曾秀有些意外："老爷回来了。事情如何？"

"妥了，"李复生刚赶回家，听说曾秀病了，立马过来，"五千条赏赐茶总算有眉目了。"

"谢天谢地,这下总算放心了。"曾秀听李复生细说后长长舒了口气。

记不清什么时候,曾秀开始叫李复生"老爷",从此以后,两人之间就明显拉开了距离。

"吃了药好点没有?"李复生话题一转。

"已经没事了。"

"你多歇两天。"

"我明天就到铺子上去,这几天事情多。"

两人说着茶的事。这些年来除了生意上的事,他们很少谈论其他的事,尤其是两人单独在一起的时候,更觉得不知说什么好。这会儿刚说完赏赐茶的事,两人又不知该说什么,一阵沉默。

雅芝拿了一块上好衣料准备过来看曾秀。这些年曾秀一直恪守做下人的规矩,说话办事极有分寸,即使当了管家也不着裙装。雅芝一直颇为信任曾秀,听说曾秀病了,特地吩咐厨房煎了蛋花,熬好菜粥。她本在李复生来之前就要过来,因为永秀一直缠着讲故事,一时无法走开。永秀是在雅芝年纪比较大时怀上的,大多数妇女在这个年纪已没有生育能力。因为老来得女,雅芝对她格外心疼一些。这正应了句老话:百姓爱幺儿。

"好了,我要去看曾秀,回来再讲。"雅芝对女儿说。

"我要跟你一起去。"

"曾秀姑姑病了,你去会吵了她。"

"我不说话嘛。"

"哎,那好吧,不过你要走轻一点。"

"晓得。"永秀点点头,踮着脚尖随妈妈一起走。

李复生看到曾秀手缝露出的一截银项链,想到曾秀至今仍然待字闺中,不由叹了一口气:"是我把你耽误了!"

曾秀听到这话,眼泪一下流出来:"我——愿意。"

李复生心里愈发不忍,不由起身挪到床边,满含歉疚:"唉,你的大好青春年华,我欠你……"

"我不后悔,我心甘情愿,我就是这个命……"曾秀话还没说完就被

咳嗽打断，脸憋得通红。李复生犹豫了一下，最终伸出手为曾秀捶背，想让她透过气来。病中的曾秀似乎变得脆弱，多愁善感、哀怨抑郁。此刻，压抑已久的感情再也阻挡不住，她一下伏在李复生的怀里呜咽："我这辈子心里只有你——"

这一切恰好被走近的雅芝看见。雅芝并非小肚鸡肠的人，也曾想让丈夫纳曾秀为妾，但丈夫拒绝了。目睹此景，她怀疑丈夫早与曾秀暗中有染。二十多年前就在这个屋子里发生过的一幕，与今日的情景重叠在一起，竟是那样的相似！一种被欺骗的感觉顿时涌上心头，雅芝气得脸色煞白，浑身不由自主地颤抖起来。

永秀看在眼中，联想起别人的议论，心里十分怨恨曾秀，气得上前用力将门"嘭"的狠狠一摔。一声巨大的响动把屋里屋外的人都惊呆了。

"雅芝！"李复生追出去，雅芝拉起女儿转身就走，眼泪止不住往外流。

第十六章

"雅芝,你开门呀!"

"雅芝,你误会了,你听我解释。"

"雅芝……"

雅芝把自己关在卧室里,任李复生在门外怎么叫也不开门,眼泪流个不停,一张手绢早已湿透。李复生无奈,只好转身离去,想等雅芝气消一消再向她作解释。

李复生前脚刚走,曾秀拖着虚弱的脚步,摇摇晃晃走到雅芝门前哀声道:"太太,这事怨不得老爷。千不是,万不是,都是曾秀的不是。太太,求你开门听我向你请罪。"

雅芝站在门内一动不动。

曾秀隔着门说道:"太太,我从小就跟着你,你教我读书写字,教我针线女红,你不嫌我穷,不嫌我笨,待我如亲人。你的恩情曾秀点点滴滴都铭记在心,这辈子还不完,来世做牛做马还……太太,老爷是曾秀的救命恩人,可是曾秀有罪,心里想过老爷。但是,老爷说他这辈子不会纳妾,曾秀就发誓不嫁人……曾秀是清白的,不想惹太太生气。"曾秀声泪俱下,门依旧紧闭。最后曾秀双膝一弯跪下,泣不成声:"太太,如果曾秀实在惹你心烦,那只好离开……"

曾秀说罢深深一磕头,将额头触在地上,好长时间都不肯抬起。门开了,泪流满面的雅芝站在面前,弯腰拉起曾秀:"起来吧。"

曾秀一愣,随即抱着雅芝的双腿大哭:"太太呀,曾秀不想对不起你,请你原谅……"哪知忽然两手一松,倒在地上晕过去了。

"来人哪——"雅芝惊慌地喊道。

　　李永清在兴义茶号对面张望了好一会，无法判断父亲是否在铺子里，正着急，忽见大伙计陈二旺出来，忙走出去叫住他："二旺，我爸在铺子吗？"

　　"老爷到府衙去了。"

　　"啥子事？"

　　"禀报赏赐茶的事。"

　　"哦。"李永清喜上心头，等陈二旺一离开，立刻溜进铺子里。铺子里暂时没顾客，两个小伙计一个在收拾茶杯茶壶，一个在天井里烧水。经营茶与其他生意不同，茶的品质一定要经过冲泡或熬煮，通过观汤色、嗅气味、品口感等过程才能分出等级。所以顾客来茶号一般都要先尝，而店家也会备好开水和茶具，随时为客人沏茶。一个伙计先看见李永清，忙上前招呼道：

　　"嚼，大少爷来了！"

　　"嗯，没生意呀？"李永清嘴里说着，脑袋里飞快地打转。

　　这时另一个伙计也凑过来："客人刚走，已交了定钱，这不是才洗完茶壶杯子。大少爷请坐！"

　　李永清心不在焉："有生意就好。"

　　一个伙计问："大少爷喝一杯茶吗？"

　　"要得。"李永清心里盘算着。

　　另一个伙计无话找话："大少爷，你今天来照看生意？"

　　"生意？嗨，不是我不管，而是我老爸不肯放手。"李永清不想和小伙计再啰嗦，但此刻又不得不应付，眼睛四处看了看："嗯，你们先把柜上的银子支给我二十两，我有点急事要用。"说着就要去拉收银柜的抽屉。一个伙计阻拦道："得罪了，大少爷，我们做不了主呀！"

　　另一个也附和："是呀，大少爷，你千万不要为难我们当小伙计的，要不你等老爷回来给他说一下。"

　　李永清不耐烦起来："我说你们两个脑壳不清醒，我问你这兴义茶号哪一个是老板？"

"李老爷。"

"哪一个说话算数？"

"还是李老爷。"

"就是嘛！既然是李老爷的，也就是老爷儿子的，他不可能给其他人，这一点都搞不醒豁，你们以后还想不想在茶号里做？"

两个小伙计的脑袋耷拉下去。"以后做事情脑壳要灵光一点，不要瓜兮兮的像木头。"李永清说罢趁势拉开抽屉将钱放进自己的口袋里，然后匆匆离去。

两个小伙计愁眉苦脸，相望无语。

府衙后堂小客厅内，武道学与李复生分宾主而坐。

武道学问道："李掌柜，赏赐茶的期限眼看就要到了，赵大人接二连三来信催促，我多次为你说情、开脱，此事不能有半点差错，不知李掌柜准备得如何？"

李复生施礼道："回禀大人，我四处想办法，一个朋友答应帮忙，明天我就要赶到成都去。一定在期限内完成。"

"嗯，"武道学点点头，拖长声音说，"这是一笔不少的钱哦。"

"是啊，若不能按时还债，兴义茶号就会倒闭。"李复生语调沉重。

"上茶！"武道学不好再问，招呼仆人沏茶。又说："兴义茶号接连遭到不幸，本官深表同情，可是也爱莫能助。好在李掌柜福星高照，一定能遇难呈祥。"

"托武大人的福。"李复生看上去有些心不在焉。

武道学呷了一口热茶："按照赵大人的意思，雅州将要组建一个边茶股份公司，以便抵制印度茶的冲击。李掌柜对此有何高见？"

"这是一件新鲜事，可以尝试一下。"

"李掌柜果然开明有远见。"武道学放下茶杯，话锋一转："李掌柜经常在大渡河边来来去去，听说过当年石达开藏宝的事吗？"

"倒是听人说起，不过我是个生意人，整天为茶号的琐事忙碌，所以没有放在心上。"

武大人意味深长地看了他一眼："并不是传言，而是确有其事，本官暗中调查了很久。"

"哦，"李复生反守为攻，"武大人今天叫我来不是为了这个市井传言吧？眼下正为赏赐茶的事焦心，等这件事完后我让马帮和驮夫都留心一下，一有消息我就告诉大人。"

武道学只好悻悻地端茶送客。

天色很晚李复生才忐忑不安地向卧房走去。他不知该如何向雅芝解释，担心越描越黑，非但没说清，反而又惹雅芝生气。李复生跨进屋，见雅芝面无表情端坐桌前，便走近低声说道："我回来了。"

雅芝没说话。李复生又说："雅芝，我知道你还在生气，不管你怎么想，我都要告诉你，我李复生从没做过对不起你的事！我是一个守诺言的人，这几十年你应该清楚。"

雅芝看了丈夫一眼仍然没开口。李复生又说："其实事情并不是你想的那样，只是我不知该咋给你说清楚。"

雅芝仍然没开口，李复生叹道："你如果觉得心里不舒服想打就打，想罚就罚，就是不要闷在心里不说话！"

雅芝抬头端详李复生，李复生被看得浑身不自在，不安地问："你咋了？"

雅芝突然热泪盈眶，一把抓住李复生："我理解曾秀，都是女人……"

李复生动情地抱住雅芝："难为你了……"他的眼里流露出一缕歉疚和无奈，但也为雅芝的宽容和善解人意而感动。

这一夜两人很晚无法入眠。半夜突然听到有人压低嗓音叫道："老爷、太太！"

李复生推开门见五叔神色不安地站在门外，忙问："啥事？"

五叔用手指压在嘴上，示意不要出声，然后贴近李复生耳边说了一句。李复生一惊，转身进去对雅芝耳语，雅芝脸色陡变，差点叫出声。夫妻两人慌忙穿好外套，熄灭灯光。李复生拉着雅芝随五叔深一脚、浅一脚地往前走去。

走了一阵，终于来到五叔一间堆放杂物的小屋，只见二儿子李永明衣衫不整，头发蓬乱，坐在地上，疲惫中透着几分沮丧，手背上有两道明显的伤痕。

雅芝扑过去失声道："明儿，你咋这副样子？"

李复生一看儿子这副模样似乎明白了几分，镇定地问："出了什么事？"

李永明轻叹一声："我们失败了……"接着把事情的经过说了个大概。

原来，李永明在日本时就参加了孙中山领导的同盟会，立志推翻腐朽的清王朝，为此放弃学业提前回国，并找了一份教师职业作掩护，准备在首府所在地配合发动武装起义。在此之前，四川革命党领头人熊克武、黄方、杨维、佘英等人已先后在四川的江安、叙府、嘉定等地发动武装起义，但都相继失败，死伤惨重，其中仅嘉定一地就死难二百多人。可是革命党人并不灰心，又准备在成都大干一场，号召届时各府、县响应，造成全省声势。因为有前几次失败的教训，这次起事前他们吸引了许多学生、新军加入同盟会，又发展了几千袍哥一起起事。

袍哥是清末和民国时期四川盛行的一种民间帮会组织的名称，又称为哥老会。袍哥会发源于晚清，与青帮、洪门一道为当时的三大民间帮会组织。袍哥的名称传说是根据《诗经》"岂曰无衣，与子同袍"而来，但大多数袍哥自己说此名根据《三国演义》而来：关二爷被逼降曹后，曹操奖予很多金银财帛，他一概不收，只收了一件锦袍，平时很少穿着，有事穿上，却要把旧袍罩在外面，曹操问他原因，关二爷说：旧袍是我大哥玄德赐的，受了丞相的新袍，不敢忘我大哥的旧袍。因此，这个袍哥组织，老名称又叫"汉留"，含义就是从汉朝遗留下来的精神气节。

袍哥组织以兄弟结义，分为大、二、三、五、六、八、九、十共八个排。头排首脑人物称为"大爷"，又叫"舵把子"，如行船掌舵之人。二排

称为"圣贤二爷",这是大家推举出来的为人正直、重义守信的人,比之于为桃园结义的"关圣人",但这个人一般是在码头上不起作用的老好人。三排中有一位"当家三爷",专管内部人事和财务收支,尤其在开香堂时,负责安排规划各类事务,这是一个码头的中心人物。五排称"管事五爷",熟悉袍哥中的规模礼节、江湖术语,负责接待三山五岳、南北哥弟,在联络交往中,要做到来有接,去有送,任务相当复杂。袍哥中有两句流行口语:"内事不明问当家,外事不明问管事。"五排以下,还有六排的"巡风六爷",在办会期间或开设"香堂"时,专司放哨巡风,侦查官府动静,负通风报信的专责。八排九排的人,平时专给码头上各位拜兄跑腿办杂事,一到开设香堂的会期,他们最为忙碌,听从当家三爷的支配提调,全码头就靠这些人上下跑跳。十排又称"老幺",老幺还要分"大老幺""小老幺"两种。

袍哥虽是以"讲豪侠、重义气"相号召,又以旧礼教的"五伦八德"为信条,但是由于人员复杂,逐渐形成清水袍哥与浑水袍哥两种。浑水袍哥中不少是以打劫、诈骗为生的土匪和市井无赖。

革命党人万事齐备。不久成都将举办一次重要的官吏集会,于是他们经过一番谋划,决定派同盟会会员化妆成官府人员,暗中携带炸弹混入会场,适时引爆,然后再在城楼以点火为号,埋伏在城外的各路人马听到爆炸,再见到烽烟就一举入城,以迅雷不及掩耳之势杀尽所有官吏,最后通电全国宣布成都独立。

可是事情远比李永明他们想象的复杂。集会那天官府忽然改变了地点,并且临时戒严,断绝交通,一切人员凭请柬和身份文书入场,严格检查。李永明等人按计划去了原来的聚会地,发现悄无声息,空无一人,正感到奇怪,埋伏在内的清兵已扑上前来。李永明好不容易乱中逃脱,跑到城门口,碰上会党里负责在城楼上点火的小朱。小朱告诉他城楼已被清兵把守,他不得不临时改变计划,在城楼附近找了一个客栈,并包下顶层的一间客房。眼见时辰已到,仍没听到爆炸声,便将随身带的煤油洒在床铺的草垫上,点燃后关门离开。哪知还没走到客栈大门口,一个伙计打扮的人冲上去，转眼间就将火扑灭。小朱感到情况不妙，不敢停留，立刻往城外走。

两人话还没说完，就见一队清兵匆匆而来，领队的向城楼打手势。随即一个清兵跑下城楼，并吆喝守城士卒关闭城门，而周围的商贾行人仍在吵吵嚷嚷，毫无察觉。李永明看得真切，左右望去，还有鬼祟之人闪现。他急中生智，大喊一声："有偷儿！"顿时，人群中如炸了锅一般。清兵领队见状立刻吹起口哨，高喊"抓会党妖孽！抓会党——"百姓更加慌乱，你推我攘，又喊又叫，城门内外乱成一团，守兵根本无法关门。李永明捡起一顶别人掉下的草帽戴在头上，又脱去外套，趁乱混出了城，昼伏夜行，往雅州赶，走到蒲江听说清兵在成都四处抓人，已经杀了好几个……

雅芝闻言吓得魂飞魄散："你咋就不听妈的话，这要是被抓住……"

"妈，革命就会有牺牲，听说已有同志被捕，他们也是父母所养。如果大家都只顾自己，胆小怕事，这个黑暗的朝廷就会把中国拖向深渊……"

"你那些主义真理妈不想听，妈只要你好好活着。"

这时一直默不作声的李复生对儿子开口道："你们在城外不是聚集了五六千袍哥兄弟吗？"

"是的，可袍哥队伍里鱼龙混杂，钱粮大户、贩夫走卒、三教九流什么人都有，虽然以讲义气为旗号，可组织松散，缺乏纪律约束，有的人甚至就是为了钱。那些候在城外的袍哥没听到爆炸声，也没看见烟火信号，以为事情有变，就各自散去。"

李复生怅然若失："又败了……"

雅芝又气又急："你非但不劝儿子，还跟着起劲，成心要气死我！"

李复生没有理会她的情绪，继续问儿子："既然你们谋划好，为何官兵处处掐在你们前面？这其中必有问题！"

李永明紧锁眉头："也许，我们中间出了叛徒！"

"不是也许，而是肯定。"

"我一路上都在想，这种事要有证据，不能乱猜，"李永明摇摇头，

"起事前他们将炸弹秘密运到城里一个会党同志家里藏起来,其间清兵还来查过,也没怀疑什么,哪知后来竟出了事!"

李复生一挺身:"永明,你马上走,也许官兵很快会追来!"

雅芝也意识到危险,但又有些不知所措:"复生,咋办?"

李复生迅速决断:"永明,你马上到打箭炉次仁旺堆老爷那里去躲起来。那里山高皇帝远,加上旺堆为人耿直仗义,你在那里就会平安无事。赶紧收拾一下,我送你走!"

这时五叔插言道:"老爷,还是老奴去好些,万一官兵追来见你不在,恐怕更要起疑心。"

李复生道:"五叔你年纪大了,再去跋山涉水不行。"

五叔道:"这把老骨头没问题。"

李永明道:"你们不用操心,我自己走,几百里山路不算什么!"

李复生道:"永明,你走小路,翻过二郎山就进入藏地。可那里风土人情与汉地完全不同,像你这样冒冒失失地乱闯会惹麻烦。再说一路上也有关卡,万一官府画影图形的告示贴出来,你也不知如何穿山林逃过去。"

五叔想了想:"要不叫我家四狗子送二少爷走。四狗子老实,嘴巴也紧,他对那一路也很熟。"

四狗子是五叔的小儿子,小时候身体多病,算命的说取一个贱名才好养,于是五叔就按他在家的排行第四,叫他四狗子。

李复生犹豫了片刻,道:"那好。事不宜迟,赶快收拾一下,天亮前必须走!"

雅芝拉着儿子不肯松手,眼泪不停地流。李复生催促道:"快,没有时间了……"

李永明宽慰母亲:"妈,我命大,不会有事的。"

第十七章

第二天天色阴沉，小雨沥沥淅淅。雅州自古多雨，尤其是雨季以来，几乎天天被雨水笼罩。

兴义茶号里一个顾客也没有，李复生站在天井里望着屋檐滴滴答答落下的雨水，心里惦记着李永明的安危，忐忑不安。忽然，五六个清兵气势汹汹地闯进来，为首的大声喝道："谁是掌柜？"

大伙计陈二旺见清兵手里拿着刀枪，吓得心惊胆战，话也说不清了："长官……有啥子事？"

"啥子事？奉命捉拿会匪！"

陈二旺低声下气："长官，你们一定是弄拐了，我们是守法的茶商，哪有啥子会匪？"

"少给老子装疯！你算哪把夜壶，敢在老子面前扯谎聊白！滚开，叫你们掌柜李复生出来。"为首的一耳光给陈二旺扇去。

这时李复生从后面跨出来："你们凭什么打人？"

"你是哪一个？"

"我就是李复生，你不是喊叫要找我吗？"

为首的见李复生不怒自威，稍稍收敛："你儿子李永明现在哪里！"

李复生克制住怒火，不卑不亢："永明在成都教书，你跑到这里来岂不是找错了方向。"

为首的一拍桌子吼道："你把老子当三岁娃儿诳！李永明是会党妖孽，鼓动叛逆谋反，犯下弥天大罪。他腿长跑得快，老子倒要看他藏在哪里！给老子搜！"

清兵们七手八脚把货架推倒，一包包茶掉在地上，茶杯茶壶摔碎，柜

台上的砚台、毛笔、算盘、账簿扔了一地。接着又把抽屉里的银子和铜子搜尽。李复生捏紧拳头。陈二旺早听说掌柜会拳脚，怕对方人多动起手来掌柜吃亏，就在后面轻轻拉李复生的衣角。李复生会意，忍了又忍，但始终没把拳头松开。

几个人折腾完，又把李复生家搜了一遍，末了丢下话："哼，跑了和尚跑不了庙！他不投案自首老子还要来！"

清兵们并非说说而已。第二天上午，兴义茶号正好有两个顾客来谈生意，两个清兵带着枪又到大门口高喊："会党孽匪李永明快出来自首！"

顾客一见这阵势，生怕惹上麻烦，赶紧起身告辞离去。连路上的行人见状也远远绕开。李复生正在里面看账本，听到外面的嘈杂声，刚出来，陈二旺迎上前气急败坏道："掌柜，这咋办？那些兵痞又堵在门口，客人也吓跑了，成心扰我们的生意！"

李复生想了想："你去打发他们两块银元。"

陈二旺一听，气鼓鼓地说："棒老二抢人晚上还要选僻静的地方，他们倒安逸，青天白日明抢！"说罢叹了一口气，拿出两块银元出去："两位兵爷，这钱请你们吃顿饭，求你们不要站在这里，客人都不敢上门来了。"

两个清兵拿了钱说："今天我们就回去了，不过明天我们还要来要人，不然交不了差。"两人说着晃晃悠悠走了。陈二旺愤愤地看着他们的背影："挨刀的货！唉，李掌柜，他们明天再来咋办？"

"明天再说吧。"李复生边说边往外走，他惦记在路途中的儿子，觉得多拖一天，儿子就多一分平安。但是赏赐茶的事还没有办完，他必须尽快赶到成都去想办法。这件事他只对雅芝和曾秀讲过，虽然有些冒险，然而情况紧急，只有如此。本来他今早就要上路，不想儿子被追杀，打乱了原来的计划。若是走，担心清兵纠缠，无人应对；若是不走，赏赐茶的事又不能解决。正左右为难，曾秀迎面走来："老爷，赏赐茶的事我去办吧。"

李复生摇摇头："此事就如同以命运为筹码的赌博一样，必须是我亲自去。"

"我先去做好准备，眼下二少爷的事需要你在家对付。"

李复生犹豫再三："只好这样，等这边事稍有眉目我就连夜赶过来。"

　　曾秀点点头，跟在李复生身后默默无语，跨进李家大门。雅芝正站在院子里等他们，见丈夫和曾秀进来，双手将一个紫色锦缎包裹的旧木盒递过去，语气沉重地说："这本制茶秘笈是我们李家的命根子，现在就拜托你了！"

　　曾秀不自觉将双手在衣衫上擦了擦，她心里明白这个木盒虽小，却有千斤之重，这一步迈出去等于是将自己和李家的整个茶号押上了，一旦有闪失，后果不堪设想。她对李复生和雅芝说："老爷、太太，你们放心，曾秀会用生命保护这本秘笈！"

　　李永明与四狗子一身驮夫打扮，走在通往二郎山的路上。一路奇丽的风光一扫李永明内心的阴霾，看着背十条茶走山路如履平地的四狗子，不由赞叹道："你劳力真强！我其实只背了四条茶，可一路小跑跟着你还吃力。"李永明肩上看上去是五条茶的篾包，因为怕路上遇到打劫的，所以就把随身带的值钱的东西装进一条篾包，外表看上去与茶包无二。去打箭炉的路上偶尔会遇到在打劫的强盗，但是一般不抢茶，只取银钱，嫌茶驮着太重，容易被人抓住，所以李复生为儿子想出这个主意。

　　四狗子听到李永明夸奖有些不好意思："二少爷是有学问的人，哪像我这种粗人，只有一身憨力气。"

　　李永明："说起来我们李家几代人往西藏做边茶生意，可是我还从未去过藏地。记得小时候旺堆老爷来家里，每次都要带两个牛皮囊，一个装酸奶，一个装酥油，他走了很久家里还有那股香味。没想到我第一次去藏地竟是为避祸。嗨，不过这一路风光太美！我算是因祸得福。"

　　四狗子嘿嘿一笑："二少爷，这才开头，越往里走越美。二郎山是一个分界线，两边风光完全不一样。山那边雪山连绵，天蓝得透明，空气里都是太阳的气味；而山这边树林茂密，云雾缭绕，猴子经常在树上打秋千，运气好时还能看见山闷墩在林子里啃竹子，那副肉墩墩的样子乖得很！"

"什么山闷墩?"

"山闷墩的身子像熊,脸像猫,通身雪白,只有眼睛和耳朵是黑的,有的人叫它黑白熊。听说穆平有一个土司打了好几只,把皮铺在躺椅上,结果一个法兰西的洋教士见了,眼珠子瞪得碗大,说是稀奇宝贝,就出钱让那个土司帮他再打一只。后来,洋教士把山闷墩的皮做了一个标本带回去,结果好多人来看,法兰西的朝廷还给这个教士一大笔赏钱。对了,他们给山闷墩起了一个名字,叫熊猫。"

"哈,这山里的宝贝真多哟!"

"是呀。"

"我知道古时雅州的边茶入藏有两条路,一条大路,一条小路,你走过吗?"

"我家几辈人都吃这碗饭,哪一条路都熟。从邛崃、名山、雅安、荥经、汉源、泸定、打箭炉,出乾宁关,再经道孚、炉霍、甘孜、德格,渡金沙江进入西藏的江达,又从昌都到拉萨,这条路有五千里长,就是人们说的大路。小路是指从雅州碉门翻二郎山,经泸定、打箭炉到西藏。这条路最初是明朝朱洪武当皇帝时,为了用茶换回更多的战马,就下令天全六番招讨使开辟从雅州碉门经紫石关进入西藏的通道。这条路修了近十年,最难的是二郎山,一到冬天土就冻得挖不动,一锤子打下去只有一个白眼。为这条路朝廷还设置了太平驿,控制由雅州到藏地的边茶运送。虽然翻二郎山进西藏要近很多,但因为山势陡峭,马不能行走,运茶全靠人驮,所以走的人一直比较少。康熙爷平定了西炉之乱,在大渡河上修建泸定桥,以后小路扩宽,背茶的驮夫才多了一些。"

"这条路应该叫茶路!"

"是的,二少爷。越往里走茶越珍贵,有些连泡过的茶叶渣都要吃下去,没有茶藏人就会得病。"

"我知道过去边远地方的土司头人、部落首领带着礼物到京城朝贡,朝廷往往会赏赐丝绸、瓷器、药品等物品。而一些藏地和大漠来的贡使会在贡品清单上特别注明:'专讨食茶。'朝廷也就满足他们的要求,按人头赏给茶叶。有的贡使团多达上千人，重要的原因也是为茶。除了讨赏茶外，也是为采办更多的茶回去。"

两个人一路走一路聊，四狗子给李永明讲了许多茶路上的事，李永明也不时讲讲日本的见闻，彼此很快就熟悉起来。因为担心路上遇到官兵追查，他们都是绕过镇子走，而且是吃自己带的干粮。走到碉门，李永明不禁摇头："想不到碉门如此冷清，过去这里曾设有茶马司。"

四狗子说："就是一座金山也会被贪官吃垮。开初是猛杀马的价格，后来又不断提茶税，再后来茶马司的人自己走私茶，整来整去朝廷最终只好下令关闭碉门茶马司。"

李永明联想到起义失败，不禁愤愤道："一定要推翻这个黑暗腐朽的王朝！"

四狗子好言相劝："二少爷，小老百姓若与官府争只有输的命，再有理也没用。"

"你要抗争嘛，不能坐以待毙！"

"抗争？穷人的饭碗本来就是悬吊吊的，万一按你说的那个'抗争'被抓起来，那娃儿婆娘吃啥子？"

"只要推翻这个黑暗的王朝，我们就能建立起一个民主、自由、平等，充满光明和幸福的新国家。你想想，革命的发源地在我们四川，我们又参与其中，那是一件多么令人激动的事！"李永明说着，手有力地比划，两眼熠熠生辉。

四狗子却不以为然，好一阵才说："那，恐怕是乱想汤圆吃哟。"

"你呀——愚昧！"李永明期望唤起民众觉醒的心并没有因此沮丧。

清兵接连往兴义茶号跑，而且胃口一天比一天大。这天打发走了他们，李复生来到知府衙署想求武道学帮忙。不料江师爷推说武大人不在，李复生忙将一封银子递给江师爷："江师爷，请你多帮忙。"

"好说，好说，"江师爷将银子纳入怀中，做出一副推心置腹的样子，"李掌柜，你儿子的事说大也大，说小也可以小。说大是谋反，大逆不道，

那是杀头之罪;说小是青年人谋求发展,被人利用爱国之心,应该宽大处理,不必株连多人。你儿子躲在外面,过这阵风头就没事。嗯,我没把你当外人,话说白了,办这件事你打算出多少货?"江师爷凑近李复生,拇指和食指不断搓动,暗示出多少钱办事。

李复生:"事情成了,我自会酬谢武大人。"

"可是武大人是一个清官,并不看重银子。"

"江师爷此话是啥子意思?"

"像李掌柜这样聪明有头脑的人难道还不明白?哎,我给你讲一个故事。从前有一个知县要到异地升迁,离开前上司要他举荐一个接任的人选,消息传出后那些想补缺的人都上门去送银子,哪知全被管家一一挡驾,说不要毁了老爷一世清名!众人无可奈何,也不敢往知县老爷家里跑。后来有人送了一幅山水画去,管家一看是幅旧画,边角处还有几个虫眼,于是说老爷交代银子概不能收,但字画是高雅的东西,我斗胆收下兴许老爷不会责怪。最后正是这个送旧画的人补了缺,接替了前任知县。"

李复生说:"我明白了,那是一副值钱的古画。"

江师爷眼睛一翻:"对了!那些人提着银子去多刺眼,万一嘴不严说出去,落下受贿的坏名,就会影响仕途升迁嘛。可是这字画就不同了,知县是有学问的人,就喜欢字画书籍,这叫雅趣。"

沉默半晌,李复生说:"江师爷的意思是要我也拿古字画送武大人?"

江师爷喜上心头:"对。武大人就喜欢名人字画。"

李复生有些犯难:"这一时半会到哪里去买?雅州乃边远之地,不像省城是文人士大夫聚集之地。"

江师爷凑近李复生:"你家里就有现成的,何必到外面去找?"

李复生丈二和尚摸不到头:"我家里?我家里除了茶还是茶,哪有啥子名人字画?"

江师爷露出不满,把身子缩回椅子里,端起茶杯阴阳怪气地说:"李掌柜是真不晓得?还是装迷糊?"

李复生一头雾水:"我真不晓得。"

"那你回去问问你夫人。"江师爷提示道。

"雅芝?"李复生有些吃惊,不过又说,"若是她自己的东西我也不能拿呀。"

江师爷打了一个哈欠,蜡黄无肉的脸上露出不耐烦的神情:"那就不要怪我没帮忙啰。你儿子这件事麻烦大,该说的我都说了,你自己看着办。"说罢又打一个哈欠,做出不留客的样子。

李复生回到家对雅芝说了事情的经过,雅芝一听脸都青了:"真不要脸!休想,那是我们李家的传家宝!"

经雅芝说明,李复生才想起这件被武道学垂涎的名人字画是乾隆皇帝赐给兴义茶号的御书手迹。这件传家宝,还得从乾隆皇帝平定大小金川之乱说起。

清乾隆十二年,地处四川大渡河流域的大金川安抚司莎罗奔,因为气愤女婿、小金川土司泽旺欺凌女儿,遂出兵进攻小金川为女儿出气,最终一场貌似家族纷争的争斗演变成叛乱。四川巡抚纪山派军弹压,结果很快被打败。乾隆皇帝闻讯立刻令云贵总督张广泗、大学士讷亲率四万兵马进攻,不料再次受挫,损兵折将,伤亡惨重。次年,乾隆皇帝又命傅桓为经略,统兵进军金川。傅桓委派岳钟琪至大金川老营勒乌围劝说莎罗奔投降,战事暂时停下。哪知事隔不久,战火再次燃起,并且愈演愈烈,连周边的苗族也与朝廷军队为敌。四川总督阿尔泰因督战不力被赐死。

这时,乾隆皇帝才意识到问题远比想象的复杂,连平定准噶尔、回疆之乱也没有花这么长的时间和精力,地处深山荒野的大小金川出乎意料地让大清陷入困境。金川纵横不过四百余里,散兵游勇不足三万,武器落后,弹药匮乏,非但没有束手就擒,还使朝廷损失将士三万余人,耗银七千多万两!为什么?乾隆皇帝思考再三,认为八旗兵善于骑射,惯于平原、草原和沙漠作战,而拙于山战。大小金川奇特的地形于清军极为不利,咫尺皆山,摩天插云,羊肠一线,纡折于悬崖峭壁之中,不得纵骑驰突。山道本多险隘可扼,山民又设寨据险,筑垒成碉,以枪矢礌石外击,故一塞一碉,守以数人,竟有一夫当关、万夫难攻之势。于是乾隆一方面

从八旗军精锐将士中抽出二千余人,组成的一支健锐云梯营,日夜演习山地战;另外又派一个心腹之人秘密到达大小金川,探究清军屡屡遭挫、土司不断获胜的原因所在。他隐隐感到是明朝遗老遗少以孤臣孽子之心,将天高皇帝远的大小金川作为基地,最后负隅顽抗。

乾隆下决心无论花多大的代价都一定要平定大小金川。如果大小金川不能平定,就难以宇内一统,四海清平。

心腹秘密到达金川不久就打听到一个叫王秋的汉人在暗中出谋划策,此人正是明朝遗少。他依据金川地势险要、易出难进,而且地产金沙、民风朴质等优势与清廷对抗,意欲恢复大明王朝。王秋在金川卧薪尝胆,老谋深算,不仅深得土司信任,最后竟然卧底到清军督帅张广泗之侧,左右清军的战略部署,致使清军屡屡遭挫。乾隆得到这一密报后大吃一惊,盛怒之下立刻将张广泗囚押至京城,开刀问斩,身边的其他人员也逐个盘查,稍有嫌疑立刻关进大牢。

朝廷平定大小金川之战,历时二十九年,其间李家祖上不但出资招募勇士助朝廷作战,还屡冒风险运送边茶到营帐。故当平定金川的捷报飞马送达紫禁城后,乾隆皇帝万分欣喜,觉得大清这时才算真正的一统江山,于是下诣勒碑纪念,依次封赏有功的文武官员。兴义茶号除得到奖赏外,还获御赐"兴义茶号"的匾额。

当圣旨到雅州时,州县官员都来贺喜,李家张灯结彩,大宴宾客,又请城里最好的木匠,选用上等金丝楠木刻了匾额。事后李家还专门做了一口双层樟木箱,把乾隆皇帝的手迹整整齐齐放在里面。为此李家还立下规矩:李家后人不分家,共同拥有这幅圣迹,无论遇到什么困难也不出手。后来李家后代虽然遇到各种各样的麻烦,但这张手迹一直完好无损。李复生与雅芝成亲时曾听说过这件事,但并没放在心上,时间一长也就淡忘了,没想到如今武知府眼睛盯上了这幅手迹。

雅芝竖起柳眉:"他想打这幅字的主意!爸爸过世前还特地留下话,将来哪个孙子掌管茶号,就由哪个保管这幅手迹。"

李复生点点头:"是不能给他。"

雅芝望着李复生:"那我们咋办?明儿还在路上,这些兵又天天到铺子上来搅。"

李复生一时也没有想出办法:"永明和赏赐茶的事情凑到一起了。"

雅芝声泪俱下:"那你的意思是要拿这幅手迹给他?"

李复生有些无奈:"我先把姓江的稳住,拖一段时间再说,今晚我必须走,要然不赏赐茶的事就来不及了,等我回来另想办法。还有,昨天一位来自后藏的商人来要两千块茶砖,定金已经交了。待他将布匹和丝绸等货物办完后就一同运走。这件事我已经叮嘱了作坊的周大,我一到那边就叫曾秀赶紧回来。"

雅芝点点头,沉重地叹了一口气。

第十八章

曾秀连夜赶回雅州,心里惦记着赏赐茶,下了马就直奔作坊。刚跨进大门就听到李永秀的尖细的嚷嚷声:"我要上去,就是要上去!"

原来李永秀心血来潮,想爬到高高的蹓茶架上蹓茶玩。负责作坊工艺的周大在一旁好言相劝:"小姐,这活都是男人干的,你一个娃娃咋行?那板子是光溜溜的,一不小心就会摔跟斗!"

李永秀显然听不进去这些话,振振有词:"我二哥都上去了,我也要上去。"

"他是大人呀。"

"可是他说他从小就喜欢蹓茶,经常上去,凭什么我就不能上?"

"小姐——"

曾秀眼见周大拦不住她,便上前劝阻制止:"秀秀听话,不要在茶坊里扰,你妈妈要是知道会……"

曾秀话还没说完,李永秀没好气地顶撞道:"管得宽,你又不是我妈,我也没小妈!"

"你——"曾秀被噎得说不出话。这时雅芝出现在作坊门口,李永秀和曾秀的对话她全都听见,不由生气地呵斥女儿:"太不懂规矩了,出去!"

李永秀见妈妈向着曾秀,当着众人责骂她,心里更来气,小脸涨得通红,眼眶里冒出泪花:"出去就出去!"慌乱中,永秀碰翻了身后刚出锅的甑子,滚烫的热茶一下倒在身上,她顿时被烫得哇哇大哭起来:"啊——"

雅芝心疼不已,急切道:"快,快去把烫伤油拿来!"

众人围着李永秀忙碌,曾秀心里既难过,又自责,在一旁走也不是,留也不是，尴尬不已。

李永明终于站在二郎山巅，俯瞰脚下群山巍峨，天高地远，头顶阳光灿烂，碧空湛蓝，西风呼啸而来，身后的树枝哗哗作响。第一次领略高原的风光，李永明深深陶醉，不禁激动地高喊道："喂，喂，我——来——了！"

四狗子在一旁提示道："二少爷，下山不远就是泸定，泸定桥上有官府的守兵，我们只能绕道走。先到余土司家看看，请他找人帮忙把我们渡过大渡河。"

"余土司？这个姓氏应该是个汉人。"

四狗子答："余土司叫余鲁澈，其实我也不知道他到底是哪一族人。这里好多家族，汉、藏甚至满、彝混来混去，早分不清是哪一族。早先大渡河以东有六个土司，后来朝廷设六番招讨使就是为了招安这六个土司；大渡河以西原有三个土司，不过后来又冒出一些小头人。康熙爷率兵平定西炉之乱后，分封土地，赏赐有功的将士和头人。余土司的祖先本是随军打仗的外来户，因为喜欢泸定这地方，愿意留下屯垦，于是得赏土民一百户，每年意思一点夷赋税，归由明正土司统辖。余鲁澈是继承他父亲当上土司的，他的几个太太里，汉人、藏人、彝人都有。"

两人边说边走，不久远远看见一幢石头垒砌而成的两层楼房，周围没有树木，光秃秃的，一览无余，楼房底宽上窄，窗户极小，如同一座巨大的石头古堡。待走近，见大门半掩着，内外飘着几张残缺不全的旧挽联，四周冷冷清清。李永明透过门缝，见院子里杂乱破败，悄无声息。

四狗子叩了几下门，叫道："有人吗？"

半响，出来一个流着鼻涕的红脸蛋男孩。四狗子问："请问余老爷在吗？"

男孩打量他们一阵："余老爷已经死了。"

四狗子一惊："啊，啥子时候的事？"

男孩摇摇头："不晓得。"

四狗子忙说:"麻烦你给大太太通报一下好吗?"

男孩咬着手指:"大太太一早就出门去了。"

四狗子有些犯难,他只见过大太太。大太太比余土司大十岁,是打箭炉一锅庄掌柜的女儿,平时掌管家政也应酬客人。眼下四狗子不知该找谁为好,余土司另外几房妻妾他还未曾谋面。正犹豫不决,忽听男孩又说:"六太太在。"四狗子只好请男孩代为通报。

等了好一阵才有一个身着孝服、状如仆人的中年妇女出来。她面无表情,既不招呼,也不吭气,只是烧水沏茶,不急不慢倒入杯中,递给李永明和四狗子。待两人喝茶,那妇人又转身进去,将李永明和四狗子晾在客厅里。又等了一会,还不见有人出来,两人觉得有些莫名其妙。这时,刚才那个红脸蛋男孩拿着一只弹弓出来玩,四狗子急道:"你咋没去告诉六太太有人来访?"

男孩瞪大眼睛:"咂,你们喝的茶就是六太太沏的。"

"啊?!"李永明和四狗子都感到十分惊讶。李永明立刻反应过来:"小弟弟,烦你再去通报一声,就说是雅州兴义茶号的朋友来访。"

男孩使劲眨了眨眼睛又进去。转眼间那个中年妇女疾步出来,李永明和四狗子上前施礼:"余太太。"

"不敢当!"余太太青黄色的脸上露出笑意,"对不起,不知是老朋友远道而来,请坐,我沏一壶好茶来!"

李永明阻止余太太,又拿出随身带的两条茶相送。一番寒暄后,李永明问余太太家里究竟发生了什么事。余太太长叹一声,说起来由。原来余老爷鸦片成瘾,经常照顾他抽烟的三个太太也染上瘾,于是每天四个人一起抽,本来厚实的家底就这样一点点化成烟雾。余老爷一死,几个太太提出分家,拿不走房子,都要银子,树倒猢狲散,转眼间偌大的院子里只留下主仆几个人。经常有人上门索要余老爷欠的账,有的甚至拿伪造的账单来勒索。今天又以为是要钱的人,所以怠慢了贵客。说到最后余太太愤愤道:"该把那些贩鸦片的英吉利人统统砍死!唉,这人只要抽上鸦片就会变成废人,啥事都不想做,啥事也不愿管,就知道躺在床上抽、抽、抽……余老爷死前瘦得只剩一把骨头！"

"听说法兰西和英吉利人在打箭炉一带建了好些教堂。"

"是呀，仅泸定就有三个天主教堂，一个在磨西，一个在冷碛，一个在沙坝。那些教士来时是由教会给钱，后来购置家业。按大清律，洋教是不允许在中国置业的，故教堂表面上对外说租典，其实暗中购买，然后兴水利，开辟农田，最终佃人耕种，食其租利。一些卖主也后悔，但因为是暗中买卖没有凭据，即使告到官府也没用。洋人还在这里办学校，给人看病，前面不远的山上就是洋人建的麻风病院，听说里面有几十个病人，可是当地人怕被传染，不敢靠近一步。"

"那里有病愈出来的人吗？"

余太太恐惧地摇摇头："咋治得好？一旦得了麻风就是等死。"

"这里信洋教的人多吗？"

"入了洋教会得到教会的帮助，不过我看那些洋人鬼头鬼脑不顺眼。前些时候有一个洋人跑到巴旺去惹事，被当地人杀了，结果朝廷胳膊向外拐，倒赔了洋人两千两银子。"

余太太与李永明聊了一阵，四狗子见余家如今的光景，几次话到嘴边又吞回去，倒是余太太眼尖，看出四狗子心里有事，遂问有什么需要帮忙。李永明据实相告想渡河，余太太一笑："这有啥麻烦？我把你们撑过去就是。"

李永明放心不下："可是，你一个女……"

余太太站起身来，露出一脸豪气，声如洪钟道："我是巴旺土司的女儿！余老爷抽烟我还打过他，可惜没打掉烟瘾，四十岁就走了……"说到最后声音有些颤抖。

炉城街头，离次仁旺堆吉祥锅庄不远的地方，一家名叫远东贸易商行的店正在紧锣密鼓地进行装修布置。上着藏装，下着西裤，脚穿皮鞋的詹姆斯忙进忙出地指点，仿佛要大干一场，店里还有两个外国人在忙碌。

次仁旺堆从门口经过，见一个打扮得不伦不类的外国人大张旗鼓开

店,便停下脚搭话:"这房子你租下来做什么生意?"

詹姆斯一脸笑容:"做一点西洋百货。请问你是?"

次仁旺堆指了指前面的吉祥锅庄:"吉祥锅庄的掌柜。"

詹姆斯微微一鞠躬,做出很谦恭的样子:"幸会,原来是旺堆土司老爷!我是东印度公司属下的远东贸易商行,小店就要开业了,到时请旺堆老爷过来喝一杯酒。"

次仁旺堆摆摆手:"不客气。"

詹姆斯又说:"打箭炉我初来乍到,人生地不熟,请旺堆老爷多关照。"

"有什么需要帮忙你尽管说。"次仁旺堆很豪爽,说罢牵着马告辞离去。

次仁旺堆穿着打扮像一个古代骑士,头上盘着一条大辫子,两耳戴有很大的松绿石耳环,身穿宽大的黑色氆氇袍子,脚踏牛皮长筒靴,腰间佩戴一把长柄宝刀,体魄健壮,高鼻大眼,面色黑红,雄赳赳气昂昂地在街上招摇而过。他是世袭土司,在乡下有大片草原和牛羊,吉祥锅庄只是他的一部分产业,主要经营茶叶。他刚跨进院子,一个仆人立刻迎上来将他的坐骑拉到后院马厩,另一个仆人帮他拍打身上的尘土。

吉祥锅庄是用石头砌成的三层楼房,屋顶上挂满五彩缤纷的经幡,每一个窗口都用彩色线条绘以文饰,楼下宽敞的院子里几簇鲜艳的格桑花竞相开放。围墙内侧用泥土抹平,再粉上白色,绘以鲜艳夺目的吉祥八图——由八种象征吉祥、圆满、幸福、智慧、财富的图案组成,分别是海螺、宝伞、宝幢、法轮、双鱼、金刚结、莲花和宝瓶。

次仁旺堆抬腿往二楼客厅走去,客厅大门上镶嵌着两个醒目的狮头大铜环,凸显了汉藏文化相融的特点,四壁、房门和梁柱上绘满了精致的壁画,窗上雕刻着龙、凤、仙鹤、麒麟、五彩祥云等吉祥图案,墙壁上龙飞凤舞,鹤翔鳞跃,花鸟、异兽、龙凤栩栩如生,每幅画都讲述着美丽动人的故事。

次仁旺堆正要开口把詹姆斯开店的事告诉夫人,却见夫人尼玛拉姆盘腿坐在铺有毡毯的床凳上生闷气,对他不理不睬,管家加措站在一旁低头不语。

"咋回事?"次仁旺堆问道。

尼玛拉姆抬起一双睫毛浓密的大眼睛,气鼓鼓地指了一下加措:"你问他!"尼玛拉姆的胸部上下起伏,一副很生气的样子。尼玛拉姆是次仁旺堆的第二个太太,他的第一个夫人已过世,没留下孩子。尼玛拉姆身材丰满,面容圆润,一袭黄红相间、色彩艳丽的锦缎长裙,褐色底子配以五彩横纹的氆氇围裙,头发从额际正中分开,左右两条辫子的下端加入一些红丝线盘在脑后,绿松石耳环、蜜蜡项链、银手镯、红珊瑚头饰搭配在一起,更显出雍容华丽。尼玛拉姆年轻时是打箭炉远近有名的美人,不但人长得美,还有一副穿云破雾的嘹亮嗓子,次仁旺堆第一次听到她的歌声,还未谋面就被她迷住了。他是顺着歌声找到尼玛拉姆,并想尽一切办法把她娶回家的。

加措小心翼翼地说:"老爷,央金小姐……她出去了。"

次仁旺堆嘿嘿一笑:"她哪天在家里坐得安稳?我以为出了什么大事。"

加措说:"小姐说要出去玩两天,也不说要去哪里,只带了青初就跑了。"

青初是央金的丫头,比央金大几岁,骑马射箭是一把好手。次仁旺堆对夫人和管家的紧张不以为然,坐下来倒了一碗酥油茶喝得有滋有味,发出很惬意的声响。尼玛拉姆更来气,一扭腰站起来:"就是你惯出来的,她哪里像一个女子?快成山里的野马了,再这样下去哪一个敢娶她?"

"她还没满十七岁,还小呀。"

"我十七岁时已经嫁给你了!你咋不说年龄小再等两年?"

"嘿,央金和你不一样……"

"她是我生的有啥不一样?"

"嗨,她是天上飞的鸟,关在笼子里会生病;她是草原上跑的马,待在圈里要落膘。"

丈夫说得有理，尼玛拉姆叹了一口气又转身坐下。女儿的秉性她太了解了。央金继承了父母身上的各种优点，身材高挑，皮肤红润，尤其是一双波光粼粼的大眼睛，黑白分明，透着聪慧和妩媚。大约由于从小喝酥油茶、好运动的缘故，央金四肢修长有力，胸部丰满，腰肢柔软，丝毫没有千金小姐的纤弱矜持和苍白病弱，浑身洋溢着青春的活力。她性格开朗泼辣，能歌善舞，骑马射箭功夫胜过同龄男孩，但就是喜欢我行我素，经常把父母的话当耳边风。

沉默了一会，尼玛拉姆坚决地对丈夫说："你要尽快把女儿的婚事定下来！"

"行！"次仁旺堆点点头。这两年来提着茶和盐上门求亲的人没断过，以往自己都以女儿年龄还小为借口推脱过去，看来眼下是该认真考虑考虑了。

说罢他起身去经堂。经堂是家里最神圣的地方，满屋挂着唐卡，一排排铜制酥油灯在四周闪烁，正面壁龛里有一尊精致的铜铸佛像，下方是手工做成的五彩缤纷的酥油花，浓香弥漫，令人顿生肃穆之感。他燃起一炷香，在佛像前虔诚跪拜。这是他每天生活中必不可少的内容之一。

就在次仁旺堆和太太谈论女儿的时候，多吉扛着一捆牛皮走进吉祥锅庄。

将匡盛死前嘱托的信送到箭炉厅后，多吉昏睡了两天，醒来后本想留下来打听匡老爷死后的情况，但是箭炉厅的官员对他很冷淡，给他一点钱就急于打发他离开。多吉去找热拉活佛，又听说活佛行踪不定，不知在哪里。他想回村里去看看，但又怕被别人认出来，最后只在村口转了转就离去。在路上他听说英吉利的传教士在山上修了一座麻风病院，里面有些麻风病人一直活着。他欷歔感叹了很久。在拉萨时他天天想故乡，可是回到故乡他才发现自己原来早已是一个外乡人，没有人认识他，也没有人愿意收留他。他无处可走，最后只好在炉城四处为人打短工混口饭吃。

这天他到吉祥锅庄送货，加措管家迎面走来，见他一头大汗便吩咐人倒了一大碗清茶给他。多吉心里很感激，弯腰道谢后问："老爷，这里要雇长工吗?"

"你家在哪里?有保人吗?"加措是一个谨慎的人,尽管他正需要人手,对多吉印象也不错。

"我是一个孤儿,跟一个马帮从拉萨来,没有保人,但我认识热拉活佛。"多吉说着亮出热拉活佛给他挂在脖子上的一个小佛像。

听到热拉活佛的名字,加措放心了,想了想道:"行,你先在锅庄里缝牛皮茶包吧。"

多吉再次弯腰致谢:"谢谢管家!"

李永明和四狗子在余太太的帮助下顺利渡过大渡河,继续向前行走。他们不敢走大路,因为到泸定后往来的行人逐渐多起来。泸定是一个连接南北的交通要地,从宁远的西昌、会理、越西、冕宁来的驮夫,从雅州的汉源、荥经等地来的驮夫,还有西从打箭炉出来去汉地、下云南的驮夫都会集在泸定。

两人穿小路走到瓦斯沟,进入眼帘的皆是陡峭的山岩。这里不同于汉地,一翻过二郎山,即便周遭是山,却不再是郁郁葱葱、山林绵延的景象,山上山下是截然不同的风光。山脚河谷生长着茂密的灌木丛,半山坡是绿茵茵的草地,再往上草愈来愈少,最后是光秃秃的山峰。一座座山形状迥异,有的由岩石一层层水平重叠而成,有的参差错落、垂直向天,还有的犬牙交错、奇形怪状地堆砌而起,仿佛稍有震动就会从天坠落下来。李永明仰起脖子望着两边阴森陡峭的山岩问:"四狗子,我们要翻过这座山梁吗?"

四狗子答:"是的,二少爷。本来可以走大路,可是我担心遇到官兵,只好走这条岩州古道。这条小路一百多年没修整了,现在只有极少数胆大的人走,过去从雅州到打箭炉这条路最近,不过现在也最难走。"

两人沿绝壁盘旋而行,不一会儿李永明就感到有些气喘,四狗子选了一处稍平坦的地方让他坐下歇息。

李永明边擦汗边说:"我有点不敢往山下看,一看就禁不住有些头晕

腿颤。"

四狗子:"二少爷,其实明朝时这条路还是官道,往打箭炉运茶都要走这里,茶运到藏地就是这样一步步走出来,一颗颗汗水浸出来的!"

李永明眼望四周,感叹道:"驮夫们真不容易!待民国诞生后,我一定写一份详尽的报告给政府,申请在这里筑路建桥,为背茶的驮夫和当地百姓谋福!"

李永明还想要说什么,忽听山下传来一声刺耳的尖叫,转身往下看,只见一个人不顾一切疯狂地往前跑,身后几个汉子急速追赶而来,恨不得立即抓到前面的人。李永明觉得那情形有些不对劲,往下走想去看个仔细,四狗子一把将他拉到巨石后面隐藏起来,并用食指压在嘴上,示意他不要说话。

第十九章

两人伏在巨石后面伸出半个头往下看,山下的一切尽收眼中。只见那个狂奔的人跌倒在地,上气不接下气地说道:"我没病,我要回家,我不背茶了……"身后几个人眼看就要接近,他一跃从地上捡起石头往后面扔去,想砸那些追赶他的人。此人头发散乱,衣衫破旧,模样不清。后面的人躲开他扔来的石头,又继续追赶。他吃力地往前跑,可是没跑几步好像被什么击中,一个趔趄倒在地上,一动不动了。这时,沟口跑来几个看热闹的人,几个官府衙役模样的人忙用长矛的杆柄拦住去路,连比带划说着什么。这边几个追赶的人忙捡了一些树枝丢在倒下者的身上,然后燃起大火焚烧。火势熊熊,不一会就飘来一阵肉体的焦味,那几人没等火熄灭就匆匆离去,留下几个衙役模样的人在远处守候。

李永明低声自言自语:"奇怪,这是咋回事?光天化日之下就把一个人给焚烧了!"

四狗子也被眼前发生的事弄糊涂了:"我看见有洋人在追那个人,会不会是一个癫子?""癫子"是当地人对麻风病人的俗称,以往这类病人死后就是火化处理,所以四狗子这样猜测。

李永明越想越感到不对劲:"癫子也不能这样野蛮处理,他分明还活着,是追赶的人把他打倒,也许只是暂时昏迷,还没有断气。我要下去看个明白。"

四狗子阻止道:"二少爷,你千万不能去,那里有官府的人。"

"不行,我要去,我要看那些洋人在干什么!"

四狗子无可奈何:"二少爷,要不我去帮你看。"

李永明想了想点头同意。四狗子仍不放心,又叮嘱道:"你千万不要

走开呀!"

等了好一阵,四狗子满脸惶恐地返回:"哎呀,骇死人了!听说那个人是从麻风病院里偷跑出来的!那些追他的人是麻风病院里的教士。教士得知他偷跑出来后立刻派人报了官,怕那个癞子到处传染,所以最后把他打倒在地然后烧死。哎呀,好骇人!连那些官兵都躲得远远的,尸也不验就焚烧了。"

"麻风病?"李永明有些疑惑,"可我听见他说'我没病','我要回家'。听他这话意思就是家里的人并没被隔离,一般发现这个病全家都要隔离。还有,他可能也是个背茶的驮夫,他说'我不背茶了',他话里有话!"

"我脑子笨,想不了那么多。"

"他有多大年纪?"

"听说大约二十多岁的样子,鼻子眼睛倒是好的,没有肿烂流脓,跑得风快,那些人追了好久才抓到他。"

李永明知道这个病很可怕,可此时不知为什么却并无对病的恐惧,而只有对死者生前遗言和举止的疑惑。他沉默了一会说:"我想到麻风院去看看。"

四狗子眼睛瞪得像一对铃铛:"二少爷,你——"四狗子差点没把"你想找死呀!"这句话说出来。

"四狗子,你的心情我理解。我在日本虽然是学化学的,但是也略懂一点西医。麻风是一种恶疾,严重时会使人眉毛稀落,肢端麻木,嘴歪眼翻,手足溃烂,可也不是看一下就会被传染,只要不与他们接触,同吃同住,自己身上没伤口,一般问题不大。你没看见那些传教士不也与他们在一起?那个人死前为什么要说'我不背茶了'?说明他或许是一个背茶的驮夫,或许是一个茶贩,说不定还与我们兴义茶号打过交道,只是没看清他的模样。我家几代人经营茶,与这些背茶的驮夫渊源深厚,应该去看看才是。"李永明没有说出内心深处的猜疑,不知为什么他脑筋里冒出一个念头:这个被匆匆烧死的人身上一定藏有不为人知的秘密!

四狗子稍稍平静了一点："洋人和我们不一样，他们啥子都和我们是反的，又长得牛高马大，浑身是毛，当然不会被传染。"

李永明见四狗子情绪渐渐安定下来，便说："我去看看就走。"说完转身往山下走。四狗子不敢违背李永明的决定，只好闷声不响跟在后面。

雅芝牵挂着儿子的安危，每天都处在忐忑不安中。更让她心焦的是江师爷带话过来：上面下令一定要将李永明捉拿归案。如果李家再不拿出乾隆手迹，武道学无法上下打点，只能公事公办。雅芝明白这话的意思，只要将家里这件宝贝送给武道学，则可以大事化小，否则，不但儿子遭难，甚至茶号也要受到牵连。雅芝左思右想，寝食难安，眼看李复生一时半会不能回来，只好自己作了决定。

晚上雅芝将乾隆皇帝的手迹从樟木箱子中取出，跪在父亲的灵牌前："父亲，女儿对不起你了，为了明儿，为了茶号，只好把它……"雅芝话未说完就泪如雨下。

这时曾秀过来，默默将雅芝从地上搀扶起来："夫人，救人要紧。"

雅芝擦擦眼泪："只能这样了！"

第二天雅芝在曾秀的陪同下去府衙，江师爷闻讯大喜，乐颠颠地出来："李夫人来了，请坐，上茶，上香茶！"

雅芝拿出手迹卷轴："这幅乾隆爷的手迹在我们李家一百多年了，为了儿子，我只好违背祖训。这件事我丈夫还不知道，我是自作主张。"

江师爷迫不及待地说："夫人这是明智之举，李掌柜一定会赞扬你的贤德。"说罢小心翼翼将卷轴展开，两眼放光："神来之笔，神来之笔呀！这辈子能见到乾隆爷的亲笔不枉这世间走一遭。看这笔墨走势，龙腾虎啸，跃然纸上，再看这印章功夫，这纸……"江师爷眼睛滴溜溜转来转去，仿佛想把整个卷轴吸进肚子里。

雅芝切入正题："你要绝对保证我儿子没事！"

江师爷回过神来，抬头对雅芝说："李夫人，没问题！我会禀报武大人，并详细具文上报，说此事纯系青年人思想单纯，受人利用，一时头脑

发热,受人挑唆而为。现在有一些绅士也在呼吁,说年轻人有爱国心,是在谋求改良发展。见了这个,武大人自然会尽力为你运动打点,保他平安无事。不过,你要告诉你儿子千万不要到处乱窜,等躲过这阵风头再回来,如今成都大牢里关了好些与他一同闹事的年轻人。夫人你想想,胳膊咋拧得过大腿?我是为你着想,你儿子留洋有才学,好好教书或者继承家业都好,何必去干那些掉脑袋的傻事?"

雅芝点头附和:"江师爷说得有道理,以后我要好好开导他。"

江师爷更来劲了:"就是嘛!大清国立在这已经两百多年了,根基深厚。那些革命党骂大清腐朽,可腐而不朽,垂而不死,革命党也奈何不了!再说,你看被抓进去的、被杀头的都是些涉世不深的年轻人,而那些幕后操纵的老鬼一有风吹草动就跑到国外躲起来,三十六计走为上计。姜还是老的辣!"

雅芝没说话,江师爷这才忽然问起:"李掌柜呢?这段时间没见他人影。"

"为赏赐茶筹钱去了。"

"朝廷大事千万耽误不得!雅州茶行里想做御供茶的大有人在,你儿子又牵扯到革命党,一句话就可以把这桩生意取消,我经常在武大人面前为你们说好话,要他在上面为你儿子通融。这些事换了别人谁敢干?一不小心牵连进去,轻则坐牢,重则要命!"江师爷摆出一副有功之臣的样子。

曾秀赔上笑脸:"江师爷的好处我们不会忘,待二少爷平安回来了,一定设宴谢武大人和你!"

江师爷觉得曾秀的话语里没有对他感激涕零的口吻,心里颇有些不受用,一下转了口气:"革命党,哼,我看不过是一帮无事则聚,有事则散的乌合之众!闹闹哄哄成得了什么气候?回头告诉你儿子,千万不要再去逞能。"

雅芝气得一张脸煞白,曾秀真想抬手给他一耳光。

麻风病院建在一座孤零零的山头上,居高临下,后面是陡峭的悬崖,前面用石头筑起一人多高的围墙,唯一道小门进出。四周没有一户人家,黑色的小铁门紧闭,楼顶有人看守,森严肃杀,几乎听不到任何声响。

李永明在山脚等到天色渐晚,便对四狗子说:"你就在这里等我,我从侧面那个坡爬上去。"

四狗子心神不定:"二少爷,那上面阴森森的像阎罗殿,万一……"

"好了,不要再说。"李永明不再理会他,独自小心地从石头间隙里左绕右拐往上爬。他一步步接近麻风病院,在一个相对隐蔽的地方停下,侧耳细听山上的动静。此时晚风一阵接一阵吹来,在空中嗖嗖直响,远处云层遮住了夕阳,灰色的阴影一点点迅速弥散开来,由深至浅如一幅水墨画。李永明背心被汗水浸湿,风一吹,有了凉意。他无暇欣赏这美丽的景色,只能抓紧时间往前爬。麻风病院灰黑色的围墙就在不远处,里面隐隐传来模糊不清的说话声。

李永明加快行动,终于接近围墙。他躬身左右张望,不敢贸然攀上墙头,想借助一条石缝窥探清里面的情况。可是令他大失所望,每一个缝隙都用泥土和碎石子塞得紧紧的。他找了一块尖利石片掏了几下,哪知泥土后面又是石头,石头与泥土交错重叠,围墙无懈可击,牢不可破。李永明仍不死心,挨着石块仔细搜寻,期盼能找到一个小缝。他眼光一点点扫过去,从上到下,忽然看见前面墙根处有两颗干枯的草,而其他石缝里的小草却生机盎然,心中一喜,走过去果然发现小草周围有落下的泥土。顺着泥土看上去,见一缕光亮透过小指大小的缝隙射出来。李永明欣喜若狂,看出是里面的人掏出的缝隙,里面的人可能想透过这个小缝往外看。他小心翼翼地把眼睛贴近石缝往里看,不料正巧有一只眼睛也在往外看,两只眼睛忽然相遇,双方都吓得本能地往后一缩,险些叫出声来。

李永明大惊。对方是一个面目狰狞可怕的老年男子,只见他眉毛头发尽脱,皮肤干涩黑黄,眼皮肿胀,嘴巴歪斜,整个鼻头只余两个黑洞。李永明只感到头皮发麻,全身的汗毛也竖起来。对方发现有人在外悄悄窥视,举起残缺不全的手挥舞两下,嘴里说了一句什么,可是李永明没听懂。那老年男子似乎有些着急,又贴近墙缝,好一会才冒出一个模糊不清

的字眼:"等……"他不待李永明作出回应,转身一瘸一拐返回楼里。李永明意识到那老年男子有事相告,便暂时没有挪动位置。他注意到那男子项上有一根污迹斑斑、发毛破旧的布条,早已分不出颜色,布条中间坠有一个海螺。一会儿,李永明见那个老年男子与另一个瘦骨嶙峋的中年男子急匆匆出现在房门口,左右张望了一下就往外走,那情形像是要过来见他。

中年男子不是别人,正是魏家贵。他雪崩后死里逃生,却莫名其妙被人绑入麻风病院。他几次试图逃走都没有成功,如今被折磨得面目全非。李永明不认识魏家贵,而魏家贵虽然在李家见过二少爷的照片,但此刻并未看出墙外的就是李永明。

两人快要接近墙边,忽听远处突然传来一声尖叫,接着一颗子弹从楼顶飞出,溅起一阵泥土和碎石渣。老年男子和中年男子吓得转身往回跑。李永明知道被人发觉了,不敢停留,撒腿往山下跑。接二连三的子弹落在李永明四周,在石头上溅起一串串火星,李永明左右躲闪,有时顺势往坡下滚。小铁门打开了,几个人追赶而来。

天色越来越暗,枪声停下来,追赶的人仍然在四处搜寻。李永明躲在一个狭小的石缝里,一动不动,大气不敢出,看着那些人从身边走过,其中有一个是高鼻子卷发的外国传教士。

四狗子在山下听到枪响,心知事情不妙,担心二少爷出事,哆哆嗦嗦往上走,可是腿脚总是不听使唤,接连跌倒。这时山顶麻风病院里传来一阵凄惨的哀号,很快又复归平静。四狗子更是胆战心惊,再看四周有星星点点的荧光,如同鬼魅在游荡,吓得抱头蹲在地上连连祈祷:"菩萨保佑……"

打箭炉茶马司里有些嘈杂,额尔尼正在对押运赏赐茶的官兵领队发号施令:"这批赏赐茶明天一早就必须上路。"

"额老爷,驮夫们已经走不动了,想在城里歇一天。"

"不行。兴义茶号这次是从雅州和威州两个不同的方向往金沙江运货,你们要赶到鱼通与另一个驮队汇合,再护送他们到金沙江边交割。时间紧急，不能耽搁。另外行程也不要对外人说，这是赵大人特地交代的。"

"大人——"

"走吧，走吧，我已经被赏赐茶弄得焦头烂额，不想再多说了。"

官兵刚离开，一个仆人进来禀报："老爷，一个自称詹姆斯的洋人求见。"

"他是干啥子的？"

"就是那个远东贸易商行的老板。"

额尔尼想起来了，那个店开张时詹姆斯还送请帖请他去喝酒，他借故没去，以后又在街上照过面。西洋百货与茶风马牛不相及，额尔尼弄不清对方的用意，遂问："他有什么事？"

仆人答："那个洋人说来给老爷孝敬一点英吉利红茶。"

这令额尔尼感到十分意外："给我送茶？他搞拐了没有？这不是找李白谈诗，与鲁班论斧吗？嘿嘿，洋人最不懂含蓄和谦虚，喜欢自吹自擂，我倒要见识见识他的洋茶有啥奇技淫巧。去，传他到小客厅，再把我那套青花瓷茶具拿出来。中国是茶的老祖宗，他连孙儿的孙儿都排不上，居然还跑来显摆，哼，今天我要让他开开眼！"

仆人前脚出去，安江就像两脚安了风火轮一样冲进来："老爷，不好了……"

"你又惊疯火扯的啥子事？"不等安江说完，额尔尼就打断他道。

安江心急火燎："老爷，不好了，那个袁田贵可能死尸了！"

额尔尼一惊："咋个回事？"

"刚才在街上遇到一个在箭炉厅当衙役的兄弟，他说一个牧羊人来报，他的牧羊犬在悬岩边衔回一只鞋，这种鞋只有汉人穿的，他怀疑有人摔下悬崖，就赶紧来报了案。箭炉厅派了两个衙役去看，那里是个荒无人烟的峡谷，他们害怕，不敢多耽搁，草草看了看就回来禀报，说什么也没发现，把事情了结。我本来也没当回事，可那个兄弟最后说了句：那只鞋很大，一般人根本穿不起。我心里咯噔一下，想起可能是袁大脚，他走了以后一直没有消息。"

额尔尼沉默了一会:"那只鞋在哪里发现的?"

"鹰嘴崖下的山谷。"

"他到那里去干什么?"额尔尼十分意外。

第二十章

逃脱麻风病院那场惊险的追杀，李永明心里郁结起更大的疑团，可是他几次开口想谈论此事都被四狗子挡回去。四狗子不断重复："二少爷，你要是出了事，我回去咋向老爷太太交代？"

李永明无奈，只好对此事闭口不谈，一路上两人很少说话。眼见二道水就要到了，从二道水抵达炉城只有一天路程，四狗子悬着的心才稍稍放下些。李永明的注意力渐渐被前面山梁上五颜六色的经幡吸引。只见经幡在风中飘荡，哗哗作响，路旁出现一堆又一堆的玛尼石片，有的石片上用藏文刻着的一排小字，有的刻着一双眼睛。两人走着走着，忽见岔路上走来几个藏人，三步一磕头往前，先站立身子，口中念念有词，再双手合十，举过头顶，行前一步；双手继续合十，移至面前，再行一步；双手合十移至胸前，迈第三步时，双手自胸前移开，与地面平行前身，掌心朝下俯地，膝盖先着地，后全身俯地，额头轻叩地面。再站起，重新开始。

李永明第一次看到这样的景象，不禁有些惊讶："他们这是干什么？"

"这叫磕长头，是藏人拜佛，近的到附近的寺院，远的要去拉萨朝圣。他们一路磕头，一路念'唵嘛呢叭咪吽'六字真言。"

"六字真言？"

"路边石头上刻的就是。"四狗子指着玛尼石上的藏文。

六字真言是梵文，是大慈大悲的观世音菩萨咒，代表菩萨的慈悲和加持，包含了天地的大能力、大智慧、大慈悲。

李永明见那些人尘土满面，皮肤紫黑，衣衫破旧，身无长物，却每一个动作一丝不苟，胸前的羊皮护垫已经磨破，手上满是老茧，十分震撼："此去拉萨近五千里，他们都这样三步一磕头念着六字真言去？"

"是呀,藏人都信佛,觉得这样恭敬佛菩萨,才能消灾平安。在通往拉萨的各条路上,随时都能看到这样磕长头的藏人,他们不会偷懒耍滑减轻劳累。除了磕长头外,他们还要在路边垒石头,在山上河边挂经幡。每年都有人死在去拉萨朝圣的路上,但是朝圣的人从没断过。"

"太不可思议了!他们一路的吃穿用如何解决?"李永明第一次看到如此虔诚的信徒,虽然他的父母也经常带他去寺院烧香拜佛,但眼前磕长头的藏人却带给他完全不同的感受。这些人风餐露宿,筋骨劳累,而脸上却平静安详。这种虔诚浸透在骨髓里,融化在血液中,不惜以生命为代价,也就因少了功利和贪欲而变得纯净感人。

"他们都是穷人,朝圣路上大多是住山洞树林,或者牛圈草堆。藏人只要看见苦行朝圣的人都会施舍。不过他们走长路最需要的是茶……"

"那你快把我们的茶分一点给他们。"

两人又走了一阵,忽听身后传来一阵急促的马蹄声,几个官兵远远飞奔而来,四狗子忙拉李永明在乱石坡后躲起来,低声说:"看来今天不能在二道水的客栈住了。"

头道水、二道水、三道水是地名,离炉城已经不远,因峡谷的水势至此形成三级很大的落差而得名,飞流急湍,腾空百丈,岚气蒸腾,远近闻名。头道水位置最东。

"那我们就露宿二道水山里。"

"不,先到头道水果亲王府外躲一躲,那里没人敢去,等天黑了再走。"

李永明很意外:"果亲王府?在这里?"

果亲王是康熙皇帝的十七子,名叫爱新觉罗·允礼,也是雍正皇帝的异母弟弟,是一个颇有才情、为政清廉的人,曾经管理西藏事务,足迹遍及藏地许多地方。康熙末年,位于西部的准噶尔部叛乱,并率蒙古军占领西藏,朝廷震怒。原来明末清初,我国北方的蒙古族就分为三大部:漠南蒙古、漠北喀尔喀蒙古、游牧漠西厄鲁特蒙古。厄鲁特又称卫拉特,分为四部,即和硕特、准噶尔、土尔扈特、杜尔伯特。这四部之中,准噶尔部势力最为强大，先后兼并了土尔扈特部及和硕部的牧地，又迫使土尔扈特人转牧于额济勒河流域，和硕特人迁居青海。当时令康熙担忧的是，准噶尔蒙古与分布于青海、四川、云南和西藏接界处的和硕特蒙古同属于厄鲁特蒙古的分支，虽有矛盾，但为同宗。一旦准噶尔蒙古占领西藏，又掌握藏传佛教格鲁派势力，再与和硕特蒙古连成一体，则可能改变整个西北、西南的势态，导致国家难以统一。康熙绝不容许这种局面出现，于是出兵平剿准噶尔，同时出于对政局稳定的考虑，先下旨让七世达赖格桑嘉措居住故乡理塘，一年后又让他奉诏移驻泰宁惠远寺。七年后的春末，准噶尔部叛乱被平息，雍正皇帝派果亲王等人护送七世达赖自泰宁返拉萨。七世达赖在世虽然只有五十年，却经历了康熙、雍正、乾隆三个皇帝，并与果亲王结下深厚友谊。果亲王很喜欢这里的高山流水，艳阳蓝天，于是命人在头道水修建了一座三进的行宫，流传后世的《西藏志》就在此动笔。

"果亲王早不在人世，难道他还有后人在此居住？"

四狗子看二少爷满脸惊奇的表情，苦笑一下，打了个哑谜："二少爷，你去了就知道了。"

"这里过去有多远？"

"如果走小路约半个时辰就能到。"

李永明从四狗子口中得知，原来头道水建有街市，而且因临近炉城，甚为繁荣，果亲王行宫就建在西端瀑布下的桥侧。光绪六年突发山洪，山石崩塌，随洪水从天而来，毁去所有房屋和行宫，只剩残垣断壁和一堆堆瓦砾。以后去炉城的路也改道，头道水就不再有街市。

李永明和四狗子沿着松林走了一阵，便看见山谷里两根粗壮倾斜的门柱格外显眼，门柱周围是一片黑漆漆的灌木丛。一片阒寂，偶尔传来一声凄清的鸟鸣，这里白天看上去也是一个荒凉可怕的地方。

"那就是果亲王府。"四狗子指着那两根门柱说。

李永明大为失望："没有想到如此荒寂！"

"我十岁那年第一次跟父亲一起背茶，路过此地进去看过。那时山洪暴发不久，王府门口还有人守护，我从塌墙的豁口偷跑进去看，哎呀，那

里面好气派,亭台楼阁,花园小桥,茅房是坐着拉屎,一点也不臭。不过后来听说这里出现白毛鬼,我就再没去过。"

"我才不信有鬼,你在这里等我,我一会就出来。"

四狗子犹豫了一下,也不好阻拦。李永明放下背上的东西小心往前走,脚下慢慢出现一条依稀可辨的小路。再往前,小路渐渐变宽,草丛前边露出一片荒地,前面倾斜的门柱边出现一截石块垒砌的院墙,墙上爬满藤蔓和荒草。穿过门柱,前面齐腰深的乱草丛中传来一阵细微的响动,李永明停下看,却没有发现什么,但还是捡起一根棍子捏在手中,以防不测。

倾斜的门柱原来是果亲王行宫的大门,站在门口能看到里面曾有一个幽深的庭院,不过周围的墙已坍塌。四周杂草荆棘丛生,庭院中有几块雕刻着花纹的圆形石墩,看得出是前厅廊柱的石础。李永明走上残破的石阶,石缝里长出一丛一丛的野草,有的开出细小的花朵。穿过一片满是瓦砾的荒地,又出现一个残破的院子。继续往里走看得出是一个三进大院,门窗皆朝南而开,残留的门窗和梁柱上依旧能看到往昔粉金丹彩、雕梁画栋的遗迹,呈现昔日的富丽堂皇。再往后就是一个废弃的大花园,断桥、石碑、凉亭东歪西倒在一片灌木林之中。

就在李永明在院子里穿行时,一个神秘的影子也出现在果亲王行宫中,忽隐忽现,行动诡秘,悄无声息,与李永明交错而过,彼此都没有察觉。

这时天上飘来一片乌云,细雨阵阵,李永明脱下白色外套顶在头上。走着走着,他的目光被一块由茅草树枝半掩着的石碑吸引,于是蹲下身子用手扒开草木,几行诗跃然石上:

才过鱼通栈几重,
忽见飞瀑泻高峰。
天将玉乳流悬壁,
人道金山傍古松。

到此顿教开俗眼，

坐来直欲洗尘胸。

十年山水经游遍，

不信奇观意外逢。

  落款正是爱新觉罗·允礼。李永明心里一阵赞叹，小时候母亲经常教他诵读唐诗宋词，因此他对诗词有一种很深的情愫，尽管在国外多年，仍然没断诗情雅兴。此刻抚今追昔，面对果亲王笔下人间仙境的往日，对照荒凉破败的今朝，李永明心潮起伏，欲和诗一首。哪知他正伸手想捡一粒小石头在地上写时，忽然头部被重重一击，两眼一黑，顿时扑倒在地，失去知觉，接着被人绑了手脚，装进一只牛毛编织袋。

  四狗子等了好一阵还不见二少爷出来，只好壮起胆子往里闯："二少爷，二少爷！"没有任何回应，四狗子感到有些不妙。他飞快地奔跑，一边四处看，一边不停地呼唤。冲到后花园，他看到地上有几个凌乱的脚印，李永明随身带的一支钢笔掉在地上，周围的草有被压倒的痕迹。四狗子立刻明白二少爷遭遇不测，不禁大声哭喊道："天啦，二少爷——"

  月光下的吉祥锅庄悄无声息，唯有次仁旺堆和尼玛拉姆卧室还亮着灯，两人惦记着至今未归的女儿央金，难以入睡。忽然门上轻响两下，管家加措压低嗓音："老爷，太太。"

  次仁旺堆刚把门拉开，加措就急切道："小姐回来了！"

  "她可回来了，非得好好教训她一下！"次仁旺堆立刻做出一副严厉的样子。

  "她在哪里？"尼玛拉姆冲上前左右张望。

  加措躬身答道："小姐在草料房里，她带回一个大牛毛袋子，说是有一样稀奇东西请老爷太太去看看。"

  次仁旺堆道："稀奇东西？她又在搞什么把戏，都是大人了还像孩子一样淘气！"

尼玛拉姆又心疼又着急:"你不要吼她,先问问咋回事……"

央金一身男子打扮,英气勃勃地拿着马鞭子站在草料房门口,看见父母走来,喜滋滋地叫道:"阿爸,阿妈。"

次仁旺堆绷起脸:"干什么去了?"

尼玛拉姆也虎着脸不说话。可是央金似乎早猜透父母的心思,并不慌张害怕,一手拉父亲,一手挽着母亲的脖子把自己的脸贴过去,半是撒娇,半是调皮:"阿爸,阿妈,不要生气嘛,女儿这不是好好的吗?"次仁旺堆和尼玛拉姆顿时发不起火来,你看看我,我看看你,一副无可奈何的表情。

"青初,快把牛毛口袋打开!"央金招呼与自己同样装束的丫头。

口袋打开,被缚了手脚、堵了嘴巴的李永明出现在众人眼前。次仁旺堆和尼玛拉姆不由瞪大眼睛,央金和青初也才看清楚对方的容貌。李永明虽然头发蓬乱,衣衫不整,但依旧不失英俊潇洒的气质。他用一双镇定的眼睛打量对方和周围,并没有惊慌恐惧。而当央金的目光接触到李永明那对目光深邃的眼睛时,不知为什么心脏"怦"地跳了一下,下意识别过脸去。次仁旺堆一把将女儿拉到门外低声问:

"他是谁?"

央金忽然有些吞吞吐吐:"我,我听人说果亲王府里有白毛鬼,谁也不敢去,我就不信邪偷偷跑去。哪知遇见他裹着白衣,鬼鬼祟祟蜷缩成一团,我以为是白毛鬼,就把他抓回来了,哪知,哪知他……"

次仁旺堆不由发火:"嗨,你这女子胆子也太大了!冷不丁就抓一个大男人回来!你在这里站着不要动,我去问问他的来历。简直是胡闹!"

次仁旺堆进去令管家取掉塞李永明口中的围巾,解开手脚上的绳索,问:"我一看就知道你是从汉地来的,说,你鬼鬼祟祟在果亲王府里想干什么?"

李永明不知自己身处何处,也不知道被什么人绑架,一头雾水,只好以沉默面对一切。次仁旺堆又反复问了两遍,李永明还是不开口。次仁旺堆无奈只好叫管家将他关在马料房里,准备明天另作打算。管家担心李永明半夜逃走，于是将马料房门上了锁。

第二天一早，次仁旺堆和尼玛拉姆一道去城边的寺院转经。次仁旺堆只要在家，每天都会与妻子一道去寺院拜佛转经，这已成为他们生活中必不可少的内容之一。他们先在寺院殿堂外脱掉鞋，赤脚原地反复磕长头，这时身边陆续来了不少朝拜的人，内中有他们熟悉的邻居和朋友，但彼此只是点点头以示礼节，共同的心思都在礼佛上面。从寺院大门出来后，他们又依顺时针方向围绕着寺庙转动一个个锃亮的黄铜经筒——寺院沿围墙整齐摆放着两排大小一致的转经筒。经筒上都刻着六字真言，夫妻两人嘴里也不断诵念六字真言："唵嘛呢叭咪吽……"

太阳慢慢升到山顶，乳白色的雾霭一层层散开，越来越薄，越来越亮，转眼间空明澄碧，五彩缤纷的经幡在远山近水迎风飘扬。四周沐浴着一层淡淡的金色，草地上的露珠渐渐蒸发开来，使空气里飘荡着高原青草特有的清香。成群结队的鸟儿从头顶飞过，在寺院的屋檐和塔尖上停留，密密麻麻站成数排，吱吱嘎嘎叫个不休。次仁旺堆和尼玛拉姆昨夜显然没睡好，眼中透着倦意，虔诚拜佛和眼前美景稍稍缓释了他们内心的忧虑。

离开寺院，尼玛拉姆焦急地问丈夫："我们该如何处置女儿带回来的那个陌生男人？要不把他交给官府处置？"

次仁旺堆犹豫了一下，说："我看他仪表堂堂，目光清澈，不像是个坏人。若把他交给官府盘问，说不定会受皮肉之苦，弄不好女儿也会惹上麻烦，毕竟是她绑了别人。"

尼玛拉姆一下说不出话来，想了好一阵才说："可也不能把一个不知底细的年轻男人留在家里呀，弄不好别人还以为你偷偷招了上门女婿！"

次仁旺堆觉得夫人说得有道理，点点头："回去我就放他走。"

第二十一章

随着"嘎"一声门锁响,一道刺眼的光亮射进幽暗的马料房,在草料堆上沉睡的李永明转过身来,好一阵睁不开眼睛。他用手遮挡着强光,眯缝着眼睛,从手指缝里看出去,只见一个亮丽的身影从光束中缓缓走进。霞光里央金身着艳丽的藏袍出现,两只长长的白袖子垂在裙边,头上缀满五颜六色的珠串,胸前环佩叮咚,脸上带着一缕笑意,目光纯洁无瑕。那一刻李永明忽然有种相遇仙女的梦幻感觉,不禁看呆了!紧接着又走出身材稍矮,也是一身藏装的青初,手里端着托盘站在一边。

央金点头示意了一下,青初忙走到李永明的跟前,将手里的托盘放下:"先生,请用酥油茶和糌粑。"

李永明坐起来没说话,因为一时弄不清她们的用意。

央金见李永明没开口,立刻装出一副严肃老练的样子:"吃完早饭你就可以走了,你在马厩里牵一匹马,算我向你赔礼道歉,错把你从果亲王府绑来!"

两人都说一口流利的汉语,不过李永明从她们俩说话的声音,已确定自己就是被这两个黄毛丫头绑架到此的。一路上他不时听见这两个女人叽里咕噜说着自己完全不懂的语言,他懵里懵懂不明白发生了什么事,现在想起来哭笑不得,堂堂男子汉轻而易举被一个小女子打翻,真是有点阴沟里翻船的感觉。不过看眼前的情形,他确定自己大概没有什么危险,心里一轻松,忍不住调侃起来:"我不走了!既然这里有酥油茶喝,有糌粑吃,还有房子住,为什么要走?"

青初有些不知所措:"你——不识好歹。"

央金先是一愣,不过随即露出俏皮的表情,嘴巴一抿,反唇相讥道:

"那好,我看你也不像会放马喂骡子的样子,那以后你就在我家锅庄里缝牛皮茶包吧。知道吗,从雅州驮来的篾包茶条若要运到拉萨,都要换成缝好的牛皮袋子,再用猪血封上口。锅庄里忙的时候二十多个帮工都赶不过来!你在这里好好干活,吃、穿、住都不要付钱,每月还给你零花钱。嗯,我再给你一间房子住。怎么样?"

"缝茶包太轻松了吧?我还是愿意放马,遇上机会也学你绑几个人回家当帮工,很划算的啊!"

央金的脸一下红了,但仍然不肯饶人:"是你自己没本事,堂堂大男人连一个女人都对付不了!"

一向伶牙俐齿的李永明竟被呛得说不出话来,央金见状用手捂住嘴偷笑。

次仁旺堆和尼玛拉姆回到家刚吃完早饭,加措就领着哭丧着脸的四狗子进来。一夜赶路,四狗子裤脚上满是泥土,衣服上的扣子也挪了位,草鞋掉了一只,那情形极其狼狈。次仁旺堆觉得四狗子有些眼熟,但一时想不起来:"他是——"四狗子没容次仁旺堆话说话,一下跪在地上失声痛哭道:

"旺堆老爷、太太,二少爷丢了……"

次仁旺堆和尼玛拉姆忙问发生了什么事。半响,四狗子才前言不搭后语把事情的经过讲述了一遍。次仁旺堆听罢一跺脚:"哦呀,用你们汉人的话说这叫大水冲了龙王庙,自家人不识自家人!快,快,我们去看看,马料房里关的也许就是二少爷。"

四狗子丈二和尚摸不到头脑,稀里糊涂地跟在加措的身后走,不断用袖子擦眼泪。刚走到院子里就迎面遇见央金,她边走边哼着曲子,两手随节奏轻轻摆动,一副很开心惬意的样子:

"阿爸,去哪里?"

次仁旺堆顿时来了气:"就是你干的好事!"

央金一脸无辜,撅起嘴撒娇:"我又怎么了?"

次仁旺堆忍了忍，把到嘴边的话又吞回去，顾不得教训女儿，急匆匆往马料房走。央金大眼睛一转，得意道："嘿嘿，阿爸，你不用去，我已经把早饭送去了。那个人有点不识好歹，本来我让他吃了饭就走，哼，他还跟我斗气，说不走了，要赖在我家。我才不怕他耍赖，说好呀以后就在锅庄里当帮工，缝牛皮茶包……"

次仁旺堆转过身，气急败坏："死女子呀，你干的好事，你知道他是谁？雅州兴义茶号的二少爷李永明！"

央金瞪大眼睛将信将疑："永明哥哥？他，他不是去了日本国吗？阿爸一定弄错了。"

次仁旺堆的手指快戳到女儿的鼻尖："亏你还记得永明哥哥！小时候带你去雅州李老爷家玩，永明还背过你，你倒把他绑了！真是长本事呀！"

"哦呀……"央金惊讶得说不出话，羞红脸转身就跑。

央金骑上心爱的白马到跑马山转了一大圈才慢慢悠悠往回返，觉得很难为情，不知该如何面对李永明。眼看家门就要到了，心里七上八下，正犹豫不决，忽听有人叫道："央金小姐，央金小姐。"

央金转过头见詹姆斯从远东贸易商行里三步并作两步出来，两眼痴痴地看着自己。骑着马奔跑了半天，央金的额头渗出一层晶亮的汗珠，脸颊绯红，丰润的嘴唇微微张开，美艳绝伦中又带着几分豪气，让詹姆斯有些心荡神驰。

"你叫我？"央金在想心事，还没有回过神来。

詹姆斯拿出一个精致的小盒子："央金小姐，请你品尝一下我家乡的上等红茶。"

"为什么要送我茶？我们之间并不熟悉。"央金觉得有些唐突，她是个率真纯朴的人，心里想什么就直截了当说出来。

詹姆斯做出一副忧伤的样子："央金小姐，这是一个很长的故事。我小时候看到过一幅油画，画上的女子骑在马上，美艳绝伦，英气勃勃，她深深地印在我的脑海里。以后我到过亚洲很多国家，后来从印度到拉萨，再辗转到打箭炉。当我第一次看见你，啊！我的上帝，你的眼神、你的气质、你的容貌，简直就是我童年看到那幅油画上的女子在世，太让我震撼了！所以我希望能与你成为朋友，也许，你还不能理解一个遥远的异乡人在这里的寂寞和孤独。"

央金忽然觉得詹姆斯有些可怜，于是说："我们藏人喜欢交朋友。"

詹姆斯立刻喜形于色："我现在可以请你喝一杯咖啡吗？"詹姆斯伸出右手做了一个请进的姿势。

央金推脱道："哦呀，今天不行，我家里还有事。"

詹姆斯往吉祥锅庄张望了一下："你家是不是来了客人？"

"不是客人，是我哥哥。"

"哥哥？没听说央金小姐还有一位哥哥？"

央金嘴巴一抿，眼里露出顽皮的神情："你是外乡人，不知道的事还多！"

说罢一挥鞭子跃马而去，把詹姆斯晾在原地。

李永明已在吉祥锅庄安顿下来，这天正坐在阳光明媚的窗前给父母亲写信报平安，四狗子就要返回雅州了。李永明提笔写起一路的见闻和感受，忽然又想起在麻风病院墙外看到的那两个人，不由抽出一张白纸用笔勾画起来。他对面目狰狞的男子印象深刻，几笔就让男子的形象跃然纸上，而另一个没有明显特征，连画了两张也觉得不像。画着画着，李永明忽然记起那人右嘴角处有一颗黑痣，便用笔点上去，看了看觉得有点像。正眯起眼睛端详，四狗子大步闯进来，一阵风把画稿吹到地上。四狗子目光一接触到面目狰狞的男子，立刻转过头：

"好骇人，二少爷还敢画下来！"

李永明自言自语："我总觉得那个麻风病院不对劲，像一座大牢。那天我分明感到那个人有什么事想说，可是他又说不出来，急急忙忙进去叫另一个人来，他要说的事一定与此人有关，哪知关键时刻却被人发现……"

四狗子小声提醒："二少爷，以后你千万不要对人说去过那里，当心

别人把你也关进去。"

李永明点点头,把给父母的信装进信封交给四狗子,并嘱咐他一路小心。李永明送四狗子出来,刚巧看见央金骑着白马走进院子。央金怕尴尬,这几天一直回避不见李永明,哪知这会却碰了个正着,连躲都来不及。李永明笑嘻嘻地招呼道:"一直没见你露面,央金小姐在忙什么?"

央金冷冷说了句:"就怪你!"

李永明吓了一跳:"怎么了?我可是没得罪你呀。"

央金纵身跳下马:"就怪你,阿爸、阿妈天天都在说我,要我给你赔礼道歉。可我已经向你赔礼了,但是他们就是不信!整天叽里呱啦说我小姐脾气改不了,生意不会做,就知道四处乱跑闯祸,这样下去非把吉祥锅庄的朋友都得罪完不可!"央金越说越生气。

李永明忍不住想笑:"我说央金小姐,只要你以后不再绑人不就好了吗?要不然真会把你当成孙二娘,不,比她还厉害,孙二娘没有你的马上功夫好,也没有你长得漂亮。"

"谁是孙二娘?"央金眉头一紧,目光锐利地看他一眼。

李永明简要讲述《水浒传》中孙二娘,先讲到孙二娘的功夫好生了得,央金听得两眼放光,但刚讲到孙二娘开黑店放蒙汗药捆绑路人,央金气得打断他道:

"你——你才是孙二娘!"

李永明见央金有点生气了,忙好话劝慰:"我是跟你开玩笑的嘛,你绑我的时候一点都不比孙二娘差。"

央金一听更来气,一跺脚:"你要向我赔礼道歉!"

李永明笑眯眯地说:"这叫什么逻辑?"

"大的要让小的!你是哥哥,我是妹妹,就该你向我道歉!"

李永明装着一本正经考虑了一会:"虽然有一点勉强,但也算是理由吧。好,我向你道歉。"李永明一弯腰,认认真真向央金行了个九十度的鞠躬礼。央金一下忍不住咯咯笑起来,像什么事也没发生过一样,学着李永明刚才的样子向李永明行了个九十度的鞠躬礼:

"向你道歉!"

央金的这一举动恰好被走到窗口的尼玛拉姆看见,尼玛拉姆不由大吃一惊:"这女子什么时候学会讲规矩了?"

次仁旺堆不以为意,一边看账本一边说:"女子大了自然就懂事了。"忽又担心地说:"库存的茶不多了,李老爷的茶号今年不顺,接连遭难,那两个商队走后只怕茶就接不上……"

尼玛拉姆转过身来担忧地说:"那个洋人的商行里在卖印度大吉岭的茶,价钱比雅州茶便宜。他还不时将英吉利的茶、洋火、洋药片送给人,只怕往后我们的客人也会被他拉走一些。"

次仁旺堆抬起头来,不以为然:"大吉岭的茶我喝过,远没有雅州茶的味道好,再加上是机器做的,有一股难闻的洋油味,熬的酥油茶会变味,藏人不会喜欢的。"

"可是价格上便宜,洋人又处处得到官府的庇护。"

次仁旺堆端起酥油茶碗:"我心里正犯疑,总觉得远东贸易商号那个詹姆斯,还有跟他在一起的那几个人不像正经做生意的人。"

尼玛拉姆疑惑不解:"哦,为什么?"

"詹姆斯的商号开张没多少日子,照理说还没有赚到钱,可是花钱如雅拉河的流水,挣一个花三个,做事不计成本。他天远地远到这里来干赔本买卖,为啥?"

尼玛拉姆警觉起来:"洋人想干什么?"

次仁旺堆摇摇头:"唉,我想了好些天了也没想明白,他们肚子里的弯弯肠子多。见他们不断在藏地修教堂,开商铺,我心里总觉得不是滋味。英吉利人一直想打西藏的主意,说不定詹姆斯就是他们的探子。"

尼玛拉姆有些紧张:"啊?要不我们问问热拉活佛?他正在城外寺里组织辩经。"

次仁旺堆一拍脑袋:"哎呀,对呀!叫加措准备两条好茶,再装一囊酥油,等活佛忙完了辩经这阵,我们就去拜访他。"

"叫女儿一起去吗?"

次仁旺堆想了想："这些事暂不要告诉她，让她陪永明到炉城周围转一转。别看永明这么年轻，一副白面书生的样子，干的事却叫人佩服，是一条好汉。央金倒好，绑了人家不道歉，反而赌气不见！"

尼玛拉姆有点兴奋："哎，我刚才见女儿给永明鞠躬道歉了。"

"嗯？"次仁旺堆以为自己听错了。

"你不是说女子大了就懂规矩了吗？你可千万不要把永明的事告诉女儿！央金是一匹野马，弄不好也被鼓动进去闹革命就麻烦了，我们只有这一个女儿。"最后一句话尼玛拉姆加重口气。

"那是，那是，不过我觉得二少爷人不错。"

尼玛拉姆瞪了丈夫一眼。次仁旺堆笑了笑，赶紧住口。

第二十二章

雅州各大茶号掌柜应邀来到南街的茶神庙,但都各怀心事,东张西望,气氛有些沉闷。唯知府武道学春风满面端坐上位。仆人上完茶退下后,江师爷煞有介事地宣布道:

"诸位,今天奏办边茶股份公司筹备处正式成立了!这是朝廷恩准,也是四川新任总督赵尔丰大人下令督办的大事。赵大人已任命雅州知府武大人为公司提调,经理可以在各位股东中产生,也可以另外聘请。现在就请武大人讲话!"

江师爷带头鼓掌,孟廷轩积极响应,随后才响起一阵稀稀拉拉的掌声。武知府知道大家各自有算盘,对官府插手的事心存疑虑,明面上应付,暗中反对,但心里并不慌张,肚中早已打好腹稿,清了清嗓子:

"成立这个公司既是为藏地安稳、国家大局着想,更是为诸位茶号的生计利益考虑!想必各位掌柜也知道印度茶已进入川边,低价抢占市场的事。如今洋人势力大,朝廷也惹不起,自《中英续订藏印条约》签署后,没人敢公开阻拦他们来经商。可恶的洋人就如洪水一般涌来,我们抵挡不过,只能以智取胜。如何才能智胜印度茶呢?"

武知府有意停顿一下,眼光扫过众人,想吸引注意力,他巧妙地把各茶号的利益和国家连在一起,并且做出一副设身处地为大家着想的样子。果然,各位茶号掌柜开始聚精会神听他往下讲:

"我这段时间巡视了几个产茶的县,发现那里的茶商们都很有头脑,善于运用'一根筷子易折,一把筷子难断'的道理,商议成立一个共同经营的行会,也就是边茶股份公司的雏形,要大家拧成一股绳,使雅州茶不至于被印度茶冲垮!经过他们商议,天全县的茶商认购股份五万两白银,

名山县认购四万五千两，荥经县认购六万两。雅州最大、最有实力的茶商都集中在雅州城，也集中在你们之中，现在就看各位掌柜的见识和胆略！今天请你们来就是想知道你们愿意认购多少股份。总之，股份与权益同等。我已拟定了公司章程，一会请大家过目，我们一切按章程办。"

武大人话说完，众人都没表态，场内鸦雀无声。等了一会仍然没人说话，江师爷着急起来，点着李复生的名："李掌柜你说一说。"

李复生刚从成都赶回来，显得又黑又瘦，五千条赏赐茶按时上路，他总算松了一口气。这会儿听江师爷问话，不假思索道："武大人，这边茶股份公司以后的命运会不会弄成川汉铁路公司那样？"

话一出口，各位掌柜刚才被武大人煽起的热情骤然消失，会场顿时响起一片议论之声，不少掌柜担心起来，因为李复生说的事就发生在眼下的成都。

原来光绪二十九年锡良仍四川总督时，奏请朝廷允许川人自己出资修筑四川到武汉的铁路，并在成都成立了川汉铁路公司。筑路的股金绝大部分来自随田赋附征的租股，而铁路公司的主持人，则由总督委派的司道官员充任，连小职员也多是候补官吏，出了股金的人反而无权过问公司的事务。两年后因集股弊端百出，舆论沸腾，锡良不得不把公司改为官商合办，并加派一些有名的绅士作董事。可是公司的实权仍然掌握在官府手中，在公司任职的官吏并不懂铁路，却要支领高薪，冗员甚多，开支庞大，反对之声极为强烈。直到光绪三十三年，锡良调任云贵总督前，才根据众人的要求，修改公司章程，奏请朝廷将川汉铁路公司改为商办，采取自愿入股的方式。经过漫长的纷争，事情总算初步有了好转，哪知宣统三年，清廷突然宣布"铁路国有"政策，强行收川汉、粤汉铁路为国有，旋与美、英、法、德四国银行团订立借款合同，总额为六百万英镑，公开出卖川汉、粤汉铁路修筑权。如今这件事在成都闹得沸沸扬扬，成都还成立了一个"四川保路同志会"，内中不少革命党人，还有一些袍哥介入。

孟廷轩立刻针锋相对："如今国外成立股份公司早已不是新鲜事，闭关自守如何能竞争过印度茶？印度制茶业就是采用英吉利的管理办法。"

"孟掌柜的茶号何不用英吉利人的办法管理?"

"自家兄弟都难一起做生意,还不要说一大帮外人合伙。"

"就是,俗话说:合伙求财,扯筋下台!"

"跟官府搅在一起更扯不清。"

"我看呀,那个保路同志会说不定要整出大事来!听说那些人借铁路的事,一会写信弹劾官吏,一会闹立宪民主,一会又是请愿发传单。这哪里是生意人关心的事?跟着起劲的人还多哟,尤其是那些年轻人。"

……

江师爷一看场内乱哄哄的失去控制,忙招呼道:"哎,说正事,大家说正事,不要扯远了!"

江师爷的声音迅速被淹没。事关每一个茶号的命运,大家都忐忑不安,议论纷纷,顾不上理会武大人和江师爷,边茶股份公司筹备会就这样在吵闹声中草草结束,武知府脸色铁青离开会场,心想:以后有你们好看的!

成都保路风潮的消息传到打箭炉,此刻额尔尼正坐在茶马司后院的帐篷里欣赏自己油光水滑的大辫子,安江在一旁为他沏茶。额尔尼学藏人在院子一侧撑了一顶帐篷,他的帐篷是为消闲专门制作的。乳白色的篷布上画有天蓝色的祥云,四个脚撑起一个下方上圆的顶篷,周围没有帷幔,地上铺有羊毛毡毯。坐在帐篷里既能感受阳光的温暖舒适,又不至于长时间晒太阳灼伤皮肤,以后留下许多斑点。羊毛毡毯前的小方桌上盖碗茶杯里的茶清香袭人。额尔尼呷一口茶,眯缝着眼睛,感到很惬意。

这时一个仆人进来呈上一封成都来信,额尔尼一看信封就知是在总督衙门充役的妹夫所写,几下浏览过去,语气有些不安:"这个保路同志会简直是要造反!"

安江转过身:"还在为铁路扯筋?"

额尔尼点点头:"这段时间成都闹得鸡犬不宁,商人罢市,学生罢课,川汉铁路公司的股东四处鼓动农民不纳粮税,有的地方更凶,连经征局、

厘金局和巡警局也被砸了。如今四川这个烂摊子谁也不愿意来接手,本来该两广总督岑春煊回四川任总督,结果他称病在上海住医院不走,朝廷便改任他作邮传部尚书,另任护理川督王人文解决此事。可是朝廷很快又对王人文大为不满,不断电文催促赵大人从川边藏地回成都履任总督,想以他的雷霆手段来处理铁路闹事。看来赵大人即刻就要离开藏地了,说不定赵大人一走那些蛮夷又会生事。"额尔尼生出些许担忧。

"呣,眼前这倒是件好事。"

额尔尼眼睛一瞪:"你又在打胡乱说!"

安江左右看了看,压低嗓音说:"你不是正为'损耗'和袁田贵的事焦心吗?如今成都这凼浑水比蛮夷骚乱还令赵大人伤脑筋,这铁路牵扯到四个国家呐!也牵扯到一些有钱人,还牵扯到革命党、袍哥方方面面,麻烦得很!这叫扯到叶叶藤藤动,扯到藤藤全身动。他哪里还有精力来过问'损耗'这点小事?只要赏赐茶不出问题,你不就躲脱麻烦了吗?将来铁路的事情闹大了也与你无关,牛打死牛填命,马打死马填命。"

"我担心的是铁路一事闹大收不住风。"

"天塌下来高个子先顶着!大人该趁这阵清闲把自己照顾巴适才对。"

额尔尼一笑,伸了个懒腰:"对,放松一下,我们到二道水去洗温泉。"

"好嘞!"安江屁颠颠去收拾东西。二道水的温泉在当地十分有名,经泉水一泡,连骨头缝里都感到舒坦,他早就想去了,只是一直没找到借口。

打箭炉四周多温泉,不过要数二道水的温泉最有名。这些温泉位于雅拉河畔一个峡谷地带,一个个大小不同、形状各异,高低错落的石坑、沙凼形成天然汤池。石头缝隙里灌丛又形成一道道分隔屏障,于是经常有人在其中赤身裸体地泡着,也有一些贵族在附近用木栅栏筑起一间间小木屋,方便女眷使用。

央金此刻正泡在一个露天温泉石坑里,李永明在离她约两丈远下方的一个石坑里。两人中间隔着一丛杜鹃,粉红的花朵缀满枝头,倒影在泉水中摇曳。央金歌罢一曲,李永明叹道:"你唱得太好!就是专门学声乐的人也达不到这种境界,你真该到世界各地去巡回演唱。"

央金咯咯大笑:"我们藏族人会说话就会唱歌,会走路就会跳舞,哪里还需要去学校学唱歌?"

"可惜我不懂藏语,不知歌词的内容。"

央金道:

"这是《格萨尔王》中的歌谣。格萨尔王是我们藏族人的英雄。很久很久以前,天灾人祸遍及藏地,妖魔鬼怪横行,黎民百姓遭受苦难。大慈大悲的观世音菩萨为了普度众生,向阿弥陀佛请求派天神之子下凡降魔。神子推巴噶瓦发愿到藏地做了黑头发藏人的君王。他就是格萨尔王。他是莲花生大士的化身,降妖伏魔,抑强扶弱,造福百姓。

"我把这一段翻成汉语给你听:

春三月若不播种,
秋三月难收六谷;
冬三月若不喂牛,
春三月难挤牛奶;
骏马若不常饲养,
临战逢敌难驰骋。
虽饿不食烂糠,
乃是白唇野马本性;
虽渴不饮沟水,
乃是凶猛野牛本性;
虽苦不抛眼泪,
乃是英雄男儿本性。"

李永明问:"哎,央金,藏语难学吗?"

"那要看你喜不喜欢,喜欢自然就好学,不喜欢就觉得难。"

李永明意味深长:"我——喜——欢!"

央金两眼放光,亮开嗓子又唱道:

> 美丽的姑娘在山岭,
> 她进一步值百匹骏马,
> 她退一步值百头肥羊;
> 冬天她比太阳暖,
> 夏天她比月亮凉;
> 遍身芳香赛花朵,
> 蜜蜂成群绕身旁;
> 人间美女虽无数,
> 只有她才配大王;
> 格萨尔王去北方,
> 她日夜思念忧伤。

李永明透过杜鹃花望着央金美艳绝伦的脸,心中不禁涌起一种异样的感觉,这是他第一次被异性打动。李永明不是没有接触过异性,在日本不但有中国女子,也有日本女子含蓄地向他表示爱慕之意,可是他心无所动,只有礼节性的交往。而眼前这个纯洁美丽、豪爽奔放的央金却燃起他胸中的火焰。央金就像山野里盛开的格桑花,毫无雕琢,天性自然,充满活力。李永明有些魂不守舍,不过随后又泛起一种前所未有的惆怅。他没有想到这个女子后来令他一生牵挂……

"永明哥,你为什么不说话了?"

李永明轻叹一声:"我在想一辈子能留在打箭炉这个地方就好了,蓝天、白云、高山、温泉,真是个世外桃源!"

央金"嘭"一声跳到一块大石头上,裹在身上的布哗哗往下流水:"哦呀,我就想你留下!我们一起经营茶。我们跟马帮一起去拉萨朝圣,去过雪顿节,听我阿爸讲那一路有许多美丽的风光,可以看到金沙江、雅鲁藏布江,看冰川、海子、火山,许许多多的温泉。"

可是李永明听了这番话却沉默不语。央金见李永明半晌不说话,以为他不愿意,气得撅起嘴,"嘭"一声跳回池中。李永明这才意识到央金生气了,忙叫:"央金,央金妹妹。"

央金就是不答应。李永明好言相劝:"央金妹妹,我们真要成为梁山兄弟,不打不相识。"

央金扭过头来:"什么梁山兄弟?是不是那个孙二娘故事里的?"

"对呀!一百零八条好汉。如果加你进去就是一百零九条……"

央金又一次"嘭"地从汤池里跳出来,踮着脚尖从石头上跳去靠近李永明。李永明还没有反应过来,温泉水铺天盖地而来:"叫你不忘孙二娘!叫你乱说——"

粉红的杜鹃花如雨飘落,山谷里回荡着央金清脆爽朗的笑声。

第二十三章

　　令朝廷担忧的保路风潮不可控制地越演越烈，蔓延各地，甚至周边邻省。成都街市上到处贴着百姓用黄纸书写的光绪皇帝牌位，牌位两侧写有"庶政公诸舆论，铁路准归商办"这两句来自光绪皇帝上谕的句子。各个街心还搭起光绪皇帝的圣位，台层又故意搭得比较矮，个子稍高一点的人都要弯腰通过。城里文武官员出行均乘轿，吆喝清道，如此一来，既不能从圣位下经过，也不敢闯过圣位，只好步行出门。延续千百年的官吏威仪被打破，百姓十分兴奋，一时间各县乡镇也争相仿效，到处设圣位、写牌位。一些人把瓜皮帽顶端的小红球换成白色，借祭奠光绪皇帝之名参与其中，使保路风潮更加势不可当。

　　朝廷电令赵尔丰必须在川路股东大会召开前赶到成都。赵尔丰熟悉四川情况，怕事情走向极端，引起川人叛乱，于是一再与朝廷、与股东们周旋，按一些代表的要求，向朝廷提议将提案交资政院讨论，既可顺民意，也可缓和局势，徐图解决。可是此举遭到朝廷大臣盛宣怀、端方等人的弹劾，说川人搭圣台是"妖妄成风，后必焚香设坛，诵经习拳"等等，总之，这一切都是赵尔丰怂恿而致。朝廷生恐义和团死灰复燃，再次引发如八国联军进京的劫难，于是派端方入川调查。赵尔丰感到朝廷已开始不信任自己，如再不采取强硬手段处理，必遭撤职查办的后果，于是以请到总督署看邮传部的电报为名，诱捕了保路同志会和股东的九位首领人物。

　　消息传出，成都的百姓十分震惊，很快有人去总督署门前请愿，渐渐地，人越来越多，开始只是要求释放人员，慢慢地场面就有些乱，有人在诉苦，有人在叫骂，有人在切齿，还有人朝衙署卫兵扔垃圾石块。人们脸上洋溢着复仇、解放，甚至兴奋。有人高喊一声："赶快放人！还我铁路!"于是人群中响起一片此起彼伏的"赶快放人!还我铁路!"的声音。

衙署大门紧闭,卫兵也暂时撤进去。衙署周围很快被围得水泄不通。一会儿,一个官吏出来强硬地说:"事情处理完后那些同志会的人自会返回家,请诸位不要听信坏人的鼓动,在此妨碍公务,马上离开衙门。"这个人左右有两人护佑。他正要转身进去,人群中忽然有人喊:

"打那个狗官!"

前面有几个人上去揪着他就打,两个护卫一边抵挡,一边护着官吏往门里撤。前面的人刚挣脱,后面的人又极力往前挤上,挥舞拳头想把平时对生活的极度不满和怨愤发泄到这个官僚的头上。人群开始起哄、呼喊、冲挤,用力想撞开总督署的大门。这时大门突然打开,一队荷枪实弹的清兵冲出,人群不由自主退下台阶。清兵领队杀气腾腾地宣布:

"赵大人有令:谁敢冲击衙门,格杀勿论!"

他的话立刻被人们愤怒的声音淹没,愤怒燃起熊熊的火焰,石头、垃圾、蔬菜从人群中飞向清兵,有人砸衙署周围的告示牌、屋檐、围墙。走在最前面的人热血沸腾,将生死置之度外,相互挽着手往台阶上冲去。就在这时,枪响了,一串串火光射出,鲜血飞溅,三十多人当场毙命,上百人受伤倒下,哀号之声四起……

成都血案的消息传到雅州,武道学顿时感到坐立不安,敏感的嗅觉使他意识到事情很难就此了结,也许后面还有更大的风暴。铁路官办、官商合办、商办之争引发了这场流血事件,那么,筹办中的官商合办边茶股份公司命运又会如何呢?会不会重蹈覆辙,引发诸如此类的麻烦?武道学正绞尽脑汁想着,江师爷一路小跑,惶恐不安地跨进屋来:

"武大人,拐——了,事情整大了!"

武道学故作镇定:"慌啥子?"

"成都附近州县的革命党和保路同志会的攻打成都失利后,又转而分散袭击其他州县衙门。今天同志军在荥经县大相岭与清军干起来了,县太爷也吓跑了……"

"他们哪来那么多人马？"武道学将信将疑。

"一些浑水袍哥、市井泼皮也打起革命党保路会的旗号去抢店铺。有人在成都还看见莽大娃，说是跩得很，颈上系一根红布条，耀武扬威，成了袍哥礼字堂口中的一个小头目。"

袍哥分仁、义、礼、智、信五大堂口，民间流行的说法是：仁字讲顶子，义字讲银子，礼字讲刀子；意思是仁字堂口多是官场背景，义字堂口多为钱粮大户，礼字堂口里多属舞刀弄枪之辈。

武道学恨恨地说："跳嘛，不怕今日跳得欢，到时赵大人先收拾到他头上！"

"可，可如今赵大人成了泥菩萨过河自身难保。我们这里离荥经那么近，会不会也……"江师爷不敢往下说，也不敢往下想，尽管烟瘾来了，鼻涕眼泪往外冒，但也只有强打精神硬撑着。

半晌，武道学才冒出一句："看样子天要变了。"

声音虽然不高，可江师爷却感到五雷轰顶："那咋，咋办？"

武道学双手倒背看着窗外："筹办边茶股份公司的事先放一放。"停了一下又自言自语："多事之秋啊！从同治年起大清的气数就开始衰落。扳起指头算一算：康熙爷生了二十四个儿子，二十个女儿；雍正爷生了十个儿子，四个女儿；乾隆爷生了十七个儿子，十个女儿。唉，轮到同治爷，十九岁驾崩，无后；光绪爷三十八岁驾崩，也没有留下一男半女；再看眼下这位宣统皇上，才几岁，内忧外患，咋办……连娃娃都生不了，还能咋样？我知道这话要是传出去是大不敬，要掉脑袋，可是眼下比这忤逆的事多的是，哪个管，哪个又管得了？赵大人是有雷霆手段的人，在藏地打得英国人和叛匪闻风丧胆，背地里很多人称他'赵屠户'，杀人不眨眼，连边区那些小孩每天上课前都要念'赵大人是尊神，人人要遵从'。当初何等英勇！挫败进攻塘坝的西藏叛军，并乘胜进入西藏，收复江卡、贡觉等四个部落地区，越过丹达山向西，一直到达江达宗，距离拉萨只有六天的路程。可如今他也……朝廷也许会拿他当替罪羊平息众怒。这边茶股份公司没有他撑腰，看来也就没多大指望了，风云多变，世事难料啊。"

武道学说得凄凉，江师爷听着心酸，像霜打了一样有气无力瘫在椅子里。武道学转过身喝了一口凉茶，定了定神："你抽空到兴义茶号去一趟。"

"干啥子？"江师爷抬起头来，满脸疑惑不解。

武道学板起面孔："你这个人就是大事糊涂，小事聪明！你到兴义茶号去一趟，告诉李复生说现在风声小了，可以悄悄把儿子接回来，并且委婉表示我知道他儿子躲在什么地方，但一直为他儿子遮掩，多方周旋，暗中关照。要让他感觉我武某虽为朝廷命官，但同情革命党，对革命持欣赏态度。"

江师爷脑袋慢慢清醒过来："小的明白了，大人这是左右逢源，八面玲珑。身为朝廷命官，又保护过革命党，如此两边都有人缘。妙！妙！"江师爷竖起大拇指，肉麻地恭维武道学。

武道学皮笑肉不笑，并不搭理。江师爷赶紧叫仆人新沏一壶黄芽，上品绿茶的清香飘散在空中，茶水入口醇和回甘，滑入肠胃，使人精神一振。两人又说了一会儿有关赏赐茶的事，武道学忽然问：

"城里哪一个裁缝会做洋装？"

江师爷："北街上那个陆裁缝就会，天主教堂里的神父请他做过。大人要为哪一个做洋装？"

"本人。"

江师爷一惊，差点被热茶呛着："大人——"他知道武大人不喜欢洋人。

"我要做的不是纯洋装，而是洋中装，留洋学生穿的那种。嗯，就是这个样式。"武道学把一张从杂志上撕下的照片递过去，江师爷一看顿时目瞪口呆，照片上竟然是被朝廷缉拿的逆党首领孙文！

"这——"

武道学见江师爷吓成那副模样，冷笑一声，拿过照片"嚓"一下撕去头部，又递过去："你叫陆裁缝用黑色的毛哔叽，比照这个样式，用我的尺码做一身衣裤。"

"是。"常以智多星自居的江师爷今天被武大人弄得晕头转向,不知道知府大人葫芦里究竟卖的什么药。

康定城外的寺院里,喇嘛们正在辩经,次仁旺堆和尼玛拉姆怕打扰他们,忙闪到一侧观看。辩经是佛学用语,是对佛教理论的辩论,僧人为了加强对佛经的真正理解,采用一问一答的方式交流所学心得和所悟佛法。为了学习和提高佛学知识,藏地许多寺院经常进行辩经。他们往往是两人一组或多人一组,一人站着发问,其余人坐着应答。提问人常常击掌发问,坐着的僧人要接受诘问,并引经据典解答疑问,有时还会争得面红耳赤,但纯粹是为了求知,并没有人会介意。众多身着红衣的喇嘛在那里一问一答,微风下红衣飘飘,阳光中辩声起伏,场面十分壮观。

辩经结束后,一个年轻的喇嘛领他们夫妻去经堂拜见热拉活佛。两人脱了鞋,手捧哈达,躬身进门。刚在院里强烈的阳光下站了一阵,屋子里半明半暗的光线一时眼睛还不能适应。"请坐。"一个熟悉的声音传来,只见热拉活佛盘腿坐在羊毛地毯上,面前的小桌子上放着一叠木刻印制的长条经书。次仁旺堆夫妇双双跪下,将哈达举过头顶献上:"活佛吉祥!"

热拉活佛下座扶起两人:"我正打算找你们说一说边茶的事。"

"活佛,我们来正是要向您讨教茶的事。最近远东商行那个詹姆斯到处向人送英国红茶,还以低价拉人买他的印度茶。我们该咋办?"

热拉活佛不急不慢:"英吉利对外战争很大程度上就是茶的战争,如北美、印度、锡兰等。他们对西藏窥探已久,早想把西藏作为他们的殖民地!就像他们奴役印度和其他殖民地一样。茶是藏人的命根子,所以他们先以茶收买人心,继而以印度茶控制西藏,最后占领西藏。"

次仁旺堆夫妇骇得瞪大眼睛。

热拉活佛继续说:"英吉利人本身就嗜茶如命,深知茶对生命的重要!据说他们一个人一年要喝五十株茶树采下的茶叶,除了饭前饭后喝茶,还有专门的上午茶、下午茶,连那些破落的贵族没有钱也要卖掉家当用以喝茶!英吉利本土狭小,种茶不多,所以茶价格高昂,于是他们每占领一个地方，首先就会想到如何以茶谋利。锡兰国就是一例。英吉利人占领锡兰后，强行让当地人把其他植物砍掉，改种茶树，最终使锡兰成为世界著名的红茶产地。他们把锡兰红茶运往各地销售，获得丰厚利润。不过锡兰由此变得收入单一，事事不得不依赖英吉利，否则无法生存。如今印度也是如此，东北地区也大量产红茶。其实在明朝以前，世界各地的茶都是中国出产的，而且是绿茶，可是如今锡兰、印度等地英吉利人的红茶逐步取代了中国的绿茶。"

次仁旺堆问："我们该咋办？朝廷不但不为我们撑腰，还与他们签什么狗屎条约。"

尼玛拉姆道："我们把他们的印度茶统统扔到雅拉河里，再把他们赶出西藏！"

热拉活佛沉默片刻，语气沉重地说："大清气数已尽，内忧外患，摇摇欲坠，已无力顾及这些乘虚而入的英吉利人。我看那个詹姆斯在打箭炉做生意只是一个幌子，内中肯定有隐情，你们千万多留心。听说英吉利派了好些间谍，以传教士、商人、探险家等各种身份进入藏地，四处搜集情报和文物。唉，天象将变，更大的风暴就在后面，愿菩萨保佑大家……"

次仁旺堆夫妇愁容满面。

就在次仁旺堆夫妇在寺院时，李永明正收拾行囊准备离开。得知成都发生的事后，他意识到局势发生了很大的变化，决定立即赶回成都。他怕旺堆夫妇阻拦自己，便写了一封信，打算离开时放在客堂的桌子上等他们回来看。可是当一切就绪后，他忽然觉得心里沉甸甸的，这才意识到自己深深爱上了央金，这一走何时才能与她相见？

李永明正在屋里出神，门"嘎"一下被推开，央金噘着嘴生气地站在门口："你要走？"

"嗯。"事到如今，李永明不想再隐瞒，但又觉得难以启齿，垂下眼睑点点头，像一个做错事的孩子，有些不知所措。

"你为什么不告诉我，而要偷偷走？要不是青初发现你在收拾东西，

你走了我都不知道,你太狠心了……"央金冲到李永明的面前,眼泪一下涌出来。

李永明一震,忍不住把央金拥入怀里,柔声说:"我怕见了你就不想走……"

央金紧紧地抱住李永明失声哭道:"我不要你走!我就不要你走!"

李永明喉头一阵哽咽,半晌才说:"央金,我入同盟会时发过誓要为推翻清王朝而奋斗。如今我们同志有的还关在牢里,有的在流血牺牲,有的在艰苦奋斗,而我却在这里过着悠闲自在的日子,你说我能安心吗?我不能做一个贪生怕死的人。"

"我不管,我要天天看见你。"

"我也想这样,从我第一眼看见你就觉得自己这一辈子注定与你有关。"

"那你为什么要走?"

"央金,我要去实现自己的理想和抱负。等革命成功了,我就回打箭炉来。好吗?"李永明用额头顶着央金的额头,好一阵,央金停止哭泣。李永明拿出上衣口袋里的钢笔:"这支笔是我在日本用奖学金买的,上面刻了我的名字,留给你做个纪念吧。"这支钢笔在二人第一次相遇时掉在果亲王府,后被四狗子捡到,又回到李永明手中。

央金把钢笔紧紧捏在手里:"我等你。"说罢再次紧紧抱着李永明,两人热泪盈眶。

第二十四章

革命风潮此起彼伏，各州县同志军把守关隘，截阻文报，攻占县城。连边远的西昌地区彝族同胞也攻城逐官，川西北藏羌土司也聚众举义。接着同盟会会员吴玉章、王天杰领导荣县独立，建立了第一个县级革命政权。同志军起义使清廷震恐，急调端方率鄂军入川镇压，是时全国革命党人加紧活动，不久武昌起义爆发。十一月底，成都召开四川官绅代表大会，宣布脱离清政府独立，成立大汉四川军政府。

连日来动荡的局势让武道学坐卧不安，他已经好几天没有升堂了，官服官帽收起来放在柜子里，每天一身便装坐在书房里分析研究各地传来的消息，任案桌上的卷宗堆成小山一般也不处理。这天衙役又送来一叠信函，武道学随手翻了翻，见其中一封来自四川总督府，便赶紧拆开，不想是总督赵尔丰的秘书亲笔所写，信中对他督办赏赐茶有力给予表彰，要他继续努力，抓好边茶生产，保障西藏茶叶供应，等等。武道学看罢，知道赏赐茶已在雪顿节以前顺利运到拉萨，沾沾自喜之余心里又再次泛起疑虑：兴义茶号每天的加工量他也知道个大概，雪崩以后从头赶制本来就很急，加上作坊又遭遇火灾，根本没有能力完成，那么李复生的茶是在哪里加工的？周转的资金又从何而来？武道学眼睛再次扫过信末的落款时间，不由嘀咕道："这封信咋走了这么长时间？"转念一想，国家动荡，一切都乱了套。想到此，不由长叹一声。

连连叹气之余，武道学忽然联想到赵尔丰三年前被委任为驻藏大臣兼川滇边务大臣，率兵驻扎打箭炉等地，今年因为铁路的事，四川局势动荡，朝廷又将赵尔丰调任四川总督。记得赵大人从打箭炉到成都上任路过雅州时，他设宴隆重欢迎，席间赵大人叮嘱他边茶关系到西藏的稳定，要

他务必尽心抓好……武道学正想着，江师爷满头大汗跌跌撞撞进来，语无伦次："大人，不好了，出了大事！赵大人被……被杀了……"

"哪一个赵大人？"武道学全身一个激灵，以为自己听错了。

"赵尔丰赵大人呀！"

武道学手中的信滑落在地上："哪一个吃了虎心豹子胆？会不会消息有误？"

江师爷急得直翻白眼："哎哟，武大人，这种事敢随便乱说吗？千真万确，是一个叫尹昌衡的人干的，在贡院当场砍了赵大人的脑壳！"

"天哪！"武道学好一阵才定下神，"尹昌衡，这个名字咋没有印象？"

"他原来是个不起眼的小人物，大人如何记得？他原来是个官费日本留学生，宣统元年从日本士官学校毕业回国，最初只是四川督练公所军事编译科的小科长。大汉四川军政府成立时，赵大人表面把军权交给蒲殿俊，其实暗中仍指挥部下活动。十二月八日成都发生兵变，新军政府都督蒲殿俊、副都督朱庆澜吓得相继逃遁，成都城内顿时一片混乱。眼看新政权就要垮台，赵大人又可东山再起，不料身为标统的尹昌衡率部连夜入城，二十二日凌晨调集两千余人包围总督署，把赵大人抓起来。尹昌衡知道成都人记恨赵大人杀保路同志会的人，所以杀了赵大人，还挣下了好名声……如今姓尹的自称都督，当上大汉四川军政府都督。"

"这个尹昌衡和革命党有没有瓜葛？"

"搞不清楚。如今是乱世出枭雄，有枪就是草头王，听说全国有十几个省宣布独立或者光复，大清朝完了……大人，我们咋办？"江师爷佝偻着腰，仿佛被霜打过的茄子一样，恹恹虚虚。

武道学愣愣地坐下，半晌没有开口，江师爷垂头丧气站在一旁不敢吭声。

过了一会，武道学回过神来："你马上派一个人到兴义茶号去通知李复生，就说赏赐茶顺利到达拉萨，四川总督府来信表彰，我要好好奖励他。哼，我要借这个机会与革命党的家属保持亲密关系。"

江师爷说："我原来以为他的茶号可能会倒闭，可是竟然很快就翻身了！这其中会不会有……"

"这时候还提这些就是不识时务！只要茶到了拉萨就算交差！现在大清眼看就要倒台了，新政权提倡民主平等。既然取消皇上，以后哪里还有赏赐茶？不过，不管哪朝哪代官府都对边茶十分重视，这是巩固边疆的重要措施。"

"是，是。"

江师爷刚打发一个衙役去兴义茶号，另一个衙役神色不安疾步来报："武大人，一个自称是莽爷随从的人来报：莽爷即刻驾到！"

江师爷心里正烦闷，没好气地呵斥道："啥子狗屁莽爷？敢到武大人面前来耀武扬威，来了先赏他一顿板子，把神光褪了再说！"

衙役哭笑不得："就是当年的盗墓贼莽大娃……"

"这个烂滚龙——"江师爷气得刚骂了一句，武道学冷笑一声打断："击鼓升堂，传衙署所有官吏衙役到大堂集合。"

不一会，全体衙员都齐整地站在大堂前，几十个人上下肃静，鸦雀无声。武昌起义成功的消息大家都听说了，忧心忡忡，不知该何去何从。武道学一眼扫过去，把众人心思看得一清二楚。他故意绷着脸不说话，令属下更忐忑不安，仿佛空气都凝固不动，整个大堂死一般寂静。武道学忽然开口，似一声炸雷：

"你们去把大门口雅州府的匾砸了！"

众人吓得不知所措，面面相觑，不敢动弹。武道学厉声道："你们是聋子？哑巴？"说罢从一个衙役手中拿过威武棒走到屋檐下，"哗、哗"捅下几片瓦，高喊道："革命啦，革命就是砸烂旧衙门！"

江师爷最先反应过来，尖起嗓子高喊："革命啦，快去砸衙署的牌子！"

几个衙役懵里懵懂绕过地上的碎瓦，一步三回头走到府衙大门口。他们从小就将衙署大门视为权力和威严的象征，如今知府大人却要他们砸烂匾额，他们实在是没想明白。但在江师爷的督促下，也只好挥舞威武棒砸去。"砰，砰"，巨大的撞击声和异常的举动引来不少围观者，大家面露惊

愕，窃窃私语。

正在这时，领口上扎了一条红绸带的莽大娃带一帮人气势汹汹地走来，每人手里都拿着棍棒，他今天来的目的就是要砸府衙，如果谁敢阻拦就借机生事，连武知府和手下衙役一并痛打，为死去的兄弟莽二娃报仇！一路上他心里都在想：老天有眼，风水轮流转。姓武的，该你倒霉了！

当初莽大娃被通缉逃离雅州后，四处辗转，以偷窃为生，最后认识了一个同道，经他介绍到成都加入了袍哥，仗着心狠胆大，眼珠子转得快，渐渐在袍哥组织中站稳脚跟。以后看天下纷乱，又跟着袍哥与保路同志会的一起闹事，终于成为袍哥中的一个头目。可是大汉四川军政府成立后，他在成都也就无事可做，于是脑筋一转，带上一帮难兄难弟回到雅州来耍横，而那些跟随他的人也多是泼皮无赖，无固定职业和收入，觉得借机捞上一把也不错。

莽大娃一看雅州府门口这个阵势，顿时有些傻眼了，弄不清到底是怎么回事。不过他不能在兄弟们面前露怯，于是拨开围观的百姓，拉长腔调大声问道："喂！——你们干啥子？"

江师爷转过身来瞟他一眼，没好气地说："没看见吗？在革命！"

"革命？我看你们是逗起闹，清朝狗官也配说革命二字？兄弟们给我冲进去砸！看上啥子各人拿走！"莽大娃见江师爷不买账，顿时拉下脸来，露出流氓无赖的本色。

"我看哪个敢！"随着一声大吼，换成一身中山装的武道学秋风黑脸地出现在衙署大门口，顿时镇得里外鸦雀无声。

莽大娃的声音低下来："武——大人，我们是来革命的。"

武道学眼睛一瞪，冷笑道："革命？哼，要说革命，我比你先革命，眼下你想革命，我又奉陪你再革命！如何？"

莽大娃脸上的肌肉抽动一下："我是保路同志军统领下的……"

武道学鼻子里"哼"了一声，打断道："那你不妨到同盟会首领中去打听一下我武道学是啥人！"

莽大娃一听顿时底气不足，他虽然不学无术，但是道听途说，也知道同盟会是一个全国性的革命组织，人员结构远比保路同志会强大，何况自己还是冒充的，一旦假李逵被真李逵识破，不但会吃不了兜着走，而且要是新账旧账一起算就麻烦了，于是赶紧给自己一个下台阶的机会："哦，看来是大水冲了龙王庙。原来都是革命同志，误会，误会。"说罢向武道学一抱拳："得罪了，后会有期！兄弟们走！"然后带人仓皇离去。

莽大娃一走，武道学挥手叫属下各就各位，回头见雅州府的匾额裂开一道缝，心里冒出些许酸涩和无奈，但表面上却没动声色。江师爷见左右无人，小心翼翼地问："大人，莽大娃会不会认识同盟会的首领？"

武道学凶狠地瞪他一眼："他算老几？臭狗屎一堆！同盟会首领都是留洋有学问的人，是能干大事的角色，像莽大娃那样的泼皮无赖连给人家端洗脚水的份都不够！他查得到啥子底细？纯属趁火打劫，浑水摸鱼，还恬不知耻说是革命！如今好像一扯上革命两个字就可以到处抓拿骗吃。呸，对这种下三烂，你不把先他镇住，他骑到你头上拉屎还嫌不平！"武道学忍不住愤愤地骂起粗话来。

江师爷看着武大人身上的中山装感叹道："大人真是深谋远虑啊！要不今天府衙就被这个烂眼滚龙扰了。"

武道学煞有介事地拍打了一下并无尘土的衣衫，转身昂首挺胸走进大堂，江师爷紧跟其后，大声对仆人招呼道："照老规矩给大人泡一壶石花。"

石花、黄芽、雀舌、毛峰都是出自蒙山的极品绿茶，前两者多为朝廷贡品，市面上没有出售。武道学对吃茶一事格外有讲究，他喝过各种茶，只对绿茶情有独钟，尽管雅州边茶很有名，但他觉得味道过于浓重，不对自己的胃口。仆人们都知道他喝茶容不得半点马虎，茶叶平时用瓦罐装好封严，存在后院的地窖里，用的时候才去取。他一般喜欢上午喝石花，下午喝黄芽，偶尔喝一点雀舌、毛峰或其他茶。在府衙应酬客人泡的茶基本不动，只是做个样子而已。江师爷这样说意在暗示众人：一切照旧，不要以为大清倒台就可以随心所欲，犯上作乱！仆人应声快步跑去办理。

由于衙员心存疑虑，加上谁也不愿意自己砸自己的牌子，所以折腾半

天也只是大堂屋檐边掉了几片瓦,府衙的匾额裂了一道缝。但是不到一个时辰,整个雅州城都在传知府大人是革命党!

府衙门口乱哄哄的时候,李复生正好走来,本来赏赐茶安然无恙运到拉萨的消息让他满心喜悦,可是眼前的景象却让他的心再次提起来,因为大清倒台也意味着一百多年的御供藏茶生意将要结束。

辛亥革命使大清王朝走到了历史尽头,结束了二百六十八年的统治。宣统皇帝退位的消息传到打箭炉茶马司,正在用茶籽水洗头的额尔尼,一下倒在地上捶胸顿足,大哭不止:"祖宗的江山啊,咋就这样垮了,我不想活了……"

安江不在,两个仆人劝不住,只好把他扶回卧室里躺下。额尔尼叫他们出去,自己关起门来越哭越伤心,连声音也嘶哑起来。隔了很长时间哭声才慢慢小下来,仆人稍稍安稳。这时安江从外面回来,一个仆人拦住他把刚才的事讲了,安江凑到额尔尼的窗台下听,一点动静也没有,有些担心,便从门缝往里看,不禁大惊失色:"糟了,老爷要寻短见!"

安江一边说,一边用力拍打门:"老爷,开门!老爷,开门啦!"

里面仍然没有动静,安江忙往后退,使足了劲,冲上前一脚把门蹬开。只见额尔尼对着镜子将一把刀抵在脖子上,正准备自杀。安江小心夺过刀:"哎呀老爷,你何苦嘛?"

额尔尼的眼泪又冒出来:"大清的江山啊,祖宗吔,对不起呀……"

安江示意仆人把刀拿走离开,这才劝道:"哎呀,老爷你要想开些,江山又不是你丢的,有啥子对不起祖宗?再说,未必死了张屠户就只有吃带毛的猪?屎!"

"你放屁!"额尔尼梗起脖子骂了一句。安江了解他的秉性,知道事情过了,于是越发胆大放肆起来:"管屎他哪个坐天下,这茶是少不了的,有茶就有钱,有钱就有福,有福你就享。何必那么想不开?你死了别人马上来顶这个肥缺。脖子伸得像鹅颈一样长望到这个位置的人多的是,你这样不是亏了自己肥了别人吗?"

这话说到额尔尼的心里，他点头表示同意。他本来就不是真想自杀，只是想闹腾一下，发泄发泄心中的怨气和沮丧。大清的江山倒塌了，他担心不但自己享有的特权会消失，家里也会跟着倒霉。妹夫来信说这段时间住在皇城里的满人都惶恐不安，担心新政权会杀了他们，于是把家里养的鸟鱼鸡鸭都杀掉，金银细软藏起来，年轻气盛的甚至准备以刀枪对抗……

安江见额尔尼情绪安稳下来，才说："詹姆斯又下帖子请你明天去喝下午茶。"

詹姆斯在炉城开商行以来，经常邀请地方官员和土司头人到他的商行喝下午茶，这是他的一种社交方式。他知道在当地的藏人、汉人和其他各族人都喜欢喝茶，所不同的是他每次邀请喝茶，都会准备一些烤肉和油炸食物，还备有烘烤的面包和甜点。客人喝一会茶，仆人就接二连三呈上吃食，这些食物颇受欢迎。

"不想去。"

"老爷，你就当出去散心嘛。俗话说多个朋友多条路，再说现在狗日的洋人吃香，连朝廷都让几分。他主动拿热脸来挨你的冷屁股，你又咋不受他抬举？不吃白不吃，吃了也白吃！"安江很垂涎詹姆斯家的烤肉和甜点，极力怂恿额尔尼去，这样他不但可以得到詹姆斯的赏钱，也可以趁机大饱口福。

额尔尼眼睛一翻："你是饿死来投胎的？他那个吹得天花乱坠的红茶，看起来像人血，喝起来一股生柿子味，又加奶又加糖还叫啥子茶？英吉利人的下午茶就是吹空龙门阵，面包点心一吃就省了饭钱，真是精蛇蚤。"

安江眨了眨眼睛："老爷，这洋人也是人，只要你给他面子，他也会给你好处的。如今朝廷靠不住了，就得赶快找另找靠山，和洋人搭上线，以后捞钱的机会也多些。"

"你狗日得了洋人多少好处？啊？处处帮他们说话！"

"哎呀，老爷，我是为你着想。大清倒了，以后藏地哪一个说了算还不晓得，狡兔三窟，要多为自己留一手。"

额尔尼想了一会，有气无力叹了口气："去嘛。"

"好嘞！"安江咧嘴一笑，立马屁颠颠去叫仆人来为额尔尼梳洗更衣。

央金与丫头青初一阵风似的骑着马从跑马山下来，又到雅拉河边停下饮马。央金的白马浑身雪白，没有一丝杂毛，体态雄壮，跑起来如健步如飞。今天央金在马尾上束了几条彩色丝带，使白马显得更有风采。

"小姐，二少爷来信了？"

央金喜形于色："嗯，本来他说革命一成功，就立刻回到打箭炉，可眼下还有一些重要的事要办，暂时走不了。"

"哦呀。"

央金忽又露出忧郁的神色："可是，他还没向我阿爸阿妈提亲。"

"嘻，自从见到二少爷以后小姐就变了。"

央金的脸有些发红："哦呀，才不是。"

"就是，小姐开始变得多愁善感。不过恕青初多嘴，我看老爷和太太是想招刀登土司老爷的四少爷入赘。"

央金一愣："为什么？"

青初："老爷太太只有你一个女儿，所以不想让你受半点委屈。刀登老爷的四少爷厚道老实，会守着吉祥锅庄和小姐安安心心过日子。而李家二少爷像是一个要干大事的人，东奔西走哪有精力顾家？小姐或许该听老爷太太的安排。"

央金噘起嘴气哼哼地说："我偏不听！我要嫁就一定嫁给自己喜欢的人！"

青初不敢再多嘴，默默站在一侧。

就在这时，詹姆斯挎着照相机策马走近："央金姑娘，你好！"

央金正在想心事，爱答不理应了一句，可是詹姆斯并没有离开的意思，而是纵身下马从怀里拿出一个大本子，从中抽出一摞照片递过去。全是央金的照片。

央金生平还是第一次看见自己的照片，不禁有些兴奋："哦呀，这是我的照片？"

青初也又惊又喜,真诚地赞赏道:"哦呀,太好看了,简直与真人一样!詹姆斯先生,这照片就是从你身上的匣子里弄出来的?神了!"

"对,央金小姐如果愿意,我非常乐意教你照相。"詹姆斯有些得意,开始在央金面前摆弄照相机,将镜头、焦距、快门等一一讲解,目光一刻也不离开央金。见央金对照相机很着迷,便殷勤地邀请道:"央金小姐,这些照片送你。嗯,以后我慢慢教你。现在我可以请你到我那里喝一杯咖啡吗?"

央金头也不抬继续摆弄照相机:"谢谢,我喝不惯那种苦味,我只喜欢喝茶。"

"咖啡是一种高雅的饮品,有深厚的文化内涵……"

央金扬起头,嘴角轻轻一别,露出不屑的声音:"嘻,咖啡原来不过是非洲土人喝的东西,那些人赤身裸体,吃生肉住茅棚,经你们一喝就变高雅了?未必喝我们中国茶就落后?既然落后你天远地远跑来干什么?就在家守着你们的高雅好了。"

"大英帝国希望把文明带到世界各个角落,这是一种道义和责任。"

"啧啧,说得比唱得好听。"央金将照相机还给詹姆斯。

"或许央金小姐理解有误,或许我表述不够清楚,但是文明传播……"

詹姆斯还未说完,央金就唇枪舌剑般打断:"哼,山雀叫得再响也成不了百灵。"

詹姆斯有些尴尬,但马上又说:"那我请你喝茶可以吧,我那里各种绿茶、边茶、花茶都有,我们不谈文明,只谈茶好吗?"詹姆斯神情焦急,生怕央金拒绝。

"有一种人的茶可以喝,话不能听;还有一种人是茶不能喝,话也不能听。詹姆斯先生是哪一种人呢?"央金说罢咯咯一笑,然后翻身上马,一挥鞭子,飞奔而去,青初也转身跃马追上前去。

跑了一会,央金勒住马缰停下,青初走近:"那个洋人喜欢小姐。"

"乱说。"

"真的,他看小姐的时候眼睛里有一股火冒出来。"

"哪个会喜欢他？洋人身上有一股狐狸的膻味，臭得熏人。詹姆斯还抹了香水，臭香臭香，好闷人。永明哥讲水浒故事里的蒙汗药也许就是这种味道，所以能把武艺高强的人也熏昏倒。"

说罢与青初一起咯咯大笑。

央金和青初刚走开，安江就像从地下冒出来似的出现在詹姆斯面前："先生看上央金小姐了？"

詹姆斯脸色一变："你跟踪我？"

"岂敢，是风把你说话的声音刮到我耳朵里了，"安江嬉皮笑脸，"央金是打箭炉的一枝花，能娶她是色财双收的大好事。不过——我猜詹姆斯先生未必真想当一个藏人的女婿。"

"安先生很聪明呀。"

安江没有听出詹姆斯的双关语，不觉心中一喜，顺嘴就吹起来："我这人从小脑壳就滑，千里眼，顺风耳，你去问问额大人，这炉城大小事都瞒不过我。"

"那太好了，以后少不了有事请你帮忙，不过你放心，不会亏待你的。"

安江两眼放光："以后詹大人的事，就是我的事。"

第二十五章

日子像流水一样过去。

李永明离开打箭炉后整天忙碌不堪，因为有理想支撑倒是不知疲倦。这天，李永明赶去码头接从重庆来的陈珍妮。珍妮并非革命党人，但她哥哥马来西亚华侨富商陈彼得曾多次资助同盟会，所以与许多会员是朋友。珍妮祖上是四川雅州人，当年随驮茶的马帮到西藏，后来又去了印度，再后来辗转各地，在马来西亚定居下来，辛苦一生，渐渐置办起一点家业。珍妮的祖父和父亲经营橡胶和咖啡，日益富有起来。珍妮这次来四川主要目是想了却祖父的心愿，将他的骨灰带回四川雅州安葬，落叶归根。由于珍妮已经没有亲人在雅州，故朋友们就将此事委托李永明办理，因为他们也算梓里同乡。

李永明赶到码头，船刚到，在陆续走下船舱的乘客中，他一眼就注意到举止打扮与众不同的珍妮。只见她身材苗条，皮肤白皙，一袭浅色西式连衣裙，腰上束了一条黑丝带，更显得腰细如杨柳。她头戴一顶宽边缀花的帽子，拎着一只小手提箱，东张西望走下船来。李永明迎上去用英语打招呼：

"请问是陈珍妮小姐吗？"

珍妮的丹凤眼一亮："是的。"

"我是你哥哥陈彼得朋友的朋友，叫李永明，在此恭候你到来。"

"很高兴认识你！"珍妮取下白色手套，伸出保养极好、涂有豆蔻色指甲油的纤纤细手，李永明轻轻握了一下以示礼节。那时在四川这种礼节很少见，男人与女人之间这样更被视为离经叛道，稀奇古怪，一下引来不少人驻足侧目。珍妮倒是满不在乎，改用汉语说："这一路风光真是一

等的。"

李永明笑了笑，纠正道："应该说是一流的。看来珍妮小姐的汉语远没有英语好。"

"没关系，以后请李先生教导。"

两人取了行李坐上马车，珍妮取出小镜子整理了一下刘海和帽子，问："听说李先生出身茶叶世家，不知以后是继承家业跻身商界，还是在政界发展？"

"无所谓商界还是政界，只是希望国家独立富强。"

"哦。我哥常对我说推翻了清朝，中国就能走向富强，可我一路走来，风光虽然一等，可还是穷困，人们的脸上流露出愚昧和饥饿。如此大的群体怎么去改变？我表示担忧和怀疑。"

"如此看来，珍妮小姐倒是很有理想抱负。"

"不，我是学艺术的，不懂政治，也不想参与其中。我渴望浪漫的生活和永恒的爱情，不知李先生对此有什么看法？"珍妮英语夹杂着汉语说。

"人各有志。"

珍妮想了一下："李先生还是传统中国人的思维，唉，这是长期专制的影响，习惯拐弯抹角地表达自己的想法。"

李永明调侃道："陈珍妮小姐真犀利，大约是受到西方民主思想的影响。"

"是赞美，还是批评？"

"是前者。不过倡导民主的人应该不介意别人的批评。"

珍妮开心地笑起来："李先生真幽默。"

辛亥革命后，川边藏地再次骚乱，一些被清廷取缔的土司纷纷要求恢复封号属地，一时大乱。在英国人的支持下，位于川藏茶路上的理塘最先被叛军攻陷，知县被杀，驻军溃败，四下逃窜。接着，昌都、察雅、德格等县相继失守，过往商队被劫，茶路受阻。消息传到打箭炉，人心惶惶；消息传到雅州，驮茶的力夫和马队都不敢出行。

在一个山谷里，枪炮声响了三天三夜，山坡上横七竖八躺着许多血肉模糊的尸体。热拉活佛尘土满面，伏在一堆石块后面，用一个单筒望远镜注视对面，身上绛红色的僧衣已磨得又破又旧。一个身着国民军军服的中年军官躬身跑到热拉活佛身边：

"活佛，英吉利人的炮火太厉害，我们顶不住了，咋办？"

"我不会投降的！"热拉活佛话刚说完，身边一个年轻藏人拉开手里的弓箭："千刀万剐的洋人，吃我一箭！"

"叭——"从左面飞来一枪，热拉活佛喊了一声"趴倒！"那个年轻人躲过这颗子弹，气呼呼地起来拉开弓又骂："我要扒你的皮！"

又一颗子弹射来，打中他的胸口，鲜血涌出来。热拉活佛扶起他，他挣扎着说了句"我要去天——"就断了气。热拉活佛一边诵经，一边替他合上眼睛。

这时又传来密集的枪声，军官急切道："活佛，我们已经弹尽粮绝了，为了保全弟兄们的性命，我只好决定打白旗投降。"

热拉活佛闭目没说话，军官令手下打出白旗。一会，枪声停下来，军官欲言又止，最后独自垂头丧气地带领残余部队走出阵地，疲惫不堪，慢慢地向山下而去。

稍后，热拉睁开眼睛，见身边还有十余人没有离开，便催促道："你们为何还不走？"

"活佛不走，我们就不离开。"

"我们死也要和活佛在一起！"

热拉活佛语重心长："你们赶快走！他们最想抓的是我，你们何必跟我受牵连？你们一旦被俘，必会被施以割鼻、剜目、刖足等酷刑，而我是喇嘛，无非是斩首或监禁。快，你们分散从后山走，我在这里抵挡一阵，为你们拖延一点时间。"

众人还在犹豫，热拉活佛命令道："快走，没时间了！"

大家不敢违背活佛的意思，一同含泪跪下，向活佛磕了三个头，然后转身离开。一行人刚爬到山头，忽听山下一阵激烈的炮声，枪弹在打着白

旗的投降队伍中炸开，猛烈的冲击将军士们破碎的身体和衣物抛向空中，山间的树木和草地燃起熊熊大火，转眼间那些下山投降的兵士消失得无影无踪。他们惊呆了……

热拉活佛目睹山下发生的一切，用衣袖擦干净脸上的尘土和泪水，然后整理好僧衣，盘腿跌坐，闭目静心诵经。渐渐地，山谷复归平静，热拉活佛也心如止水，僧衣如经幡在风中飘动，阳光穿过硝烟和尘土照射下来。

好一阵，有人冲上前来，惊讶地喊道："报告长官，那个大喇嘛在这里！"

一个英国军官走近："把他捆起来带走！"

通司把话翻译过去，可是兵士们慑于热拉活佛不怒自威、大义凛然的气势，不敢动手。英国军官将子弹推上膛，对着兵士："再不动手我就开枪了！"

热拉活佛站起身："不必动手，我自己走。"

众军士散开，热拉活佛昂首阔步先行。

热拉活佛被押到一个古堡的八角碉楼里。高高的小窗口投射下些许光亮。趾高气扬、面目粗野的英国秃头军官汉斯，正与藏族头人丹增洛桑在说话，旁边站着两个荷枪实弹的英国军人。热拉活佛从容地走进来，丹增洛桑一见他那双明亮有神的眼睛，不由自主矮了一大截，哈腰道："活佛。"

热拉活佛冷笑一声："给侵略者当狗是要下地狱的！"

丹增洛桑气得直喘，却又不敢还口。汉斯听不懂，蛮横地问通司他们说的什么。通司不敢把这话翻译给秃头军官听，只好搪塞道："活佛说他不愿意投降。"

汉斯傲慢地对丹增洛桑说："你劝劝他，只要他愿意为大英帝国效劳，我们会让他获得更多的荣誉和金钱。否则，就杀了他！"

热拉活佛不等翻译开口，便用一口流利的英语不温不火地回答："你大白天说梦话。我既然来了，就做好死的准备，来世我还会打入侵的豺狼，不管是英吉利人还是其他人。虽然我是出家人，慈悲济世是宗旨，但对恶魔也不会心慈手软，不会任人宰割。你们不在自己的国家安居乐业，却四处侵略，烧杀抢夺，作恶造孽，将来子孙后代必不得好报！"热拉活佛看了秃头军官一眼，意味深长地说："你有两个傻儿子，难道不想想自己的因果报应？"

汉斯一愣。的确，他的两个儿子都是傻子，医生说他们患有不可救治的遗传病，为此他十分沮丧，也从不愿意对外人提及此事，到了中国本是无人知晓，不料却被活佛一眼看透，一语道破。汉斯被戳到痛处，气急败坏，用枪指着活佛咆哮道："我要杀了你！"

热拉活佛毫不躲闪。丹增洛桑忙劝阻汉斯："长官，活佛是万万不能杀的呀！否则藏民闹起事来就麻烦了，他们都是佛教徒，活佛是他们心中的神！"

汉斯涨红了脸："愚蠢的野蛮人，把他捆在柱子上饿他几天，看看他有多大能耐！"

丹增洛桑迟疑了一下，低声对汉斯说："我看还是把他关到古堡的地下室里稳当，藏人信佛，视活佛为神，我担心有人冒死把他放了。"

汉斯想了想，觉得这样更保险，于是点头同意。

待活佛被押走后，丹增洛桑对汉斯说："回头我多找几个人劝他，希望他能回心转意。"

汉斯余怒未消："他要继续与大英帝国作对我就杀了他！"末了，又张牙舞爪，嚣张地说："我才不管他是喇嘛还是活佛！佛祖出生的国家我大英帝国一样踏平！"

炉城笼罩在一片惊慌不安的气氛中，街上冷冷清清，往日穿梭不停的马帮商队也没了踪影。央金在自己的房间里走来走去："邮差咋还不到？"

青初安慰道："如今藏地乱哄哄，汉地也打来打去，谁敢提起脑袋在路上走？小姐只有安心等一等。"

"这样的日子什么时候才能结束？"央金更加焦急。

"李二少爷必定被什么事绊住了，小姐放心，你天天在佛前磕头祈祷，他会平安回来的。"

提到李永明，央金的眼睛里瞬间溢满泪水："我想去找他。"

"小姐千万不要这样……"

"青初，你说二少爷会不会被别的女人牵住？"

"哼，若是那样，小姐就值不得等他！"

"你胡说！"央金大声呵斥道。

青初吓得不敢再说话。

楼下次仁旺堆与尼玛拉姆正唉声叹气，桌上的酥油茶满满一碗丝毫未动，早已没了热气。炉子上壶里的茶早已熬开，吱吱冒气，却没人去动。因为没有商队来往，不光吉祥锅庄冷冷清清，其他锅庄也没有生意，唯有远东贸易商行不时有人出入。川藏边境战乱，大多数商队不敢行走，而远东贸易行的马队却畅通无阻，借着市面上茶叶短缺，詹姆斯经营的印度大吉岭茶终于有了销路。他又不时送一些火柴、针线、糖果等给客人，生意慢慢火起来。

"生意越来越差了，再这样下去，也许我们该回去经营庄园和牧场。"次仁旺堆从窗口望出去，忧心忡忡。

"女儿的婚事没定下来，我不想离开。哎，你咋不说说她？"

"女儿的脾气你还不了解？她心里就只有永明，我说啥也没用。"

"要说李家二少爷，人品相貌确实不错，可是山羊和绵羊终归是有区别的，他和女儿能走到一起吗？我真替女儿担心！他整天爱说什么国家、民主、自由之类与生意无关的大道理，这些又不能当糌粑酥油吃，将来锅庄怎么办？女儿靠谁？"

"让我好好想一想。"次仁旺堆认真地说。

央金心里烦闷，骑马走出家门，漫无目的地在山坡上跑。詹姆斯正拿着一支细长的圆筒望远镜在四下张望，一见央金出现，满脸绽开笑容，大声招呼道："央金小姐，央金小姐！"说着像变戏法一样从身后拿出一个用野花扎成的漂亮花环，双手递给央金。

央金望着花环,有些奇怪:"你咋知道我要来?"

"我从望远镜里看到你美丽的倩影。"

央金的好奇心一下被激起来:"望远镜?"

詹姆斯得意地把望远镜递给央金,并贴近细心指点用法:"视线能到达的地方都能看清楚,我们的船在无边的大海上航行时,就是用它寻找陆地的。你看,草原上有了它,不但能找到丢失的牛羊,还能预防野兽袭击。"

"哦呀!"央金开心起来,用望远镜四处观望。

"你喜欢我就送你。"

央金看了一会忽然停下:"詹姆斯先生,你整天在外转悠,好像从不操心生意上的事?"

詹姆斯脸色有些尴尬,但他很快调节好情绪:"央金小姐,有一句话一直藏在我心里,没敢对你说。"

央金避开他火辣辣的目光:"那就不要说。"说罢拉了拉缰绳,欲夹马肚子离开。

"不,请等等。央金小姐,我想说的是,我很喜欢你。我想带很多茶到你家去求婚,让你的父母同意你嫁给我,我会按你们的规矩办……"詹姆斯一本正经地说。

央金忍不住笑起来:"詹姆斯先生,这是不可能的事。"

"为什么?据我所知央金小姐并没有定亲,"詹姆斯做出一副可怜巴巴的样子,"难道你心有所爱?"

"对。"

詹姆斯手中的花环一下掉在地上。

"我走了,不过谢谢你的望远镜!"央金挥舞了一下手中的望远镜,一夹马肚子飞奔而去,

詹姆斯望着她的背影,久久没有挪动。

茶马司门庭冷落,办公桌上已铺了厚厚一层灰。额尔尼心神不定,整

天无所事事。民国政府原本计划把茶马司合并到箭炉府，可是新政府刚刚建立，鞭长莫及，一时还顾不上，额尔尼的位置也就暂时不变。新政府张贴出告示，要求所有的官员和百姓剪去长辫子，额尔尼心里一万个舍不得。好在打箭炉山高皇帝远，不像内地那般强制执行，派人在街上"咔嚓、咔嚓"剪掉行人辫子。额尔尼借机钻空子，可是又不得不顾忌自己政府官员的身份，于是把辫子盘到头上再戴上帽子。帽子高高地耸立在一堆粗长的辫子上，显得十分滑稽可笑，而且走路时稍不小心，帽子就会掉下来。为了避免麻烦和被别人指指点点，额尔尼很少出门，蜷缩在后院里闷闷不乐。

这天安江抱着一条茶从外面回来，神神秘秘地说："老爷，你看这是啥子？嗨，嗨，盖有兴义茶号印鉴的赏赐茶！"

安江剪了一个齐肩短发，一顶瓜皮帽扣在头上，显得有些不伦不类，额尔尼看着就免不了来气，可又不好发作，因为他经常在外面为自己跑腿，不剪头发也不合适。

"咃，你从哪里弄来的？"额尔尼有些意外，放下手中的茶杯撑起身来。

"我在市面上买到的。"

"胡扯，哪一家商号有卖？哪一个又敢卖？"

安江凑过去："我在城边上闲逛，遇到一个来炉城卖獭子皮的人，样子像个山里的牧民，一身又脏又臭，脸黑得像牛屎，马背上却驮了一条茶。我是干什么吃的？在茶马司跟你混这么些年早炼就一双火眼金睛，瞟一眼包装就知道那不是一般人喝的普通茶。一个放牛羊的穷人哪里吃得起这种上等茶。我与他东扯西拉一阵，扯开一边封口看，妈哟，里面竟是赏赐茶！我一想不对头呀，他哪里来的茶？但我表面上稳起没露出声色，而是掏钱把茶买下来。一边装起想要买他的獭子皮，一边又问他还有没有茶。那个牧民见我出手豪爽，兴奋得两眼放光，说家里还有。我问他家在哪里，他不告诉我。我又说想再买两条茶，这段时间炉城正缺茶。他答应几天后再带来卖给我。"

额尔尼将那条茶拿过手看了一遍，仔细对照了兴义茶号的印鉴和批号："怪事，这确实是兴义号的茶！"

"我也觉得日怪，这批赏赐茶不是被雪崩埋了吗？咋又跑出来了？"

"哼，这中间肯定有鬼名堂！"

"啥子鬼名堂？老爷是不是怀疑兴义茶号私贩贡茶？这个卖茶的又是个偷儿，顺手牵羊把私茶偷出来卖，哪知被茶马司抓住了尾巴。到时候非叫他们老鹰抓蓑衣——脱不了爪爪！"安江一双眼睛猛眨，自作聪明分析一通。

额尔尼来了精神，背着手在屋里走了两圈："过几天你和那人交易后，再悄悄尾随他去，摸摸他的底细，想办法弄清楚他手里的赏赐茶从哪里来的。说不定到时能钓出一条大鱼来！"

第二十六章

李永明站在窗前沉思。这是位于成都的一座中西合璧的小洋楼,虽然地处城市中心,却闹中取静,四周翠竹环绕,鸟语花香。可是眼前的景色却难以让李永明感到愉悦轻松。当初舍生忘死参与辛亥革命,没想到清王朝被推翻后,天下并没有就此太平,反而又陷入另一种混乱中。李永明的思绪被一阵礼貌而有节奏的敲门声打断:"请进。"

随即一个身穿白色西式连衣裙、化妆烫发、打扮时尚的年轻女子推门进来:"李先生别来无恙。"女子拖长嗓音:"让奴家好生思念——"

"哦,原来是珍妮小姐!你怎么会在这里?"李永明十分意外,也很高兴。

上次他带珍妮回雅州选了一块风水极好的地方,待安葬祖父的事办好后,李永明邀请珍妮到家里做客。最初,雅芝和李复生以为是儿子的未婚妻,隆重接待,虽然珍妮西式做派让雅芝和李复生有些不习惯,但他们觉得只要儿子满意就好。李永明看出父母的心思,便向他们坦言自己喜欢央金,不料父母都持反对意见。原因是他们希望儿子能继承家业,不愿意儿子去打箭炉做上门女婿。李永明在家逗留两天就赶回成都,不想充满幻想的珍妮因四川之行对李永明动了感情。

"哥哥为生意上的事来成都,我跟他一起来就是想让他见见你。"

"为什么?"

"暂时保密。"

"珍妮小姐,你的汉语进步很大,不过你刚才后面说的那一句可不能乱对人讲,会闹笑话的。"

"为什么?"珍妮耸耸肩膀,摊开两手问道。

"这个，我三言两语也给你说不清。中国文化讲究含蓄，就像白居易诗里说的'犹抱琵琶半遮面'，不像外国人见谁都可以称亲爱的，其实并不是爱，而是一种礼节，若在中国会羞死人的！"

"啊？那在中国对自己喜欢的人怎么称呼？亲亲？宝贝？还是心肝？"

"都不对，要叫冤家。"

"冤家？这个词似乎与打架有关，好奇怪！"

"嘿嘿，你汉语大有长进。中国的戏文里常唱'不是冤家不聚头'，夫妻是冤家，儿女是债。最喜欢的反而要说讨厌，最爱的又称冤家。"李永明半开玩笑半认真地说。

"哦，我懂了，意思是要反着说，而听的人又要反着理解。你们称这样为含蓄或者隐晦。"珍妮一本正经。

"不对，你的思维太直线，非此即彼，而在中国并非如此，要讲语境和看对话者。"

"太复杂了。"

两人正聊得起劲，一个用人模样的人上来："李先生，老爷请你到客厅去，说山本先生到了。"

用人刚退下，珍妮就迫不及待地问："你要做什么？"

"我要去日本办点要事。"

"又是革命党的事？"珍妮见李永明不愿意往下说，也不追问。沉默了一会，又问："李先生为什么没结婚？难道没有遇到爱慕的人？"

李永明表情凝重起来："我倾心一个叫央金的藏族女子。可眼下我四处奔波，甚至连生命都没有保证，一旦与她结婚，不但不能照顾她，还将让她担惊受怕，甚至可能成为寡妇。所以我暂时不能娶她……"

珍妮激动起来："李先生看来还不了解女人，有的女人可以为了自己的爱人赴汤蹈火，当寡妇也在所不惜。我认为爱情不在乎天长地久、白头偕老，而在于轰轰烈烈，感天动地。"

李永明在珍妮眼睛里看到一团熊熊燃烧的火，他赶紧转身下楼去了客厅。而珍妮仍然沉浸在激动中，她觉得只要李永明没结婚自己就有希望。

她这次来中国就是为了这个心中的白马王子，她渴望追求诗意浪漫和充满刺激新奇的生活。

很久没有音讯的李永明给家里去了一封信，李复生看完后心里非但没有轻松，反而更加担忧。

这几年局势动荡，在省府主事的民国政府官员像走马灯一样不停地更换，李复生很为儿子担心，却又不能流露出来，怕雅芝伤心难过。哪知儿子这次来信的主要意思是让父亲给他筹集一笔钱，他要为讨伐袁世凯去日本购买枪支弹药。他对家人只有几句简短问候，提及自己也只有四个字：一切都好。李复生不知道这样乱纷纷的局面什么时候才能结束，儿子什么时候能安定下来。

原来辛亥革命成功以后，四川成立了军政府，动荡的日子刚刚有些安定，第二年年底局势就发生了变化，川军第五师师长、同盟会会员熊克武响应孙中山的号召，在重庆宣布独立，暗中筹备讨伐袁世凯。而这时在英国人的策划和支持下，一部分藏军与川军发生武装冲突，川军溃败，藏军逼近河口，使炉关等地不断告急。迫于形势，袁世凯任命四川都督尹昌衡为征藏军总司令，率军西进平乱。尹昌衡前脚刚离开，被他视为心腹的胡锦伊就被袁世凯任命为护理四川都督，加封陆军上将，兼署四川民政长。原来胡锦伊早就暗中投靠了袁世凯，因为有了靠山，野心日益膨胀起来，一边排挤尹昌衡，一边打击副都督张培爵，又发动组织共和党支部，自任支部党长，集四川大权于一身，同时意欲插手熊克武领导的蜀军，双方剑拔弩张。接着，袁世凯为了武装统一，实现自己当皇帝的意愿，着手排除异己，消灭国民党。当国民党核心人物之一宋教仁在上海被暗杀后，熊克武即在重庆公开打出讨袁旗号，被推为四川讨袁总司令。熊克武一边调集兵力，一边与川边经略使尹昌衡取得联系，盼其返回，共同袭击在成都的胡锦伊。袁世凯闻讯后下令胡锦伊对熊克武严拿惩办，并调湖北、陕西、云南、贵州四省兵力入川增援。一时间，四川各地战乱不止，而且愈演愈烈。

李复生正在里屋给儿子回信，莽大娃一阵风似的来到兴义茶号大门口，却并不顺势进去，而是站在那里摆起派头高声喊："李掌柜，李掌柜——"

曾秀这时也在铺子里，听到喊声走出来，见是莽大娃，打心眼里讨厌，语调冷淡："啥子事？"

莽大娃趾高气扬："李掌柜呢？"

"有啥子事你给我说就行了。"

"武主任让我来通知，请李掌柜明天上午去府衙议事！"

"武主任？"曾秀有些意外，不明白武主任怎么会和这个无赖扯上瓜葛。莽大娃说的"武主任"就是原雅州知府武道学，民国建立后四川军政府改变了全省的建制，雅州划为第十七行政督察区，武道学当上督察区主任。

莽大娃看出曾秀心中的疑惑，得意地说："本人现在吃的是官府的饭！曾管家，我跑了大半天，口渴得很，麻烦你来杯茶。"说罢大摇大摆走进铺子坐下，一副春风得意的派头。曾秀忍了忍，示意一个伙计从炉子上倒一杯熬好的清茶。

莽大娃接过喝了一口："这茶味道不咋样嘛，别人还说你们兴义茶号的茶如何如何好。哎，曾管家，李家二少爷现在跟了哪一个舵爷？听说他现在与北京政府有点不巴适哟，不要以为自己是革命功臣就可以随便说东道西，以后的事情还说不清。"

曾秀没好气地说："我不喜欢吃饱了到处搬弄是非。"

"哟，曾管家说话火气重吔，人家说三十年河东，三十年河西……"

"你还有啥子事？"

莽大娃见曾秀不耐烦地下了逐客令，只好起身离开，走到门口丢下一句话："风水轮流转。"

第二天，李复生如约来到原来的雅州府衙。辛亥革命以后府衙大门口换上白底红漆字"四川军政府第十七行政督察区"大牌子，其他格局一切照旧。清朝倒台后兴义茶号的生意受到很大的影响，因为御供赏赐茶这份

独有的生意消失了。李复生正为生意着急，忽闻袁世凯任命的西征军总司令尹昌衡将率兵路过雅州，入藏平定骚乱，不由计上心来。他知道儿子与尹昌衡有交情，于是待军队进驻雅州城，立刻带上茶叶等礼物前去拜访。尹昌衡听说李永明的父亲来拜访，也没有怠慢，两人聊了一会，尹昌衡主动谈起赏赐茶，说虽然清朝倒台了，但是对藏地的边茶保障不能变。说罢要李复生准备一些赏赐茶，用以奖励那些没参与叛乱的土司头人，只是名称改一改而已，并说以后还需要不少边茶，都从兴义茶号购进。李复生当即答应尽快送来，心里暗暗高兴，觉得与官府的买卖又接上了，以后兴义茶号的生意会兴旺起来。哪知事情的发展并没如愿，尹昌衡在收复了大部分失守的地区后，就被袁世凯一纸调令召到北京囚禁起来，该付给李复生的茶款也就没了下文。一想到这件事，李复生就觉得憋气，但又无可奈何。

李复生走进客厅，见已有五六家茶号的掌柜在其中，正心事重重地谈论时局："印度茶一来，我们的茶本来就不好卖，加上藏地打仗，以后咋办？"

"你们听说没有？芦山那边有茶农悄悄把茶树砍了，栽大烟！"

"啊？好胆大，那北京政府说了要禁烟的哋！"

"禁烟？恐怕是说得闹热，做得造孽！大清朝时也说要禁烟，结果呢？越禁越凶，越禁越贩，但凡有酒馆的地方都有烟馆。"

"唉，当初武大人鼓动我们几家大茶号集资办起川藏茶叶公司，我们出钱出力，结果尹大人一来事情又变了。这年头说得不好听点，简直就是奶娃儿的脸——说变就变。"

孟廷轩在李复生的赏赐茶遭遇雪崩后，将大部分资金用来囤积茶叶，意欲打垮兴义茶号。不想，李复生化险为夷，倒使自己栽了大跟斗，几乎将自己的积蓄全部搭上，才稍稍缓过劲来。为此，孟廷轩对李复生更恨一筹。"有人暗中向姓尹的行贿，想整垮公司吃独食！"孟廷轩此话一出，几个人立刻对李复生冷眼相看。

原来民国建立后，由武道学牵头，几家茶商集资，成立了川藏茶叶公司，由北京农商部批准注册。公司每年可以认领边引两万张，制作的茶运到打箭炉销往藏地。眼看生意刚有起色，可尹昌衡率军入藏平乱时，忽然命令军队带走了所有的茶叶，理由是战事需要，以后付款。事情一拖就是几年，至今仍然没有结果，公司已无力经营下去，各茶号不得不回到过去的经营方式，而且当时入股的资金也无法全部收回。

这时，两个衙役模样的人急速走来，立于客厅门口左右。接着，武道学与江师爷一前一后跨进来，几位茶商忙上前弯腰作揖问候。清廷倒台以后明面上变化最大的是不用再向官员跪拜行礼。

武道学坐下，没有拐弯抹角，而是直奔主题："今天叫各位掌柜来有两件事，一是边引改革，二是为川边战事筹集军饷。"

两样都涉及出钱，众人一听，心里顿时七上八下，不安起来。

原来第一次讨袁失败后，各省的国民党势力几乎被消灭，唯有云、贵、川三省袁世凯还无法控制，于是派陈宧以办四川军务为名，率冯玉祥、伍祥祯、李柄之三个旅的北洋军入川。继而又以陈宧为威武将军兼巡按使，总摄四川军政大权，接替了原来的心腹胡锦伊等人的职务。陈宧入川后将带来的北洋军分驻各地，又大量更换各厅、道、县官员，安插自己的亲信。武道学能保留这个位置，除了打点活动外，还得力于西藏边茶供应。到四川上任的官员都知道要站稳脚跟必须稳定川西藏地，而边茶是藏地的生活必需品，在藏汉关系中举足轻重。雅州是藏茶的主要产区，于是雅州父母官这一位置也就显得十分重要。武道学向陈宧献计：改革历朝历代对茶引数量进行限制的策略，放开茶引，拿钱请引，钱多多买，钱少少买，每引按一两银子交纳税钱；这样既可以抵制茶叶走私，也可以增加税收。这一招果然灵验，政府不花一个铜板，在茶还没有交易前就可以收到一大笔税。由此陈宧对武道学大为赏识，也保留了他的官位。茶税占雅州收入的一半，武道学手里的钱被收走后，自然要想办法弥补，于是想出捐派军饷的主意，出钱的事又落到茶商们的头上。

李永明按时到四季春茶楼与陈珍妮的哥哥陈彼得会面。陈彼得提出要

单独见他,意在避开妹妹珍妮。陈彼得戴一副金边细丝眼镜,斯文儒雅,说话却单刀直入:"李先生,你为什么不愿意娶我妹妹珍妮?"

李永明有些惊讶:"婚姻是两个人的事,要讲缘分的。"

"我同意你的说法。我们是同乡,我的祖先最初也是经营茶叶的,就这两点算是缘分之一。再有,你和我妹妹都是接受的西方教育,在思维方式、行为习惯等方面有许多共同之处,这是缘分之二。更重要的是珍妮爱你,而你也应该不反感她吧,珍妮是个很不错的姑娘。有这几点我相信你们的婚姻应该是美满幸福的!"

李永明正要分辩几句,陈彼得摆摆手示意他暂不要开口,自己又接着往下说:"对不起,你先听我说完。多年经商养成我注重实际的习惯。坦率地讲那位藏族小姐与你的爱情非常不实际,可以预料是没有结果的。如果你爱她,就应该与她结婚,否则就是对她不负责任。你知道一个闺中少女的等待多令人揪心?"

这番话让李永明有些尴尬,面露难色:"其实我也很难过……"

陈彼得给李永明递上一块点心,缓和口气:"在马来西亚有几个家境不错、自身也优秀的小伙子爱慕珍妮,可是她谁也没看上,却认定非你不嫁。我真心希望你到马来西亚商界去发展。珍妮的眼光不错,看得出你是一个有作为的人。所以我这个当哥哥的亲自出马向你提亲,虽然有违常理,却是一片诚意。"

"谢谢你的坦诚!我当初投身革命,是要为国家独立富强而奋斗,如今离这个目标还很远,怎么能就此放弃,去享受个人快乐?"

陈彼得放下茶碗,轻轻叹了一口气:"当初在花芭山见到孙文先生,我也深受感染。先生号召我们为推翻腐朽专制的清政府有钱出钱,有力出力,我是又出钱又出力,也算对得起同盟会。只是我不愿意珍妮介入其中,她单纯天真,是我们兄弟姐妹中最小的,也是我母亲最宠爱的孩子。我父亲已经过世了,我不想让我母亲在有生之年担惊受怕,所以希望珍妮平安幸福地度过这一生。"

"陈先生,我理解你的心情,可是我并没有考虑要娶令妹为妻。"

"我希望你考虑,所以今天约你出来。我觉得男人之间谈话是理性的。你不用急着回答我,先考虑一下。嗯,我有意涉足茶业,正好有时间可以考察考察。如果你娶了珍妮,将来茶生意就交给你负责……"

陈彼得的话还没有说完,就听到楼下"叭"的一声茶杯落地的脆响,接着传来一个惊慌不安的女声:"你——要干什么?"

"小姐,我们罗爷看你长得白净舒气,想让你跟着他享福。"

"讨厌!"

"小姐,我们罗爷长得伸展得很,不瞒你说,除了肚脐眼外浑身上下没有一个疙疤!"

"哈哈,就是——"

"我们罗爷看上你是你的福气,多的是女人想服侍罗爷,罗爷还不干。小姐千万不要狗坐箢篼——不受抬举哟。"

女声尖叫一声:"流氓,滚开!"

陈彼得一惊:"不好,好像是珍妮的声音!"

第二十七章

两人一前一后冲下楼,只见一个男人正调戏珍妮,旁边还有几个男人嬉皮笑脸起哄。陈彼得大怒:"流氓!烂仔!光天化日之下调戏妇女,难道不怕民国政府制裁你们?"

被吓得花容失色的珍妮一下扑上来,紧紧抓住哥哥的胳膊,眼泪汪汪说不出话来。

这时坐在一旁一个约三十多岁、右手少了两个手指的男人发话了:"咄,哪儿跑来的空子(空子是袍哥暗语,指没加入袍哥帮会的人)?说点话丁零咣啷,洋歪歪的不受听。哪个调戏妇女了?连玩笑都开不得就不要出门。拿民国政府来吓我?笑话,民国政府的天下还是老子流血流汗打下来的!"断指男人夸张地扬了扬残疾的手,摆起一副功臣的派头反问道:"你是啥子人?"

"下流坯,你有什么权力问我是什么人?"

断指男人露出凶相,从凳子上跳起来:"你骂的啥子?你再说一遍!我看你皮子痒了讨打,敢在袍哥人家的堂口里搔袍哥的脸,惹毛了老子丢翻(袍哥黑话,即打死)你杂种!"说着挽起袖子,摩拳擦掌,做出欲打人的样子。

"你想干什么?!"陈彼得听不太明白,但也不示弱。

李永明知道此处不是讲理的地方,见对方人多势众,担心陈彼得和珍妮吃亏,于是上前一抱拳:"一张桌子四个角,说得脱来走得脱。今天不打让手,只怕往后吃腊肉——要撕皮。"

断指男人哼了一声:"黄糖饼子白糖糕,各人的码头各人包。这条街是我的码头,看哪个敢来撕皮!"

"今天一不是单刀会,二不是中元会,三不是袍哥团年,又没有开山立堂,在茶坊酒肆扰兄弟伙,把袍哥看得不值钱。"

断指男人一愣:"你是哪个码头的?"

李永明一笑:"小弟姓李,草字永明,曾在大汉公(四川初期袍哥组织有许多社会名人。尹昌衡当了都督后,首先创立了"大汉公",既是四川都督,也是袍哥舵把子)手下谋差,与大陆公(四川陆军部长周骏,在办公处挂出"大陆公"牌子)、大参公(参谋部挂出"大参公"牌子。因为四川袍哥影响大,故一些政府机构也打出袍哥的旗号)相熟。今日兄弟走得匆忙,未带单张红片(参加袍哥后就会获得与大、二、三、五哥拜兄弟的名片,即"红片"。红片是与其他公口联络的证件,袍哥常讲"袍哥会首,绿林拜山,只消一张红片",说明其重要性),问候不到,请高抬贵手,不方的要方,不圆的要圆。"

李永明一番话显然把对方震住了,对方知道李永明不但是袍哥,而且是袍哥中的重要人物。不过靠近珍妮那个汉子仍然不服气,说了句:"有宝现宝(指红片),无宝过考!"

这时断指男人眼珠一转,顺势下台阶:"嘿嘿,原来是一家人,得罪,今天的事就不说了,弟兄伙有眼不识泰山,请这位女咕噜子(袍哥也称咕噜子)多包涵。李爷的茶钱我罗某开了!"

话一完众人服帖,不敢啰唣。随即一个堂倌扯起响亮的嗓子拉长声音吆喝道:"李爷的茶钱罗爷开——了!"

一时间整个茶馆楼上楼下都回荡着堂倌的吆喝声。

四川袍哥的公口一般都设在茶馆,各字辈的会客,一般都在自己归口的茶馆里,如仁字辈袍哥就到仁字口茶馆,义字辈就到义字口茶馆。外来袍哥拜访,会照帮会的规矩选一张无人坐的空桌子,在右侧坐下。当堂倌端来茶碗时,自己把茶盖揭开,竖插在茶船与茶碗之间,无语静坐。这是袍哥暗地里拜码头寻组织的信号,堂倌一看就明白,再来掺开水时就会低声问来自哪里,而来人则将手藏于桌下,回答自己的姓名、码头。如有重要事情,即被堂倌请到茶馆后面的香堂。

袍哥茶馆里当堂倌的人，大多数是袍哥中的"巡风"（袍哥以兄弟结义形式，分大、二、三、五、六、八、九、十，共八个排行，行一是大哥，行六称巡风、蓝旗，负责掌管名册、香堂规矩等）、"老幺"（行十是老幺，负责跑腿服务事宜），可以对来人进行初步的盘诘和联系。

袍哥讲义气，好面子，茶馆里这一吆喝，即向众人展示了罗爷的大方豪气。四川各地的茶馆一直保留吆喝的规矩，与袍哥的影响密不可分。

李永明趁势将陈彼得和陈珍妮拉出四季春茶馆。坐上马车，陈彼得仍然怒气冲冲："人渣，还有脸奢谈革命，真是太气人了！"

"彼得息怒。袍哥帮会里鱼龙混杂，你一直在国外，这种事，唉，一言难尽。"

陈彼得忽然以一种陌生的眼光打量李永明："我看你对他们的暗语黑话了如指掌，就像个黑道人物一般！"

"我也是不得已，"李永明苦笑一下，"袍哥在四川有将近三百年历史，因为不分贵贱，讲江湖义气，在民间影响很大。到了清朝末年，成年男子大都加入袍哥，除学生、军人和官员外少有'空子'。其实，袍哥最初是以反清复明为宗旨的，叫哥老会，与郑成功在金台上建立的洪帮相似，以'一心复大明'为号召。后来袍哥遍及四川城乡，逐步成为最大的帮会组织。当初中山先生在日本，就以洪帮大哥的身份会见重庆仁字口、川南义字口袍哥首领，鼓动他们一起推翻清王朝。他们当中也有不少好汉义士，为革命流血牺牲，作出了很大贡献。只是不少人江湖气重，加上没有文化，当然也就说不上文雅涵养。"

"真让人受不了。"陈彼得余怒未消。

陈珍妮的怒气倒是很快就烟消云散："哥，你们两个吃茶为什么不叫我？"

陈彼得："我在跟李先生谈男人之间的事，你不方便听。"

陈珍妮一语双关："谈得好吗？"

陈彼得和李永明彼此看了一眼，但都没有出声。陈珍妮心知不妙，一下就没了情绪。

李永明轻轻说:"对不起。"

陈珍妮别过脸,眼里涌出泪花。

一座有上百年历史的古堡,气势恢宏地建在半山坡上,四周用灰色的石块和褐色泥土筑成高大的围墙。主楼的外表由棕白两色构成,白色的屋顶,白色的主墙,木结构处用棕色颜料染涂,其间配以红、蓝图案,在蓝天白云下分外醒目。

此刻古堡的主人丹增洛桑正在客厅里发火,中年仆人土登躬身站在一旁,大气不敢出。

"滚!"丹增洛桑吼了一声。

"是。"土登如获大赦,赶紧退出门外。

"咔——"随着开锁的声响,一束光亮斜射进阴暗的地牢,尘埃纷纷扬起,昏暗中散发出呛人的霉味和阴冷的寒气。只见热拉活佛面壁跌坐,往昔光亮的头颅如今已长出长长的黑发,胡须遮住了双唇。由于长久没晒太阳的缘故,以往黑里透红的脸膛变得有些黄中发白。但活佛依然精神饱满,两眼有神。地牢里有一堆干草,角落里有一只木桶,除此之外空无一物。

土登提着篮子沿着独木梯下来,门在身后"咣"的一声关上,地牢里又是一片黑暗。土登招呼道:"活佛,吃饭吧。"说罢将一碗糌粑、一壶清茶取出来,从碗口粗的木栅栏缝隙间递进去。

热拉活佛起身拿起茶壶满满倒了一碗茶,不急不慢吞下,然后端过装糌粑的碗,在糌粑中间刨开一个小坑,缓缓注入一点茶水,接着用手搓揉糌粑,将糌粑揉成一个个小圆疙瘩后再往口里放。热拉活佛做得一丝不苟,神闲气定,完全不像身陷囹圄的样子。土登警觉地朝木梯口看了看,确信无人监视后,迅速从怀里掏出一个小皮囊,低声说:"活佛,这是酥油茶,我贴身放着,还是热的。"

热拉活佛慈祥地看了他一眼,接过皮囊,但一语不发。土登似乎已经习惯热拉活佛的沉默不语,望着活佛的长指甲自言自语道:"这是用边茶

熬的酥油茶,边茶太贵买不起了。唉,现在到处都是印度茶……"

热拉活佛喝了两口,将皮囊递给土登,示意他喝剩下的酥油茶。土登双手摊开向上,恭敬接过然后放进怀里:"带回家给娃娃。"

走出地牢,炽烈的阳光十分炫目。土登眯缝着眼睛走了几步,忽然看见头人丹增洛桑和英国军官汉斯走来,忙躬身低头站在一边。丹增洛桑问:"土登,活佛吃饭了吗?"

土登低头答:"吃了。"

"他说话了吗?"

"没有。"

丹增洛桑怒气冲冲,一脚踢过去:"滚!"

汉斯恶狠狠地说:"哪天我非一枪把他毙了不可!"

土登从地上爬起来,捂着被踢疼的大腿一瘸一拐离去,待头人和汉斯走远,一击掌骂道:"呸,下地狱去吧。"说罢狠狠地朝他们的背影吐了一口唾沫。这是当地驱鬼的通常做法。

热拉活佛被秘密关进地牢后就不再开口说话,每日面壁枯坐。丹增洛桑按英国人的意思派了好几个人去劝说他,可是他对这些人不理不睬。汉斯和丹增洛桑恼羞成怒,但也无可奈何,便经常拿土登出气。

央金手里拿着李永明送的钢笔,半靠在床上想心事。桌子上放着几样李永明的东西,其中有李永明的来信,还有央金教他学藏语的笔记,最下方压着李永明画的那个麻风病人的头像。这些东西央金经常翻出来看,自青初嫁人后她更感到寂寞了。

青初的丈夫是多吉。多吉到锅庄后任劳任怨,先是缝茶包,后来负责喂马,老爷太太赏识他,就将青初许配给他。青初如今有了小孩,央金就让她晚上不要来陪自己。看着青初一家和和美美,央金更是想念李永明。正在出神,母亲轻轻推门进来。

"阿妈,你还没有睡!"

"我一个人也睡不着,过来和你说说话。"

央金坐起来:"阿爸什么时候回来?"

"庄园里的事多,他一时半会回不来。唉,你现在这个样子阿爸和我都担心啊!"

"阿妈——"

"唉,妈也觉得永明是个好孩子,可是你已经等他几年了,你不能一直等到老呀!像你这个年龄的女子早嫁人当妈了,远的不说,你看青初都有两个孩子了,可你还没有结婚。别人来求亲你又不答应,锅庄里的生意也不上心,实在没人手了才跟着张罗一下。唉,这样下去如何是好?阿妈希望你嫁给刀登土司家的老四。汉人大多不愿意到女家入赘,而我们藏人多子女的入赘是习俗。"原来,当时藏人家只要有三个儿子以上,一般是一个继承家业,一个出家为僧,另外的就可以到女家入赘为婿。

央金噘着嘴:"我就要等他,他什么时候回来我就等到什么时候,他不回来我就不嫁!"

尼玛拉姆有些生气,但还是克制着:"他要是一辈子不回来呢?"

"我就等他一辈子!"

"你——"尼玛拉姆的火终于憋不住了,"越说越不像话,什么事只为自己着想!"说罢气得转身往外走。

央金从背后一下搂住尼玛拉姆的腰,头靠在她肩上:"阿妈,你不要生气,可是我就是忍不住要想他……"话未说完就哭起来。

尼玛拉姆的心一下就软了:"女儿,阿妈知道你心里苦。"说着转过身来,把央金搂在怀里:"阿妈是为你好,我们只有你一个女儿,这锅庄,还有田庄、牧场,那些奴隶,将来都是你的,没有丈夫帮你咋行?没有儿女继承咋行?阿妈希望你嫁一个能干顾家的男人,将来阿妈阿爸死了也就放心了。可是李永明像天上的云,随风飘来飘去,你靠得住吗?"

央金没再与母亲顶嘴,只是不断流泪。尼玛拉姆又好言劝了一会,央金忽然开口道:"阿妈,我要到雅州去一趟。"

"你——去干什么?"尼玛拉姆感到很意外。

"有重要的事。"

"你想去见永明的父母？不行。哪有鲜花般的女子赶着往男家跑的？太丢身份了！别忘了你阿爸是土司，你是公主，是小姐！有数不清的牛羊、小山一样的青稞，还有田庄和锅庄作嫁妆。当年你阿爸为娶我，是用马驮着银子和茶来我家求婚，还给我家许许多多的牛羊、绸缎、珍珠、玛瑙。而永明的父母从没来提亲，他们一定也觉得这事成不了，与我和你阿爸的想法一样。哎，朋友归朋友，山羊和绵羊是不一样的。"尼玛拉姆摇头反对。

央金似乎早下了决心："我不是去见他的父母，而是要见他。我已经给他写了信，如果他没有来，我也就死心了……"

"原来你已经计划好了？"

央金点点头："我带马队驮一些皮子、药材和山货上路，回来时全部运茶。本来想明天给你们说，嗯，说出来我心里反倒安稳了。"

尼玛拉姆知道再阻拦也无济于事。她忽然发现女儿长大了，就像羊羔长大学会自己吃草，不再依赖母羊一般。她心里有说不出的酸酸的感觉，又想到女儿将要远行，前途未卜，眼泪也忍不住往外流。

额尔尼垂头丧气与安江一前一后骑马走下山岗，叹了一口气："又白跑一趟。"

安江气哼哼地说："这个龟儿子就像水蒸气一样，我来了无数百趟，连影子也没有看到，等下次看到他，哼，老子二话不说先把他捆到茶马司再说。"

两人正说着话，一阵烤肉的香味随风飘来，安江嗅了嗅，肚子马上咕咕响起来："嗯，好香！"左右张望了一下："老爷，味道好像是从那边飘过来的。"

额尔尼也有些饿了，一扬鞭子："走，过去看一看。"

两人走近大吃一惊，原来是詹姆斯正在烤鱼，树枝茅草的清香与鱼肉的香味混在一起，香气四散。安江垂涎欲滴，却说："嘿，詹大人胆子大哟，敢吃鱼！"

在藏地吃鱼是犯忌讳的。

额尔尼嘲弄道:"平时见你在那些藏人面前一副尊重礼仪风俗的样子,嘿嘿,原来詹姆斯先生是装的呀!"

詹姆斯满不在乎,嘴巴一咧:"犯了藏人的忌讳,并没犯我的忌讳,也没有犯你们的忌讳,再说他们又没有看见,你说是不是?如此美味不享用岂不可惜?来,额大人你先尝尝。"说着将烤好的鱼递过去。

额尔尼对烧烤美食情有独钟,见周围没有人,就接过来咬了一口,立刻赞不绝口,吃了一会儿问道:"你咋独自跑到这里来烧烤?"

詹姆斯幽幽地说:"我在这里等你。"

额尔尼一惊:"你咋知道我要来?"

"你在寻找一个卖赏赐茶的牧民。"

额尔尼以审问的眼光狠狠打量安江,安江脖子一缩,做出一副委屈的样子。

詹姆斯眼珠一转:"额大人,不要怪罪安先生,我见茶马司如今成了清水衙门了,想和你做一笔生意。不知你是否有兴趣?"

"你与我做生意?嘿嘿,笑话。我一没有做过,二也没有本钱,做啥子生意?"

"茶。"

"茶?我是政府分管茶叶的官员,却与你一个商行的掌柜做印度茶生意?哼,别坏了我一世清名。你那个印度茶出自大吉岭,那地方热,茶长得快,是个燥性,藏人多食荤腥油腻,喝了燥性的茶不但不能解油腻,有的反而更难受。而雅州茶出自高山,云遮雾绕,生长时间长,是个凉性,正适合解油腻。我若与你合伙做印度茶,岂不是坑害藏地百姓吗?这种缺德的事我不干!"额尔尼脑袋摇得像拨浪鼓,说得掷地有声。

詹姆斯嘿嘿一笑:"我要做的不是印度茶,而是雅州边茶。"

额尔尼满腹疑惑,瞪大眼睛:"你从哪里弄到雅州茶?"

"这是个小秘密,以后告诉你。不用你出钱,也不用你出力,我保你只赚不赔。如今天下大乱,你争我夺,征战不止,通往藏地的道路盗匪出

没,雅州茶无法安全运到西藏,往往途中就被抢夺,而藏民又不可一日无茶。而我在这条路上黑白两道都有朋友,所以做这件事万无一失。"接着又如此这般说了一通。

"你想利用我的身份做掩护走私茶?"额尔尼终于明白詹姆斯拉他入伙的用意,以往还无人敢如此明目张胆以这种方式向他行贿。他心想这个洋人胆子真大,行事比中国官场商场那些老油子还毫无遮掩,不择手段!

"这叫平等互利,利益均沾。"詹姆斯一副厚颜无耻的样子。

额尔尼沉默了半晌:"这件事非同小可,弄不好我吃饭的差事就要掉了。"

詹姆斯并不着急,话题一转:"听说这茶马司就要并入箭炉府了,不知额大人有何打算?回成都,还是留下?回去恐怕日子更不好过。"

这话戳到额尔尼的揪心处,这段时间他一直在为此事烦恼。大清倒台几年了,他回去也不会有好日子,家里的亲戚如今都成了穷人,这些年多靠他接济,甚至指望来投奔他,他大手大脚惯了,原来积蓄的钱已经所剩无几。茶马司现在真的成了清水衙门,大清时定的规矩已经形同虚设,边引制度发生了很大变化,拿钱就可以买引,官府难以控制民间茶叶交易,茶马司也变得可有可无。可是留下能否提升?如果并入箭炉府谋得一份要职确实不赖,也可以把家人接来同住。可是他不愿意在詹姆斯面前露出自己的窘况,便拿起派头:"回成都当然安逸,这打箭炉哪能与省府比?"

詹姆斯嘿嘿一笑:"我认为哪里能弄到钱,哪里就安逸。这打箭炉的气候很像欧洲的阿尔卑斯山,适合疗养度假,不信你看,用不了多久就会成为东方的休闲胜地,游客车水马龙般涌来。如今外面乱哄哄的,而这里谁也管不了,正是赚钱的好时机!"

额尔尼有些心动,他明白,要进入箭炉府,打点运动需要钱,更需要有门路,他原来的老关系在改朝换代中化为乌有,眼下的确有些一筹莫展。

詹姆斯亮出底牌:"额大人如果与我们合作,我可以帮忙。至于茶生意,我想除去成本之外,我与你六四分,我六,你四。如何?"

额尔尼终于开始动摇:"让我想一想……"

安江偷偷向詹姆斯挤了一下眼睛,两人心领神会,暗暗高兴。今天这个意外相见,正是他们两人精心筹划的。

第二十八章

央金带着青初、多吉,和马帮踏上去雅州的路。为了安全起见,尼玛拉姆坚持女儿必须走大路,因为这条路上客商相对多一些。于是央金从炉城出发,经磨西、翻大相岭、过荥经县、紫石,向雅州行进。眼见雅州越来越近了,央金反倒显得愈发心神不定,忧郁不安。青初关心道:"小姐,就要见到二少爷了,你该高兴才对呀,怎么反倒愁眉苦脸?"

央金忽然说:"走到这里了,我忽然觉得也许不该写信叫他回雅州来。"

"为啥?"青初疑惑不解。

"昨晚我做了一个噩梦,梦见一个青面獠牙的魔鬼来抓永明,四周狂风暴雨,天昏地黑。永明在雨中使劲跑,上气不接下气,全身都湿透了,可是魔鬼像一股黑旋风紧追不放,好像要把他吸进去,最后永明从悬崖顶端跌到江里……"说到这里央金满脸恐惧。

青初忙安慰道:"小姐,梦是反的,说明二少爷没事。你天天诚心拜佛,菩萨一定会保佑他平安无事的。"

青初又好言劝说了一阵,央金才慢慢平静下来。

一行人快接近雅州南城门时,远远就看见一大堆人围在那里,那情形像是发生了什么事。央金刚平静下来的心一下又提起来,忙走近一看,原来是一堆人在看城墙上新贴出来的告示,守城门的兵士也增加了人数,对过往行人一一盘查,有的甚至被呵斥摘下帽子脱掉外衣检查。央金立刻感到不安,挤进人群,往告示上一看,惊得差点叫起来,赶紧捂住自己的嘴,因为要抓捕的人竟然是李永明!央金的眼前顿时变得模糊起来,隐隐约约看到告示上几行字:

……李氏附逆，大元帅令，剿抚兼行。缴械投降，回家通行。执迷不悟，格杀勿论……

青初紧随央金，她不识汉字，不知告示上写的内容，但一看央金的模样，就知道事情不妙，二话没说搀扶着央金走出人群，在一个没人处停下："小姐，出什么事了？"

央金结结巴巴："官府……正四处缉拿永明哥。"

"为啥？"

"说他反对当今的袁大总统……"

"小姐，那咋办？"

央金慢慢镇定下来："先进城再说，我们不住客栈，与马帮一起在江边搭帐篷，然后你到兴义茶号去看一看，设法让永明知道我到雅州了。"

"小姐，我去李老爷家送信吧。"多吉争着去。

央金摇摇头："青初一个女人不易引人注意。"

后院的书房里，武道学正在品茶，江师爷见他喝了有三泡，估计喝得差不多了，这才开口问道："大人，啥子时候再派兵去李家搜查？"

武道学没吱声，而用茶盖轻轻地赶水面上的细小茶末，似乎没听到江师爷的问话。

"大人，这公文催得紧，还悬赏一万大洋……"

武道学放下茶盖："我给你说过好多次了，叫你不要叫大人、大人的。"

"哦，武主任，对不住。唉，总觉得还是叫大人顺口，中国有文献记载以来都是尊称官员为大人，他们管理一方百姓，是父母官，就是大人。老祖宗造字是有讲究的，可如今啥子都乱整，没有章法……"

"啰嗦！"武道学不客气地打断。

"小的该死，又东扯西拉说废话。"

武道学清了清嗓子，意味深长地说："风云变幻，世事难料啊，行事一定要多几个心眼。想当初是袁大总统逼皇帝退位，嗨，现在自己又想当

皇帝了。可是想当还要有人捧场才行，那个孙文首先就不答应，他说要搞什么民主共和。你看，云南都督蔡锷也跳出来反对，南方各地都跟着闹起来。如今蔡锷统领的护国军快打到四川边上了，袁大总统的北洋军也增援到四川。嘿嘿，四川是个肥肉，都想来抢，这天下以后姓什么还难说，一定要给自己留后路。"

"听说蔡锷与尹昌衡关系不一般，尹昌衡的小妾与蔡锷的相好小凤仙是结拜姊妹。"

"嗯，他们都在日本留过学。"

"李永明也在日本留过学。大人的意思是放李永明一马？上头如是追问起来咋交代？"

"外紧内松。"

江师爷眼睛骨碌碌地转了几圈，心领神会："光打雷不下雨，暗中把事情拖起，最后大事拖小，小事拖了，哪一边都不得罪。"

武道学想了想："还是要派一个人三天两头到李家去监视，不过，不能向他透露我们的真实意图。"

江师爷立即说："叫莽大娃去如何？他和李家有过节，又不是我们的正式人员，喜欢吹牛皮，提虚劲，是个十足的二杆子，鸡毛大的事可以闹得满城风雨。将来万一有什么麻烦，我们可以推得一干二净，说这是袍哥与李家之间的私事，与官府无关，把这枚苦瓜结到莽大娃身上。"

"对，一箭双雕。"

江师爷立刻唤人进来低声交代一番，待人离去后又为武道学掺了一道茶水，见武大人哼起小曲，似乎心情不错，便试探道："大人，依小人愚见，你对李家老二网开一面似乎还另有深意？"

"嘿，嘿。"

"革命党虽然反对袁大总统当皇帝，但也左右不了护国军，顶多是敲边鼓的份。唉，原来说大清腐朽，我看这民国也好不到哪里去，乱七八糟的。"

"我现在静观其变，谁也不得罪，谁也不深交。"

两人正说着话，忽然听到院子里一阵喧哗，中间夹杂着争吵声，由低到高，由远而近。武道学觉得有事发生，便和江师爷一起出去，刚走到门口便见一队兵士不顾衙员们的阻拦径直闯进来，为首的领队歪戴着帽子，一脸凶横，嘴里不住地骂骂咧咧。

武道学一听对方说话的腔调就猜出是北洋军的人。这帮人来自京城，自恃有后台，入川后十分霸道，不但以"清乡"的名义四处搜刮民脂民膏，对本地官员也经常居高临下，颐指气使。武道学心里讨厌，但知道这些人不好惹，只好赔着笑脸问道："你们有何贵干？"

领队打量他一眼："你是谁？"

"这是四川省第十七行政督察区的武主任！你们放尊重一点！"江师爷大声说道。

对方稍稍收敛，随即做出一副公事公办的样子："嗯，我们奉命捉拿逆贼李永明！"

对方口里喷出的浓烈蒜味令武道学一阵恶心，他皱起眉头不客气地回敬道："奉命监视李犯的家是本官的分内之事，不用你们劳神操心。"

"监视？哼！"领队粗声大气吼道，"我们接到报告，他已经秘密潜回雅州，你们却在衙门里跷起二郎腿喝酽茶，不闻不问，手下一帮酒囊饭袋，管个屁用。"

"你说话客气点，我早派人在李家附近监视。"武道学克制着。江师爷气得小声嘀咕道："龟儿子混账，挨炮眼的货……"

领队斜了江师爷一眼："你瞎嘀咕什么？"

江师爷阴阳怪气地回敬道："我想吐。"

莽大娃觉得自己一个人办事底气不足，就到茶馆招呼了两个袍哥兄弟一同去兴义茶号。想起死去的兄弟，莽大娃一直对李家耿耿于怀，可又没有找到时机发泄，今天机会终于来了。李复生与曾秀正在铺子里招呼客人，远远看见莽大娃一摇三晃地走来，曾秀不由担心起来："老爷，他们一定是为二少爷的事而来，咋办？"

"迟早都要面对的。"李复生并没有慌张,反而从柜台里出来站在门口。

莽大娃没有料到李复生会主动走出来,微微一愣,不过马上做出一副虚张声势的样子:"李掌柜,官府正在缉拿你家老二,你现在是匪属,要老老实实听招呼。"

李复生顶了一句:"你不是也被官府缉拿过吗?"

莽大娃一下被戳到痛处,跳起来吼道:"你打胡乱说!我革命有功!没有保路同志会,就没有武昌起义,没有武昌起义哪有民国的江山?明给你说,我今天奉武主任之命来监视你们家,捉拿你儿子李永明归案。"

"那你就白费劲了,我也不晓得他在哪里。"李复生说的是真话,他的确不知儿子现在在何方。

"那就不要怪我不客气了!"莽大娃说着就在大门口坐下,跟他一路来的另两个人也顺势坐在台阶上。三人坐了一阵觉得无聊,就买来两瓶烧酒、一些卤猪头肉来消遣,三人一边猜拳,一边喝酒,吵吵嚷嚷。兴义茶号里的客人赶紧告辞,准备去兴义茶号的顾客一看这情形,怕惹麻烦,也都绕道离去。曾秀气得几次要出去与莽大娃理论,都被李复生阻止,因为他知道出去交涉也没有用,只好眼睁睁看着莽大娃他们在门外酒气熏天地胡闹。

正当莽大娃喝得醉醺醺时,两个北洋军的兵士朝兴义茶号走来,莽大娃背对着没看见,把一块骨头从脑后扔出去,恰好打在其中一个矮个子兵的脸上。对方立刻火冒三丈,冲上前一把抓住莽大娃领口,抬手就是一耳光:"找死呀,瞎了你的狗眼!"

"你个龟儿子,敢打老——子!"喝得满脸通红的莽大娃反手还了一掌,跳起来破口大骂:"你龟儿子也不打听打听老子是哪一个?老子革命的时候你还在喊皇帝万岁,老子是革命功臣!"他借着酒劲撑豪气,没把北洋兵放在眼里,两个袍哥兄弟也不示弱,在一旁满口脏话,为莽大娃助威。

"哟呵,今天碰上刺头了!"北洋兵卷起袖子跃跃欲试。

另一个五大三粗的北洋兵上前对同伙说："别给他废话，我来收拾这丫头养的。"说着上前对莽大娃拳打脚踢。莽大娃也不是省油的灯，拿起酒瓶朝对方头上砸去，对方躲闪一下又扑上来，两人瞬间扭打成一团。莽大娃再狠，终究敌不过受过训练的正规军，不一会儿就被打得倒在地上滚来滚去，可嘴里还不肯认输："儿打老子！儿打老子！"

"你他妈的还嘴臭，敢给我充老子，老子就叫你绝后当不成老子。"矮个子北洋军打翻了两个袍哥转身过来，照着莽大娃的胯下一脚踢去，莽大娃发出一声惨叫再也没有动静了。两个袍哥一看顿时吓呆了，翻身起来拔腿就跑。

一直在恒泰茶号里幸灾乐祸看热闹的孟廷轩，见街上的行人都像避瘟疫一样躲开，自己铺子里的客人也尽数逃走，这才感到不安，忙吩咐冯喜："快把铺子关了，这些兵痞都不是好东西。"

李家门口发生的一切都被李永明看在眼里。此刻他化装成一个衣衫破旧的卖柴老汉，头戴草帽，嘴上留着胡子，蹲在兴义茶号斜对面一个墙角处。看见一帮帮无赖到家里来骚扰，李永明既愤怒，也感到愧对父母和家人。这些年来自己非但没有为家里分忧，反而给他们带来不少烦恼和不安，心里颇不是滋味。他几次起身想冲上前去，可最终还是克制住没动，担心这样不但不能帮家里，反而会带去更多的麻烦。眼前的一幕又勾起他出逃前的情景——

那天，成都少城将军署内气氛异常，主席台上大幅红布横标上用黄色字体写着"中华民国国民代表大会国体表决会"。四周布满军人，戒备森严。桌子上选票早已印好，上面写有"赞成立宪"的字样，笔墨也准备妥当，一切按照北京的指示办理。

李永明化装成一个扫街的老汉，在将军署附近清扫垃圾。他已事先将两枚炸弹分别放在将军署后墙外的两个垃圾桶里。这一切都是同盟会事前策划好的。

原来，袁世凯为了恢复帝制，暗中四方谋划，甚至让美国人和日本人

撰文,在报纸上鼓吹民主共和制不适宜中国国情,等等。接着,又迫不及待下令各省召开代表表决大会,以强迫投票的方式赞成君主立宪,打算待大多数省投票结束,就成立大典筹备处,准备改元登基。同盟会坚决反对帝制,孙中山召集十几个省的代表在上海聚集,共商反对袁世凯的计划,会后各省分头行动,在全国各地造成反对帝制的声势,以打碎袁世凯的美梦。李永明奉命从日本购买炸药,就是为要炸药在投票点炸响,阻止投票。不过同盟会要求只破坏会场,使投票无法进行下去,而不能伤及参会人员,这给李永明的行动增加了很大的难度。李永明在日本加入同盟会后,为推翻清王朝秘密进入一个培训班,学习爆炸刺杀等多种暗杀手段,其中尤以爆炸成绩最为出众,所以受命担任这次选举会场爆炸的重任。

代表们陆续进入将军署,在门口受到警察的严格检查,气氛有些紧张。李永明注意到一个手拿白色封面书本的代表,这个人在门口,轻轻拍了两下书,看上去像是拍灰尘,而李永明则心领神会,这是他们之间的联络暗号,表示一切就绪。过了一阵,拿书的代表走出来,刚到门口,后面追上来一个长官模样的警察:"站住,你为什么弃权?"

代表并不示弱:"这是我的权利。"

"权利?哼,回去重新投票!"话未落音,另外两个警察拿枪逼近。

"你们要干啥子?"代表左右看了看,气愤地大声争执。

"回去,你必须投赞成票!"

"你们这简直是耍无赖,现在是中华民国,不是专制时代。"

"少啰嗦,你以为你是哪一个?"

会场里开始喧哗,一些人挤到门口来围观,纷纷指责指警察无理。会场秩序乱了,更多的代表相继涌出来,周围也围了不少看热闹的人。李永明见时机已到,跑到一棵树下先点燃一串鞭炮。鞭炮"嘭嘭"炸响,四周的警察闻声而来,以为有人打枪。李永明赶紧跑到后墙拉响了垃圾桶里的炸弹。巨大的响声使会场里外一片慌乱,警察和代表都往外挤,喊叫声、吵闹声响成一团。会场里的桌椅东倒西歪,纸、笔、墨散了一地,被脚踏得乱七八糟,一场精心策划的表决大会就这样草草收场。投弃权票的代表被带到警局，一番拷打后供出了李永明。

李永明躲在朋友家，几天后却意外收到央金的来信，信中约他务必去雅州会面，言辞急切，于是李永明不顾朋友的劝阻冒险赶回雅州。

就在北洋兵和莽大娃打起来时，青初走近兴义茶号，她一时弄不明白发生了什么事，躲在一棵大树后冷眼观察。她看见莽大娃被打翻在地，另外两个袍哥也吓跑了，本以为事情过去，正想走出去，忽然见两个北洋兵凶神恶煞地朝兴义茶号嚷嚷："快把李永明交出来！"

"若不把逆贼交出来，就封了这茶号！"

青初这时才明白，这一伙人是来找李家麻烦的。她不知该怎么帮李家解围，灵机一动，捡起两块小石头"嗖、嗖"朝那两个北洋兵扔去，随即听见两人痛得嗷嗷叫起来：

"哎哟！这他妈谁干的？"

"兔崽子！——找死啊！"

青初小时候在次仁旺堆的庄园里放牧，每天赶着牛羊满山转，但凡见牲口脱离群队，就扔石头去打，牛羊挨打后不敢乱跑，乖乖返回队伍。久而久之，青初练就一手准确的投射功夫，不但百发百中，而且可以左右手同时投射。

两个北洋兵转身不见人影，以为是莽大娃手下的两个袍哥偷偷捣乱，于是朝他们逃走的方向放了一枪，然后叫骂着追踪而去。惊天动地的枪响，吓得周围的百姓以为军队开战了，顿时关门收摊，撒腿开跑，人们彼此相撞，有的跌倒在地，呼喊大叫，一片混乱。青初趁机从怀里取出一包东西塞进兴义茶号的门里，转身匆匆离开了北街。李永明也悄悄离去，混乱中他与青初擦肩而过，一个向左，一个向右，彼此都没有发现对方。

"老爷，这有一包东西。"曾秀关门时发现了青初塞进门的东西。

李复生打开，顿时激动起来："永明来过，这是他的字迹！"说罢转身出门张望，可是街上一片狼藉，没有一个行人。

"哦？"曾秀凑过去，见里面仅有李永明几页手稿，记载的是《格萨尔

王》的歌句，一页页翻下去，并无给父母家人的只言片语，最后两页竟是麻风病人的画像。

李复生觉得有些奇怪："永明为什么拿这些东西回来？是暗示我们他回了雅州，还是另有意思？"

曾秀的目光被其中一张画像吸引，惊叫道："老爷，我觉得这个人有点像魏家贵！"

李复生仔细一看也愣住了："是很像，魏家贵这里就有颗痣。不过，魏家贵在雪崩中丧生时永明还没从日本回来，他们两个并没有见面，咋可能画他？"

"那，这个人是谁？二少爷画他必定有原因。"

曾秀这么一说，李复生更感到有问题。雪崩一事在他心中始终是一个没解开的疙瘩，可是当时找不到任何线索，加上赏赐茶催得紧，无奈之下只好作罢。而雪崩发生之后，原来鹰嘴崖下那条路被冰雪掩埋，无人敢走，如今商队只好避开，绕行几十里路程。

曾秀见李复生没说话，便提醒道："老爷，我出去看看，二少爷也许是看见有人在监视茶号，不敢回家。现在官府正在通缉他，要赶快找到他才是。"

"我出去找，你留在铺子里，说不定那些兵丁还会来扰，千万当心。"李复生说罢跨出大门，这时街上一片冷清，到处关门闭户。

第二十九章

热拉活佛已经绝食三天,每天土登把糌粑和清茶送进地牢,又原封不动地端出来。到第四天土登心急如焚,不由跪在地上哀求道:"活佛,求您好歹吃一点,再这样下去咋受得了?您吃一点嘛,要不喝一点茶也好……"

热拉活佛面壁盘腿趺坐,双目微闭,任土登怎么劝说,既不吃饭,也不开口,如同一尊雕塑。土登无奈,只好硬起头皮再去禀报头人丹增洛桑。他哆哆嗦嗦跨进头人的屋子,跪在地上,话还没有说完,丹增洛桑将手里的酥油茶泼过去,大声呵斥道:"我白养你们这些只会吃,不会干活的废物,还不如养一只羊能赚钱!他不吃你为什么不劝?三天了,不吃不喝,他这是想死。可是我不能让他死!英吉利人要把他带到拉萨去,他不能死,你明白吗?!"

"是。"滚烫的酥油茶顺着土登的头发和面颊往下流,烫得土登如针扎般的疼痛,可是土登却不敢动弹,怕头人使出更毒辣的手段。

"你必须想法让他吃东西。他再不吃老子就扒你的皮,抽你的筋,再把你扔去喂毒蝎子。滚!"

"是……"土登骇得脸色发青,额头上渗出一层冷汗。丹增洛桑素以心狠手辣著名,庄园里奴隶一旦违背了他的意思,轻则挨打,重者剜目割舌。他还曾剥过一个奴隶的皮,原因是他怀疑那个奴隶偷盗了一只银碗。他命人把奴隶埋在土里,只露出一颗脑袋,然后在奴隶的头顶上用刀割了十字口,把头皮拉开以后,再向里面灌水银下去。由于水银比重很大,一会就把肌肉跟皮肤拉扯开来。埋在土里的奴隶痛得不断扭动挣扎,最后鲜血淋漓的肉从那个切口蹦出来,留下一张人皮在土里。为了警告庄园的奴

隶们,他还把剥下来的人皮制成一面鼓,摆在客厅里,把手骨镶上银器制成鼓槌。

第四天,端进去的食物依然未动,土登被打得鼻血长流。

第五天,丹增洛桑亲自端去酥油茶和一大盘牦牛肉,可是却只得原封不动端出来。

第六天,丹增洛桑再次端着酥油茶、奶渣、甜饼和烤羊腿到地下室,最后仍是垂头丧气地出来。回到屋里,他把桌子上的银质茶碗和酒杯全扔在地上,仍然不解气,又踏上去一阵乱踩,太太吓得缩在一旁,大气不敢出。

第七天早上,丹增洛桑正在吃早饭,土登慌慌张张,一瘸一拐来报:"老爷,活佛他,他,他没气了……"

尽管丹增洛桑有心理准备,但不知为什么忽然感到全身一阵痉挛,一股寒气从脚底升起。他明白一旦热拉活佛死在他手里的消息传出去,不知多少人会找他算账。明枪易躲,暗箭难防,说不定还没有走出自己的领地,他就被暗箭杀死,而且他的家人都也不会有好下场。一想到这些他的腿肚子就发软,不知如何处理此事为好。他定了定神对土登说:"你去告诉汉斯说热拉活佛死了,看他们咋处理。你若向外走漏了风声,我先要你的命,然后再把你老婆和女儿的皮剥下来绣花,拿你儿子的头盖骨做碗。"

土登吓得浑身颤抖。看守热拉活佛一年多以来,他几乎没睡过安生觉,他几次想偷偷放走活佛,但一想到儿女和妻子就动摇,因为他们的命都握在头人手里。如今活佛死了,他懊悔不已,觉得全家人都可能遭报应下地狱。

晌午时分,汉斯带着两个人骑马赶到,其中一个人是詹姆斯,丹增洛桑并不认识他。汉斯没与头人客套,开门见山地说:"你说活佛死了我不信,特地带医生过来检查是否属实。"汉斯眼里明显流露出不信任,不时侧身用英语与詹姆斯交谈,将他置于局外,这令丹增洛桑心里大为不快,佯装嗓子发痒不断往地上吐唾沫。

詹姆斯对汉斯说:"这个民族有许多古怪的念头和不合常理的行为方

式，与他们打交道要分外小心。"

汉斯点点头："一群愚不可及的野蛮人，整天装神弄鬼。"

几个人进入地下室，只见热拉活佛气息全无，躺在地上。詹姆斯上前，先将食指和中指搭在热拉活佛的颈动脉上，然后掰开眼皮看瞳孔，接着又听心跳。完了他一摊手，耸耸肩，用英语对汉斯说："瞳孔虽然没有放大，但脉搏和心脏已经停止跳动。"

汉斯一脸失落："你是说他确实死了？"

"从医学上讲他是死了。"

"他简直是在耍我们，我正准备把他押解到拉萨，他倒一伸腿走了……"汉斯正在发火，忽然注意到詹姆斯又在打量热拉活佛的身体，不由收住话头问："你发觉有什么地方不对劲？"

"暂时没有，但是正如我刚才对你说的，这个民族有许多不可思议的地方，尤其是活佛和喇嘛这个群体，他们中有的人具有特殊的功能，可以预测未来，超越生死，大大超出我们的想象。"

"那你的意思是他可能装死，而我们又被迷惑？"

"我只是听说有这种事，但并没有亲眼见识。在藏地有许多稀奇古怪的事，是不能用我们称之为科学的理论来解释和判断的。"

"有别的办法检验他死的真假吗？"

"有，解剖。这样即使有神通也无法瞒天过海。"

"那就立刻解剖。"汉斯与詹姆斯商量完毕，转身让翻译告诉头人。丹增洛桑一时没太明白："什么叫解——剖？"

翻译如此这般解释一通。不想丹增洛桑听后脸色一变，不容商量地说："不行，他是活佛，活佛是绝不能解剖的！"

汉斯没想到他会反对，冷笑一声："你与活佛打仗，又把活佛关在地牢里，早该下地狱做鬼了，还假惺惺地装什么信佛慈悲？哼，你剥人皮做鼓，又供菩萨在家，不觉得是对佛的嘲弄吗？你大概还做梦死后去天堂吧？你早够格到十八层地狱见鬼去了，真是滑稽可笑！"汉斯见翻译犹犹豫豫一直没开口，便呵斥道："你怕什么？给我一字不漏翻过去！"

翻译只得照实说了。丹增洛桑听罢气得脖子上的青筋鼓起来，但他又不敢翻脸得罪汉斯，因为英国人不但给他钱财，还给他枪支弹药，使他的奴隶和牛羊迅速增多，庄园不断扩大，由一个小头人成为有势力的大头人。如今他居住的这个古堡就是抢夺别人的，原来的主人因为反对英国人被杀，他的奴隶也归到自己名下。可是丹增洛桑心里讨厌汉斯对他指手画脚，尤其难以忍受他经常挂在脸上的那种傲慢轻蔑、不可一世的神情。他早就憋了一肚子气，此刻借题发挥："你若是将活佛开肠破肚，就得罪了所有的藏民。藏民都信佛，视喇嘛为在世的佛，惹急了他们会与你们拼命！"

汉斯鼻子一哼，蛮横地说："一个反抗杀一个，两个反抗杀一双，一群人反抗都去见鬼，看谁还敢不服从！"

"杀光藏民绝了劳力，断了粮食，你们也一样会死。"丹增洛桑憋在肚里的火气终于爆发出来。

"你敢这样跟我说话？忘恩负义的东西，惹恼我一样不客气！"汉斯暴跳如雷，一下拔出手枪来。

丹增洛桑也像发怒的公羊，"哗"一下抽出挎在腰间的长刀，脖子上的血管鼓起来，突突直跳。

詹姆斯见双方剑拔弩张，担心弄不好闹出大事，便用英语劝汉斯："冷静一点，汉斯。跟这些野蛮人打交道有时也要妥协，不过暂时的妥协是为了将来获取更大的利益。如果眼下惹恼了他们，我们在这片高原上寸步难行，我们原来付出的努力也功亏一篑。你别看他们平时像牦牛一样老实听话，悄无声息，但一旦冒犯他们心中的神，他们也就会像发疯的牦牛，翻脸不认人，任何人都难以阻挡。他们不怕死，认为死是去天堂，与我们的价值观背道而驰，所以与他们打交道要格外小心。"

汉斯慢慢冷静下来。尽管他是一个固执而又暴虐的人，但詹姆斯是一个西藏通，同时又是一个在军政两方有深厚背景的人，他的话不能不考虑。汉斯想了想，口气稍稍缓和下来，问丹增洛桑："你想如何处理尸体？"

"我知道你们担心他没死，我也一样。不如用一张生牛皮裹了埋掉，这样既万无一失，活佛的身体也完整。"丹增洛桑说。

汉斯拿眼睛征询詹姆斯的意见，詹姆斯点头表示同意，因为他知道生牛皮干了以后会收缩，活人也会被活活闷死。他担心的是活佛诈死，至于尸体如何处理他认为并不重要，于是顺水推舟，假惺惺一番好言好语："活佛是藏人心中的神，所以你应该在埋葬他的上方建一座佛塔，这样既可以掩人耳目，也可以降魔驱妖，保你的牛羊和家人平安。"

詹姆斯一口流利的藏语和阴森的目光令丹增洛桑感到一阵寒意。短短的接触令他感到此人比暴烈的汉斯更可怕。

詹姆斯强调道："此事不能让任何人知道，热拉在藏地的影响非同一般，一旦传出去你和家人会有不堪设想的后果。"他的眼光扫过角落里的土登："这个知情人如何处理？"

丹增洛桑低声说："事情完后割掉他的舌头。"

"很好，就这样办。"詹姆斯右嘴角轻轻向上一扯。

"铛，铛……"随着一阵下课钟声响起，李永秀走出教室。她如今是女子学堂的学生，几年时间，已出落成一个亭亭玉立的少女，齐耳短发，白衣黑裙，手里提着一个书袋。刚从大门出来，忽听远处有人急切叫道："秀秀——"

李永秀回头一看是孟泾恒，立刻告别同学，走过去绷起脸不满道："你咋跑到这里来？怕别人闲话少了！"

"你不要生气，我来是有重要的事。"孟泾恒走得急，额头上渗出一层细细的汗珠。他比李永秀高出一个头，白皙清瘦，身着一袭黑色的中山装，五官端正，神情温和，像一个白面书生，走路虽然有点瘸，但比小时候好了很多。孟泾恒外形已经是一个大人，但还是如同小时候一样，只要与李永秀说话就变得有些低声下气，生怕稍不小心就惹她不高兴。

"啥子事？"

"北洋政府派人来抓你二哥。"

李永秀鼻子一哼，不以为意："我已经看到告示了。我二哥不在，他们白费力气！这是什么世道？一会说他是会匪，一会又是革命者，转眼间又成了逆贼，说不定隔一段时间又冒一个什么新名词出来，说他如何如何了得。"

"秀秀，以后少议论时政，免得惹祸上身。"孟泾恒左右看了看，轻声劝阻。

李永秀忍不住奚落："笨蛋猪加胆小鬼。"

孟泾恒有些着急："听说你二哥偷偷跑回雅州来了，刚才莽大娃和北洋兵都跑到你家去抓人，结果他们彼此打起来，还放了枪。"孟泾恒将刚才李家发生的事告诉李永秀。

原来孟泾恒中学毕业后没按父亲的意思跟他学经营茶叶，也没有接受新式小学的邀请去当教师，而是到县政府谋得一份文员的差事。最初父亲坚决反对，可是孟泾恒以自己腿不方便、文员相对稳定清闲为由，迅速搬到县府的宿舍里住下。父亲吵闹一阵，最后无可奈何，只好妥协。其实孟泾恒厌恶经商的主要原因是不想看到父亲与兴义茶号的明争暗斗。他是一个羞怯内向的人，有时甚至很自卑，所以无法与父亲沟通。他与父亲的性格截然不同，对金钱和利益看得比较淡，缺乏商人那种察言观色的本事以及精明的头脑，倒是对读书和神游情有独钟，可是自己有残疾，不能在新学堂里深造，只好断了继续上学读书的念头，经常独自一人坐在书房里出神。他没有更大的理想和抱负，从小就喜欢秀秀，无论是受到奚落还是冷遇都一如既往，内心深处最大的愿望是娶她为妻。可是他知道父亲与李家势不两立，形同水火，所以他在父母面前只字不提娶亲一事，决定自己出去谋生，以便将来不受家里的制约。

李永秀这下着急起来："那咋办？"

"所以我跑到学校门口来找你，要想办法尽快找到你二哥，让他找个隐蔽的地方躲起来，千万不要回家。"

"嗯，我马上去找他。"

孟泾恒自告奋勇："我陪你去，现在街上乱七八糟的，那些北洋兵个个都觉得自己是袁大总统的亲戚，横行霸道，不可一世。你一个人走我不放心。"

李永秀歪着头笑着看他一眼："笨蛋猪。"

孟泾恒羞涩地说："笨蛋猪就笨蛋猪，随你咋叫都无所谓。"

要在雅州城里找一个不知行踪的人谈何容易！李永秀和孟泾恒走得筋疲力尽，却一无所获。一路上他们看见北洋兵在四处搜查，四道城门已经关闭，一些没来得及出城的人苦苦哀求守卒放行，却无人理会，只好蹲在墙根唉声叹气。

天色近黄昏，两人走到青衣江边，看见央金在饮她那匹心爱的白马，河滩上有几个人在搭帐篷、劈柴、烧茶。这样的情景李永秀从小就经常看见，那些从藏地来的商队、马帮为了节约钱，就在江边选一块相对平整的空地埋锅烧茶，搭起帐篷过夜。久而久之，一看到那些在河边露宿的马帮，她就知道他们是从藏地来的，而且主要是为了驮运茶叶。

央金也看到了李永秀。她们相互对视，虽然彼此并不认识，央金却似乎从李永秀的脸上看到一丝李永明的影子，心中暗暗惊讶，目光久久不愿收回。李永秀有些诧异，不禁上下左右看了看自己身上，小声问孟泾恒："我身上没什么吧？那个藏族女子咋目不转睛地看我？"

孟泾恒仔细打量她一下："也许你长得有点像她的一个亲戚或者朋友。"

"她长得好漂亮，世上少见这样的美人！要不是急着找我二哥，真想过去跟她说几句话。"李永秀由衷地赞叹。

"走吧，时间不早了。"

两人又走了一会，听到远处江面上传来一阵胡琴声，一个女人在琴声的伴奏下唱小曲，曲词听不太清楚，但咿咿呀呀甚是妖娆。一曲终止，有人大声喝彩。一阵喧哗后，一个男人唱起来。李永秀听了听，忽然来气，急匆匆往前走。孟泾恒追上来问道："你咋了？"

"我大哥又在鬼混！"李永秀皱起眉头。

孟泾恒见李永秀欲往船上走，忙阻拦道："秀秀，你父母都奈何不了

他,你去有什么用?他就是个大少爷的脾气。天已经黑了,我送你回去,免得你家里人担心。"

李永秀停住脚。大哥如今虽然已是三个孩子的父亲,但依然游手好闲,热衷于听戏和捧戏子,对茶号的事既不关心,也插不上手。孟泾恒见李永秀难受,便岔开话题:"你二哥在城里有没有朋友?上次清兵追捕他时躲在哪里?"

李永秀摇摇头:"我不知道,爸爸妈妈都不告诉我。"

"那你咋不问问你曾秀姑姑,她也许知道。"

"我不想理她。"一提到曾秀,李永秀就皱眉头,心里始终无法对她释怀,只是父母千叮咛万嘱咐,要她不要与曾秀作对,她才不得不保持冷漠的礼节,但平时尽量回避与曾秀说话。

孟泾恒劝道:"其实你曾秀姑姑命很苦,没有亲人,没有家,一辈子对兴义茶号忠心耿耿。你要善待人家才是,毕竟你是东家小姐……"

李永秀心里觉得孟泾恒说得对,但嘴上还是不服输:"不用你管。"

第三十章

　　李永明一看四处紧张的气氛，不敢到熟人家去，生怕连累别人。他沿着僻静的小街小巷走了一阵，在一个小摊上买了几个烤玉米饼充饥，见那个卖玉米饼的妇人多看了他一眼，便立刻离开，转到青衣江边。江水滔滔，水面上漂起一层薄雾，他担心继续走下去会引起人注意，就在一堆麦草旁躺下。连日奔波，他十分疲倦，不一会就睡着了，梦中央金着一身绚丽的藏装骑马而来，空中响起熟悉的旋律。迷迷糊糊中李永明忽然醒来，发现熟悉的旋律就在不远处，一个女子在轻声唱：

　　　　　美丽的姑娘在山岭，
　　　　　她进一步值百匹骏马，
　　　　　她退一步值百头肥羊；
　　　　　冬天她比太阳暖，
　　　　　夏天她比月亮凉；
　　　　　遍身芳香赛花朵。
　　　　　蜜蜂成群绕身旁；
　　　　　人间美女虽无数，
　　　　　只有她才配大王；
　　　　　格萨尔王去北方，
　　　　　她日夜思念忧伤。
　　　　　……

　　李永明一惊，一骨碌翻身起来，悄悄往歌声的方向走去。他看见江边

有几顶帐篷,一堆快熄灭的篝火边一个女子双手抱膝坐在地上,嘴里正忧伤地哼着《格萨尔王》中的歌曲。李永明隐隐感到那是央金,但又看不清女子的容貌,于是轻声回应道:

虽饿不食烂糠,
乃是白唇野马本性;
虽渴不饮沟水,
乃是凶猛野牛本性;
虽苦不抛眼泪,
乃是英雄男儿本性。

在央金教他的许多首藏族歌曲中,李永明最喜欢这一首。那女子听罢一惊,跳起身飞奔过来:"永明哥——"

李永明大惊:"央金——"

两人在河滩上跌跌撞撞地奔跑,最后紧紧拥抱在一起:

"央金!"

"永明哥!"央金不断用手擂李永明的背,"你到哪里去了?你好狠心,扔下我就不管,你……"

李永明吻去央金的泪水:"我也想你。"

青初在远处看到这一幕又惊又喜,紧张地四处张望,生怕被人发现。

李复生在城里转了一圈,一无所获,见天色已晚,只好失望地回家。院子里不见雅芝的踪影,卧室里也没有光亮。李复生感到奇怪,推开门,点亮油灯,一惊,原来雅芝独自在黑暗中闷坐。李复生以为妻子知道刚才发生的事了,正想安慰她两句,不料雅芝倒先开口:"唉,没有一个省心的……"

李复生这才意识到事情并非他想象的那样,于是问道:"出了啥子事?"

"对门孟家的儿子像是在追我家秀秀。"

"不会吧,只是那个娃娃从小喜欢和秀秀一起耍罢了。"

"我看见孟泾恒把秀秀送回来,一副殷勤的样子,秀秀懵里懵懂还和他谈得起劲。孟家一直与我们作对,我们李家是绝不可能与他家联姻的,更何况他是个瘸子。刚才我对秀秀说以后不要和在他一起,秀秀还与我顶嘴。以后要把她管紧一点。"

"嗯,"李复生赞同妻子的意见,"永明的事你知道了吗?"

雅芝又皱起眉头:"我看了告示。菩萨保佑明儿这时千万不要回雅州,躲得越远越好,最好躲到国外去,让他们抓不到。"

李复生见妻子并不知道下午发生在铺子里的事,把到嘴边的话又吞回去。

孟泾恒送李永秀回家后顺道回家想看看母亲,这时父亲正端着茶杯坐在椅上与冯喜说生意上的事:"那个洋人詹姆斯要与我们做生意可以,但是必须是现款现货。"

"他要的是低档货,而且量不大,听说他手下的人去对面买了一些。"

"嗯,什么货?"

"据说都是上品。"

"这个人的生意做得怪。算了,不去管他。我们这个月的账做出来了吗?"

"弄好了,"冯喜说着把账本给递过去,"大掌柜,你看看这个月的账,算下来盈利比上个月又降了。"

孟廷轩放下茶杯接过账本:"我一直在琢磨这事。谁都知道这种成色的边茶在雅州各个茶号约定俗成的价格,大家都互相看着,你卖得贵买主就到其他铺子里去买,所以大家的卖价只能差不多才行。值得琢磨的是谁能降低成本,也就是进价低,利就大。"

"可是同等鲜叶或者半成品的进价都差不多,雇工的工价也大致相同,一个城半数以上的人都在茶叶这个行道里,生意也算是做穿了,彼此都清

楚底细,这成本如何降得下来?"冯喜说的是实话,也想说明自己已经尽了全力。

孟廷轩明白他的心思,沉默了一会道:"印度茶能在藏地有市场,一个重要的原因是价格低。那些穷人买不起雅州边茶,就只好改喝印度茶。如果恒泰的茶便宜一些,既可以与印度茶竞争,把那些喝印度茶的客人拉回来一些,还可以与兴义茶号争一争。"

"大掌柜的意思是?"

"我们的牌子货原料不变,那是几十年创下的声誉,也主要是有钱人在消费。但我们可以在大路货中加进一些河茶原料,那些散茶没有标牌,谁知道是哪一家茶号的?再说穷人对口感也不太挑剔,这样降低成本,也可以低一点价销售,拉一部分买主。大路货靠走量,量多就能赚。再说不论如何这些大路货都比印度茶好,毕竟是手工货,而且四川气候远比大吉岭适合茶叶生长。你看那个洋人也在进大路货,这种货薄利多销也有赚头。"

在雅州茶行里"河茶"与"高山茶"相对应,是指品质较差、价格低的河谷浅丘茶。

"这是个好办法……"

孟泾恒听到此,忍不住走进去对父亲说:"大,你这样做是不讲诚信。"

孟廷轩一愣,他没想到儿子在一旁听,不满地瞪他一眼:"你少插嘴,不当家不知柴米贵,你不替为父的生意着想,还来说风凉话,我看你是读书读迂腐了!"

"人不能见利忘义。"

"你竟敢这样对你大说话?照这样下去你父亲的生意彻底垮了,沦落到摆地摊卖印度茶,你就认为讲诚信?"孟廷轩面色发紫,从椅子上跳起来吼道。

孟泾恒气得一扭头就走。从自己搬出去后,父亲对他的态度就更粗暴了,经常一语不合就大发雷霆。

天渐渐亮了，李永明和央金从麦草垛上坐起来。央金看了看四周：
"我们到帐篷里去吧，那样不容易被人注意。"

李永明犹豫了一下，但还是随央金一道走过去。这时河面上的雾慢慢散开，远处依旧朦朦胧胧。央金和李永明手牵手走在河滩上，他们没有说话，一切语言好像都是多余的，他们能从对方的眼神里领会到心声。这一刻，仿佛天地间只有他们两个幸福的人，他们对近在身边的危险浑然不觉，似乎所有的等待和煎熬都在这一时刻得到回报。

帐篷里多吉正在打酥油茶，青初往碗里装糌粑并加了一些奶渣和糖，看见央金和李永明进来，忙端上热气腾腾的酥油茶："小姐，二少爷，请！"

两人吃饭的时候，青初向李永明谈起昨天到兴义茶号的经历，末了说："老爷和太太看了那两个癞子的画像也许会吓一跳，麻风病院没人敢靠近，二少爷竟然敢跑去……"

正在切风干牛肉的多吉忽然叫了一声——他的刀子不小心将手指划出了血。青初找出一小干净的白块布，一边替他包扎，一边心疼地埋怨他不小心。多吉冷不丁问："二少爷，那两个麻风病人长什么样子？"

李永明回忆道："一个是中年男人，瘦骨嶙峋，五官清晰，嘴角处有一颗痣。另一个是老人，面目残缺不清，但他脖子上醒目地坠着一个海螺……"

"海螺？什么样的海螺？"多吉忽然激动起来。

青初忙制止丈夫："你咋可以打断少爷说话？太无礼了！"转而向李永明道："请二少爷不要怪罪他。"

李永明摆摆手毫不介意："没关系。我看像是藏人用来做唇振气鸣的乐器，不然佩带的饰物不会那么大，也不会钻孔。所以我想此人以前可能是个乐手或者是个热巴艺人。回头青初到我家去拿那两幅画一看就明白了。"

多吉愣愣地没说话，转身失魂落魄地走出帐篷。央金的心思全在李永

明身上,所以没注意到多吉的失态。而青初暗暗则感到奇怪,不知丈夫为何这般失态,只是当着小姐和二少爷不便询问,心里暗暗打了一个大大的问号,只管低头做事掩饰内心的疑惑和不安。

央金望着李永明,忽然问:"永明哥,为什么官府总是要追捕你?"

"因为我在与专制作斗争。"

"可如今不是民国了吗?皇帝已经下台了,专制也不存在了,你为什么还要斗争?"

"中国现在表面上是一个崭新的民国,名称变了,皇帝倒台了,人们也不用留辫子,可是骨子里仍然是专制王朝的延续。我要为建立一个真正民主的国家而奋斗!我原来也同你一样,以为清王朝垮台,国家就能走向光明,结果事与愿违,袁世凯当上临时大总统还不满意,还想登上皇帝宝座,想把刚建立起来的民国拉回到过去,你说能答应吗?不能!所以我们要采取武装手段打击他。这自然会惹怒那些独裁者,所以他们要抓捕我。"李永明情绪激昂,滔滔不绝,如同面对人群演讲。

"你做的大事我不太懂,但无论你做什么我都支持你。这次约你来雅州相见,就是要决定一件大事。"

李永明从未见央金表情严肃,忙问:"什么事?"

央金果断地说:"要么你跟我回打箭炉,要么我跟你走。"

李永明觉得事情有些突然,一时无法回答,好一会才说:"我现在还不能跟你回打箭炉,等以后……"

"那我跟你走,"李永明话还没说完央金就打断,"以后你到哪里我就跟你到哪里。"

"央金!"李永明很激动,紧紧捏着央金的手。但片刻之后,他镇静下来:"不行,央金,我现正处在敌人的追捕之中,自己的性命尚无保障,又如何给你一个完整的家?如果我有三长两短,必然让你陷入更大的痛苦中。不能给自己爱的人以幸福,反而加深她的痛苦,那我不成了一个罪人吗?还有你的爸爸妈妈,你背着他们偷跑出来跟我去冒险,他们一定很伤心难过,那我岂不是罪上加罪吗?"

"我愿意！我不怕吃苦，也不怕冒险，只要能跟你在一起，赴汤蹈火我也在所不惜！"央金信誓旦旦，长长的睫毛上泪光闪烁，"我离开家之前给阿爸阿妈留了一封信，说一旦我找到你就不再分离。"央金说完一下扑在李永明怀里，李永明激动地紧紧搂着央金，禁不住将火热的嘴唇压在央金娇艳如花的嘴上，两人深情地拥吻。正在这时多吉气喘吁吁冲进帐篷来："小姐，不好了……一队官兵拿着枪朝这边来了！"

李永明一个鲤鱼打挺从地上跳起来，掀开帐篷一角一看，见远处一队官兵正朝这边走来。他心里急速地盘算着如何逃离而又不至于连累央金。正想着，忽听央金说："看，那边也来了一队官兵。"

果然，一队官兵从另一个方向包抄而来。李永明知道事情不妙，转身对央金说："我冲出去，你们无论如何不要出来。"

"不。"央金语气坚决。

"没有时间争辩了，听我的话。他们要抓的是我，你没有必要牵扯进去。"

"不行，这次一定要听我的。"央金两手死死拽住李永明，转身吩咐青初和多吉："快，快去把所有的马都牵过来。"

"你要干什么？"李永明有些不解。

"你不要管，我自有办法摆脱那些官兵。"央金的口气不容置疑，说着将一件藏袍和一顶帽子套在李永明身上。转眼间青初和多吉将所有的马都赶过来了。央金对多吉说："我送永明哥出城，青初和你骑马跟在我身后，一会儿在岔路分手，出城后找一个我们熟悉的客栈碰头。"

青初和多吉点点头，他们知道只要出了雅州城就好办，回打箭炉的沿途都有与吉祥锅庄有往来的客栈、商号和马帮，他们只要知道是次仁旺堆的人就一定会出手相助，因为这些客栈和马帮的人经常往来于打箭炉、藏地和汉地，不时会遇到一些麻烦，吉祥锅庄常帮忙解决，久而久之交了不少朋友。

没有容李永明多争辩，央金拿鞭子朝自己心爱的白马耳朵上猛抽一鞭子，剧烈的疼痛使白马跳起来，气恼而又不顾一切地向前飞跑。接着央金

又往另外两匹马的屁股上狠狠抽去，受惊的马在马群里乱撞，惹得其他马也骚动起来。央金再次挥鞭一阵抽打，马群立刻乱跑开来。央金大叫道："马惊了——"然后和青初骑上马挥鞭而去。这一切都在转瞬之间，李永明来不及阻拦。多吉一下把他推上马："快走！"

白马像发疯一样向前奔跑，不断撞翻东西，后面的马也发狂般跟在白马的后面，横冲直撞地向官兵冲去，央金、多吉、李永明、青初夹在一群马中从后面追上来，如箭一般向官兵冲去，官兵们措手不及，急忙往两边散开。大白马是央金的心头肉，血统高贵，马种纯正，它来自藏北，体型高大健美，与打箭炉常见的身材偏矮、体质结实、四肢有力、毛色驳杂的马不同，能在海拔很高的山上骑乘和驮载，步伐敏捷稳健，吃苦耐劳，耐饥耐渴，跑起来脚下生风。这匹白马一直受到央金的宠爱，也是这群马的头领。可是今天却无缘无故被主人猛打一鞭，它的血气一下冲到头顶。央金在后面夹紧马肚子往前冲，嘴里不停吆喝，并用马鞭子抽打其他的马。大白马跑到前面一个岔路口，有些犹豫，不知该去哪个方向。央金上前照它脑袋又是一鞭子。白马跳起来向左边跑去，拐一个弯就进入闹市区。马群跟着白马往前冲。白马昂头长嘶，马群兴奋起来，在街上猛踢猛踩，一个接一个掀翻刚摆好不久的商贩小摊，撞倒街边的棚架。这群突如其来的疯狂的马吓得人群惊慌失措，撒腿就跑，丢在地上的箩筐、背篓被踏扁、踏碎，来不及躲开的鸡鸭、猫狗被密集的马蹄踏断脊梁、踏破脑袋，发出凄厉的哀号。

央金依旧挥舞着鞭子往前跑。先前躲到一边的官兵这时缓过劲来，从后面追赶过来。他们几次抄近路，试图阻止央金，可是临到马群跟前，谁也不敢拿鸡蛋往石头上碰，只能躲闪退让。转过一个弯，岔路口出现在前面，央金吹了一声口哨，一勒缰绳，往李永明的马屁股上狠狠抽了一鞭子，然后转向另一个方向。青初和多吉继续往前冲，官兵们在后面穷追不舍，央金和李永明趁乱奔向城门，甩掉了追兵。

西城门半开，城门几丈外，两道扎成三角形的木桩阻拦了道路，仅留一个供一人过的狭窄通道。守兵在通道两旁仔细盘查过往行人，不少运茶的驮夫和马帮被堵在城门处,吵吵嚷嚷,喧闹不堪。出西城门便是通往藏地的路,也就进入山区,平时进出这里的行人比其他几道城门少,可是今天看上去气氛有些不同寻常。央金一看情况不妙,转身策马向东城门跑去,还没有接近城门,先抽出长长的鞭子在空中"啪、啪"一甩,高喊道:"闪开,马惊了——"

央金的叫声就像捅了马蜂窝一般,候在城门前的人群立刻惊慌失措向四周散开,生怕为惊马所伤。众人还没来得及看清是怎么回事,央金和李永明的马便像风一般扑来,扬起马蹄径直向城门冲去。两个守兵尖叫着试图开枪阻拦,央金一鞭子抽去,一个守兵应声倒下,另一个守兵被马蹄踢倒在地,疼得"哎哟,哎哟"满地打滚。央金的鞭子在空中飞舞,嗖嗖作响,虎虎生威,令人眼花缭乱。二人一溜烟冲出城门。

官兵们跟在青初和多吉后面追了一会,忽然,领队的停下脚,气喘吁吁地骂道:"杂种,我们可能上当了,跟着这几个藏人满城追马!快,封锁各个城门,别让那个逆贼趁机跑了!"

多吉和青初领着马群继续在街道上奔跑,转眼又跑到北街上。李复生和曾秀听见密集而又响亮的马蹄声由远而近,寻声走出来,看见一群马从门口飞奔而过。青初在马上回头意味深长地看了李复生一眼。李复生心里"咯噔"一下,忽然联想起一直没有露面的李永明,依稀觉得此事与他有关,愣愣地看着马群远去。

"出啥子事了?"曾秀走下台阶向过路的人打听。

"官兵在抓一个谋反的要犯。"

"这几个藏人好像与那个犯人是一伙的,弄得那些官兵团团转,差点没把雅州城翻一转……"

央金和李永明刚冲出东城门不远,只听"砰、砰"几声,城楼上响起了枪。央金骑的马中了一枪,马一抖动,央金险些掉下来。李永明心急如焚,一夹马肚子上前相护。刚刚靠近央金,又一声枪响,李永明只感到眼前一片通红,身子被抛向空中,又重重跌下,接着就什么也不知道了。

央金转回头,看见一束火光射向李永明,李永明身体颤抖了一下,接

着他骑的马嘶叫起来,痛苦不堪地挣扎着向前蹿,驮着李永明一头扎进青衣江,在空中留下一道长长的红色弧线,一眨眼在青衣江里消失得无影无踪。央金大叫一声:"不!——"摔下马晕倒在地。她的身体顺着山坡往下翻滚,一丛芦苇缠住了她的衣裙。青衣江在她的脚下哗哗流淌,如一支悲伤哀怨的曲调。

央金的马受了伤,不顾一切往前跑。几个官兵骑马吆喝着从后面追来,在央金跌倒的地方站住。一个士兵指着江水说:"那个男的就是从这里连人带马一同坠到江里去的,不跌死也会被淹死。"

为首的恶狠狠地说:"妈的,害得老子上气不接下气,差点没被马踩死!"

"那个女的往前跑了。"

"哼,给我追,一定要抓住这个女匪!这婆娘弄一群马把雅州城搅得天昏地暗、鸡飞狗跳。妈的,快走!"

第三十一章

青初和多吉听到枪响,担心央金和李永明出事,扔下马群直扑东城门,还未到城门,远远看见城门已经关闭,百姓四下逃窜。青初跳下马,拦住一个慌里慌张的人问道:"请问出了啥子事?"

"听说官兵追捕的两个犯人骑马冲出城去了。"

"哦呀,他们逃脱了吗?"

"不晓得。不过官兵开了枪,又骑马追出去,怕是凶多吉少。"

青初和多吉大惊失色,心里怦怦乱跳。

"你们也快跑吧,听说城里还有同党,小心挨误伤,子弹又不长眼睛……"对方匆匆撇下他们跑开。

青初急得想哭,面对乱哄哄的人群,惦记着央金和李永明的安危,焦急不安。正不知如何是好,忽听一声口哨响,远处一队官兵列队跑步而来。多吉拉起六神无主的青初撒腿就跑,边跑边说:"快,把藏袍脱下扔了!"

"啊?"

"快脱藏袍。"多吉边说边伸手扯掉青初鲜艳的围裙和头饰。

"脱掉藏袍他们也能一眼认出我们是藏人。"青初看着多吉黑里透红的脸,这是高原的阳光留给他们的特有标志,让他们在雨雾笼罩、皮肤白皙细腻的雅州人中分外醒目。

"你放心,我有办法。前面茶楼里有唱戏的声音,我们先进去躲一躲。"多吉拉着青初走进了春江茶楼。茶楼里丝竹管弦齐鸣,一个女子正在台上唱戏,吸引了全场的目光。坐在前排中间一张桌子旁的正是李永清,只见他摇头晃脑,嘴里哼哼唧唧,一副陶醉的样子。多吉带着青初从

灶房拐到戏台后面幽暗的化妆间，顺手拿了一件女子的戏服给青初穿上，然后动作熟练地将桌子上的铅粉倒在手掌中，加上一点清水调成膏状，两掌相合搓揉调匀，遍涂在青初面部、颈部、耳根和腮边等处。青初还没有反应过来，多吉又在她的眉、腮、两眼眶及面颊上部等处搽红抹彩，点红两唇。接着多吉又将红色涂抹在自己脸上，正提笔要勾画眼眶，忽听身后传来一个声音："你们是哪一位请来的？"

多吉猝不及防，惊得手里的化妆笔险些掉下，回头一看，是个跑堂模样的男人提着一壶开水站在化妆间门口张望，好在浓重的妆色掩饰了多吉慌乱的表情，使对方没看出破绽。多吉急中生智，搪塞道："嗯，就是前排中间那位少爷。"

"哦，原来是给李大少爷帮腔的。你们来得早嘛，小的正要过来收拾。"

"不用，不用。"

"那，你们需要啥子就招呼一声。"跑堂的男子露出一脸讨好的笑容，动作麻利地沏上茶，然后哈腰退下。

"哦呀，吓死我了！"青初紧张地说，"你在哪里学的戏班这一套？"她满脸疑惑不解的神情。多吉一边往青初头上戴绫帕，一边答："我以前演过戏，回头仔细讲给你听。"说着又往自己头上扎发网。还没有收拾完，两个官兵跨进来，打量他们一眼问："你们是哪一个戏班的？"

"我们是给李大少爷帮腔的，他等一会就要上台。"多吉这时镇定下来，憋着嗓子说话，使他的声音听起来比较细柔圆润，有梨园戏班人长年吊嗓的感觉。

"有没有看见两个藏人跑进来？"

"没有。"

两个官兵没再多问，打量了一番狭窄的化妆间，确信没有人藏匿其中，然后转身离去。

青初紧张得两手合十："菩萨保佑！菩萨保佑！"隔了一会儿，她急切地对多吉说："我们快去找小姐和二少爷。不知他们现在咋样？我两只眼皮都在跳,心慌得很!"

黄昏,昏迷中的央金被一阵湿润柔软的触觉唤醒。她慢慢睁开眼睛,见心爱的白马在用舌头舔自己的面颊,不由激动得抱住马头想撑起来,可是一阵眩晕,又无力地倒下。白马见状,立刻俯下身子跪在央金身旁,那情形是要将央金驮起来。央金鼻子一酸,将脸贴过去,泣不成声。半晌才说:"都怪我,要是让你带永明哥走,也许他就不会出事了……呜呜……"央金挣扎着把头伸向江边,望着滔滔的青衣江泪流满面。她越想越难过,越想越伤心,万念俱灰,一纵身想跳进青衣江里去追随李永明。哪知她刚要向前扑去,只感到身子被一股很大的力量往后拖,回头一看,竟是白马死死咬住她的裙摆,阻止她寻短见。央金心里一阵感动,一把抱住白马又呜咽起来:"你能把永明哥找回来吗?他死了我也不想活了……"

央金哭着哭着,忽然感到脖子上湿漉漉的,抬头一看白马也在流泪。央金这才发现白马身上多处受伤,后腿上有一道三寸长的伤口。发白泛红的嫩肉露出来,周围黑红色的血迹把毛粘成一条条的。央金无比心疼,摇摇晃晃站起来,想给白马清洗伤口。这时她想起了自己的父母,也想起了生死未卜的青初和多吉,还有李永明的父母。她虽然不断地哭,但不得不暂时打消掉了寻死的念头。

夜色沉沉,西风呼啸,山路上白马驮着伤心欲绝的央金缓缓地向前走,一弯惨白的月光无声地映照山林,黑黝黝的山林绵延无边。

湍急的青衣江水卷着李永明往下游冲去,这时一个衣衫褴褛、步履矫健的汉子正疾步行走在山崖上。苍松翠柏,怪石嶙峋,云雾缭绕,那汉子若隐若现。忽然,他看见水中沉浮的李永明,于是一纵身从山顶飞下去,挟着他飞跃而起。

这个汉子正是热拉活佛。他诈死后从坟墓里逃出来,一路疾走,在这里救起了李永明。

李永明头部中弹,面色灰白,气息全无,可是热拉活佛并不慌张,在

树林里升起一堆火,为他脱去湿透的衣裤,又拿出随身携带的一个装有银针和小刀的小牛皮包,卷起袖子忙碌起来。

热拉活佛是如何死而复生的呢?还得从他在地牢里气绝后说起。头人丹增洛桑和英国人经过一番争执,最后用生牛皮将他裹上,埋在古堡一角,整个过程汉斯和詹姆斯都在一旁监督,确信万无一失。然而他们有所不知,热拉活佛从小就得到世外高人指点,勤学苦练多年,加上领悟力极强,功力十分深厚,但他平时从不显露,外人很少知晓。自被关进古堡的地牢后,他就把生死置之度外,每日面壁练功。直到有一天他在跌坐中忽然感到眉心处一阵光亮闪过,从额际到头顶嚓嚓作响,接着一股热流贯穿整个督脉。他知道自己终于达到了天人合一的最高境界,也就是人体的阴阳五行与天地的阴阳五行相通,于是便冒出一个诈死逃脱的主意。他先伪装绝食,暗用龟息神功使自己心脉不动,呼吸停止,与死人无异,因此瞒过了丹增洛桑的眼睛,也瞒过了曾经当过医生的詹姆斯的眼睛。待进入墓穴之后,他便运功恢复神智,然后以铁爪神功用手挖出几丈长通往墙外的地道,终于逃出古堡。这一切神不知鬼不觉,古堡里所有的人都毫无察觉。

热拉活佛忙碌了好一阵,李永明依旧没有反应,如同死人一般躺在地上。这时,远处传来一阵窸窸窣窣的声响。热拉活佛敏捷地一纵身飞到一棵树的树梢上观察,看清是两只肥大的刺猬正往上爬,背上的刺尖挂满了大大小小的山芋,过重的负担压得它们步履维艰,行动迟缓。热拉活佛开心一笑,从树上跳过去,刺猬顿时把脑袋蜷进去缩成一个球状,一根根刺呈放射状散开,一动不动伏在原地。热拉活佛顺手取下几个山芋。一会,刺猬伸出脑袋看了看,似乎轻松了不少,一转身摇摇摆摆离去。热拉活佛笑了笑,又回到昏迷的李永明身边。

丹增洛桑古堡中的一个角落,孤零零地矗立起一座一人多高的佛塔,塔周围光秃秃的,既没有栽种花草树木,也没有任何装饰。塔后三丈以外便是高大结实的石砌围墙。塔底用一条条厚重的青石砌成,塔身以泥土和石块夯实抹光，再抹上白石灰，在阳光下泛着刺目的光亮。因为头人宣布任何人不能靠近佛塔，所以古堡里的人都远远躲开。

这天丹增洛桑又来到佛塔前，但他并不像大多数藏人那样在佛塔前焚香，或者绕塔念经，而是心怀鬼胎，惴惴不安地四处张望，原因是昨晚老婆又折腾了大半夜，弄得他心烦意乱，忐忑不安。

丹增洛桑的老婆昨晚天黑以后就上床躺下。她是一个身体壮硕、心思简单的女人，平时一挨枕头就睡。哪知睡到半夜她忽然一翻身起来，用力摇丈夫："喂，你听，又有人在楼道里走——"

丹增洛桑睡得正香，一股火气升到头顶。最近老婆经常半夜弄醒他，说楼道里有人在走动，可是他什么也没听到，于是认为老婆神经过敏。

"你听——"老婆不等他开口又说，一双眼睛瞪得大大的，半天一眨不眨，露出惊慌不安的神色，"昨晚我还听到楼顶上有珠子落在地上嗒嗒的声响，他们说这是鬼魂弄出来的动静。唉，最近不知为啥子，家里总是不安静，我走到哪里都觉得背后有个影子在跟踪，可回过头又什么也没有。再往前走，那个影子又会出现。我心里害怕得很，怕魔鬼缠上……"

"放屁！"丹增洛桑气急败坏地打断，"少打胡乱说！"可是丹增洛桑说着，也分明听到楼道里有人在走动，甚至窸窸窣窣衣衫摩擦的声音也清晰可辨。他心里不免有些紧张，但不好在老婆面前流露，只能装作若无其事的样子。

"你闻闻，还有一股酥油味飘进来，像是庙里的酥油灯味。"老婆的声音抖抖索索。

丹增洛桑感到脚步声越来越近，越来越大，最后在他们的卧室门前停下，老婆吓得急忙用被子裹住头，全身瑟瑟发抖。头人跳起来抽出放在床边的长刀，蹑手蹑脚走到门边，然后"哗"一下拉开门，挥刀就砍。忙乎了一阵，才发现楼道里空无一物。庄园里黑漆漆的一片，万籁俱寂，只有阵阵夜风掠过，吹动楼道上悬挂的经幡，发出轻轻的响声。丹增洛桑气哼哼地进屋，甩手给老婆一耳光："臭婆娘！"老婆嘤嘤地哭起来。那一夜两人都没了睡意……

　　此刻，丹增洛桑正望着佛塔出神。自这个佛塔建起来后，老婆就开始絮絮叨叨，时不时像昨晚那样说楼道上有人在走。他本不在意，可是今天吃早饭时儿子也说他晚上听到楼道里有脚步声，而且佛塔传来的铃响像人低声说话一样。丹增洛桑开始有些害怕了，担心热拉活佛转世来找他算账——热拉活佛的遗体就埋在佛塔下面，此事除他自己、仆人土登和两个英国人外，古堡里的其他人都蒙在鼓里。好在藏人对修建佛塔习以为常，山间、河畔、寺院、民居周围佛塔随处可见，只是大小不同而已，所以对丹增洛桑在古堡里建佛塔并没感到奇怪。他在周围转了一圈，心神不定地离开了。

　　又一个夜深人静的晚上，月光黯淡，山风一阵紧似一阵。古堡里悄无声息，人们早已进入了梦乡。这时一个黑影偷偷摸摸跑到佛塔前，只见他左右看了看，然后跪在地上，虔诚地供上一碗茶，顶礼膜拜。半晌，黑影起身摇动手里的转经筒绕塔行走，一圈又一圈。

　　不一会，远处又一个黑影出现，走走停停，慌张不安地朝佛塔走来，不由分说拉起正在转经的人就往回走。转经人挣扎了一下，但很快就低头顺从，两人磕磕绊绊往回走，推开马厩旁边一间简陋的小屋的门。昏暗的油灯照亮他们的脸，是土登和他的妻子。

　　土登模样大变，面颊深深地瘪下去，一张满是皱纹的青色面皮贴在颧骨上，花白的头发乱蓬蓬的像一堆干草。他神情忧伤，眼光迷离，与往日判若两人。

　　"你咋又半夜三更跑去？头人不许任何人靠近那个佛塔，万一被他发现怎么得了？"说话的是土登的妻子，她菜色的脸上布满惊慌。土登愣愣的，没有任何反应，似乎没有听见妻子的话，两眼空洞无神地盯着土墙上那只给热拉活佛装过酥油茶的皮囊，灵魂好像脱离了肉体。

　　"到底发生了什么事？头人为什么要割你的舌头？你老实本分，从来不招惹是非，为什么会这样？"土登的妻子泪水长流，不断用手拍打地面。她实在弄不明白发生了什么事。那天昏迷中的土登被人抬回小屋，她才知道土登的舌头被头人割了，没有人向她解释原因，只是不知谁出于同情悄悄给她留下小半块砖茶。在这里，头人的权力至高无上；人分三等，奴隶处在最底层，凡事只能服从。如果奴隶冒犯头人，就会被施以挖眼、割舌等酷刑，不需要向任何人、任何一级地方行政机构报告。头人可以任意处罚奴隶，即便是误杀，最多赔偿一条鞭子就算了事。

好一阵，土登干涩的眼睛里流下一行泪。妻子想到他有话说不出，有苦不能诉，更是心如刀割，上前紧紧把土登抱着，夫妻两人相对无言，泣不成声。这时远处传来一阵风声，似乎夹杂着风铃和人的细语，土登一下推开妻子，瞪大眼睛侧耳细听，眼睛里露出惊慌不安和痛苦复杂的表情。

"你到底咋了？"妻子转身跪倒在佛像前，双手合十举过头顶，"菩萨呀，求求你指点我……"

"老爷。"一个背茶的驮夫从打箭炉回来，从怀里掏出一封信交给李复生。李复生一看信封上陌生的字迹便问："这是谁交给你的？"

驮夫左右看了看，低声说："是一个小姐，她让我一定要亲手交到老爷手上，千万不要对外人讲。"

李复生很意外："小姐？"

"她说是吉祥锅庄掌柜的女儿，我在化林坪遇到她。她病了，住在一个藏人的家里，打听到我是兴义茶号的人，就托我带这封信给老爷。"

"央金？有人照顾她吗？"李复生一下担忧起来。

"有。我在一家小客栈住下后，小姐的仆人就来找到我，他们与客栈掌柜是熟人，并悄悄带我去见了小姐。原来官兵在追他们，所以一路都避人耳目。"

李复生拆开信，这才知道在东城门外坠江而死的人竟然是自己的儿子李永明。他简直惊呆了，感到一阵天旋地转，然后愣愣地坐在椅子上。事隔多日，东城门外发生的事仍然是人们议论的中心话题，因为既没有打捞到死者的尸体，无法确认其身份，也没有抓到扰乱雅州城的藏人，此事一直悬而未决。李复生虽然忐忑不安，但又心存侥幸，期望儿子悄然离去，平安无事，可是央金在信中告诉了他当日发生的一切。

原来青初与多吉是从西城门混出城的。官府发现央金和李永明踪迹后，从东城门出去追击，于是西城门的守备反倒松懈下来，使他们得以脱身。出城后他们沿小路昼夜兼程，一路没打听到央金的下落。

"如果他们躲起来，我们到哪里去找他们？"青初犯起愁来。

"也许会在化林坪。"

"为啥？"

"记得来雅州的路上小姐给我们讲了许多化林坪的往事，还背诵了果亲王写化林坪的一首诗，似乎对那一带比较熟悉。如今那里满城废宅，又没有守兵，正是个藏身的好地方。"

青初想了想，点头表示赞同："你说得有道理。"

从雅州到打箭炉的大路要经过对岩、紫石、飞龙岗、荥经、箐口、黄泥、大相岭、清溪、泥头、飞越岭、化林坪，然后再进入泸定。化林坪正好在飞越岭下，东南依山，西北绝壁，俯临盐水溪，中间横亘数百亩开垦的土地，过去一直是朝廷控制川西的要地，由当地土司和朝廷驻守官军共同辖制，一度为川边第二重镇。其军政首领都司要统辖泸定、泥头等地。都司手下的营兵因为常年驻守和屯垦的需要，允许携带妻室，除定时操练值守外，可以经商屯垦，按月领兵饷，开垦的土地子女可以世袭。雍正七年，清廷为防回疆准噶尔劫持达赖七世，遂迎请其在泰宁惠远寺安置，并移化林副将于泰宁，设泰宁协守护，统辖化林的标兵营、中渡的德靖营、打箭炉的阜和营、葛达的泰宁营、道孚的安宁营，由此西陲重心转移至泰宁。达赖喇嘛回藏以后，泰宁衰落下来，而打箭炉日臻繁荣，泰宁副将又移至阜和协。这时泸定一带日渐汉化，守军减少，化林坪就更加萧条。到光绪末年，随着废都司、停军饷、解散兵士，城中的人渐渐散去，留下的人只好以供往来商旅食宿为生。再后来，人们觉得化林坪前后兴旺起来的龙巴铺和冷碛山低路平，适宜种植，自给有余，就更嫌化林偏僻险远、人气衰落，又陆续迁走一些。如今化林坪十室九空，剩下的多为老弱之人，冷冷清清，如同一座废弃的空城。

"你当初丢了一包东西在李老爷的茶号里，你说他们会不会把它扔了?"多吉忽然冒出一句。

"那东西拿来有何用?几张没用的画稿,吓人的癫子。也就是二少爷才有胆子往麻风病院跑!"青初白了丈夫一眼,埋怨他这时还有心思谈这个。

多吉赶紧住了口,可心里的牵挂一直放不下。二人赶到化林坪,没费多少周折就找到小姐,这才知道李永明已经不在世了,大家一阵伤心。后来央金写信将发生的一切告诉了李复生。

李复生的手紧紧捏着央金的来信,仰天长叹:"永明,为父真没想到会落到白发人送黑发人的地步,连最后一面也没见到……"多日以来,他半夜总是被噩梦惊醒,哪知梦魇成真。他忽然觉得自己的心一下被抽空了,身子一软,顺着墙滑倒在地上。

第三十二章

次仁旺堆从管家加措的口中得知女儿在雅州所遭遇的一切,既为老朋友李复生难过,更替女儿捏一把汗,不敢稍有耽搁,立马放下庄园里的事,带上加措往吉祥锅庄赶。

两人走着走着,忽然看见前面冒起一团烟雾,靠近才发现是一队马帮在路边歇息,生火烧茶。次仁旺堆正感到口渴,于是对加措说:"走,过去讨一杯清茶喝。"

"是,老爷。"加措跃马冲上前去打招呼。

藏地人烟稀少,只要出门在外,路过谁的房舍或帐篷都可以进去打招呼讨杯茶喝,而主人见到有路过的客人相求,大都会热情欢迎,赠以清茶、糌粑,有时还会以酥油茶、青稞酒、牦牛肉相待。

马帮是从塘坝过来的,驮运皮货和药材经雅州去省城。次仁旺堆接过茶碗,还没有进口就闻到一股异味:"这是印度茶吧?"

马帮首领满脸无奈:"如今只有喝这个,没办法,雅州茶买不起,也买不到,只有黑市上才有。我们当马脚子的人哪里吃得起?说句不怕扫老爷兴致的话,最初喝印度茶时连屎都拉不出来,整天都觉得肚子里胀气。后来在茶里加一点草药才好一点。"

"今天请你们喝我带的茶。"次仁旺堆吩咐加措从马背上取一块兴义茶号的砖茶大家一同分享,众人一阵欢喜,忙重新换了锅里的水,拿出盐还有平时舍不得吃的酥油,准备好好打一桶酥油茶解馋。

加措拆开包装,正用茶刀分割砖茶,忽听身边一个长相稚气的马夫说:"我阿哥最近运过这种茶,好香。"

次仁旺堆咧嘴一笑:"你阿哥是哪个商号的?"兴义茶号运往西藏的茶

都大多是通过吉祥锅庄交易，所以次仁旺堆对各马帮都比较熟悉。

"我阿哥是临时被叫去帮忙的，前段时间从打箭炉运货回来我去看他，见他的驮包里上面装的是这种包装的砖茶，不过，下面又是一种很特别的条茶，两头封条上盖有大红色的印章，用牛皮口袋装得严严实实。"

"那封条上有字吗？"次仁旺堆警觉起来。

"有，不过我不识字。"马夫比划着描述了一番。

次仁旺堆大吃一惊，原来这种茶正是兴义茶号当年制作的赏赐茶，以往每年兴义茶号都要奉旨运茶到西藏，并在打箭炉换成牛皮包转运，旺堆对此很了解。这是清朝皇帝赏给西藏的上层贵族、僧侣和有功之臣的茶，通常是一年一次，一般的马帮商队根本无缘接触到这种茶。大清皇帝倒台以后，这种赏赐茶的生产就停止了。次仁旺堆心里奇怪，忙问："你阿哥到打箭炉哪个商号运货？"

"商号的名字我记不起，只知道是个英吉利的洋人开的，持有茶马司的官印，也买通了一路的关隘，连土匪都不拦他们的货！"

无需再多言，次仁旺堆已经猜到是远东商行的詹姆斯。因为惧怕英国军队的枪炮，官府和土匪都不敢公开得罪洋人，加上詹姆斯又给他们一些好处，所以洋人的茶能畅通无阻。次仁旺堆想起就来气，眼下得知对方手里竟然还有清末产的赏赐茶，更感到疑窦丛生，于是决定暗中查访一番，弄清楚究竟是怎么回事。加措看出老爷的心思，联想到近些年来因为茶闹出的各种纷争，担心老爷遇到麻烦，遂轻声提醒道："老爷，那个詹姆斯手眼通天，四方关系深广，不好惹呀。"

"嗯。"次仁旺堆心不在焉，应了一声。

"他如今不但与茶马司的额大人打得火热，也和雅州的恒泰茶号搭上关系，在自己的商行里卖雅州茶，以后恐怕会不断拉走吉祥锅庄的生意。"

"他从哪里弄到的赏赐茶？他那时候还没在炉城做生意，怪事。不行，我一定要弄清楚！"次仁旺堆的心思还在赏赐茶上，加措的话并没分散他的注意力。

"老爷，听说当年赵尔丰大人曾派人去查丢失的赏赐茶，结果那些人

后来竟消失不见了。赵大人死后,这件事也就不了了之。那个马蜂窝,老爷千万不要去捅。"

"我才不怕!"次仁旺堆一旦倔强起来,九头牦牛都拉不回头。

李永明在一片如天籁梵响般的鸣唱声中睁开了双眼,只见头顶青松翠柏千姿百态,伸展开来,远处山石上长满各种不知名的花草,潮水声在山脚鸣响,云雾在树林间缭绕,空气里弥漫着清新的松脂芳香,有几只小松鼠在树枝上穿梭,鸟儿欢快地鸣叫。右侧约莫一丈远的巨石上,热拉活佛正一动不动闭目跌坐,一缕缕如丝般的晨曦透过雾霭和树枝照射在他的脸上,他犹如一尊庙里的菩萨雕像,周身隐隐笼罩着一圈紫色的光环。李永明挪动了一下身子,热拉活佛睁开眼睛:"你醒了。昏睡了三天三夜,我差点以为没指望了。"

李永明茫然地看着陌生而又慈祥的热拉活佛,有些不知所措。半晌,欲撑起身子,却听热拉活佛制止道:"别动!你身上有针。"

李永明这才发现自己的手脚上密密麻麻扎了好些银针。李永明对银针并不陌生,可是眼下自己身上分布的银针却显得很离奇,与平时所见截然不同。每一根银针都连着一条长长的细如头发的银丝,银丝大约三四尺长短,银丝末端又连着一根银针,这根针不在人体上,而是扎在旁边苍老的松树枝干上。插针的地方松树皮被剥开,露出浅黄色的树心,不断有淡黄色的液体往外渗出。

"这是干什么?"

"你受了伤,加上在冰凉的水中浸泡,体内的毒气淤积,命在旦夕,唯有这样才有一线希望。"

李永明满脸疑惑。热拉活佛看出他的心思:"世上生命力最强的就是松柏,居于悬崖峭壁,饱受风霜雨雪,却能四季常青,千年不倒。我用这个法子,就是让这棵吸天地灵气的百年老松与你的身体连为一体,以它的内力帮你排走体内的毒气。你看,松树上流出来的黏液带走了你身上的毒气,让你血脉通畅。"热拉活佛边说边取下银针,一一擦净后放入小牛皮包中。

李永明想坐起来，却感到头上有千斤压顶："我咋在这里？"

热拉活佛说："你掉到青衣江里去了，头上还受了枪伤。如果子弹稍稍偏一点你就没命了。"说着把一个烤熟的山芋递给他："吃吧，你的命真大！"

"我，掉到江里了？"李永明不太明白热拉活佛在说什么，眼睛愣愣地看了看四周，"我咋在这里？你是谁？"

热拉活佛笑了笑："我是一个出家人。你是谁？你虽然穿戴藏族服饰，可是我看出你是一个汉人。"

"我咋会在这里？"

"这正是我想问你的。你去过藏地？"

李永明费力地想了好一阵，觉得头一阵阵发晕，最后用手捂着头："我咋什么也记不起来了？脑子里面一片空白，什么也没有。"

热拉活佛微微皱了一下眉头，没说话，他担心李永明脑子受了伤，失去记忆。

李永明又问："你是谁？"

热拉活佛反问道："你叫什么名字？"

李永明再次陷入沉思。

热拉活佛不断发问，想唤起他的记忆："你的家在哪里？你的父母叫什么名字？你有妻子儿女吗？看你这双手就知道你是个读书人，你是个教书先生吗？慢慢想，不着急。"

李永明看着热拉活佛的眼睛，努力想唤起记忆，可脑袋又疼又沉，又胀又闷，嗡嗡直响，只感到一片片蓝色、白色的光影从脑袋里嗖嗖急速闪过，耳边响起一阵阵喧闹嘈杂的声响，但很快又复归平静，脑海里依旧是一片空白："我什么也想不起来。"

热拉活佛不再勉强，换一个话题问道："那，你想去哪里？"

李永明喃喃重复道："想去哪里？去——哪——里？"半晌，转而问热拉活佛："你去哪里？"

"我要去京城。"

"京城?那,我也去京城。"

"看来,我只能带你走了。"热拉活佛的担心终于应验。李永明的生命虽然挽救过来,但他失去了记忆!热拉活佛不能抛开他独自离去,否则他将难以生存。于是他在林子里找了一根树枝给他做拐杖,扶住他一起上路,两个人形同乞丐。热拉活佛运用神功带李永明急速前行,而李永明头搭在热拉活佛的肩上,很快就昏昏欲睡。

李家笼罩在一片悲伤气氛中,尤其是雅芝,听到这个消息当场就晕过去了,醒来后躺在床上两天不吃不喝,伤心欲绝。李复生一夜间苍老了许多,接连几天都没有到铺子里去,每天望着儿子的照片出神,直到雅芝缓过劲来,夫妻俩人才带上李永清、李永秀到祖坟地里为李永明垒了一个衣冠冢。

此后李复生一直提不起精神,好在茶号的事有曾秀照应,所以生意没受到太大的影响。转眼间又过了一些日子,这天李复生和妻子到蒙山为儿子烧香归来,还没有下马车,曾秀就上前来,表情有些怪异地说:"教堂里的莫神父来拜访老爷。"

李复生一下露出与曾秀同样的表情:"我们与教堂素无往来,那个莫神父来干啥子?"

"不晓得。他已经在铺子里等了一会了。"

这个莫神父叫莫里森,来雅州时间不长,灰眼、褐发、大鼻子,汉语讲得有些结巴,看上去和蔼可亲,对人彬彬有礼,闲暇时喜欢在城里各个茶号转悠,与当地人喝茶聊天。此人明里是个神父,暗中却是一个间谍,他的顶头上司就是詹姆斯。詹姆斯调他来雅州的重要原因是莫里森家是经营红茶的,对茶这一行很熟悉,又去过印度和锡兰等地,对亚洲各地的好茶十分了解。詹姆斯要他到雅州后尽快弄清边茶的工艺流程,以便用大吉岭茶的原料生产出雅州口味的茶,尤其是兴义茶号的茶。大吉岭茶的口感藏人并不喜欢,最初因为价格便宜,销路一度不错,可是很快就回落下来，只有一些穷人出于无奈才购买，有钱人只认可雅州出产的边茶。可是莫里森似乎并不称职，来雅州后进展缓慢，这让詹姆斯和詹姆斯的上司都极为不满，斥责他办事不力。他们说大英帝国在任何一个殖民地都能以茶叶取胜，唯有在西藏收效甚微。而莫里森则强调藏人的传统口味很难改变，即便是一些接受了西方教育的贵族后代，有英国人的风度，说英语，喝咖啡，也喝红茶，但是始终念念不忘用雅州茶熬制的酥油茶，有的甚至向英国贵族热情推荐酥油茶。莫里森在雅州把各个茶号的茶买回来比较研究，认为口感差异源于生产加工工艺的不同。他多次想接近李复生，以便了解兴义茶号的工艺，但总是找不到机会。眼下詹姆斯一再催促，无奈之下他只好自己闯上门去。李复生在今年蒙山新茶会上与莫里森说过话，但很快就把这个外国神父给淡忘了，谁料到今天他竟然不请自来。

雅芝插言道："也许是来拉我们入洋教的，我才不会信他们的上帝。"

"嗯。"李复生没多说什么，吩咐曾秀送雅芝回去歇息。

铺子后面的会客厅门敞开着，李复生远远看见莫神父正在仔细端详陈列的砖茶，并不断用手指弹，用鼻子闻。李复生走进去拱拱手："莫神父光临鄙店，不知有何要事？"

莫神父转过身用生硬的汉语打招呼："李先生，你好！我喜欢你的茶，特地来府上拜访。"说罢递上两盒点心，然后端起茶几上的盖碗茶喝下一大口。

"想不到莫神父喜欢喝边茶，我以为你只喝咖啡和红茶。"

"喝边茶我通畅，加盐和炒米更香。"

李复生不觉眼睛一亮："莫神父快成行家了。这种吃法现在在中国汉地已经不太流行。古人倒是喜欢往茶里加生姜、糯米、黄豆、果脯等，花样繁多，根据各人的喜好冲泡，现在的人难有这份闲情逸致，喝茶的程序也变得简单多了。"说到茶，李复生心绪好了不少。

"中国人对茶有许多讲究，让我收获多多。"

"中国古语讲人要长寿，需'粗茶淡饭'，这个粗茶就是这类用老茶树叶、一些小茶枝条和茶梗制成的。茶味浓，也耐泡……"

莫里森用手势打断了李复生:"让我想一想。长寿,粗茶,有意思。以往我见你作坊里的雇工下工走在街上,我的上帝,浑身就像抹了煤灰一样,只有两个眼球是白的,还担心他们做出的茶不能吃。"

李复生笑了笑:"那是茶粉,通常只有架子师身上才有,于身体无害。"

"哦,原来是这样!"

架子师是作坊里技术要求很高的工种,也是薪水最高的雇工之一。其工作是把杀青、蹓踩、发酵后的茶叶蒸熟,再倒入一个木架盒中,用木棒撸紧,使其成型。这道工序说起来简单,做起来却不容易,是茶叶加工中一个非常重要的环节,操作这道工序的工人被称为架子师。筑包的木架称为架子。架子设计很独特,中间有个一分为二的木盒,其中一头固定在一个特制的地坑里。一副架子要两个人配合操作,一人执棒舂茶,一人把蒸熟的茶叶慢慢倒入架盒,中间还要不断放入隔板,使一整条茶一斤一斤隔离开来,每个步骤两人都要配合得天衣无缝才行。

莫神父问:"听说一根舂茶棒有三十多斤,而一条茶二十斤要分为二十块,这些都是一次完成。"

"莫神父知道的还不少吔。是的,架子师比较辛苦,大冬天赤身裸体也汗流浃背。"

"好功夫!我想参观一下你的作坊。"这是莫里森今天来的目的之一。

"这,恐怕不太方便。"李复生委婉拒绝。

莫里森似乎并不在意,转眼又从怀里拿出一块纸包着的茶递过去:"李先生,这是一个朋友送的茶,你看看这茶好吗?"

李复生接过来仔细看了看,又用鼻子嗅嗅。莫里森迫不及待地问:"好吗?"

"茶的好次一般要冲泡后才能准确辨识,"李复生掰下一小块,"不过在茶行里时间长了,好坏看一看也就知道几分。这个茶粗看还可以,但仔细看茶叶的成色不一致,说明里面掺了次茶,也就是掺假。如果用开水一泡,用眼观、鼻嗅、口尝便可知道,尤其是舌头的感觉,一抿便知。"

莫里森不住点头:"佩服。不过李先生,我有一个问题想问:其他地方的茶不能做成雅州边茶吗?"莫里森拿来的茶正是恒泰茶号最近销售到藏地的茶,因为价格与印度茶相近,拉走了远东商行不少买主。

李复生顿时警觉起来:"莫神父,你似乎对雅州边茶特别有兴趣?"

"嘿嘿,我喜欢喝,所以想问一问。"

"不知你听没听说过中国春秋时一个有名的典故——晏子使楚?"

莫里森瞪大灰色的眼睛摇摇头:"我,不懂。"

李复生长出一口气:"典故中讲橘子生长在淮南是橘子,生长在淮北就变为枳子,叶子形状相似,果实的味道完全不同。为什么呢?因为水土不同。"

莫里森仍然不死心:"据我所知,中国其他地方也生产边茶,你说那是橘子,还是枳子?"

李复生感到有些吃惊,莫里森对中文的理解超出自己的想象,不由心里犯起嘀咕:看来这个莫神父是无事不登三宝殿,他问这些干什么?

正在这时候,李永秀放学回来,因为有事要找父亲,所以就直奔铺子里来。

"爸爸。"

"永秀,这是教堂的莫神父。"

李永秀上前打过招呼。茶号里往来的客人很多,她并没有留心。而莫里森一看见李永秀,两只灰眼睛就不停地转,心里忽然冒出一个想法,没再问东问西,而是客气地告辞离去。

第三十三章

"永秀,找爸爸啥子事?"

"小学堂要招聘两名教员,我想去报名。"

李复生有点意外:"你不是打算毕业后去省城读书吗?"

"我改主意了,就留在雅州教书。虽然我帮不上茶号的生意,但可以经常陪陪妈,也算替爸爸分担一点。"自从二哥李永明出事,李永秀似乎一下长大懂事了。

李复生心里一阵暖流淌过:"也好,小学堂就在教堂旁边,离家不远。"

李永秀从铺子回到家,看见母亲又坐在茶室里望着二哥的照片出神。自从为赏赐茶雅芝叫人搬走茶室的全部存茶,又撬光墙上的茶砖后,茶室模样大变,尽管后来李复生又陆续放了一些进去,但始终不再有当年的氛围。永秀走过去轻轻取下母亲手里的照片,然后把小铜炉里的木炭引燃,准备为母亲烧水沏茶。这段时间雅芝一下憔悴了许多,目光黯淡,面色青黄,说话有气无力。喝下一杯热茶后,雅芝的气色慢慢好了一些。听说女儿准备到小学堂教书,她露出一丝笑容:"其实女子不用读太多的书,读得多,就想得多,以为自己能改天换地。唉,你二哥要是不去日本留学,也就不会发生后面的事……"

李永秀岔开母亲的话题:"妈,也许你该说女子无才便是德。"

雅芝叹了一口气:"秀,妈是不是变得唠叨起来?最近总是丢三落四,有的话说着说着就忘了。哎,刚才我说到哪里了?"

"妈,你要多出去走一走,总是闷在屋里会生病的。"李永秀又为母亲掺了一杯热茶。雅芝刚喝了两口,忽然想起什么:"听说对门孟家少爷经常到学校去找你。"

"也不是，偶尔来一下。"

"千万不要和他纠缠不清，免得人家说闲话，你也不小了。"

"妈，看你说得好难听。现在是民国了，提倡民主自由。"

"秀，不是妈不讲理，而是我们李家与他们孟家根本没有可能。"雅芝提高了嗓音，表情严肃起来。

李永秀一愣："孟泾恒现在自己谋生，与家里没关系。"

雅芝审视着女儿："谁说没关系？他是他父亲的儿子，这种血脉关系无论如何和是改变不了的。这些年来孟廷轩一直与兴义茶号明争暗斗，处处与我们过不去。"

一向伶牙俐齿的李永秀有些语塞，避开母亲的眼光："孟泾恒……与他父亲不一样。"

雅芝沉默了一会，口气缓和下来："秀，人在年轻时总会觉自己有眼光，嫌父母保守、唠叨，其实父母是过来人，把人生经验教训告诉你们，是不想儿女走弯路。"

李永秀心不在焉，应付道："嗯，我晓得。"

"他们家不用说了，他自己还瘸着一条腿……"

"妈——"李永秀终于露出不满的神情，"不要戳人家的伤疤，也不是哪个生来就愿意残废的，大哥好手好脚又如何嘛？"

雅芝愣愣地看着女儿，脸色煞白。李永秀见状本想缓和一下，恰好这时五婆把熬好的药给雅芝端来，絮絮叨叨说个不停，劝雅芝凡事想开些。李永秀知道一时插不上嘴，便借故离开，心里有些憋闷，埋头往前走，不想险些撞上正蹑手蹑脚往外走的李永清。

"哎呀——大哥！"

"小妹，你吓我一跳。"

李永秀这才看清大哥手里拿了一大包东西："大哥，你鬼鬼祟祟干什么？"

李永清将食指压在嘴上："嘘，小声点！"然后左右看了看，摆出大哥

的样子:"你也称得上女秀才了,说话这么不中听,啥子叫鬼鬼祟祟?我这是正大光明。"

李永秀鼻子一哼:"大哥做什么不是光明正大,一定又是要去干重要的事。"

李永清听出妹妹嘲弄的意思,并不生气,转而做出一副神神秘秘的样子,压低嗓音说:"小妹,你大哥这次真的要干一件大事,到时候一定叫你们刮目相看,知道我李永清大器晚成,不是等闲之辈。"

"又吹牛,我才不信。"

"你看你,目无尊长,说话不知轻重。"

"好了,好了。大哥,我要到小学堂当先生了。"

"你说啥子?你要出去帮人?"李永清做出夸张惊讶的表情,"家里又不是供不起你,何必出去挣那几个辛苦钱?弄不好别人还以为兴义茶号不行了,连小姐都要出去做工,说起来好没有面子!听我说,你要是缺钱只管跟大哥开口,我们李家还没有落魄到那个地步,回头媒人来提亲行市看跌……"

李永秀听得心烦,不由抢白道:"自食其力有什么丢人?你整天游手好闲,不替爸爸分担一点,还说风凉话。"

"你们从来都是门缝里看我!"李永清不满地说着。忽然眼睛一转,压低声音问:"小妹,你见过外公留下的御制茶秘笈吗?"

李永秀摇摇头,满腹疑惑打量他:"茶号里的事你从不关心,咋想起问这个?"

"我想看一看。"

"秘笈在爸爸手里,那是我们李家的命根子,从来不示人的,你想做什么?"

"嗨,我只是随口问一下,"李永清忙遮掩起来,"我是长子,家里的大事当然要操心嘛。哎,我刚才问你的事千万不要告诉爸妈,本来芝麻大的事,他们一旦知道了就唠叨个不停,我耳朵都被他们说起茧子了。"正说着,见曾秀走来,忙刹住话头,赶紧往院子外溜。

李永秀不想和曾秀打招呼，假装没看见，一转身向自己的卧房走去。她始终不能忘怀小时候目睹的那一幕，对曾秀耿耿于怀，每次曾秀主动接近她，她都冷漠而礼貌地拒绝，使曾秀十分尴尬。

央金艰难地熬过了生命中最痛苦的一段日子。长久以来她一直在深深的自责中煎熬着，觉得活下来的只是一个躯壳，而灵魂已经伴李永明远去。但央金是一个要强的女人，经历了这番痛苦后她一下成熟了，往昔的天真烂漫、无忧无虑的神情消失不见了，眼神里经常带着与年龄不相称的冷峻。一向娇宠她的父母见她这样也不知是喜还是忧。

这一段时间，国内的局势又发生了很大的变化。想当皇帝的袁世凯在一片反对声中暴病而亡，以后，北洋政府里的首脑像走马灯一样变换，开始了群雄并起、兵连祸结的军阀割据时代。北洋军阀内部分为直、皖两大系，其他的如奉系、桂系、滇系、晋系无不割据一方，四川也不例外。只不过军阀势力一时未至藏地，那里处于相对真空的状态，于是更多的外国势力以传教为名涌向打箭炉，先后办起真源堂、安息会、修道院、福音堂、天主堂等，其中美国教会的安息所、法国教会的修道院里还设立了医院。这一切既给炉城人带来新奇，也让大家有些不安和忧虑。

这天下午央金与母亲交割完一笔生意回到家，见父亲阴沉着脸坐在屋里，闷闷不乐地抽鼻烟，呛得接连打喷嚏。尼玛拉姆关切地问："你咋了？"

半响，次仁旺堆开口道："听说热拉活佛在去拉萨的途中圆寂了，埋在一座不知名的山冈上……"

"啊？"央金和母亲都目瞪口呆，接着眼泪汪汪起来。次仁旺堆见状忙说："哎，不要哭，我话还没说完。可是今天又听说有人在京城看见活佛了……"

央金性急起来："你说的到底哪一个是真的嘛？"

尼玛拉姆埋怨道："又打雷，又出太阳，你想吓死我们呀！"

"哦呀，不是，我也弄不清楚真假，是听马帮的人说的，把我也弄昏

了!开始听说热拉活佛走了,正难过,忽又听说活佛还在世。消息是从报纸上来的,说京城总理衙门的大门外出了一件奇事:一个乞丐要求拜见总理,卫兵不允许,乞丐也不恼,就在大门外盘腿打坐,一天一夜不动,卫兵怎么也把他拉不起来。刚巧有一个记者路过偷偷拍照,第二天当成一条新闻登在报上,引得许多人去看稀奇,把总理衙门围得水泄不通。结果总理无奈只好召见这个乞丐,没想总理到一见乞丐立刻将他待为上宾,又是请茶,又是宴席,还留住在总理衙门里。哪知这个乞丐并不贪图荣华富贵,住了两天就告辞离去,总理怎么也挽留不住。你们猜那个乞丐是谁?就是热拉活佛!马帮的人说给他讲的那个人看过报纸上的照片,说尽管图上的人衣衫破旧,画面也有点模糊,但一眼就能认出是热拉活佛!"

央金和尼玛拉姆转忧为喜:"菩萨保佑!"

央金忽然有些好奇:"阿爸,你说活佛去京城干什么?"

"我也没想明白。"

"不是说活佛带人与英吉利人打仗被俘后被押往拉萨交给噶厦了吗?一定是有人想在路上害死他,而他又逃脱魔掌去了京城。可是他躲起来岂不平安无事吗?在总理衙门前打坐不是暴露自己了吗?"

尼玛拉姆很赞同女儿的意见:"是呀,这样太危险!"

次仁旺堆道:"活佛要做的事不是你我能揣度得到的。"

一家人说了一会话,尼玛拉姆去端茶,央金见左右无人,压低嗓音问:"阿爸,你这段时间神神秘秘有什么事?"

"没有。"次仁旺堆矢口否认。

"我看见你偷偷尾随安江。"

"你又到处乱跑。"次仁旺堆瞪大眼睛。他的确跟踪过安江,自己以为神不知鬼不觉,结果倒被女儿发现了。

"你尾随他有什么事?"央金有些得意,凑近穷追不舍地问。

半晌,次仁旺堆才说:"我发现安江和詹姆斯搅在一起,悄悄走私边茶。他们在城外设了一个仓库,门外有两条大狗守护……"

"那你咋不去箭炉府报告?走私茶是重罪,过去是要杀头的!"

"安江的主子就要升为箭炉府的主任了！还能不庇护他？我去有什么用？"次仁旺堆苦笑一下，后面的话到了嘴边就停下了。他没有把发现赏赐茶的事告诉女儿，怕她心里藏不住事，一不留神惹出麻烦来，只是叮嘱道："你不要掺和这件事，好好帮你阿妈照顾锅庄的生意就行了。"

"嗯。"央金看父亲欲言又止，知道有事瞒她。她本是个凡事一定要打破砂锅问到底的人，而今天却没有再追问。她决定悄悄跟踪父亲，自己将事情弄个明白。

父女两人正说话，尼玛拉姆端着热气腾腾的酥油茶进来，喜滋滋地说："刀登老爷带口信来了，说他最近要来炉城。"

央金一听心情就沉重起来，因为刀登老爷是来为他小儿子提亲的。他这是旧话重提，几年前他就托媒人带上茶和盐来为四儿子说媒，可那时央金心里有李永明，刀登闻讯也就只好作罢。以后四儿子娶了另外的女人，并生了两个孩子。如今听说央金的未婚夫死了，他便准备亲自出马，为最小的儿子，也就是老五提亲，而次仁旺堆夫妇也愿意与他结为亲家，因为他们听说这个小儿子是个十分厚道老实的人。

"我不想嫁人。"央金皱起眉头。

尼玛拉姆不满道："你不想嫁人，我还想要上门女婿！你阿爸年龄大了，多个人帮忙也可以喘口气。难道你不心疼阿爸？"

央金起身一甩袖子出门，次仁旺堆叹了口气："她一直想着李家二少爷。"

北洋兵离开雅州后，李复生寻思这下该有好日子过了，可是还没有等他舒展眉头，川军一个团就驻扎到雅州。众人还没弄明白军队的来意，驻军最高长官陈团长就先派副官张东亮把请柬送到兴义茶号。

"李老爷，请于后天早饭后到茶神庙里参加茶话会。"张东亮的两只眼睛东张西望。

李复生问："请问有何贵干？"

"去了就知道了，雅州各茶号的掌柜都要参加，到时地方长官武主任

也会莅临会场。"

李复生心里嘀咕开来：从没有军队召集他们开会！茶号与军队风马牛不相及，这葫芦里到底是卖的什么药？

第三天上午，雅州城大小茶号的掌柜陆续聚集到茶神庙，不过除主席台上陈团长和武道学有说有笑外，其余人大都是一副忐忑不安的表情。多年的经验告诉他们，兵与祸相连，不会有什么好事。

陈团长名叫陈伯欣，外貌与武道学形成鲜明对比：又瘦又高，皮肤青黄，目光凶狠，满脸杀气，毫无顾忌地满口粗话。待众人坐定，武道学清了清嗓子说："各位，陈团长这次率大军驻扎雅州，将兴办一项重要的大事。雅州自古为边茶生产地，从雅州通往藏地的路也称为茶马古道。可是由于通往藏地的道路艰险，山高水深，冬雪夏雨，瘴气弥漫，野兽出没，难以运输，也相应阻碍了雅州边茶的发展……"

陈伯欣嫌他啰嗦，扯了半天还没有进入正题，于是一挥手，不客气地打断道："我是个军人，不像进士出身的武主任会舞文弄墨，做事喜欢一根肠子通屁眼——直来直去。今天召集大家来是宣布一件大事：本人奉命修筑从雅州到打箭炉的公路。修通这条路受益最多的是你们茶商，以后运输边茶四五天就可以顺利到达炉城，这对你们来说是天大的好事！不过，也需要你们稍稍尽一点力。"

话说到此，李复生终于明白了今天召集的目的，是要摊派款项。在场所有的茶商都不由紧张地屏住呼吸。果然，陈伯欣直奔主题："每个茶号在赋税之外，另抽取同等份额的筑路捐……"

"天啊——"

"这是啥子王法？简直是狮子大开口！"

"这是分明是敲骨吸髓，要我们倾家荡产。"

一片喧哗声响起，众人大为不满。

"肃静！"陈伯欣一拍桌子，大吼一声，"我们如此是为了改善雅州边茶的运输条件，促进川茶贸易的发展，抵制印度茶的冲击。说白了是你们在得好处，赚大钱！我们的将士卖命，你们出几个小钱算什么？不过是九牛一毛！看看你们的样子，嗯？就像被挖了祖坟山一样！果然商人重利轻义！"陈伯欣火起，唾沫星子四溅。

议论声小下来，但不满依旧写在每个茶商的脸上。陈伯欣用手指着李复生："李掌柜，你是雅州茶行的行首，此事你责无旁贷，你先说一说，表明自己的态度！"

众茶商眼睛齐刷刷地看过去。李复生站起身来，不卑不亢："陈长官，今天既是茶话会，也就是大家一同喝茶议事。我虽为行首，但凡事也不能一人说了算。国有国法，行有行规，你说是不是？"

陈伯欣翻了一下白眼。李复生继续说："从古到今雅州的茶税占了整个州赋税的七成以上，这其中大部分是从茶商的边引上抽取的，茶税已是重税，如今若要再要增加一倍，实属竭泽而渔，杀鸡取卵，将使许多茶行无力承受，关门倒闭。茶商一旦歇业，唇亡齿寒，茶农也难以生存。如此一来非但不能促进川茶发展，反而为印度茶大量进入提供机会。雅州到打箭炉的路既是茶路，也是官道，历朝都由官府修筑，沿途百姓出徭役，或者以钱充役，可是没有哪一朝收过如此高额的路捐。再则，此去藏地山高水深，每遇雨季山洪，道路时常损坏，以后又由谁来维护？所以此事要从长计议，望陈团长三思，另谋良策，以图……"

李复生话还没有说完，陈伯欣脸已发青，"腾"的一下从椅子上弹起来："你是茶行行首，应该率先响应政府号召，岂能推三阻四，装穷叫苦！"

李复生道："陈团长，不是李某不响应，我们李家世代为朝廷出力，从不推辞。可是修路款如此摊到茶商头上，实在无力承受……"

"看来你是想抗拒不交！"陈伯欣不耐烦地打断。

会场里顿时鸦雀无声。陈伯欣以为压住了阵脚，又坐回到椅子上，转头眼睛扫过其他人："你们呢？"

会场里茶商们你看看我，我看看你，都没有说话。陈伯欣暴跳如雷："想软磨硬扛？你们要抗拒政府？想与我唱对台戏？"

一看这阵势，没人敢说话。这时陈伯欣瞟了孟廷轩一眼，孟廷轩站起

来拱拱手道:"二位长官,修公路于我们茶商是一件大好事,我们理当尽一份绵薄之力。"

孟廷轩一开口,李复生就明白他们暗中有了交易,知道事情不妙。果然又听孟廷轩说:"筑路捐款一事嘛,不妨根据茶号生意大小而论,钱少少捐,钱多多捐,有钱出钱,有力出力……"

陈伯欣一拍桌子说:"还是孟掌柜明事理!赚钱不忘国家,不像有的人为富不仁,眼睛里只看到钱。我看,这雅州茶行的行首以后就由孟掌柜担当,修路捐款的事也由他一同协办!武主任你看如何?"

武道学没想到陈伯欣如此武断,事先也不跟自己商量,实在有点目中无人,心中不快,但是不便反对,只好嘴上模棱两可说了句:"望大家尽心协力。"

会场里再次响起一片嗡嗡之声。陈伯欣站起来一挥手:"此事三天后开始办理,违抗不交者重罚。散会!"

众人还没有回过神来,陈伯欣和武道学已在卫兵的簇拥下大摇大摆地离开,把一帮茶商晾在茶神庙里。

孟廷轩则暗自开心,这些年来他那双精明的眼睛时刻关注时局的变化,当年他父亲就时时教导他:我们孟家一无财产,二无靠山,只有随时抓住命运中的哪怕是极其微小的机会,才能登上向上爬的阶梯,过上衣食无忧的生活。父亲和他都是这样抓住机会博得东家的信任,当上恒泰茶号的掌柜的。当陈团长的军队进驻雅州后,他千方百计打探其用意,知道以后雅州将被这帮人掌控,于是便想找机会接近他们,寻找更多的赚钱机会。

那天中午,陈团长带着侍卫从恒泰茶号门口过,孟廷轩主动出去热情招呼:"陈团长,请到铺子里喝杯茶。"

陈伯欣打量着孟廷轩,心想自己并不认识这个人。孟廷轩指着铺子殷勤地说:"我叫孟廷轩,是这里的掌柜,昨天你的卫兵来给你买过茶,知道你是个行家!我地窖里还存有一点清明前的极品黄芽,今天请陈团长赏光品尝。"

陈团长大喜。他是个嗜茶如命的人，而且喜欢饮浓茶，每天早饭后都要饮一大盅如中药般颜色的酽茶，直喝得两腮潮红，有几分晕晕乎乎的感觉，他得意地称之为"茶醉"。醉过茶后，一天精神抖擞；反之，则萎靡不振，所以寻找好茶是他们侍卫无论走到哪里都得首先打理的要事之一。

"哈哈，要得！"他正想找一个既可以利用，又熟知茶行情况的商人为自己效力，真是瞌睡遇到枕头，心中暗喜，于是摇头晃脑走进恒泰茶号。孟廷轩就这样搭上陈团长这条线，接着又请对方喝花酒，听川戏，几下就同陈伯欣打得火热。作为回报，陈伯欣答应让他当雅州茶行的行首，并协助收缴路捐。

第三十四章

天还未亮,加措就牵上两匹马轻手轻脚走出了锅庄的大门,不一会次仁旺堆也悄悄出来:"快走!"

"老爷,要不还是我先去看看?"加措正要扶他上马,忽然生出些许担忧。

次仁旺堆翻身上马:"走,走。"

"可是……"

"不要再说!"

两人匆匆上路。

原来昨天加措回来告诉次仁旺堆,前些日子有人看见安江与两个人鬼鬼祟祟从鹰嘴崖下的红石山谷里出来,马背上驮了满满几大口袋东西,回来后直接去了远东贸易商行。

这样的事已经不是一两次了。自从得知远东贸易商行有赏赐茶,次仁旺堆就叫加措暗中注意商行的动静,结果意外发现安江与远东贸易商行往来十分密切,后来又见安江几次带人偷偷去红石山谷,回来时马背上驮了大包的东西。这个发现让次仁旺堆大为吃惊,那个山谷乱石嶙峋,石头表面覆盖了一层锈红色,远远看去如苔藓一般,一年中大半时间积雪覆盖,平时几乎没有人去,哪有什么东西可以运回来?次仁旺堆更加怀疑其中有不可告人的秘密。他几次去远东贸易商行,想试探一下掌柜詹姆斯,可是始终不见其踪影,商行的伙计说詹姆斯一直在外奔波,店里的事多由手下的人打理。次仁旺堆弄不清是在搪塞他,还是确实不知詹姆斯的行踪,想来想去,决定亲自去山谷里走一趟。

轻微的马蹄声惊醒了央金,她一骨碌翻身起来,赤脚冲到窗边,正好看见父亲蹑手蹑脚往外走，并不时回头张望，似乎生怕被家人看见，于是气呼呼地嘀咕道："又想瞒着我，哼！"说着就去抓衣衫。刚穿上一只袖子，转念一想，又赶紧脱掉，手忙脚乱在柜子里一阵乱翻，衣衫丢了一地，终于从下面拖出一套男装，接着翻出一顶皮帽，把长长的头发塞进去，再把一双黑色长筒靴穿上，转眼变成一个英俊的青年男子。

央金迅速收拾妥当，在腰间挎上一柄短刀，临出门又把詹姆斯送的那柄单筒望远镜带上，然后踮着脚尖轻轻下楼，飞奔到马厩，牵出自己心爱的白马，朝父亲和加措去的方向一溜烟跑去。马儿所过之处卷起一阵尘土，飞奔的身影很快就消失在晨曦里。

次仁旺堆与加措翻过两道山梁，来到山下一片树林的泉水边饮马，此时阳光穿过云层，如一道道金丝线射进林子，风吹动树枝发出"哗哗"的响声。加措把事先准备好的青稞饼和装有酥油茶的皮囊递过去："老爷，吃一点吧。"

次仁旺堆仍然在想心事："嗯。"

"老爷不用着急，我们到了那里也许就会把事情弄清楚。"

"我心里总有一种不祥的感觉，倒不是怕去那个荒无人烟的地方，而是觉得好像要出事……反正说不清楚。"

"老爷放心，不会有事的。"加措安慰道。

"这几天央金没向你打听过什么吧？"

"追问了好几次了，可是我什么也没有告诉她。"

"那好，她若是知道了说不定又会惹祸。等这件事办完我们就到雅州兴义茶号去一趟，商议一下扩大马帮的事。现在一些原来走青海入藏的商人，也想改走川藏路，这边虽然山高路险，但是沿途水草丰茂，也好解决驮队的草料，更重要的是他们喜欢雅州的茶。到时把央金一起带去。"

加措接过老爷手中的皮囊，忽然联想起什么，说道："按说茶马司撤销后安江该跟他的主子去箭炉府，可是他却离开官府与詹姆斯做生意，不知他咋想的？"

"这个人见钱眼开。我告诉你，那个詹姆斯根本就不是啥子生意人。

听说热拉活佛被害时有人看见他和另一个英吉利人去了丹增洛桑的古堡。丹增洛桑已经被人干掉了，尸体吊在大门口，待那个被割了舌头的奴隶指认出那两个英吉利人，大家绝不会放过他们……"

正说话，忽听林子里有一声响动。次仁旺堆警觉地朝有声响的地方看了一眼："什么在响？"

加措侧耳听了一下，却没有听到任何动静："也许是一只狐狸跑过。"

"走，我们快上路。"次仁旺堆说着翻身上马。那种不祥的感觉又爬上心头，他皱了皱眉头，也顾不得多想，与加措飞驰而去。

他们前脚一离开，一棵大树后面就闪出一身藏民装束的詹姆斯，他在树林里已经一连露宿好几天了。来此过夜是出于安全的考虑。詹姆斯有极其敏锐的第六感，这种感觉多次帮他脱离险境，死里逃生。前些天汉斯派人给他送来一封密信，读完信他大吃一惊，原来出现在京城总理衙门大门口的乞丐真的是热拉活佛！最初他看到报纸上的照片还有些怀疑，担心是容貌相似的人，因为热拉活佛的死是他亲自鉴定的，事后又用生牛皮裹上下葬，并在上面修建了一座佛塔，可以说是万无一失！可是为什么又出现这种情况？他心里疑神疑鬼，总是放不下，为了验证热拉活佛死而复生一事的真伪，他让汉斯挖开热拉的墓查看。不料汉斯在回信中说他与丹增洛桑一起打开墓穴，结果令他们目瞪口呆：内中空无一物，一条仅能容下一个十来岁孩子身体的狭窄通道，从墓穴中直通高墙之外，一张风干的牛皮就埋在洞口。热拉活佛果真从墓穴里逃走了，并把英吉利人在打箭炉一带的行径报告了中央政府！汉斯让他设法躲一躲，他自己正准备带人离开，因为参与加害热拉活佛的丹增洛桑头人已被人暗杀，粮仓被人放火烧毁……詹姆斯读罢信，仰天长叹一声："该死，我终于见识到什么叫神通！"

詹姆斯越想越感到坐立不安，觉得不光热拉活佛随时会来找他算账，而且其他人也会暗中取他的性命。此事一暴露，他也明白自己不能再公开在炉城假装做生意了，他必须尽快隐蔽起来。不用等待上级的指令，他干这一行多年，知道该如何去做。他连夜处理好商行的事，让自己的手下乔治带上贵重的东西先去雅州，对外谎称是去运货；把聘用的本地人也打发走，说是要装修一下店铺，等事情完毕后再通知他们回来。可有一件事他必须自己亲自去完成，不能留下任何后患，于是约安江今天一早在此相会，准备一同返回鹰嘴崖下的山谷，这是他早算计好的。

最初他在林子里听到说话的声音，以为是安江到达，不想却窥见次仁旺堆和他的管家，两人的对话他听得一清二楚，暗自庆幸自己提早离开，否则被那些愤怒的藏民抓住，必将落得比丹增洛桑更可怕的下场。待他们走远，詹姆斯目露凶光，说道："我先让你们见鬼去！"

不一会安江到了，詹姆斯劈头就说："次仁旺堆发现了你的秘密。"

安江瞪大眼睛："不可能，我连额大人都没有透露，他咋会晓得？"

詹姆斯冷笑一声："他和他的管家刚从这里路过，两人说的话我都听见了，正往鹰嘴崖下的红石山谷奔去。"

"那，我们放在那里的东西会不会被发现？"

"你知道如果被人发现会有什么样的结果？"

"詹大人，你说咋办？"

"用你们中国人的话讲就是：先下手为强。"

安江似懂非懂点点头，忽又问道："詹大人，今天咋只让我一个人来？"

"今天要去取一件很值钱的东西，知道的人越少越好。"

"嘿嘿。"一听到钱，安江就两眼发光。

两人正说话，忽听一阵马蹄声传来，便赶紧躲在树后。不一会见央金骑马飞奔而过，不过因为她一身男人装束，两人都没有认出是她。

"嗯，今天这条路上不清静呀。"詹姆斯轻声嘀咕了一句，四处张望了一下，然后招呼安江上路。

孟廷轩看着手里的捐款登记簿。全城茶商，有些已经交了，有的嘴里说尽快，有的还在观望，其中最难办的就是兴义茶号。李复生明说给他定的捐款额太高，有失公平，无力承受，扛着不办。李复生在茶行的影响

大,不少人看他的眼色行事。

孟廷轩在屋里想了半天也没想出好办法,心里一阵烦躁,抬头看着天色渐晚,想起晚上鸿宾楼还有一台酒席,忙起身去梳洗更衣。一想到这台酒席,孟廷轩心情又好起来。如今雅州城里的茶商都对他赔笑脸,轮番找理由请他吃饭。他本来最爱吃雅鱼,可是这段时间简直吃腻了。他心里也明白别人为什么请他吃。每次饭桌上酒过三巡,对方就一边叫苦,一边将一个装有银元的小布袋从桌子下面递给他,要他关照减少捐款的数额。孟廷轩为此得了不少好处,他盘算好把这些人减少的捐款都加在李复生的头上,并决定今晚到陈团长那里去一趟……

孟廷轩换好衣服,并没有急着出去,他觉得稍微迟到一下更能显出自己的分量,于是在天井里一边整理衣衫,一边闭着眼睛摇头晃脑哼起戏文来:"我正在城楼观山景,忽听得城外乱纷纷……"

"大。"这时孟泾恒走进来,他回来两次都因为父亲在外应酬而没见成面,他一直想找时间与父亲谈一谈。

孟廷轩心情很好,笑容满面:"你回来了,走,跟大一起去鸿宾楼去吃酒席,那里的雅鱼做得地道,肉嫩细滑,味道鲜美……"

孟泾恒小心翼翼地提醒:"大,你最好不要干路捐的事。"

孟廷轩一下收敛了笑容:"你又听哪一个搬弄是非,嗯?你大我好不容易扬眉吐气,嘿,你娃反而倒不高兴了。"

"让人戳背脊骨有啥子好?"

"嗨,你说啥子嘛?我看你是长了反骨,忤逆不孝,胳膊肘往外拐!"

"大,那个陈伯欣不是个好人,胡作非为增加路捐,众人都讨厌他,背后叫他是陈黑心,你竟然为虎作伥,遭人唾骂。"

"放屁!"孟廷轩火起,"你翅膀硬了,敢教训你大?我问你,是不是李家那个臭丫头给你说的,嗯?那臭丫头从小就尖酸刻薄,一副白骨精的样子!我告诉你,你以后少与她纠缠不清,别以为我眼睛瞎了看不出你心里喜欢她,今天干脆推开窗户说亮话:你趁早断了这个想头!你找哪一个都可以,就是不许找她!我与李复生不共戴天,你敢与他的女儿相好,老子决不答应,一分一厘钱也不给你!"

孟泾恒也生气了:"我自己,能养活自己,不需要你的钱!"

孟廷轩见儿子顶撞自己,更恼羞成怒:"你,你若敢娶她,我就立马与你断绝父子关系!"

"大,我也给你挑明,除了她我哪一个都不要!"孟泾恒态度很坚决,扔下这句话转身就走。这时孟鲁氏听到争吵声从里面出来,见儿子往外走,忙唤他:"泾恒,泾恒。"孟泾恒停顿了一下,但还是头也不回地离去。

"你这个没出息的东西,混账,想要气死我呀!"孟廷轩气得捶胸跺脚,破口大骂。半晌,又垂头丧气叹道:"唉,真他娘的冤家路窄……"

鲁氏小心翼翼地劝说:"他大,那闺女识文断字也水灵……"

廷轩秋风黑脸地打断:"你放屁!你这没有见识的婆娘!"

孟鲁氏吓得一个激灵,身子不由往后缩。

孟泾恒到小学堂去找李永秀,哪知门房说刚好离开;折回兴义茶号打听,陈二旺说小姐路过铺子扔下书包就走了,并没有回家,也没留下话说去哪里。孟泾恒只好失望地返回自己的住所。走在半路上忽听有人在叫他:"孟先生。"

孟泾恒抬头一看是莫里森神父,便施礼道:"莫神父出来散步?"孟泾恒因为经常从教堂门口过,所以认识莫神父。

"你在找李小姐?"

孟泾恒很惊讶莫神父如何知道他的心思,但还是点点头。莫神父凑近说:"她去了州府。"

"你咋知道?"孟泾恒十分意外。

"我亲眼看见的。"莫神父指了指自己的眼睛。

孟泾恒一想到那些驻扎在里面的官兵就立刻不安起来:"她去那里干啥子?"

"听说李掌柜被那些兵扣押在那里,李小姐想去救她父亲。"

孟泾恒大惊失色,告别莫神父,匆匆赶去兴义茶号。

莫里森看着孟泾恒的背影消失,才回到教堂。他之所以要告诉孟泾恒这些,是担心李复生若有三长两短,他无法弄到制作赏赐茶的秘笈。这件事詹姆斯催促过几次了,可是他一直没有找到下手的机会。

莫里森在街上蹓跶了一圈,买了一把荥经黑泥烧制的、粗糙中透着古朴的茶壶,这才慢悠悠地回到自己的住所。莫里森钟爱中国茶具,来的时间不算长,却淘了一大堆茶具,陶器、瓷器、铜器、铁器,各种各样,应有尽有。他经常独自欣赏把玩,爱不释手。

他走到住处,推开门,只见一个黑影坐在椅子上,吓得一抖:"谁?"

对方冷冷地说:"是我,别紧张。"

莫里森听出对方的声音,长长舒了一口气:"你吓了我一跳,乔治!神出鬼没的,来雅州有何事?"说着,莫里森点燃蜡烛。灯光照射下,博古架上摆放着许多砖茶和茶具。

乔治是詹姆斯的手下,本来一直跟随詹姆斯在打箭炉远东商行,眼下却是一身传教士装束,鞋子和裤脚上沾了不少泥土,显得有些疲惫。

"有人在追杀我们。"半晌,乔治才冒出一句。

"我的上帝!"莫里森瞪大眼睛。

"害怕了?哼,詹姆斯这个人最大的特点就是不知道什么叫恐惧。"

"出了什么事?"

"一个活佛死而复生,牵扯出许许多多的旧事,包括早被人淡忘的鹰嘴崖雪崩,害得我们不得不狼狈撤离多年苦心经营的地盘!"

"你打算躲在雅州?"

"我不是来避难的。据我们得到的情报,川军要修筑雅州到打箭炉的公路,以便川茶入藏,这有损大英帝国的利益,上司要我们设法阻止他们。"

"近日军队在雅州四处派捐,茶商们不堪重负,正激烈反对,领头的就是兴义茶号的李复生。"

乔治一下从凳子上起来:"他家的秘笈有眉目了吗?"

"没有,曾经找人去买通他的大儿子,可是一无所获。那是个浪荡公子，得不到父亲的信任，甚至从未见过……"莫里森声音里透着无奈。

乔治明显不满："詹姆斯说大吉岭的茶厂急等着这个配方试制，我们要不择手段搞到。赏赐茶现在没做了，但是李复生用这个配方做成其他品牌的茶，在藏地销路极好。我们如果拿到这个秘笈，就能制出藏人喜欢的口味。只有我们的茶在西藏深入人心，我们才能控制西藏。"

"我一直在想办法。我打算从李复生的小女儿入手，目前只有她有希望成为茶号的继承人……"

"慢，你说李还有一个小女儿。"

"是的，很漂亮，恒泰茶号孟老板的儿子一直在暗中追求，可两家是世仇。"

"哈哈，有办法了。"乔治一拍手，"你先给我弄点吃的，下来再细商量。"

李复生拒不交纳路捐，被陈伯欣传唤到临时设在原雅州府衙的团部，直到下午都没有回来。曾秀出去办事不在，雅芝一时没了主意，如同热锅上的蚂蚁，坐立不安。李永秀下课回到家路过铺子时听说此事，二话没说丢下书包转身就走，没有给任何人打招呼，径直往团部闯去。

团部办公室里，被纠缠了半天的李复生终于忍不住爆发："让兴义茶号出两千个大洋，凭哪一条王法？"

陈伯欣一手叉腰，一手指着李复生的鼻子："我说的就是王法！你是不是要扛到底？信不信，老子说你偷税漏税可以把你弄去关班房！老子说你领头抗捐也可以把你整进班房！哼，要弄你还怕找不到借口？"

"我早看出来了，你和姓孟的搅在一起，这笔钱名为路捐，其实很大一部分是落入某些人自己的腰包里。"

李复生的话击中了陈伯欣的要害，他恼羞成怒，一拍桌子："你胡说八道！老子为国为民，也为整个雅州茶业的未来，你却栽赃诬陷好人，就凭这一条就可以让你吃官司！"

"陈团长，我也告诉你，兴义茶号在雅州一百多年了，各色江湖人物

也见过不少,雅州如果没有讲理的地方,我就到省城去,"李复生沉吟了一下,意味深长地说,"两千个大洋能做不少事。"

"你啥子意思?想威胁我?以为手里有几个钱就不得了啦?告诉你,我这个人是软硬不吃。"陈伯欣口气软了一点。

"岂敢,我只是说天下总有讲理的地方。"

陈伯欣见李复生还没有出钱的意思,于是说:"既然李掌柜抗拒不交,那就只好让你留在这里好好想一想!"

李复生知道陈伯欣威胁他是想敲诈钱,一时还不敢把他如何,于是一声不吭。陈伯欣见李复生还是不表态,大吼一声:"来人!"两个卫兵推门而入。

"把他带到后面小屋去好好想一想!"陈伯欣命令道。

卫兵带走了李复生。陈伯欣越想越气,在办公室里走来走去,仍然没有想出好办法。正如李复生说的,他的确是想借修路的名义大捞一把,中饱私囊。一般的商人哪敢与他作对?一哄二吓就能把钱诈出来。可是这个李复生却是个不好对付的角色,敢与他周旋耍花枪。陈伯欣憋了一肚子火,想出去散散心,正气冲冲地往外走,远远看见身着白衣蓝裙、一头整齐短发的李永秀,就挪不动步了,满肚子火气立刻烟消云散,两眼色眯眯地盯着李永秀看,贪婪地咂着嘴巴自言自语道:"啧,啧,这女子好粉嫩,老子活了四十多岁,还没见过这么巴适的女人。"

从后面赶上来的张副官说:"团座又看上了这个女子?"

陈伯欣毫不掩饰地说:"漂亮女人哪个不喜欢?只是不知她是哪户人家的?老子要喊人去提亲。"

"只怕这个女子团座不好去提亲。"原来张副官一到雅州就瞄上了李永秀。那天从小学堂门口过,看见李永秀与一群小孩在跳绳,一下就被迷住了,还没有来得及去追,不想就被已有三个老婆的陈团长打起了歪主意,心里酸溜溜的很不是滋味,可又不敢流露出半点。

"她又不是皇帝的女儿,怕个屁?"

"她是李复生的幺女,叫李永秀,在小学堂做教员。"张副官故意把

"教员"两个字说得比较重，意在提醒团长李永秀是有身份的文化人，不能像对待烟花柳巷的风尘女子那般随心所欲。

哪知陈伯欣淫荡地一笑："有文化的女人肯定更有味道，老子那三个婆娘会唱的、会耍的都有，就是没有识文断字的。嘿，我把未来的老丈人软禁起来了，哼，这下正好提亲，她干也得干，不干也得干！"

李永秀全然不知自己被盯上了，她看见两个军官模样的人走来，便上前问道："请问陈团长在哪里？"

陈伯欣做出一副彬彬有礼的样子，憋住声音装温和："鄙人正是，请问小姐有啥子事？"

李永秀微微一愣，涨红脸说："哦，我父亲是不是被你扣起来了？"

陈伯欣转眼又变成一副无比委屈的样子："看李小姐说到哪里去了，今天请你父亲来是有要事商量，事关整个雅州茶行的未来，非同小可。唉，当兵这碗饭不好吃啊！社会上不少人还认为军人粗野，这是一种偏见！我最讨厌那句话：秀才遇到兵，有理说不清。那秀才一定是个酸秀才，讲不清理，只能说点之乎者也，十足的傻瓜，一看到兵佩戴的刀枪，吓瘫了，还能说啥子呢？所以不是兵的问题，而是秀才自己的问题！"

李永秀听得想发笑，觉得他不像传说的那么可恶。陈伯欣见状又信口胡编开来，舌头十分灵活："我陈某是一个十分通情达理的人，尊重有文化的人，尤其是知识女性。我正打算仍然由你父亲担任茶行行首。要不这样，请李小姐先到我办公室坐一下，喝杯香茶，我马上派人送你和你的父亲大人一道回府上。"

"谢谢陈团长。"李永秀不明就里，满心欢喜，跟着进去。

第三十五章

次仁旺堆与加措一步步走近鹰嘴崖下的山谷,先是一片低矮的荆棘灌丛,有涓涓细流淌过,凌乱的脚印和马蹄印在水边清晰可见。两人加快步伐,顺着脚印向前,爬上一面坡,只见乱石嶙峋,犬牙交错,石缝里稀疏地分布着一些苔藓,坚硬的石头上除了布满红色外没有任何印记。此时人行已十分艰难,马不能再走,加措只好找一块相对平整的地方将马拴好。再往前,鹰嘴崖映入眼帘,只见山顶白雪皑皑,在阳光下发出刺眼的白光,两只苍鹰在天空中盘旋,整个山谷静谧无声,连呼吸的声音都清晰可闻。

加措眺望鹰嘴崖:"许多年前那次大雪崩,几乎把这个山谷填平了,以后雪慢慢融化开才又显现出来,可是景象大变,原来的树木没有了,草也不见了,生出这许多暗红色的乱石头来。"

"是啊,那次雪崩真是可怕,李老爷的整个马帮都被埋了。唉,开始听说有人逃出来,可后来一点音讯也没有。"

加措疑惑地看着四周:"老爷,这山谷里什么也没有,安江他们来干啥子呢?"

"也许就和茶有关系,我们在四周仔细看看。"奔走了大半天,次仁旺堆有些气喘,但仍不停往前走。忽然他闻到一股熟悉的味道飘来,禁不住有些兴奋:"哦呀,我闻到茶的香味!"

加措停下脚步,用鼻子使劲嗅了嗅:"我咋没闻到?"

"就在这附近,"次仁旺堆很肯定,"刚才一阵风带过来的,我的鼻子不会错。快,仔细找一找!"

前面矗立着几块大石头,周围是横七竖八的乱石。次仁旺堆无意间在一道石缝里看见一颗压扁锈蚀的弹壳,心里一惊,捡起来翻来覆去地看。这样的弹壳他从没有见过,觉得好生奇怪,便小心放入口袋里,接着三步并作两步上前。脚下的碎石哗啦哗啦往下掉。忽然,他看见地上散落着一些白森森的人骨和马骨,断裂扭曲,或者被砸裂,心里更感到不安,自言自语道:"莫非是当年马帮留下的尸骨?"

这时太阳躲进云层里,峡谷里阴沉下来,风一阵接一阵吹,似乎要下雨的样子。一只鹰发出一声怪叫,拍翅飞进半崖上一个洞里,紧接着另一只鹰也俯冲下来,箭一般钻进那个洞里。

"老爷,当心一点!"加措有些担心,加快步伐追上去。"是什么东西惊扰了鹰,叫得人心里发毛……"他嘴里嘀咕了一句。

次仁旺堆走着走着忽然停下,指着前方的几块大石头:"茶味就是从那里传来的!"

"哦呀,我也闻到了。"加措兴奋起来。

两人疾步走近,才发现大石头后面有一个洞,洞口不大,下半截还垒了一些石块,一看就知是人力所为。站在洞口往里看,两人都惊呆了:一条条赏赐茶如小山一般堆在那里!一些黑褐色的茶从爆裂的牛皮口袋里露出来,浓浓的茶味弥漫了山洞。

"哦呀呀,这么多的茶!"

"简直就是一个藏宝洞!"

"奇怪。是谁把茶放在这里的?"

两人顾不得多想,径直往洞里钻。

詹姆斯和安江也赶到红石山谷,远远看见次仁旺堆和加措接近洞口,安江急得抓耳搔腮:"詹大人,咋办?"

詹姆斯没说话,挥手招呼安江继续往前,朝山洞靠近。

安江见詹姆斯没表态,心里很不舒坦:"他们一定会把那些茶弄走,到手的钱就要飞了!"

詹姆斯在一块大石头后面停下,不时伸头出去张望,半晌,冷冷地说了一句:"等他们出来再说。"

等了一会,安江焦急不安,快失去耐心,只见次仁旺堆和加措一前一后从洞里出来,表情气愤,嘴里在不停地说着什么。安江迫不及待,又问:"咋办?"

詹姆斯脸上露出一丝阴笑,从怀里掏出一把手枪,紧跟着一颗子弹射向次仁旺堆的胸膛。

"老爷——"加措睁大眼睛,想去扶老爷,刚喊了一句,另一颗子弹射来,他摇晃一下倒在老爷身边,鲜血渗入身下一片血红的碎石,枪声在山谷里久久回荡。

"你——你杀人……"安江尽管胆大妄为,为钱不择手段,但对杀人还是感到畏惧。

"要想发财只能这样。你不是常说黑道上的规矩是不能留下活口吗?干我们这行要比黑道还狠。"詹姆斯冷冷地说罢,右手把枪收回去放好,以命令的口气说道:"去,把他们两个的尸体拖进洞里埋了。"

安江看见詹姆斯右手把枪插进枪套,心里才稍稍安稳下来,擦了擦头上冒出的冷汗往前走。走了几步,忽然听到身后有一丝响动,感觉有些不对劲,猛一下转过身来,见詹姆斯正狞笑着左手举枪对着他。

"你——"安江脸上的肌肉僵硬了,他做梦也没有想到詹姆斯会对他下手,他鞍前马后为詹姆斯效过不少力,包括献计如何拉拢额尔尼,如何借茶马司的庇护走私茶叶,等等。詹姆斯平时对他也十分信任,出手大方,让他得到不少好处。哪知今日翻脸不认人,竟然要他的命!他震惊、愤怒,而又不知所措,哆嗦着刚说出一个字,"啪!"一颗子弹在他的胸膛炸开。他倒在地上,鲜血立刻涌出来,即使这样他还是挣扎着抬起头,愤愤地用手指着詹姆斯,可是很快就无力垂下,头一歪,一口鲜血喷出,眼睛大瞪,死不瞑目。

詹姆斯耸了耸肩,收回枪:"两个人知道的秘密就不叫秘密。"

过了那片树林,央金就不见父亲和加措的踪影,她急得左右张望,原地转了几圈,最后朝不同的方向跑去。她走上了去鹰嘴崖的路,一路上没有遇见人,无从打听父亲的行踪。山越来越高,她感到有些气喘,走了一阵便停下来歇息。忽然脚下山谷里传来两声枪响,她一愣,心想:"难道山谷里有人?"

她往山下张望,什么也看不清楚,忽然想起怀里的望远镜,忙取出来看。这时又一声枪声响起,她忙站到山崖边,透过望远镜看见詹姆斯正把安江当死狗一样往前拖,地上留下一串血迹。再一看,远处躺着父亲和加措,不禁惊呆了。

阳光炽烈,射到望远镜上。詹姆斯敏锐地感到脑后强光一闪,觉得山上有人,拿出望远镜一看,正好与央金对视,双方都从镜筒里看清了对方。

"上帝呀,我真是搬起石头砸自己的脚,送她望远镜来监视自己!"詹姆斯气急败坏。

央金很快回过神来,翻身上马,扬鞭冲下山来。詹姆斯立刻朝拴马的地方仓皇跑去,顾不得去处理倒下的三个人。

李永秀在陈团长的办公室里坐了好一会,仍然不见父亲的影子,而陈团长一杯接一杯喝茶,也不断地谈论茶,似乎兴致很高,就是不回到主题上去。李永秀几次想打断他的话,都被他巧妙地挡回去。陈团长说着说着,眼睛就开始在李永秀身上溜来溜去,令李永秀很不自在。她本想抽身就走,可是想到父亲,只好一忍再忍。

"李小姐有婆家了吗?"陈团长忽然话题一转。

李永秀愣了一下,随即轻轻摇摇头。"没有就好。"陈伯欣咧嘴一笑,起身倒了一杯热茶递给李永秀,手指几乎触到李永秀白嫩的脸上。李永秀敏感地向后一闪,大惊失色:"你——"

哪知对方并没有抱歉后退,反而嬉皮笑脸凑过去:"李小姐不要怕,我喜欢你。"说着又把手伸过去。

李永秀脸色陡变,站起来厉声说:"你要干什么?"

"我要——亲热你一下。"

"走开,来人哪!"李永秀跳到桌子对面惊慌地喊起来。

"嘿嘿,不要紧张嘛……"

正在这时,张副官一下闯进来:"报告团座!"

陈伯欣气哼哼地白了他一眼:"啥子鬼事?不敲门就进来,一点规矩都不懂!"

张副官看了李永秀一眼,故意大声说:"有一个女人在大门口又吵又闹要闯进来。"

"她是啥子人?"陈伯欣目露凶光。

"自称是兴义茶号的管家,叫曾秀,说要见你,蛮有功夫,几个卫兵用枪才把她挡住。嗯,与她一起来的还有一个跛子青年。"

"居然钻出一只母老虎来肇事!哼,老子就喜欢虎口拔牙!走,去看一下!"

陈伯欣边走边问:"武主任喃?"

"早走了,说是有重要的事要处理。"

"有个屁事!这个溜肩膀,最善见风使舵。"

还没有走到大门口,就听见一个女人在大声吵吵嚷嚷:"大家评评理,凭啥子把我家掌柜和小姐扣在里面?这不是活抢人吗?"

原来曾秀办完事正返回铺子,不想途中遇见一脸焦急的孟泾恒,才知老爷和小姐被扣在团部,顾不得多想就与孟泾恒一同赶来。她在门口施展拳脚,打翻了阻拦她的卫兵,想把火引到自己身上,好让老爷和小姐能有脱身的机会。

门外水泄不通,一片喧哗声,许多百姓议论纷纷,指责那些当兵的胡作非为。曾秀一脸怒气,因为刚才动武,袖子被扯开一道口子,头发也有些凌乱,但毫无惧色。陈伯欣见状,叉腰呵斥道:"大胆泼妇!刁民!居然跑到驻军指挥部来闹事!活得不耐烦是不是?"

一些胆小怕事的人见陈伯欣将手放在枪套上,一副随时准备拔枪的样子,赶紧往后悄悄离开,可是还有一些人不肯挪动。

曾秀理了理头发:"你就是陈团长?我要见我家老爷和小姐!"

孟泾恒也上前一步:"请陈团长按规矩行事,放李小姐和李掌柜回家。"

陈伯欣打量他一眼,见一个毛头后生也来说三道四,不由火冒三丈:"你是哪一个?还轮不到你跑到这里来指手画脚!"

曾秀轻轻推开孟泾恒,毫无惧色:"陈团长,大路不平众人铲,是你做事不公道,凭啥子扣押我家老爷和小姐?若路捐一事是公平的,为什么不在这大门口张榜公布,反而遮遮掩掩?今天当着大家的面,你要给我们一个说法。"

陈伯欣恨不得伸手给曾秀一耳光,还没人敢在他面前如此放肆,多年横行霸道,已使他习惯别人对他俯首帖耳,唯唯诺诺。可是看了看越来越多围观的人,只得把口气放缓一些:"我在与李掌柜谈公务,关你一个下人啥子相干?小姐是自己来的,她正在我办公室喝茶,一会儿与他父亲一道回去。你在这里扰乱公务,擅打公事人,小心我办你一个聚众滋事的罪名。"陈伯欣说罢向张副官使了一个眼色,转身往回走,边走边骂,满口粗话。

张副官驱逐众人道:"大家快回去,不要在这里看热闹!"接着招呼曾秀和孟泾恒在门房处等候。

大门外的喧闹声隐隐传到李永秀的耳朵里。她去拉门才发现门被锁了,敲门喊叫却无人理睬,转身四处看看,忙去推窗户。窗户开了,李永秀一阵欣喜,可是往外一看又犯难,原来窗户下是很高的台阶。台阶下有一个很大的石水缸,里面装满了水,那是府衙用来防火的太平缸,因为长年没用,水面上漂浮着一层绿莹莹的水藻。李永秀正在犹豫,忽然听到陈伯欣的声音,心一横就往下跳,不想胳膊触到石水缸上,一阵钻心的疼痛让她大叫一声,跌倒在地上。

陈伯欣就像欣赏一件落入陷阱的猎物一样走近李永秀:"你跑不掉的,想跑只有自讨苦吃。"说着把手伸过去,李永秀痛苦地往后挪。

"来,让我来抱……"

"流氓,滚开!"

"嘻嘻,不要说得那么难听嘛。"

"救命呀,救命呀——"

在门房里焦急不安的曾秀听到李永秀的呼喊声,如发疯一般冲进大门,两个卫兵和张副官都没阻拦下来。曾秀跑进院子,刚好看见陈伯欣两只手快触到李永秀的胸脯上,气得一股火直冲脑门,冲上前飞起就是一腿。陈伯欣猝不及防,一个狗吃屎扑倒在地,满脸尘土,一股血从鼻子里涌出来。这时卫兵、张副官和孟泾恒鱼贯而入,一看这情景都愣了。张副官赶紧扶起陈伯欣,孟泾恒则紧紧护着李永秀。陈伯欣恼羞成怒,挣脱张副官的手,咆哮道:"给老子打这个獠妇!使劲打!"

一卫兵上前欲抓住曾秀的衣襟,曾秀一闪,对方扑空,一个跟跄险些没站稳。另一个卫兵悄悄从背后袭来,哪知曾秀回手一拳打在他的脸上,卫兵往后便倒。陈伯欣不料曾秀拳脚老到,一翻身从地上起来,涨红脸,挽起袖子吼道:"给老子一起上,打死她!敢给老子耍横!"

五六个士兵一起扑向曾秀,曾秀左闪右跳,不断往旁边挪动,故意引开众人并以眼色示意孟泾恒带李永秀赶紧走开。孟泾恒会意,背起李永秀躲到一个角落里。渐渐地曾秀感到有些招架不住,头发散开,脸上一道道血印。她极力支撑,想争取时间让李永秀和孟泾恒逃走。这时门口的卫兵也冲过来,曾秀终于被打倒在地,满脸是血地挣扎。陈伯欣上前往她的肋骨一阵猛踢。曾秀大叫一声:"流氓——"头一垂就不动了,衣服上浸满了鲜血。

李永秀和孟泾恒目睹了一切,吓得目瞪口呆,紧紧捂住嘴不敢出声……

吉祥锅庄笼罩在一派悲凉的气氛之中。几天的时间,尼玛拉姆一下显出老态,脸色蜡黄,神情悲戚,行动缓慢,似乎连思维也停止下来,一切事情都由女儿拿主意。

次仁旺堆和加措的尸体运回家后,被擦洗干净卷曲起来,把头屈于膝部,合成坐的姿势,并用白色的布包裹好,放在一个临时垒砌的石台上。请来的喇嘛开始诵经超度,尼玛拉姆和央金跟着他们一起念经。

几天后的一个清晨，天还没有亮，出殡的队伍就从吉祥锅庄出发，央金走在出殡队伍的前面，手里紧紧捏着两枚弹壳，一枚是在从父亲身上搜出的锈蚀弹壳，一枚是父亲遗体旁捡到的弹壳。这两枚弹壳是相同的，她明白都是詹姆斯留下的！走着走着，她脑海里忽然闪现出一幅奇异的景象：一队驮茶的马帮在鹰嘴崖下行走，詹姆斯举枪射击，冰山摇晃起来，接着铺天盖地的冰雪俯冲下来，将整个马帮掩埋在冰雪中……央金一愣，再次看看手中的弹壳，将它放进自己的兜里。一个猜想在她心中渐渐形成。

葬礼结束了，人们陆续离开。央金站在山顶，久久伫立，对着苍天发誓："阿爸，女儿一定会为你报仇！"

第三十六章

傍晚，李复生被释放回家。雅芝扑上前："你终于回来了……曾秀被打成重伤，关在团部生死难料……"

这时李永秀、李永清和陈二旺过来。李永秀惊恐不安地述说白天发生的一切。李复生听罢，二话没说，转身就要出门，雅芝两手死死拉住他："你这不是去送死吗？冷静点……"

李复生一下呆坐在椅子上，周围的人说什么他充耳不闻，也视而不见，心里翻江倒海。曾秀的音容笑貌不断闪现在脑海里，这时他才发现自己深爱曾秀，这种感情浓烈而又深沉，超越了男女之间的爱，是他生命中不可分割的一部分。他感到刺痛的心正一点点被掏去，人变得轻飘飘的，有些恍惚。忽然间几十年来隐忍在心底的血性和杀气爆发出来，令他情绪亢奋，如一个将要拍马冲到敌方阵地上厮杀的斗士。他不得不闭上眼睛，以免妻子和家人看出端倪，可是两只攥紧的拳头却止不住微微发抖，似乎骨头里发出"咔咔"的声响。这时，一个营救曾秀的主意渐渐在他脑海里酝酿而成。半晌，只听他开口道："明天晚上我请武道学到家里来吃饭，雅芝多准备一些酒菜。陈二旺明天带一份厚礼去请他，打听曾秀被关的具体位置。永清到戏班子请几个人来唱堂会。其余人到时听我的招呼见机行事。"

"父亲想求助于武大人？"李永清问。

"不用多问，照我说的去做就行。"李复生的口气令所有人惊讶。

第二天一早，李复生来到团部门口，刚走上台阶，一个卫兵阻拦道："这里是军营重地，闲人免进！"

"我是兴义茶号的掌柜李复生，要见你们团长。"

"哼,昨天你们茶号的管家来肇事,扰乱军务是死罪!你今天又找上门来,以为你面子大?走开,走开!"

李复生一步跨到卫兵身边,伸手把拦在眼前的枪推开,欲往里走。卫兵一把揪住李复生:"你想找死啊?惹毛了老子枪不认人。"

"你们欺人太甚!凭什么抓人?"李复生大声吼起来。

看热闹的人围过来,其中有两个兴义茶号作坊的工人。李复生一把拉开卫兵的手往里闯,卫兵顺势用枪托朝李复生砸去,李复生躲闪不及,一下从台阶上跌下来,大腿触到石阶上,顿时不能动弹,那情形像是骨头断裂。

"李老爷——"一个工人扑上前。

"打人了——"

看热闹的人群里顿时一片喧闹声。这时陈伯欣气哼哼地出现在大门口:"聚众闹事,想造反啦?"他看了一眼脸色发青的李复生:"又是你,再不离开就以扰乱军营一并治罪!"

"放了曾秀!"李复生挣扎着争辩一句,就痛得说不出话来。旁边的人忙劝阻道:"李老爷还是先回去吧,你的腿怕是断了……"

"赶紧找郎中看看才是。"

两个工人手忙脚乱将李复生抬上一辆人力车。

"想和我作对,绝没有好下场!今天算是便宜你了。"陈伯欣冷笑一声,转身扬长而去。

陈二旺等了好一阵才被允许进入武道学的办公室。武道学埋头看卷宗,半晌,头也不抬地冷冷地问:"啥子事?"

陈二旺双手将大红色的请柬呈上。武道学见中间夹了两根黄灿灿的金条才抬起头:"看来李掌柜遇到大麻烦了,要本官帮助解决。"

"李老爷想求武大人帮忙救救曾管家。"

"这件事我听说了,不好办哪——"武道学口气缓和下来,但露出一副为难的样子。

陈二旺忙说："这雅州本是武大人管辖的地盘哪！那些当兵的欺人太甚，到处伸手，为所欲为。俗话说铁打的营盘流水的兵，他们迟早要离开，雅州还得归大人你管。"

武道学心里正对陈伯欣不满，听了这话，鼻子一哼："现在也是我说了算，我是国民政府委任的官员，他们不过是暂时驻扎！"

"可他们好像是天王老子一般，要治曾管家罪……"

"哼，他也只能把曾秀关在后院的杂物间里，刑罚诉讼还得由地方政府来办。"

"武大人说得是。那个陈团长自从来了雅州，横行霸道，各商号无不是怨声载道。李老爷今天去团部，被卫兵推倒在地，大腿骨折了，躺在床上不能动。唉，要不他会亲自上门来请你。今晚为了让武大人开心，老爷还特地请了两个戏班的花旦来家里，唱曲助兴。李老爷说救了曾管家，一定好好酬谢。"

武道学沉默了一会："回去告诉李掌柜，今晚我去，这是为了整个雅州的茶业，不是仅为一事一人。"

晚上，李复生躺在床上一动不动，大腿上敷了跌打损伤的膏药，又以木条固定，再用厚厚的纱布裹上。直到武道学的轿子到了门口，才由用人用一张马架椅抬出来，半撑起身子："武大人，失礼了！"

李永清上前："武大人请——"

一身便装的武道学见李复生那副样子，知道伤得不轻，露出一副同情的样子："哎呀，李掌柜这样就不必拘礼啦。"

"曾管家的事，请武大人多帮忙。"

"嗯，嗯。"

两人进入客厅，雅芝已经等候在其中，待武道学坐定，轻轻招呼了一声，用人就将精心制作的菜肴端上，转眼就摆满了八仙桌。但武道学似乎兴致不高，矜持地夹了两箸便停下。雅芝不断往他碟子里夹菜，又劝酒，心里暗暗着急。李永清见状嘴角一抿，两手一拍，两名浓妆艳抹、环佩叮咚的女子款款走上前来，笑吟吟地站在武道学左右，两名琴师远远站在屋角。

"武大人,这两个梨园新蕊,一个叫艳阳,一个叫艳云,今晚特地来为大人献艺。"李永清说罢对两个女子使了个眼色。

艳阳、艳云上前一同施礼:"给武大人请安。我们姐妹二人先敬大人一杯。"说罢一人执酒壶,一人端杯,满满先喝下三杯。

武道学顿时笑逐颜开:"哈哈,真是豪爽。"端杯一饮而尽。

"一会给武大人要好好唱几曲。"李复生说。

"是!"

两个女子坐在武道学左右,酒桌上的气氛活跃起来。李复生不能动弹,只好让太太和儿子代为斟酒。酒过三巡,艳阳、艳云的两腮透出红霞,秋波荡漾,更显得妩媚动人。武道学禁不住有些手舞足蹈:"来,唱一曲。"

艳阳道:"好,不过我唱一曲,大人就得喝一杯。"

"好!我先干一杯。"武道学说着就仰起脖子灌下一杯。

艳阳唱罢,艳云上前满满给武道学斟上一杯酒:"武大人,不如我们都换成大杯如何?"

"笑话,未必武大人还喝不过你一个小女子!"李永清在酒桌上如鱼得水,说着满满地给武道学敬了一杯。

"好,好——喝!"武道学舌头有些不灵活。

艳云喝下一杯,用手绢擦了擦嘴角,娇滴滴地问:"武大人喜欢哪一出戏?"

武道学骨头酥软起来:"《秋江》中尼姑驾船追书生那一段,嘿嘿,很有味道。"

《秋江》是《玉簪记》的一折,写的是南宋年间书生潘必正和女尼陈妙常的恋爱故事:白云庵老尼是书生潘必正的姑母,潘在白云庵寄读期间,与尼姑妙常产生了爱情,姑母发觉后便逼潘离开,前去参加科举考试。潘未及与妙常告别,匆匆赴临安而去。妙常知道后追赶到江边,船已经离去,便央求艄翁驾船追送,于是艄翁借机戏弄妙常。

"我与艳云搭档,她唱妙常,我唱艄翁,也可以给武大人助兴。"李永

清已有几分醉意,站起来学着老艄翁戏弄人的样子:"谁人在叫啦,艄翁就来到,要到哪里去?"

艳云羞答答地说:"买你一只小船,赶着前面会试的相公,寄封家书到临安去。船钱重谢。"

李永清摇摇头:"风大去——不得。"

艳云央求道:"不要推辞,趁早开船赶上,宁可多送你些船钱。"

李永清做出一副为难的模样:"这等下船……"

……

两人对唱。武道学看得来劲,频频喝酒,艳阳在一旁不断为他斟满酒杯。不一会儿,武道学就扑在桌子上酒醉不醒,李复生喊了几声都没有反应。接着李永清也头重脚轻跌倒在椅子上,鼾声大作,艳阳、艳云也是东倒西歪靠在椅子上。雅芝忙唤来仆人将武道学扶到客房歇息,将艳阳、艳云及琴师送回戏班。一切忙完已经是半夜。雅芝忧心忡忡地问丈夫:"曾秀在里面会不会——"

李复生明白雅芝不愿意说出最坏的猜想,于是安慰道:"曾秀从小习练过拳脚,身体底子比一般人强。"

"可是,她受了重伤,又没有药,我怕她熬不过……"

"你放心。"

雅芝不知是太累还是喝了酒的缘故,倒上床一会就沉睡过去。黑暗中李复生一双眼睛发亮,他听了听四周的动静,然后轻手轻脚从雅芝身边挪开。

团部后院的一间堆放杂物的小屋里,躺在地上的曾秀终于醒了。她转动一下身体,立刻感到周身撕裂般的疼痛。她不知道这是何处,也不知道自己在这里躺了多长时间。只想起那天在一阵拳打脚踢中失去知觉。她想到李复生和李永秀,不由一阵担忧,于是再次挣扎着撑起来,疼得直冒冷汗。她的目光在房间里巡视,黯淡的月光从高高的木头栅栏窗户透进来,空荡荡的屋里堆放着几件积满灰尘的破旧家什,散发出浓浓的霉味,地上有一碗水和一个干裂的玉米馍馍。她慢慢爬过去，一口气喝完碗里的水，又吃下半个馍馍，渐渐有了一点力气，望着窗口，心里盘算着如何能逃出去。

这时，一个黑影从墙上轻轻地落在团部一角，一身黑衣黑裤，腰间束了一根宽带，袖口裤脚都扎得紧紧的，显得精干利落，头上一块黑布遮住脸，仅露出一双眼睛。看得出此人对团部里面的地形颇为熟悉，他灵巧地贴着墙向后院急速穿行，脚下没发出一点声响。

曾秀扶着墙，极力想站起来靠近窗户，忽然听到一声轻微的响动，大脑神经顿时警觉起来，赶紧侧身躺在地上，微闭两眼注视着门和窗户。少时，一个黑影在窗口晃一下，然后闪到门边。曾秀忽然有种心灵感应，全身兴奋起来。黑影在门外侧耳听了听，然后左右张望了一下，双手运力一拖，将锁扣从木板中拔出来，接着轻轻推开门，压低嗓音："曾秀。"

曾秀又惊又喜扑上去："果然是——"后面的话还没有出口，对方一下捂着她的嘴，示意她不要说话，抱起她就往外走。曾秀双手勾着对方的脖子，将身体紧紧地贴过去，眼里满是泪水。两人转过两个弯，一个正准备在墙角撒尿的兵士发现了他们，结结巴巴叫道："有贼——来人哪！"

黑影一脚踢过去，对方一下倒在地上呻吟。很快院子里响起了哨音，各个房间的灯接二连三亮起来，有人高喊："不要让贼人跑了！"

喧哗声中有人问："你看见有几个人？"

"一个人，不，好像还有一个。哎呀，痛死我了。"

"瞎子，几个人都弄不清！快追——"

黑影退到墙角，在曾秀耳边说了声："你先上。"然后蹲下将曾秀托到肩上，曾秀挣了一下，似乎不愿这样。黑影不由分说扶着曾秀的腿站起来。曾秀双手刚要攀到墙头，有人追来："在那——"

曾秀心里着急，却无力往上攀。黑影一纵身攀上墙，然后将曾秀拖上来，抱起她在墙上跑了一段，飞身落在墙外一片空地上。

"抓贼！贼人跑出去了……"

黑影抱着曾秀往河边跑，身后传来叫骂声和脚步声。黑影加快速度向

前,一艘小船停泊在水边。黑影附在曾秀耳边一阵低语,曾秀一边点头,一边擦泪水。这时船舱里的人催促道:"快走吧。"

黑影挣脱曾秀的手,一把将小船推出去。曾秀把身体伏在船舷边依依不舍地看着岸边。江水滔滔,小船转眼间消失在朦胧的夜雾之中。黑影攀上一棵大榕树,在树枝间跳跃而去。

追赶而来的官兵在水边举起灯笼:"刚才明明听到这里有声音。"

"雾太大,啥子都看不到。"

"走,到李家去看看。"

沉睡的李家人忽然被一阵猛烈的敲门声惊醒。用人点亮灯嘀咕:"半夜三更的啥子事哟……"打开门,用人吓了一跳,五六个兵气势汹汹地站在那里。

"啥,啥子事?"用人禁不住有点结巴。

张副官上前一步,没好气地说:"曾秀逃跑了,我们要搜查李家!"

"没有人……"用人哆嗦起来。

张副官一挥手,兵士们一窝蜂似的冲进了院子。这时李家上下都被惊醒了,衣衫不整地跑出来,正不知所措,李复生被两个仆人用马架椅抬出来,揉了揉眼睛:"啥子事?半夜三更闯到家里来。"

"李掌柜,我是奉命行事,因为曾秀从团部跑了!"

李复生一惊,随即大怒:"你分明是在讹诈,曾秀咋可能跑?是不是被你们下了毒手害了?!"

"她一个重伤在身的女人如何跑得出去?你们把人弄到哪里去了?我活要见人,死要见尸!"雅芝如同疯了一般冲上前来,头发蓬乱,脸色发青,张副官不由后退半步。

李永秀胳膊上缠着绷带,上前护住母亲:"一定是你们设计害了曾姑姑,还在这里贼喊捉贼……"

"放屁!"陈伯欣怒气冲冲地窜进来,"给我里里外外搜!一间也不能放过。"

李复生说："可以，不过如果搜不出人来咋说？"

陈伯欣眉毛一竖："搜！"

两个兵士正要闯进一间客房，李复生伸手阻拦道："慢——这里不能搜。"

陈伯欣冷笑一声："心里有鬼，害怕了？老子就先从这里开始。"说罢命令张副官："快去！"

张副官带两个兵士进去，忽然惊叫一声："啊——"

陈伯欣闻声跨进门，也瞪大眼睛，只见武道学躺在床上，鼾声大作。吵闹声将武道学从梦中惊醒，他迷迷糊糊打量了一下："啥子事？"

浓烈的酒味让陈伯欣厌恶地皱起眉头，但又不好发作："没想到武主任在这里。"

武道学听出他的不满，也就借酒发泄："听陈团长的意思我好像不该来？这雅州地方经济，茶业占据了大半，李掌柜又是茶行首领，一方乡绅，我身为父母官能不随时体察民情吗？何况这边茶又是关乎西藏稳定、国家统一、民族团结的大事，本人岂敢有半点懈怠！"

陈伯欣耐着性子道："武主任说远了，我并不是这个意思。今天带人到李家来是因为曾秀逃跑了，一个受伤的女人哪有这个本事？我怀疑李复生从中捣鬼，据说他有武功。"

武道学很不以为然："你也太抬举他了。年轻时侥幸打跑了几个剪径的小蟊贼就算有武功？何况是七八十岁老胳膊老腿的人了。再说眼下他的腿根本不能动，进出都要人抬，就是想救人恐怕也是心有余而力不足哟。不瞒你说，天黑以后我一直与他在屋里喝酒，还有其他人可以作证。"

陈伯欣沉默了片刻："他腿伤会不会有假？老子要亲自验一验他的伤。"

武道学对他不信任的腔调感到反感："他是在你那里伤的，你这是明知故问，到时弄得大家不好下台。"

"老子大风大浪见过了，未必还怕他一个茶商？"陈伯欣面露凶相，大声说。

这时李复生在门外高声道:"我把绷带解开了,二位大人不妨出来看看,也可以叫人到各个房间去搜查,不过要是没有人,请陈团长给我一个解释。"

陈伯欣一愣,随武道学一起走出去,只见李复生半躺在马架椅上,绷带上残留着发黑的血迹,大腿青一块紫一块肿胀未消。

陈伯欣扫了一眼,气急败坏一挥手:"走!"

次仁旺堆的葬礼后不久,刀登带着小儿子洛容西巴来到吉祥锅庄。得知他家发生的不幸后,刀登也不好在这个时候开口为儿子提亲,喝罢酥油茶,只好顾左右而言他。而尼玛拉姆在丈夫死后就整天失魂落魄,丢三落四,没有心绪与女儿谈论婚事,眼见刀登上门了,才猛然想起对方是为儿女婚事而来。刀登虽然没开口,但她的心一直悬着,不知该如何回应对方。

吃晚饭的时间快到了,尼玛拉姆借口下楼到厨房去看看。央金在楼道口拦住母亲:"阿妈,我同意嫁给刀登老爷的儿子。"

尼玛拉姆觉得很突然:"你,愿意了?"

"嗯。"央金点点头,眼睛看着很远的方向。

尼玛拉姆终于露出难得的笑容:"你看见洛容西巴了?他壮实得像一头牦牛,对人也有礼貌。嗯,他入赘到我们家,阿妈也放心。"

"不是我想嫁人,而是庄园和锅庄需要一个上门女婿帮助照顾。阿爸不在了,我必须担起这副担子,我已经不是原来的央金……阿妈,这下你满意了吧?"央金转过头来说。

尼玛拉姆觉得这话听起来有点刺耳,脸上的笑容消失了:"咋叫我满意?是你早该嫁人了。你看青初和多吉的娃娃都可以骑马放牛了……"

"阿妈,你去告诉刀登老爷吧,这件事就这样定了。"央金打断母亲的话,说罢转身离去,眼泪终于忍不住流出来。

很快新房布置起来,就选在吉祥锅庄的三楼。尼玛拉姆和刀登请喇嘛选了一个吉祥的日子,将洛容西巴迎进了家门。青稞酒,酥油茶,跳跳唱唱热闹一番后不久,央金就四处奔波,忙于庄园和锅庄的事,很少待在家里,脾气秉性如同完全变了一个人似的。

第三十七章

　　孟廷轩身穿一身黑缎子面料的长衫，头戴一顶瓜皮小帽，端起一杯刚沏好的茶，慢悠悠地从客堂走到柜前。他刚与人谈妥一笔茶叶生意，心情颇好。忽听两个顾客议论道："兴义茶号的曾管家昨夜逃走了，官兵连夜去李家搜，连人影子都没有。"

　　"啊？看不出曾管家还有本事哟！"

　　"她受了伤咋跑得动？一定是有人把她弄出去的……"

　　孟廷轩大吃一惊。曾秀重伤被关的事他是知道的，正暗自幸灾乐祸，不想一夜间事情又发生了变化，忙凑过去煽风点火："会不会是李复生救她出来？听说他有功夫的。"

　　"就算李掌柜平时喜欢活动一下手脚，也不可能从卫兵的眼皮下救人出来，何况他现在躺在床上动不了。"

　　孟廷轩仍然不甘心："他会不会是装的？"

　　"嘿嘿，不可能。如果那样，李掌柜就该开镖局了，手下有一帮能打的，别人也不敢惹。"

　　孟廷轩顿时感到窝火。两个顾客走后，他正要出门去打听一下，冯喜从街上回来，还没等他开口就说："街上的人都在议论曾秀的事。有的说是逃出去了，有的说是被害死了怕李家闹事找的借口，还有的说被几个藏人救走了，总之说啥子的都有。李家又到团部去要人。这路捐的事情闹大了，以后怕是……对了，还有人说孟少爷英雄救美，与李家小姐……"

　　孟廷轩还没有听完就发起火来："这个孽障，吃里扒外，成心要气死老子！"

　　他自己好容易靠讨好陈团长当上雅州茶行的行首，又得以协助征收路

捐,从中捞到不少油水,可是儿子非但不帮他,反而处处与他作对。他越想越气,没容冯喜说完就转身往外走,只想去把儿子狠狠教训一番,绝不许他再与李家小姐往来。

孟廷轩急匆匆地往儿子的住所赶,心里有事也没注意路上的行人,走着走着忽听有人在叫:"孟掌柜,孟掌柜!"顺着声音看去,原来是教堂的莫里森神父。孟廷轩定了定神站下,勉强挤出一丝笑容,拱拱手:"莫神父到街上来转耍。"

这下莫里森有点愣了,因为他就站在教堂门口:"孟掌柜遇到什么不开心的麻烦?不妨先到我屋里喝一杯咖啡,用你们的话说叫热豆腐心急吃不了。"

孟廷轩有点哭笑不得。他与莫里森做过几笔茶叶生意,彼此已经不生疏,所以没有见外,把儿子迷恋李家小姐,以及在团部发生的事简单讲了一下。莫里森听完嘿嘿一笑,不以为意道:"不大的事,小事。"

孟廷轩拉长脸不悦,觉得莫里森非但不表示同情,反而幸灾乐祸。莫里森见状,立刻附在孟廷轩耳边如此这般低语一阵,孟廷轩的脸上很快云开雾散,并不断点头,嘴里说:"好,莫神父足智多谋!"

离开教堂,孟廷轩觉得心情好了很多,脚步也轻松起来,绕道去买了一斤儿子小时候喜欢吃的点心,才不紧不慢赶到儿子的住所,一路上又把莫神父出的主意仔细想了一遍,觉得的确不错,既可以摆脱与李家的瓜葛,让儿子不受牵连,又可以使儿子断了对李家小姐的想法。

孟泾恒正在用盐水擦洗胳膊上的伤口,疼得嘴里发出"咝咝"的声响。父亲的突然出现令他十分意外:"大——"接着手忙脚乱把堆在凳子上的外衣扔到床上,招呼父亲坐下。孟廷轩打量了一下小屋。自从儿子搬出家独立生活以来,他从未来看过,这下才发现比妻子描述的还寒碜,不由心里冒出一缕歉疚。不过这种情绪很快就过去,正像他应付妻子唠叨时说的那样,"娃儿吃点苦才知道好歹",这个理由不但让妻子哑口无言,也使自己心安理得。他觉得儿子迟早会向他妥协,脱离黯淡无光的小衙员生活,回来参与茶号的经营,做一个体面富有的茶商。

"大，我到厨房弄点开水给你沏茶。"孟泾恒穿好衣服欲往外走。

孟廷轩挥手拦阻道："算了，算了，看你屋里这副寒酸相，还拿得出啥子茶叶来？"

"大，你来有啥事？"

"你的事我听说了，不放心，过来看看。"

"那个姓陈的简直就是土匪，流氓！"孟泾恒情绪激动起来，眼睛里燃起一团怒火。

孟廷轩打断道："不说了，我已经知道了。我来是叫你回陕西老家办一件事。"

"我又没有参与茶号的经营，你打发冯喜去就行了。"

"我怕陈伯欣报复你，所以让你出去避一下风头。"

"我不走，姓陈的搜刮民脂民膏，伤了秀秀，曾管家也下落不明，城里怨声载道……"

"你少掺和！胳膊永远拧不过大腿，百姓说一万句当不了当官的半句！"孟廷轩一听又来气，转念一想，忍了忍，"姓陈的记恨李家，若是你再闹，非但帮不上忙，弄不好给他们家惹更多麻烦。"

这句话起了作用，孟泾恒没再出声，觉得父亲说得有道理。孟廷轩看出儿子的心思，趁热打铁道："事不宜迟，你天亮前就走，我叫冯喜送你一段。"

"那么急？"孟泾恒心里惦记着受伤的李永秀，不想离开，可是他知道父亲对李家的态度，于是不便说出来。

孟廷轩明白儿子的心思，可是这会儿他故意装糊涂，他的目的是要阻止儿子与李家小姐相好，要看着李家倒霉，但是不想自己的儿子牵扯其中，于是只字不提李家，只叙家常，讲起儿子小时候如何体弱多病，父母如何担惊受怕，等等。果然孟泾恒大受感动，甚至觉得自己平时误解了父亲，没有理会他的一片良苦用心。一番谈话后，他终于答应父亲回老家走一趟暂避风头，也替父亲办事。

父亲走后，孟泾恒本想去告诉李永秀，可是转念一想又觉不妥，于是

赶紧给她写了一封信,说自己不超过一个月就返回,叮咛她千万照顾好自己,尽量少出家门云云。孟泾恒到小学把信交给门房值班的老崔,请他帮忙把信送到李家,这才踏着夜色回家。路过李家时见大门紧闭,想到受伤的李永秀,不由自主又担忧难受起来。在门口站了一会,几次举起手想敲门,可又犹豫不决,最终还是叹口气,悄然离开。

天还没亮,孟廷轩就催着儿子起床,没容鲁氏多絮叨,让冯喜赶紧送他上路。孟泾恒心神不定地不断回头张望,直到出了城,依旧沉默无语。忽然,他看见一个一身藏装的男子迎面匆匆走来,帽檐压得很低,一张围巾遮住了大半张脸,一双阴森的眼睛四处打量。孟泾恒与他的目光相遇,不由心里一颤,可再次看对方时,那人却敏感地别过头,向城里疾步而去。

此人正是詹姆斯。

加措死后,多吉当上吉祥锅庄的管家。这天他来到雅州兴义茶号。李复生一见忙问道:"曾秀如何?"

"身体全好了,这是曾管家写给老爷的信。"多吉说着从怀里取出一封厚厚的信。

李复生急不可待地拆开。原来那晚曾秀乘小船离开雅州城后,就在马帮朋友的帮助下连夜赶往打箭炉,最后寄居在吉祥锅庄。

读罢信,李复生舒了一口气:"真不知如何感谢你们!"

"李老爷与旺堆老爷一家是几代人的交情,亲如一家,何必说这些见外的话。"

两人正说着,雅芝出来相见,亲手沏茶款待。几杯茶后,多吉说:"没想到旺堆老爷和加措管家在山谷里找到的茶,竟然是十多年前李老爷马帮在雪崩中丢失的赏赐茶!"

一说到那次雪崩,李复生的心事又被勾起:"我一直觉得那次雪崩很蹊跷。"

多吉道:"旺堆老爷就是在那个山谷里被詹姆斯杀害的。央金小姐曾去箭炉府报案,可额大人却说詹姆斯没有下落,无法办案,事情就摆在那里没有下文。"

"詹姆斯会到哪里去?"李复生皱起眉头,"他曾经将印度茶仿制成我们的茶出售,可是因为汤色和口感不对,很快被识破。后来他又将雅州茶掺入印度茶卖。但是我觉得这不是他的目的,而是一种试探。前些日子教堂里的莫神父几番欲以高价挖走我们作坊里的一个架子师,到印度大吉岭为他们制茶,可是这位架子师拒绝了。莫神父又通过人找永清来打听兴义茶号的制茶秘笈。他们也许是一伙的,我总感到他们另有图谋,并非只是想在打箭炉赚一点钱。"

"莫不是他们想将印度茶制成藏茶口味?"

"我隐隐有这种感觉。"

"李老爷一定要当心,制茶秘笈千万藏好。"

又喝了一阵茶,多吉见左右无外人,问道:"老爷、太太,不知上次青初放在你府上的那包东西还在吗?"

"啥子东西?"

"就是当年二少爷离开打箭炉时留下的。当初有人围在老爷家门口想抓二少爷,央金小姐让青初过来打探虚实,青初悄悄用石头打了那几个人,让他们狗咬狗,然后趁乱把那包东西扔进老爷家,想提醒二少爷小心。"

李复生猛然想起:"是不是二少爷留下的手稿?"

"是的,是的。里面还画了两个癞子。"

李复生眉头一紧:"原来是青初扔进来的!我一直没弄明白咋回事,也不知永明画两个怪异的人是啥子意思。"

多吉犹豫了一下:"二少爷曾经偷偷去了英国人的麻风病院。"

"麻风病院?!"李复生以为自己听错了。

"是的,他亲口告诉央金小姐的。当初送他到打箭炉的仆人也知道。他们去麻风病院时还差一点被英国人抓住,只是怕老爷您怪罪,他们回来没敢讲。我猜,这两个人也许就是麻风病院里面的病人,被二少爷撞见

了,或许还有其他缘由,所以二少爷才把他们画下来。"

"病人?"李复生一个激灵,长久以来萦绕在他心头迷雾忽然间散开。他把前后的事情再从脑子里过了一遍,似乎找到答案。他站起身,三步并作两步去把画像取来。

面对两张画像,多吉目瞪口呆,李复生诧异地问:"多吉管家你咋了?"

半晌,多吉流下两行热泪,指着那个老人说:"他是我爷爷……"

"你爷爷?!"李复生和雅芝异口同声,不由惊呆了。

"他脖子上一直挂着这个海螺。爷爷原来是个热巴艺人,四处流浪,卖艺为生……"多吉向他们敞开心扉,讲起自己的父母、爷爷的遭遇,以及自己的坎坷经历。

"唉,真是不幸!"李复生听罢长叹一声,"曾秀曾打听到有两个人在雪崩中死里逃生,原来是魏家贵!那,还有一个是谁?这么多年过去了,他们还活着吗?"

雅芝呜咽道:"真是造孽呀!我们既不能去找他们,他们也永远不能出来。"

李复生皱起眉头:"他们既然逃出来了,为什么又会被关进麻风病院?奇怪,这中间一定有问题!……快,去把四狗子叫来!"李复生吩咐用人立刻去五叔家。

过了一阵,四狗子赶来。时隔多年,他看上去已是沧桑的中年人。

"老爷!"

"四狗子,这两个人你见过吗?"李复生拿起那两张画。

四狗子吓了一跳:"没,没有。"

"当年你和二少爷曾偷偷去了英国人的麻风病院?"

四狗子露出慌张的神色:"回老爷,我们走到半路上远远看见一伙人在追赶一个从麻风病院里逃出来的人,眼看他们把那个人打倒在地又用火烧死。二少爷说那个人可能是背茶的驮夫,怀疑其中有鬼,就一定要到麻风病院去看看。他从墙缝里看到两个病人,但还没有来得及说话就被英国人发现了,差点挨了枪子,好不容易才甩脱追赶来的人。二少爷吩咐一定不要告诉老爷和太太……"

"那个人长啥子样?二少爷还对你说了什么?你仔细回忆一下。"李复生说。

"披头散发,没看清楚,"四狗子想了想又说,"不过,那个被烧死的人死前说过'我没病''我不背茶了'之类的话。二少爷说麻风病头发会掉光,鼻子嘴巴会烂,可那个人五官完好,跑得飞快,不像有病的样子……"

四狗子说到后面,李复生心中明白了大半。

多吉说:"老爷,待我回去弄清楚后立刻差人来告诉你。"

"你进不了麻风病院,如何能弄清事情的来龙去脉?"

"我在一张纸上画海螺,然后卷起来用箭射进去,爷爷如果看到就明白。这是我小时候和爷爷玩过的游戏。"

李复生再次燃起希望:"但愿你能带来好消息。"

这天晚上,陈伯欣约武道学在鸿宾楼吃晚饭,两人喝得酩酊大醉。出门来,陈伯欣舌头打卷,含糊不清地对武道学说:"一定要查……到曾秀的下落,办她个通……匪的罪名,让姓李的……脱不了干系!"

武道学也醉得语无伦次:"查……查,一定。"

"你不要……给我打……马虎眼,我知道姓李的……有手段。"陈伯欣对武道学不满,借酒发泄。

"岂敢……陈团长有……枪,谁敢……不听?"

"哈哈……你说得对。"

勤务兵见陈伯欣摇摇晃晃站不稳,上前搀扶他上马,被他一把推开,嚷嚷道:"我——没醉,你狗日的才——醉,醉了。老——子要去……把那些龟儿子刁民……统统咔嚓咔嚓……砍——脑壳!"

勤务兵无奈,只好搀扶着他往前走,马夫牵马跟在后面。

陈伯欣走远,武道学转过身就是一副清醒的样子,招呼仆人扶他坐上

马车,径直回家。刚走到家门口,一个男子策马而至,还未站稳,武道学就急不可待地问:"如何?"

"亲自交给了张主席,他一看是乾隆爷的亲笔,大为欢喜,说让你静候佳音。"此人是武道学的管家,刚替主子到省城送礼返回。

武道学一阵欣喜。原来他一直在运作升迁的事,钱财送了不少,但依旧不见动静,最后不得不忍痛割爱,将从兴义茶号弄来的乾隆手迹送出去,这才有了回音。

进屋不一会,在府衙做事的一名心腹就赶来报告:"武大人,我找几个船家打听了一下,都说那天晚上雾很大,五六尺以外就啥子也看不到,只有一个老汉隐隐听到划船的声音,但没有起来看。不过,依在下看恐怕有内贼。"

曾秀逃出后,陈伯欣几番催促武道学抓紧追查,武道学两边都不想得罪,虽然派了人出去查,但是也不认真办理,一是想借此事打压陈伯欣的气势,二是收了李复生的钱财,三是自己正运动打点想离开雅州。如今升迁的事有了眉目,更觉得多一事不如少一事。他沉吟了一会:"这件事虚晃几下就可以了,姓陈的问起就说正在调查,暂时还没有线索。"

来人点头称是。

武道学问:"紫打地那边有进展没有?"这才是他心里最关心的事,眼下更觉得紧迫。武道学这是暗指传说中的石达开财宝。

"没有,姓陈的似乎听到什么风声,也派了几个当兵的在那周围寻找,还抓了几个长毛杆杆来拷问,当地土司大为不满,差点与姓陈的手下干起来!"

"哼,这个见钱眼开的小人!你还是借抓曾秀的名义到那里寻找。如今军政府里内讧厉害,你争我夺,估计姓陈的要不了多久就会被挤出雅州。到时候……"武道学后面的话低得听不清。

第二天快到中午,陈伯欣仍然酣睡不醒。张副官在门外通报:"报告团座,恒泰茶号的孟掌柜求见。"

陈伯欣火冒三丈,硬邦邦甩出一句:"烦屎得很,不见!"可转念想到路捐的事，又换了语气："叫他在客厅里等一会。"

孟廷轩在客厅里等了好一阵，陈伯欣才睡眼惺忪地出现："啥子事？"

"陈团座，这路捐的事，你看——"孟廷轩打量着对方，故意留半句没出口。

"哼，事情闹大了，只好以后再作打算。"陈伯欣气哼哼地说。

"那，交了的就吃亏了，没交的就占便宜了。"

陈伯欣眼睛一斜："我知道你心里不安逸，老子还更不安逸！昨天上峰下令要我暂时停止征收路捐，以保障西藏茶叶供给。妈的，这件事一定是有人从中捣鬼。不过，听说你儿子也参与搅摇，写信到省府告老子，哼！"

孟廷轩吓得赶紧申辩："团座，我儿子是个没有心眼的老实人，其实是姓李的无视团座的尊严，她的女儿又是个白骨精，挑唆我儿子做傻事。望团长见谅，我一定好好教训他！"

"呵，我听说你儿子与李小姐打得火热……"

"没有，没有！"孟廷轩连连摆手，"我儿子已经回陕西老家相亲去了，团座不信可以到县府去问。我赌咒，全家死绝也不和李家联姻！"

"没有就好，"陈伯欣狠狠地冒出一句，"我想要的东西没到手，哪怕就是砸烂也不会让别人得到。"

陈伯欣狰狞的表情令孟廷轩不禁一抖。孟廷轩知道对方对李永秀仍然不死心，暗想幸好自己打发儿子回老家，否则肯定会惹麻烦。他提心吊胆坐了一会就赶紧告辞离开。快到铺子时，忽然看见消失了很长时间的莽大娃，正不慌不忙朝兴义茶号走去，灰暗的心情一下子又兴奋起来。

第三十八章

　　自从上次被北洋兵踢伤下身后,莽大娃大丢面子,难以再在雅州街上耍威风,只好背井离乡到外地坑蒙拐骗混日子。可是江湖上弱肉强食,在哪里都是一个样,莽大娃有钱时吃喝嫖赌,无钱时形同乞丐,也经常受人欺负,时间一长不由怀念起在家乡游手好闲的日子,于是左思右想,又返回雅州。

　　这天陈二旺正在铺子里忙,一个身穿黑色对襟衫,鼻子上架了副圆形墨镜的男人大摇大摆进来。陈二旺迎上去:"先生,想选点啥子茶?"

　　"嘿嘿,贵人多忘事,连我都不认不到了?"对方摘下眼镜。

　　"你是?莽——"陈二旺吃了一惊。

　　"咋个,认不到了?莽大爷我又回来了!"

　　陈二旺心里厌恶,也有些害怕,但还是赔笑:"回来也好。"说着招呼伙计端茶来。

　　莽大娃跷起二郎腿坐在椅子上,喝了一口伙计端来的茶,不满道:"你把我当讨口子打发。开这么大的茶号却拿下脚料歪茶招待贵客。"

　　陈二旺看出莽大娃是有意来找麻烦,克制着自己的情绪:"兴义茶号从来没有歪茶,来的客人都是好茶款待。"

　　"二少爷呢?当年我这个革命的功臣为保护他付出了惨重的代价,他该好好谢我!"

　　"二少爷已经不在世了。"

　　"死了?"莽大娃有些意外,"那李掌柜呢?"

　　"李掌柜在外忙。你有啥子事可以给我讲。"

　　莽大娃道:"给你讲?你三张纸画一张脸——面子大!想代表李掌柜

给我谈事？也不看看自己有几两重！"

陈二旺语调冷下来："我是没面子，那你坐着等。"说着转身忙其他的事，不再搭理他。

莽大娃一拍茶几："他忙，未必我就不忙？你马上去把他找回来！哼，我为他儿子受了伤，他就该付我汤药费，这笔旧账早就该了清。"

陈二旺正要争辩几句，不料这时大少爷李永清走进来，他喝了一点酒，也没看清是谁，粗声大气地说："你是哪一个？跑到这里来敲诈勒索！把你的伤脱出来看看，说不定是讨口时被野狗咬的！"

莽大娃一下从椅子上站起来，边挽袖子边破口大骂："哪里来的私娃子敢骂老子！老子参加革命时你还在喊皇帝万岁，今天要让你知道锅儿是铁铸的，磨子是石头打的！"

陈二旺了解大少爷秉性，知道他留下反而会使事情更复杂，于是递一个眼色："大少爷你先回去歇会儿，店里的小事我来处理。"

哪知李永清并不理会，气壮如牛："我今天就要看看哪个敢在这里要横！"

莽大娃见是大少爷，更加无赖起来："哟，原来是大少爷。你不是要看我的伤口吗？好，我脱给你看！"说着就开始解裤带。

陈二旺急了："你要干什么？"

"脱裤子呀！大少爷不是想看吗？我就脱给他看看！"莽大娃阴阳怪气拖长声音大声说，想引起更多的人注意。

"不，千万不要脱，脱不得呀……"陈二旺央求道。

争吵声引来一群看热闹的人，莽大娃越发撒泼。陈二旺看见影响生意，更加着急，不由给莽大娃作揖："你的事等李掌柜回来我一定转告，烦你先回去等一等。"

莽大娃一看人多起来，更加来劲，露出半截光屁股，捂着下身，呻吟起来："哎呀，哎呀，好痛呀……"

此时，李复生分开众人走进来，冷笑一声说："你想干啥子？"

莽大娃略略收敛一些，做出一副苦相："我为你儿子负了重伤，你该

给我汤药费,可是李大少爷不但不同情,反而还欺负我。哎呀,哎呀,李老爷你财大气粗,拔根汗毛比我腰粗,也该可怜可怜我,哎呀,痛得很……"

"你想要好多?"

莽大娃没想到李复生如此痛快,兴奋得狮子大张口:"一百块钱!"

李复生厉声说道:"想敲诈?我现在一块也不给,你要想脱裤子就尽管脱,看你那臭屁股有啥子好看的!"说着头也不回走进店铺里面。

"你——"莽大娃一下愣了,半响,从地上起来,裤子险些滑落下来,在一片嘲笑声狼狈离去。

孟廷轩在对面看得真切,见莽大娃就此离开,觉得很不过瘾,不由得嘀咕了一句:"这个地痞滚龙缠着你才好!"

莽大娃在街上漫无目的地蹓跶了一阵,肚子咕咕响起来,正盘算到哪里混饭,忽听有人在叫:"莽大娃。"

莽大娃寻声望去,只见一个背弓得如虾米一般的干瘪老头在招呼他,仔细一看竟是江师爷,惊讶之余,立刻堆起一脸谄媚讨好的笑容:"哟,是江师爷,你老人家还好吧?"

江师吐出一口浓痰,问道:"你娃如今在哪里鬼混?"

莽大娃腰杆一挺,做出一副发了财的派头,信口胡吹道:"我眼下在成都省,整天吃香的喝辣的,日子过得风车斗转……"

"呸,你娃少给我鬼扯!你有几斤几两我还不清楚?"江师爷鼻子一哼,露出不屑的表情。

"哎呀,岂敢在江师爷面前吹牛?你老人家是雅州的九千岁,吹一口气青衣江也要起波浪。"莽大娃的脊柱一点点弯下来。江师爷也不理会:"走,我请你吃鱼。"

莽大娃以为自己听错了:"吃——鱼?"

"未必你还想吃班房里的饭?"江师爷迈着小步往前走。莽大娃跟在后面有点晕晕乎乎,不明白这位昔日雅州府的师爷为什么会请他吃饭,有点受宠若惊，无所适从的样子。

"我现在没跟武大人了。嗯，世态炎凉，人情冷暖，我算是看透了。"江师爷就像后脑袋上长了眼睛，看透了莽大娃的心思。

"哦，那江师爷如今在哪里发财？"

"不该你晓得的就不要问。"

"是，是。"莽大娃满腹疑惑，眼睛不停地眨。

"有奶就是娘，管他那么多！只要你跟我好好干，不会亏待你的。"

"江师爷想要我干啥子？"

"当然是赚大钱的好事啰。一会边吃边说，等我们拿到钱就立刻离开雅州，找一个谁也不认识的地方好好享福。你愿意干吗？"

莽大娃心一横："我听江师爷的，只要有钱捞！"

火神庙曾是雅州城里的一处古迹，树木丰茂，坐落在小学堂附近，可是后来由于出过一桩命案，香火再也旺不起来，逐渐被人淡忘，如今只有一个聋子孤老头守在其中。李永秀从小就对这一带很熟。小学堂后面有一条小路，可以直接从一处断墙进入火神庙。这里少有人迹，她时不时与孟泾恒来此约会。

这几天李永秀已经恢复过来，开始到小学堂上课，可是心情却很沉重，因为她听说孟泾恒回老家是为了相亲。虽然她内心不信，但这个念头却不停地往她心底钻，随着血液流遍全身，弄得她寝食难安，心烦意乱，这时她才发现自己对孟泾恒的深深依恋。

这天下午放学以后，李永秀又穿过小路往火神庙走，她想独自清静一会。哪知莽大娃就躲在附近盯着李永秀，可是李永秀并没有注意到一条黑影在向她接近。她继续走，忽然一块黑布从后面飞来。莽大娃上前捂住李永秀的嘴，李永秀"嗯"了几声，身子晃了晃，便颓然倒下。莽大娃立刻掏出麻袋将李永秀装进去扛在肩上，片刻消失在无人的小路上。

掌灯时分李永秀仍然没回家，雅芝有些着急，差人到小学堂一问，方知早就离开。这下李复生也感到有些不安。看看天色越来越晚，正要差人

出去找,却见江师爷一摇三晃走来。

李复生以为他又是来借钱抽大烟,心里盘算着如何打发他。江师爷名为借,其实从来不还,给他的钱如同肉包子打狗,有去无回。李复生打量着江师爷,还没有开口,江师爷倒是先发话:"李掌柜,你们是在等小姐吧?"

李复生一下愣了。

江师爷用尖细的小指甲盖掏了掏耳朵眼:"请李掌柜不要误会,我是受人之托来见你们的。有人让我给你带个话,说李永秀小姐被绑票了。"

李复生全身一震:"哪一个绑了我女儿?"

江师爷:"莽大娃。"

李复生愤怒地向前:"哼,原来你与他是一伙的!"

江师爷脖子一缩,做出一副无辜的样子:"李掌柜,你这是冤枉我啰。莽大娃用刀逼着我来带话,我有啥子办法呢?"

"我女儿现在哪里?莽大娃要多少赎金?"李复生心急如焚。

"李小姐现在没事,莽大娃说绑你女儿只是想要兴义茶号的赏赐茶秘笈。"

李复生大怒:"无赖,休想!"

江师爷吓得往后退:"这件事你自己做主,我,我只是带话而已。"

李复生一把抓住他的衣襟:"我立刻报官抓他!"

"李掌柜,莽大娃是个天棒娃儿,烂命一条,啥子恶事干不出来?小姐的命在他手里,你若报官他就撕票。再说,那个姓陈的也在打李小姐的主意,这个机会正好乘人之危。该如何办,你自己权衡。"说着转身一溜烟出了门,撒腿就跑。

江师爷转到教堂后门,见左右无人,轻轻敲了两下门。一会儿,莫里森探出头来,江师爷压低嗓音说:"话我带到了。"

"知道了。"莫里森说。见江师爷磨磨蹭蹭没有离开的意思,便说:"讲好了事成后才付钱。"

江师爷点头哈腰央求:"先给一点嘛。"说着烟瘾发作,忍不住接连打哈欠。

莫里森不耐烦地从怀里拿出几块银元扔过去,江师爷接过,快步离去。

这边李家乱作一团。雅芝泣不成声:"天哪,我们李家咋这样倒霉?一件接一件……"

媳妇春茗在一旁催促道:"妈,我们赶紧报官吧。"

李永清看着母亲:"我早问你秘笈的事,你还不肯告诉我。这个老古董秘笈有啥子用?现在都是新时代了!我看莽大娃也是脑袋有问题!"

雅芝气呼呼地白了儿子一眼,对陈二旺说:"你快去找姓江的问问莽大娃,给钱行不行?"

"嗯。"陈二旺转身出门。

几个人默默无语坐在桌边,饭菜早已凉透,却没人动一下。过了好一阵,一个用人进来对李复生说:"老爷,孟家大少爷求见。"

李复生感到有些意外,但马上说:"请他到客厅。"

孟泾恒回雅州就听说李永秀被绑票的消息,不由心急如焚,赶来李家。一见李复生便问:"李伯伯,他们要多少钱?我去赎小姐回来。"

李复生虽然知道孟泾恒喜欢李永秀,但是并不愿意与孟家成为儿女亲家,更不想他参与此事,于是不冷不热地说:"谢谢孟公子费心,我们自己正在想办法。"

"李伯伯,为了小姐,我啥子都愿意做,哪怕是死……"孟泾恒说着,眼泪几乎要流出来。

李复生口气温和下来:"难为你了,孟公子。不过我看事情并不那么简单,莽大娃无业游民一个,要赏赐茶秘笈有何用?一定是背后有人指使,另有图谋。"

孟泾恒慢慢冷静下来。两人正说着,陈二旺气喘吁吁地进来:"老爷,江师爷说莽大娃不要钱,只要那本赏赐茶秘笈。"

李复生一愣:"那是兴义茶号的命根子呀!"

"可是救小姐的命更要紧。"孟泾恒有些着急起来。

陈二旺没了主意："咋办？"

正说着，雅芝抱着一个木盒走来，从中取出秘笈："救女儿要紧……"顿了顿又说："你不能去，弄不好两个人都被扣在那里，既救不了女儿，还会失去祖传的秘笈，还是我去为好。"

"我去！"孟泾恒上前一步。

"你去？"雅芝十分意外。

"莽大娃要的是秘笈，并不在乎是谁送去，我去交给他就能换回小姐。"

"不行。"李复生很坚决。他心里一直在盘算着如何救出女儿，依他的身手收拾莽大娃之流并不难，只是他担心女儿会受到伤害。莽大娃背后的是什么人？李复生大脑飞快地转动，把这些年来兴义茶号遭遇的种种不幸连起来回想一遍，发现这些事几乎都与印度茶进入藏地有关。先是低价销售，继而是仿制边茶，再后来是在印度茶中加入边茶……忽然，一个念头从脑海里冒出来，他心中的一直未解开的疙瘩涣然冰释：莽大娃背后一定是英国人！想到这里，李复生感到事情复杂起来。自己绝不会交出秘笈，而英国人得不到秘笈也不会善罢甘休，如何才能既不让女儿受到伤害，也不使秘笈落入他人手中？

李复生从妻子手中拿过秘笈："我去。"

孟泾恒阻拦道："真秘笈不能拿去，我们弄一本假秘笈去哄他。"

"你说啥子？"李复生一阵激动，"孟公子真是聪明，这一招连我也没想到！"

孟泾恒有些不好意思："我也是刚想起的。县府后院的老库房里遗留了一些大清时的本札册页，受潮发黄，丢在一边长霉，无人去动，看上去就像历史悠久的老册子。我去拿两本来，李伯伯将真秘笈中的关键部分隐去，做成一份真假难辨的假秘笈，然后我替你抄录到另一本册子上。莽大娃不识字，江师爷没见过我的字迹，也不容易起疑心。"

"孟公子，太谢谢你！"李复生大受感动，"雅州城里几十家较大的茶号，制茶工艺大同小异，唯有兴义茶号的赏赐茶与众不同，所以这本假秘笈要既让懂行的人看出差异,也要让人感到真实可信,以免对它起疑心。"

"对,对。"雅芝附和道。

李复生又将自己的打算细说了一番,雅芝和孟泾恒都称好。孟泾恒见天色不早,赶紧离开李家直奔县府而去。当天晚上,李家的灯亮了一夜。

第二天天还没亮,李复生用毛笔蘸上昨天留下的陈茶水,轻轻洒在孟泾恒刚抄好的册子上,又将册子放在炉子的余火上烘烤,很快册子就出现漫漶陈旧的自然老化现象。李复生这才放下心来,仔细把假秘笈收起来包好。

中午时分,陈二旺在僻静的茶馆里找到正在抽大烟的江师爷,开门见山地说:"老爷同意用赏赐茶秘笈赎回小姐。"

江师爷一翻身起来:"真的?"

"老爷说若是小姐受到伤害一定不放过莽大娃和你。"陈二旺愤愤地说完就走。

江师爷冲着他背影说:"与我无关,我只是替人带话而已。"

陈二旺出了门,江师爷急急忙忙赶到教堂后门处。莫里森听罢说:"下午,在约定的地方交换。"

"我的报酬——"江师爷说罢将两只手伸到莫里森面前。莫里森极不情愿地从怀里拿出一摞钱。江师爷急忙接过,蘸着口水一张张认真数起来。

莫里森见他唾液溢满嘴角,尖细的指甲里满是黑黢黢的污垢,不由一阵恶心:"你可以走了。"

江师爷眼睛一翻,意味深长地说:"这是三十六计中的上计,我最喜欢。"

李永秀被绑了手脚,关在城外一座位于半山的破庙的偏殿里。此殿现在大门紧闭,窗户用木板钉死,里面光线昏暗。她惊慌地四处张望,极力想弄清楚是怎么一回事。可是周围死一般寂静,听不到任何声响。李永秀好容易挣脱塞进口中的破布,大声喊叫起来:"来人哪,放我出去……"

莽大娃用一块黑布半蒙着脸，满嘴酒气闯进来："吼啥子？这里连鬼影子都没有，再吼也没有人来救你。"

李永秀没认出他："你是谁？为啥子绑我？"

莽大娃舌头有些不灵活："你，以为你现在还是小姐？嘿——嘿，是老子笼子里的鸟！等着换大钱。"说着伸出手指要去摸李永秀的脸蛋。

"流氓！你若敢动我就撞墙死！"李永秀尖叫起来。

"哟，还想当烈女？老子是流氓又咋样！"

这时门外传来一个低沉的声音："不要动她，坏了我的大事你一分钱也拿不到！"

莽大娃顿时蔫了，举起的手只好放下，气哼哼地对李永秀说："你吼也没用，除非把你们家的赏赐茶秘笈拿来。"

李永秀恍然大悟："原来你是为这个绑我？妄想！"

"你如今是我手上的肉票。不拿？哼，老子就撕票！已经给你家带话了，如果不拿来你就只有死在这里！"

莽大娃还想说什么，门外有人呵斥道："少废话，快去看看人来没有。"

莽大娃气哼哼地把破布塞进李永秀口中，然后关上门出去。李永秀再次陷入黑暗中，她又气又怕，忍不住嘤嘤地哭起来。

这时，李复生、孟泾恒、陈二旺正朝约定的地点赶去。快到山下，他们就分开走，孟泾恒和陈二旺沿小路直奔破庙，李复生则从旁边林子里绕过去。

看见孟泾恒与陈二旺走近，莽大娃与两个用黑布半蒙着面的人从一棵大树背后闪出来："东西带来没有？"

"小姐呢？"陈二旺把木盒紧紧抱在怀里。

莽大娃把手伸过去："交了东西才放人。"

孟泾恒上前一步："见了小姐才给你。"

莽大娃一把抓住孟泾恒的衣襟："你这个跛子敢在老子面前提劲，现在小姐和秘笈都在这里，还怕你发狠？惹毛了老子先把你踩平，到时其他都归我!"

孟泾恒一把夺过陈二旺手中的木盒,并从中取出锦缎包裹的秘笈,做出欲毁坏的样子:"再不见小姐我就把它撕得粉碎!"

莽大娃倒吸一口冷气:"慢!咄,还没看出你娃是个不叫的狗,咬人最凶。哼,算你狠!"说着只好转身将李永秀从偏殿里推出来。

李永秀见到孟泾恒,悲喜交加,忍不住哭起来。孟泾恒上前一把搂着李永秀,似乎生怕她再次从自己身边消失。陈二旺不敢耽搁,催促孟泾恒把秘笈交给莽大娃,然后带小姐快步离开。

李复生在暗处见女儿安全出来后,一步步接近破庙,想看清幕后人的真面目,哪知还未走近就听里面争吵起来。起初声音不大,后来越吵越激烈,最后听莽大娃愤怒地吼起来:"拿钱来!"

"给你说了,已经给了姓江的。"

"他事先说好我们各人一份!"

"你想讹诈我?贱人!"

"骗子,不给钱我就把事情说出去,你们也别想……啊,哎哟——"

一声短促而又凄厉的呻吟传来。很快破庙就复归平静。少时,三个黑布蒙面的人从偏殿里鱼贯而出,其中一人手中拿着枪。他们在门口左右张望了一下,低声叽里咕噜说了几句,然后穿过断墙,消失在树林里。

李复生靠近偏殿,从门缝里看见莽大娃蜷曲着身子在地上痛苦挣扎,腹部不断往外流血,地上湿了一大片。李复生过去问:"刚才那三个人是哪里来的?"

"洋人……"

李复生还要往下问,莽大娃张大嘴断了气。李复生转身出去,悄悄钻入树林。

树林里,莫里森正在翻看秘笈。詹姆斯在一旁有些急不可待地问:"弄清楚其中的奥妙了吗?"

莫里森有些犹豫:"与其他边茶的制作工艺有所不同,但是有的地方

我不太明白。"

"那是你中文水平有待大大提高。"

莫里森不服道:"雅州其他茶号的制作工艺我基本都弄清楚了,而这本秘笈的制作过程特别,需要将这三十二道工序实际操作一遍才知道。"

"没有时间等你慢慢实践。我和乔治马上就走,要尽快把这个配方带到印度。"詹姆斯说。

"这——"

乔治插嘴问道:"我们从云南去印度?"

"不,还是从打箭炉去西藏再转道印度。"詹姆斯答。

乔治道:"这样岂不是太危险?"

"哼,最危险的地方有时最安全。再说麻风病院里有点事要处理,那个新来的亨利总是碍手碍脚的,真把自己当成上帝的使者来帮助受苦受难的病人。要把他打发到别的地方去,免得坏事。"詹姆斯从莫里森手里拿过秘笈,忽然又说:"你赶快找一个行家看看。"

莫里森有些意外:"为什么?"

詹姆斯冷冷地说:"以防万一。"

李复生躲在一棵大树后面,将三人的话听得一清二楚。

第三十九章

李永秀平安回来,一家人欢天喜地。危难之中见真情,孟泾恒对女儿这番情意,李复生和雅芝看得明白,可是孟家的态度他们是知道的,心里有些左右为难。

李永秀没像父母那样优柔寡断。经历了这次风险,她更觉得孟泾恒是个可以托付终身的人,心里十分甜蜜。第二天在孟泾恒简陋的小屋里,她边喝茶边打趣对方:"笨蛋猪,看不出你还有勇有谋吧!"

孟泾恒有些害羞地低头一笑。

"我们家的祖传秘笈多亏你才没失去,怎么谢你?"

"不用。"

李永秀调皮而又撒娇:"笨嘴笨舌的,话都不会讲。谁说要谢你了?"

孟泾恒憋了一会:"嗯,我是笨蛋猪。"

"嘿……"李永秀笑起来,将尖细的手指指着孟泾恒的脑门撒娇,"你就是笨蛋猪,笨蛋猪,还瞒着我回老家去相亲……"

"没有!我是被父亲骗回去的,他怕那个姓陈的找麻烦。可是我这辈子绝不娶别人,"孟泾恒一下抓住李永秀的手,"我心里只有你!你,愿意嫁给我吗?"

李永秀故意绷着脸不说话,孟泾恒的脑袋慢慢耷拉下来,有气无力地说:"我知道配不上你,我笨,还是……"

李永秀抿嘴一笑,伏在他的耳边一字一句道:"我——愿——意。你这个笨蛋猪!"

孟泾恒大喜过望,一把将李永秀搂在怀里:"我从小就想娶你。你骂我、烦我,我都不怕,就怕你不搭理我。"

"笨……"李永秀话还没出口,孟泾恒火热的双唇就贴上去。

两人沉浸在幸福之中,这一次劫难让他们的心贴得更紧了。

孟廷轩从冯喜口中听说儿子半道回来,并冒险去救李永秀的经过,气得一下摔了手中的茶杯:"这个混账!那个陈伯欣一直想吃李家这块天鹅肉,他竟然在老虎嘴边抢食!这个孽子,找哪个女子不行,偏偏要去找冤家对头,存心气我!"

"孟掌柜,这事咋办?"

"要设法让姓陈的纠缠李家那个妖精。"孟廷轩如此这般说了一通。

冯喜听罢有些担忧地说:"这样李家不就有了靠山吗?说不定对我们恒泰的生意反倒不利。"

"哼,像李复生那样要强的人咋会让自己的女儿当人家的姨太太?还有,曾秀的事还没有了结,李复生与陈伯欣闹得冤冤不解才好呢!"

两人正说话,伙计进来通报莫里森要见孟掌柜。孟廷轩以为他又要买茶,赶紧出来寒暄:"莫神父需要什么茶?"

莫里森点点头,压低声音说:"我想到里面和你说话。"

"请。"孟廷轩将莫里森迎进里屋。

莫里森进屋后开门见山地说:"我弄到兴义茶号赏赐茶的秘笈。"

"不可能!"孟廷轩脱口而出。

于是莫里森如此这般叙述一通:江师爷伙同莽大娃绑架李小姐,要挟李家交出制茶秘笈,李家为了女儿不得不忍痛割爱,而江师爷拿到秘笈后因为急需钱抽大烟就将其低价卖给自己……

孟廷轩将信将疑:"莫神父今天来是打算转卖给我?"

"嗯。"

"我看看。"孟廷轩内心一阵狂喜。

莫里森从怀里取出秘笈。孟廷轩急不可待地翻开,一看,险些惊叫起来,因为他看到儿子熟悉的字迹。莫里森看得真切,问道:"孟掌柜觉得有问题?"

"不，是太让我惊异了。"孟廷轩佯装专注阅读，心里却是满腹疑惑。忽然他脑子里"轰"的一下，意识到这可能是儿子帮李复生做的一本假秘笈。再往后翻，又觉得像是真的，因为其中有一些特别之处，是雅州其他茶号不具备的工艺流程，但再仔细一琢磨，发现写的内容又与恒泰茶号制茶作坊的工艺没有多少区别，只是一些工序前后颠倒。从头看到尾，他终于断定这是本假秘笈，气不打一处来。气的不是秘笈真假，而是儿子为李家不顾一切的行为。可以看出儿子为这本假秘笈煞费苦心，若不是自己精于边茶制作，外行人哪里看得出其中的端倪？若不是儿子出手相帮，李复生说不定就会用真秘笈去赎回女儿的性命，那样兴义茶号也将失去优势。多年来自己煞费苦心与李复生争斗总是处于劣势，究其原因是无法探知赏赐茶的配方，也不能生产出像赏赐茶这样的好茶。上次李复生的赏赐茶的雪崩中损失，自己抬高市价大量收购鲜茶，想让他走投无路，倒闭关门，哪知偷鸡不成倒蚀一把米，害得自己亏损了大笔银子，好长时间缓不过劲来。孟廷轩越想越气，恨不得破口大骂，把这本秘笈撕得粉碎扔到茅坑里去……

莫里森见孟廷轩脸色发青，凑近询问："孟掌柜，秘笈有问题？"

孟廷轩一个激灵，马上回过神来，搪塞道："哦，没有。"

莫里森有些不放心，两眼直勾勾地看着孟廷轩。孟廷轩这时隐隐感到莫里森并不是来向他出售秘笈的，而是想验证秘笈的真伪。一想到此，孟廷轩顿时感到不安起来。他虽然与莫里森做过几笔边茶生意，但在心里并不喜欢洋人，觉得他们行为方式怪异，总是一副高人一等的派头，这些年恃强凌弱从中国拿走了大量的银子和土地不说，官府还处处向着他们。眼下洋人一旦有了真秘笈，倒霉的不但是兴义茶号，整个雅州的茶业都可能会遭到不幸。更重要的是，如果洋人知道秘笈有假，儿子也就被牵扯在其中，自己的家庭和生意将面临不堪设想的后果。想到这里，他决定假戏真做，将洋人蒙过去，于是试探道："莫神父打算卖多少钱？"

"这个——"莫里森顿了顿，"暂时还不能卖，我要等等。"

孟廷轩见状，心里更有了底，做出一副急于想要的样子："为啥？"

莫里森见孟廷轩急于想要，确定秘笈是真的，心里舒了一口气，但嘴上却说："我是想卖，但是李小姐被绑票，莽大娃被杀，官府追究起来，是杀人偿命的大案，若查出秘笈在我手里就危险了，所以……"

"莫神父又不想卖了？"

"只是暂时不卖，等危险过了再说。"

"那，莫神父啥子时候要卖时一定先告诉我，钱我不会少你的。"

"好，好。"莫里森笑逐颜开地告辞离去。

送走了莫里森，孟廷轩越想越感到心里不踏实，忙叫来冯喜："你快去把我那个孽子找回来！"

冯喜小心问道："他要是不回来咋办？"

"你就说他妈病了，再不行就把他绑回来！"孟廷轩加重语气道，"总之，我就是宰了他，也不许他和李家搅在一起。这个混账东西吃里扒外，早晚要将老子的家业给毁了……"

恰好这时鲁氏走来。其实她早看出儿子是不会听父亲的劝告和威胁的，儿子从老家返回后一直没有进家门，更表明了与父亲抗争到底的决心。她心疼儿子，又不敢违背丈夫的意志，心里左右为难，当听到丈夫说要宰了儿子，吓得全身一震，随即颠着一双小脚出门，雇了一辆人力车直奔儿子的住地。

鲁氏跌跌撞撞闯进儿子的小屋，上气不接下气道："快，快走！"

"妈，啥子事？"孟泾恒赶紧上前扶着母亲。

"伯母，你坐。"李永秀把凳子端过去。

鲁氏这才看清李永秀也在。她并不反感这个姑娘，但是又不敢违背丈夫的意愿，只好说："李小姐对不起，我有点要紧的事要和儿子商量。"

李永秀看了看孟泾恒，只好告辞。孟泾恒正要出去送，鲁氏一把拉住儿子，孟泾恒挣了一下，见母亲不松手，只好作罢。李永秀离开后，鲁氏急切地说："你父亲发大火了。你不要再和李小姐往来，陈团长对她贼心不死，我们惹不起。"

"妈，我的事不用你们操心。"

李永秀出门后想到鲁氏慌乱的表情，不由有些心神不定，走着走着又不想急于回家，便折过一个小巷转到石坎码头。雅州城沿河有很多个码头，石坎码头是个老码头，因为离城中心较远，故平时往来船只不多。

这时是下午时分，码头上没有其他货船。李永秀远远看见张副官正吆喝几个力夫往船上搬东西，大大小小的木箱、蓝布包裹，还有一捆捆的砖茶接连不断被装进船舱，看样子像是要运走。货物装完后张副官又一一清点，然后督促船老大盖好船篷，这才打发力夫离去，自己守候在船上。李永秀感到有点奇怪，便向一个路过的老妇打听，老妇说："那些兵要滚蛋了。"

"为啥？"李永秀问道。

"听说那些官兵又为争地盘打起来了，刘文辉的二十四军正往雅州方向打来。雅州出边茶，大家都想争到手，陈伯欣打不过只好滚蛋。你看，那些都是他搜刮来的东西。"

"可恶！"李永秀愤愤地说了一句，又担心万一遇见陈伯欣，不敢停留，赶紧离开。哪知越是怕遇见鬼，越是容易遇见鬼。刚走了几步，就看见两个官兵一前一后护着一顶滑竿迎面走来。轿夫正要下石阶往码头上走，忽听一声吆喝，滑竿停下，酒气熏天的陈伯欣跳出来横拦在路中，淫邪地笑道："嘿嘿，看来我们真是有缘呀！"

李永秀一惊，赶紧转身就走。陈伯欣上前阻拦道："李小姐，有人举报你们家通匪，这件事还没有了结。"

李永秀下意识地停下。陈伯欣得意道："只要你愿意跟我，一切都好说。"说罢指着岸边停泊的货船："这船上的东西也全部属于你。"

李永秀厌恶道："流氓！"说罢侧着身子想走过去，不料陈伯欣扑上前一把拉住李永秀，李永秀甩手一挡，指甲在陈伯欣脸上划了三道红印。两个勤务兵一下都愣了。陈伯欣捂着脸大吼："把她拖到船上去！"

两个勤务兵上前像抓小鸡一样抓住李永秀往船上拖。陈伯欣走上船来一边脱衣服，一边对勤务兵说："退下。"

李永秀大惊:"你要干什么?"

"我想要的东西得不到手,砸烂也不会让别人得到!好,你骂我是流氓,今天我就流氓给你看看!"陈伯欣说罢像饿狼一样扑上去,抓住李永秀的头往船板上撞,接着又撕开李永秀的衣衫。李永秀拼命挣扎,又踢又咬,声嘶力竭地惨叫……

孟泾恒送走母亲,沿着河边返回,忽见张副官迎面走来,正要侧脸走开,张副官一下叫住他:"孟少爷。"

"啥子事?"孟泾恒冷冷地问。

张副官犹豫了一下,低声说:"你到石坎码头去看看吧,李小姐……"

张副官欲言又止,孟泾恒意识到李永秀可能出了事,二话没说,飞快朝石坎码头跑去。陈伯欣的货船已经走了,河边空荡荡的,可眼前的情景让他惊呆了:李永秀失魂落魄地站在水中,头发散乱,目光呆滞,脸上青一块紫一块,嘴角处残留着血迹,衣衫被撕开几道裂口,上面污渍斑斑。孟泾恒大声喊道:"秀秀,出什么事了?你快上来——"

李永秀一怔,似乎恢复了意识,转过头来绝望地看着孟泾恒,嘴唇哆嗦着却说不出话来,眼泪扑簌簌地往下流,似有千言万语。孟泾恒冲上前:"到底出什么事了?"

李永秀向后一步,水一下淹到腰部。孟泾恒知道李永秀不会水,意识到她是要寻短见,不由急了:"秀秀,千万不要,有什么事你告诉我。"

李永秀摇摇头,转过身,"嗵"的一声扑向水中。

"秀秀——"孟泾恒不假思索,一纵身跳下去欲抓住李永秀。两个不识水性的人在水中挣扎了一会,极力想挨近,但是很快被湍急的波浪掀开。这时,一个渔夫来到河边,看见李永秀和孟泾恒在水中挣扎,大叫一声:"有人落水了!"然后纵身跳入水中,奋力朝他们游去。

连连呛水后,李永秀意识有些模糊。孟泾恒也被水呛得晕头转向,但依然拼命挣扎,想接近李永秀。渔夫游到两人中间,见李永秀已经快往下沉,便赶紧扑过去抓住她,再侧身用一只胳膊夹着她的头往岸边游去。孟泾恒已经筋疲力尽,眼见李永秀被救,艰难地露出一丝微笑。一个大浪打来,他便消失不见。

渔夫将李永秀推上岸,返回去想救孟泾恒,可是滔滔水中已经不见泾恒踪影。渔夫还不死心,在水中四处张望。李永秀看得真切,喃喃说了句:"泾恒,我来了。"又翻身坠入水中……

李复生在屋里同孙子长平打算盘。他早就不指望李永清了,倒是长平聪明伶俐,给了他不少安慰。李复生急速地报出一连串数字,长平细长的手指在算盘上飞快地翻动,算出的结果分毫不差。李复生脸上露出笑容。

长平抬起头:"爷爷,我今天在学校听人说那些当兵的要撤走了。"

"他们整天打来打去,老百姓一天也不得安生。"

"他们走了不是就好了吗?"

李复生叹了一口气:"走了这个还会再来其他的。自从护国军兴,推翻袁世凯统治后,川军扩编到八个师。五年后,逐走了滇军、黔军,川军发展成三个军,十个师,九个混成旅,一个边军,一个边防军。可是以后战乱不断,每经一次战役,就有一次扩军。军阀们知道有了防区就有了军费,有了军费便可以扩军,军队越多就越容易争防区,于是不间断的争夺战连绵不止……嗨,爷爷不该给你说这些。"

长平忽然说:"爷爷,妈妈说我不像爸爸,倒像二叔,是不是?"

李复生微微一愣,抚摸着孙子的背:"你二叔走得太早,不要学他。爷爷希望你能继承家业,让李家百年茶号延续不绝。"

这时陈二旺走来:"老爷,多吉管家带信来,说他爷爷没有回音,可能已经不在人世了。"

"这么多年了,不知魏家贵是否还活着?"

"老爷,恐怕又要把铺子里的好茶收起来了。只怕那些当兵的临走还要来捞一把,以往经常说记在账上回头一起付,可大多数是肉包子打狗有去无回。我们又不敢去官府告他们,就是告了也没有人敢受理!"

李复生点点头:"把库房里的存货多发一些到吉祥锅庄,缓一步再去结账。"

两人正说着，雅芝走来："听说姓陈的走了，秀秀总算可以松口气了。"

话刚落音，只见五叔拄着拐杖颤巍巍地走来，语无伦次："老爷、太太，秀秀她，她遭了……"

李复生腾地一下从椅子上起身，急切地问道："秀秀怎么了？"

"那个砍脑壳的陈伯欣，把秀秀……强暴了……秀秀投河自尽……孟少爷也随她一起走了……"五叔老泪纵横，泣不成声。

"啊——"雅芝撕心裂肺地叫了一声，捂着胸口往下倒。李复生喊叫着扑过去。凄厉的哭声回荡开来，门外响起雷声，瓢泼大雨倾泻而下。

第四十章

得知儿子死去的消息,鲁氏一愣,随即大喊大叫起来,颠着一双小脚往石坎码头跑,孟廷轩和冯喜跟在后面。鲁氏一边跑,一边脱衣服,并扬手把衣服往河里扔,任孟廷轩在后面怎么呼喊也不理睬。跑着跑着,她忽然停下,伸开双臂在原地转圈,嘴里发出"嘎嘎"的令人毛骨悚然的笑声。周围的人都惊呆了,窃窃私语:"糟了,她疯了!""造孽呀……"

孟廷轩上前去拉她,鲁氏恶狠狠地瞪大眼睛:"是你杀了我儿子,你还我,你还我!我要杀死你——"说罢揪着孟廷轩的头发一阵乱打,沙哑着嗓子呼喊哀号。

孟廷轩泪流满面,任妻子抓扯也不阻挡,冯喜看不过去,劝阻道:"太太,松手吧,孟掌柜也难受……"

鲁氏两手一松,一下倒在地上。几个围观的人赶紧上前帮忙,又是掐人中,又是喂水,但鲁氏一直没有反应。

孟廷轩气急攻心,胸中一团火在燃烧。他转身朝团部走去,途中在铁匠铺买了一把剔骨头的尖刀,用草纸裹了藏在袖子里。他心里只有一个念头:杀了陈伯欣!走近团部才发现四周静悄悄的,门口也没有卫兵,地上到处是丢弃的垃圾,空气里飘散着烧焦的纸片。孟廷轩感到不妙,三步并作两步冲进大门,走到里面才见两个老兵油子嘴上叼着烟,手里提着一大包东西出来。孟廷轩气呼呼地问:"陈伯欣呢?"

"你是哪个?团座的名字是你乱喊的吗?"一个兵瞟他一眼。

孟廷轩大声喊道:"陈伯欣你出来,你这个杂种,流氓……"

另一个兵一把揪住孟廷轩的衣领:"你这个疯子,滚开。"

孟廷轩一下抽出剔骨刀,颤抖着双手:"我要杀了他——"

两个老兵油子一惊,随即把手里的东西向孟廷轩砸过去。孟廷轩猝不及防,剔骨刀一下掉在地上。两个兵油子上去一阵拳打脚踢,孟廷轩毫无还击之力,大声号叫:"啊,陈伯欣你不得好死……你这个杂种,流氓——"

这时张副官从里面出来,仿佛没有看见被打得不能动弹的孟廷轩,对两个老兵油子喝道:"快走,团座在城外早等得不耐烦了。"

浑身是血的孟廷轩好一阵才艰难地爬到大门外,头一垂就晕倒在路边,身后一行长长的血迹。

第三天,冯喜志忐忑不安地来见李复生:"李老爷,孟掌柜不行了,他想见你一面,可以吗?"

李复生犹豫了一下,然后点点头,随冯喜去了孟家。

央金得到李复生的快马传来的消息,知道了詹姆斯要从打箭炉去西藏,便派人每天在路上等待,可是一直没有动静,整日坐卧不安。这天早上有人来报:在大渡河边发现了他们的踪迹,几个人还没有围上去即被察觉,詹姆斯拔枪打伤一个人,然后与乔治仓皇逃离。

央金闻讯又急又气,决定立刻去追赶,忙命人安排马帮,打点行装,直到吃午饭时才收拾停当。饭后,她让青初带孩子们到跑马山上去骑马,自己拿出猎枪仔细擦拭。不一会丈夫洛容西巴笑嘻嘻地拿着一件漂亮的皮袄进来:"喜欢吗?"

央金看了他一眼,没停下手里的活:"刚买的?"

"嗯,你看看,这毛色多光亮,柔软密实,那个皮货商说是难得一遇的上好雪狐皮!穿在你身上又好看又暖和。"

央金似乎并不领情,问:"茶包准备好了没有?"

洛容西巴见状只好悻悻地放下皮袄:"都打好捆了,明天一早就可以上路。李老爷运了好多茶来,库房里堆满了,我们离开后也不愁没货。"

央金放下枪:"李老爷一直很照顾我们,这几年汉地乱哄哄的,他的生意也很难呀!"

洛容西巴喝了一口酥油茶："刚才买皮袄时我碰见额大人的管家，他正在街市置办家具，买了一大堆东西，说额大人的太太和儿子要迁到炉城来。"

"哦，这些年汉地风云变幻，满人的特权也取消了，倒是额大人在炉城私下里赚了不少钱，过得有滋有味的。"

洛容西巴试探道："去西藏的路也不安宁，我看你就不必亲自……"

央金不容他把"去"字说出口就硬邦邦甩出一句："我就要去，你不要再说东道西阻拦。"

洛容西巴顿时蔫了，好一阵才又开口："那我跟你一起走。"见央金又露出一副要否决的表情，忙把手放在央金手上，以央求的口吻说道："你听我把话说完。"

央金忍住没开口。洛容西巴说："去西藏的路千难万险，马帮都是清一色壮汉，还经常有人在途中累倒或者生病，你一个年轻女子如何受得了？本来我带上多吉等几个人去就行，既然你一定要亲自去抓他，那把孩子和锅庄里的事交给阿妈和青初照看。我找人打了一卦，说詹姆斯他们必定走北路进藏，可是我又担心途中有变，所以打算派几个人走南路，我带几个人从北路追。你领马帮跟在我后面，不用太着急，每晚在驿站附近搭帐篷歇息，抓到人后我立刻传消息给你。"

央金瞪大眼睛看着平时言听计从、很少拿主意的丈夫，好像在打量一个陌生人。

原来清代以来，从炉城出关的第一站就设在折多山麓的一个村庄，因为村里有一眼很大的温泉，故称折多塘，过往马帮行人都喜欢在此休息沐浴。过了折多塘，有两条路出关去西藏，一条是向北走泰宁、道孚、德格、邓柯，这条路稍远，但水草比较丰茂，也少有土匪滋扰，一路有官府设立的驿站，故马帮多走这条路；另一条就是向南翻山到雅江、理化、塘坝，因为山路崎岖，官兵较少，经常有盗匪出没，所以尽管行程要比北路近很多，但大多数马帮还是宁愿舍近求远。

央金没想到丈夫考虑得如此细心周全，忽然心生歉意，觉得平时有些

冷落他，本想说句感谢之类的话，可是动了动嘴唇，最终还是没说出口。

洛容西巴见央金没有反对，一副默许的样子，心里已经非常受用了，不由喜形于色地说："等杀了詹姆斯我们就到拉萨参加雪顿节！"

两人正说话，一身藏装的曾秀跨进门来。央金忙起身招呼道："曾管家请坐，喝一碗酥油茶。"

曾秀谢过："小姐，我和你们一起去追詹姆斯。"

"这——"

"抓詹姆斯是你的心愿，也是李老爷的心愿，我同你一起去多个帮手岂不更好。"

"此去西藏山高路远……"央金犹豫不决，暗想曾秀已经不年轻了。

曾秀似乎看穿了央金的心思："我从小摔打惯了，身体不比你们年轻人弱。"

央金又想：万一路上有个三长两短，如何向李老爷交代？哪知曾秀再次看透她的心思："我已经写信告诉李老爷了。"略沉吟了一下，又说："等办完这件事我就准备出家了。"

央金一惊，一下不知该说什么。洛容西巴倒是很开心的样子："那好，我们明天一早上路。"

"我去准备一下。"曾秀说罢告辞离去。

洛容西巴看着曾秀的背影感叹道："曾管家怪可怜的，孤孤单单的一个人。"

央金白他一眼："只要心里爱一个人就不会孤单。"

"那，曾管家爱谁？"洛容西巴充满好奇。

"李老爷。"

"哦呀，李老爷为什么不娶她？有钱的汉人娶妾是常有的事。"

"这其中的缘由我也说不清，好像他们两个有个盟约，我问她好几次都不肯告诉我。有一天我们两人喝酒，她喝得有些醉了，才简略地讲述李老爷如何冒死将她从官兵的手中救出来的经过，哦呀，我做梦也没想到李老爷这么有豪情侠义，置自己生死于不顾！他先佯装被卫兵推倒在地，大腿骨折，上了板架绷带，不能动弹，然后又请雅州府武大人到家里来听戏喝酒。李掌柜事先在酒里放了一点药，吃饭过程中夫人、武大人、永清哥和唱戏的人就都醉倒了。李掌柜趁机翻墙潜入团部去救曾管家。他们出来时被一个兵士发现，李老爷上去一脚把他踢倒，然后抱起曾管家跃上墙……"

洛容西巴惊得合不上嘴："哦呀呀，还不知李老爷如此深藏不露！"

央金接着说："惊险的还在后面。官兵发现曾管家逃跑了，就追到李老爷家要人，哪知武大人还酒醉不醒，证明李老爷一直在家，而李老爷也有准备，故意将自己的腿弄得青一块紫一块，官兵见了也无话可说。哎，曾管家这辈子遇到这样的男人值得，并不可怜！"

洛容西巴拉过央金的手，温存地说："我以后对你更好，一辈子好好照顾你，让很多很多的女人都羡慕你，有一个心疼得恨不得天天把你捧在手心里的好丈夫。"

央金故意不买账，推开他的手："哦呀，我肉麻得要起鸡皮疙瘩了。"

第二天天还没亮，央金就催促丈夫上路。黑暗中，几个人向南，而央金、洛容西巴、曾秀、多吉一行快马向西北而行。央金心急火燎，用鞭子抽马："咋跑得这么慢？"

洛容西巴在一侧安慰妻子："不用太着急，我估计照我们这样追，要不了多久就能赶上他。"

"上次就让他溜掉了，这次不能再让他跑了，这个魔鬼！"

"你放心，他跑不了，其实我们几个兄弟就够了，你何必要亲自追？"

"不亲手抓到他，难解心头之恨！"

马队所过之处，卷起一阵尘土，很快随风飘散。太阳从山间升起来，四周沐浴着一层淡淡的金黄，转眼间碧空如洗，浮云散尽。路上几乎看不到行人和马帮。穿过一片绿草茵茵的草原，一行人到达泰宁，远近有名的惠远寺殿宇恢宏，镀金屋顶在阳光下发出耀眼的光芒。这是雍正皇帝特地为七世达赖喇嘛所建的庙宇。一群身着红色袈裟的喇嘛正手拿唢呐、号

筒、海螺在吹奏。洛容西巴留恋地回头张望。他家离这里不远，他小时候曾随父母一同到惠远寺拜佛，对惠远寺印象极其深刻，可是这会忙于赶路，不能停留。

再往前，他们便进入道孚县境内。这里东北面的党岭山脉、西南的麦客山脉如两道屏障，挡住了两边干冷的风，使境内气候比较温和，加上鲜水河的滋养，盛产青稞和山药。草原上开满五颜六色的小花，随风传来阵阵清香。

央金是第一次来道孚，眼前的景色令她精神大振。

洛容西巴在一旁说："这里是打箭炉北部最好的牧场，也是人口最多的地方，还有几座金矿。知道吗，有一座寺院佛像的帽子是用八斤纯金打的。"

"啧，啧！"另外几个人惊得直咂嘴巴。

与吉祥锅庄茶叶生意往来最多的吉庆商号张掌柜是个汉人，见央金和洛容西巴突然出现，赶紧在客厅里摆上酥油茶、炒花生，又吩咐太太下厨做在藏地少见的芝麻糖馅饼。央金草草吃了一点，就说要趁天还没黑，赶紧到灵雀寺去拜见白玛堪布，因为曾听阿爸说他与热拉活佛认识，所以想去打听一下热拉活佛如今在哪里。张掌柜也没有挽留，只将晚上住宿的房间、被褥、油灯等一切准备妥当。

灵雀寺是打箭炉北部最大的寺院，常住喇嘛上千，同时管辖有七座小寺院，在当地颇有影响。

央金从张掌柜家出来，一路上见街道两边有许多小商店，出售砖茶、哈达、日用品等，其中兴义茶号的茶最多。央金随意在一家商店拿起一块茶砖，主人马上热情介绍道："这是兴义号的茶，又香又经得熬，百年老号的东西！"

央金脸上露出一丝笑容，掏出一块银元递过去，店主受宠若惊，不断弯腰吐舌表示感谢。

白玛堪布正在读经书，听侍者通报，立刻招呼他们进去。央金献上洁白的哈达，洛容西巴呈上两封银元、两驮茶。还未等央金开口，白玛就说:"你勇往直前,菩萨会保佑你!"

央金和丈夫双双跪下。白玛上师为他们摩顶祝福。央金急不可待地问:"活佛,请问热拉活佛还好吗?他如今在哪座寺院?"

白玛上师微微一笑:"神不守舍。"

"请问活佛,这是什么意思?"

"神不守庙,庙也留不住神,神不守舍是一种至高的境界。"

央金似懂非懂,但心里一下子踏实了很多。

詹姆斯此刻坐在一个山洞里,手里摆弄着两支左轮手枪。这是他的上司奖赏他的,一次能连续发射六颗子弹,百米之内命中率极高,是他的心爱之物。他把枪一一拆开,用一块软布仔细擦拭每一个零件。不一会儿,一身藏族装束的乔治垂头丧气地进来,袍角和袖口撕裂开来,身上还沾有牛粪和泥土,显得有些狼狈。詹姆斯看他一眼:"没得手?"

乔治气哼哼地说:"那些藏獒闷声不响地窥视你,一旦发现你有所图谋,立刻像下山的猛虎扑上来,恨不得把你撕成碎片!"

詹姆斯撑起身子:"夜长梦多,我们不能再耽搁了。"

"可是,我们没有马……"

詹姆斯转动左轮手枪上的弹巢,将子弹一粒粒装进去,举起手枪作瞄准状,冷笑一声:"走,去路上碰碰运气。"

詹姆斯一身波斯人装束,嘴唇上粘了一排胡须,与乔治隐蔽路旁,等了很久也不见一个人影,正心烦焦躁,忽然看到远处来了几个蓬头垢面、衣衫褴褛、三步一叩头的朝圣者,其中三个步行,后面马车上坐了一位老人。乔治失望地嘀咕一句:"几个穷光蛋,恐怕弄点糌粑都难。"

詹姆斯没吭气,拿出一小块砖茶,装成瘸子,一瘸一拐走过去,做出一副诚恳的样子:"扎西德勒,去拉萨朝圣吧。"

三个人直起身子,摊开双手表示谢意:"哦呀。"

一个藏民忽然感到有点诧异:"你是外国人?"

"我是波斯人,从云南过来。刚才肚子不舒服在这里方便一下,我们

的马帮就在前面,你们可以跟我们结伴而行。"

藏民信以为真:"哦呀。嗯,昨天在路上听说吉祥锅庄正四处寻找一个伤天害理的英国人。"

另一个藏民接着说:"是嘞,叫詹姆斯,他杀了吉祥锅庄的老爷和管家。"

"这个魔鬼早晚要下地狱。"

听到这儿,詹姆斯漫不经心扫了三个人一眼:"你们见过詹姆斯没有?"

"我若是见到这个魔鬼,一定会带话给吉祥锅庄的人。"

"不,我先把他痛打一顿,然后绑起来交给活佛处置。"

"这种人不得好死。"

詹姆斯"嘿"冷笑一声:"本人正是詹姆斯。"三个藏民还没回过神,他闪电般从袍子里拔出两支枪。"啪!啪!啪!"三个藏民中弹倒下。后面赶马车的老人大惊,刚说了声"你——",詹姆斯转身又是一枪,老人应声倒下。这一切从发生到结束不过转瞬之间。接着詹姆斯招呼乔治:"扒下两件外套我们穿。"

乔治露出厌恶的表情:"脏死了——"

詹姆斯狠狠地说:"我们只有打扮成朝圣的乞丐,并且装聋作哑,才不会引人注意。"

"真他妈受罪。"

"闭嘴!"

两人换上破旧的藏袍,又把四人的尸体一一推到山下,然后用一块围巾遮住脸,坐上马车向西而去。

离开道孚,又走了两天,央金一行来到霍尔章谷县。县城很小,市面也很冷清。

央金与丈夫在周围转了一阵,什么消息也没打听到,失望地回到夏拉沱河畔的帐篷里。漫天的星斗闪闪发光,大家就着酥油茶吃了糌粑,分别在两顶帐篷里躺下。睡到后半夜，央金忽然大叫一声从梦中惊醒。洛容西巴问："咋回事？"

央金愣了好一阵："我梦见永明哥了，他还活着……"

洛容西巴像被人打了一巴掌，叹了一口气："睡吧，明天还要赶路。"

央金倒下，再也睡不着，听丈夫鼾声响起，便披上皮袍走到帐篷外。山风呼呼吹来，央金一动不动，看着黑夜与黎明交替，光影在山梁上一点点延展开，嘴里轻声念叨："菩萨求你显灵，我梦见永明了。不是梦，就像真的一样。可是我一抓他就不见了，他是不是被什么绊住了？"

曾秀走过来，轻轻地搂着央金的肩膀，两人默默无语，遥望远方。风依旧在吹，似乎夹杂着人的低语。

天亮后，央金一行马不停蹄地飞奔，两天后到达甘孜。此地庙宇星罗棋布，到处可以看到身着红色袈裟的僧侣、飘扬的经幡、成堆的玛尼石、锃亮的铜制转经筒，俨然佛国。央金早听说这里三分之一的男子是喇嘛，到这里一看果然如此。甘孜是个三岔路口，一条路从邓柯、石渠到达青海，另一条路通往德格，还有一条可以从理化转道塘坝。

在甘孜住了一夜，一行人抓紧时间购买了粮食和马料，第二天开始往德格方向前进。攀到雀儿山半山，抬眼望去，绵延的山峰布满终年不化的积雪。走了一会，天色突变，大风夹杂着雨雪倾泻而来，气温忽然下降，几个人不得不赶紧拉马躲到一个背风处。他们被冻得瑟瑟发抖。等了一阵，风势稍稍减弱，央金担心雨雪会更大，就催促上路。

大家顶风冒雪，终于在黑夜降临前翻过山。这时雨下得更大，山溪水猛涨，撞击在石头上发出"哗、哗"的声响。他们发现一处常有往来行人歇息的岩腔，里面堆有一大堆柴草，还有燃烧后的灰烬，赶紧进去生火做饭，烘烤湿透的衣衫。连日鞍马劳顿，央金周身酸软，躺在柴草上一动不动，累得连晚饭都不想吃。洛容西巴端来一碗滚烫的酥油茶，将央金扶起来："来，把它喝了。"

喝下酥油茶后，央金的脸上慢慢恢复了红润。

洛容西巴说："酥油茶是个宝呀！听说当年文成公主进藏时晕倒在路

上,是酥油茶救了她的命,后来文成公主就特别喜欢酥油茶,到达拉萨后时不时亲手打酥油茶。"

央金说:"明天我们就能到德格县城了,可是还没有詹姆斯这魔鬼的消息。"

"活佛说菩萨会保佑我们的。"

央金的心稍稍安定下来。

洛容西巴又说:"明天我先一步出发到印经院去,把阿妈想请的经书先付了银子,回头马帮把纸和墨带去就可以开印了。"

央金点点头,然后又倒在草堆上。

原来,德格城中心有一座闻名中外的手工印经院,建于18世纪,藏有藏文经版数十万块,除了大藏经外,还包括藏传佛教格鲁派、萨迦派、噶举派、宁玛派等显密典籍。另外还有大量各派学者的著作,涉及哲学、历史、地理、方志、医药、历算、诗词等多方面的内容。印经院的规矩是:自带纸墨,另外付给工人酬劳,可以选择自己喜欢的经版印刷。因为德格气候寒冷,印经院每年只在春末和初秋比较暖和的季节开放,以减少经版损耗,所以一到开放季节,从各地甚至国外前来印经的人络绎不绝。手工印刷精细考究,有时候需要等很长时间才能拿到印好的经书。

第二天,央金穿过古木森森的山谷,终于看到一座高耸的佛塔,再走过一片柳林,一座高大的牌坊就出现在眼前,颜额上写有"金江锁钥"几个大字,牌坊后便是县城。德格地处金沙江边,过了河就是西藏辖管的区域,故德格有金沙江门户咽喉之称。

央金直奔位于城中的更庆寺。更庆寺的管家索郎康经常带人往来打箭炉运茶和生活用品,故与央金一家相识。得知央金要入藏,他二话没说写了一封信,嘱咐她有急事时可以去找他堂弟帮忙,堂弟是西藏守军中的一个营长,虽然官职不高,但为人豪爽,各地都有朋友。央金谢过索郎康管家,说不用麻烦另外的人,自己能办妥帖。索郎康听罢,又吩咐手下人拿来一些奶渣和奶饼,让央金带在路上享用。

央金谢过索郎康管家,便往位于城东欧普龙山沟沟口的印经院赶去。

印经院红墙高耸，绿树婆娑，十分壮观。等了一会，不见洛容西巴的踪影，央金便独自跨进大门，挨房间寻找。印经院内分藏版库、储纸库、晒书楼、洗版平台、裁纸齐书室，以及佛殿、经堂等，就像一座宫殿一样。房间里摆放着齐整的版架，版架上插满了用细密而坚硬的木料制成的书版，分门别类，井井有条。央金不禁伸手拿出两块雕版，上面的文字和图画都深而光洁，令人爱不释手。走过第六间版库才看见几个工人在忙碌，他们两人一组，一个铺纸，一个推墨，印好一张就放在一旁，动作十分协调娴熟。央金见洛容西巴不在其中，便问："请问一个从打箭炉来请经书的男子在哪里？他叫洛容西巴。"

一个老人正在检查刚印好的朱砂色经文，听到问话，抬头打量了她一下："你是央金？"

"正是。"

"你丈夫走了，留下话说他有事先过金沙江，如果路上没碰上，就在昌都等你。"

央金很意外："为什么？"

"我们在议论前不久四个去拉萨朝圣的人被枪打死的事，他一听就说肯定是英国人干的，只有他们才有这种枪。然后留下印经的银子就走了，说你会来这里找他。"

央金一听着急起来，从江达到昌都的路程快马都需要七八天，万一在途中遇到詹姆斯，他一个人如何应付？她来不及向老人告别，转身往外跑，快马向金沙江渡口奔去。渡口处已经没有船，央金大声向对岸喊叫，好一阵才有人拖长声音说："起风了，明天再过渡。"

央金又气又急，好言央求却无人搭理，忽然灵机一动："你渡我们过河就送你一块四川的砖茶。"

这句话立刻奏效，很快两只牛皮船从对面划来。牛皮船是藏地特有的交通工具，一般乘坐四到六人，类似长方形，口径六尺左右，用牛皮、藤条、树胶严密接缝而成。因为船体很轻，人上去后按船夫的安排坐下，严禁晃动，而随行的骡马则跟在船后涉水渡江。

得到央金的砖茶，船工脸上堆满笑容："收了你的茶，我也要回报你。嗯，我给你出个好主意。你们带的茶多吗？过了河就是西藏的关卡，藏东有五个收茶税的关卡。驻守这里的代本特别喜欢川茶，若你给他一驮茶，会让你少付税款，更划算嘞……"

央金知道如今四川出产的藏茶在这一带价格不断上涨，一斤茶可以换到一斤羊毛，一驮茶可以换六十到七十斤盐，茶可以当货币使用，一些藏民即便卖牛羊也愿意换茶存在家里。船夫还在喋喋不休，央金插言问："外国人过关卡会登记吗？"

船夫嘿嘿一笑："到这些穷乡僻壤来当关卡代本，大钱挣不了，小油水谁不想捞点？只要塞点银子，有两驮茶，啥子事都好办，登不登记就是代本一句话。这关卡过往的英吉利人、印度人、波斯人、缅甸人都有，若不把代本打点好，就会说证件有问题扣下来，十天半月甚至更长时间不放行，这叫软收拾。不过，也可以绕小路过关卡，就看各人的本事……"

船夫没完没了地絮叨，央金的心思已飞到别处。

第四十一章

黄昏，疲惫不堪的马儿拖着詹姆斯与乔治行走在类乌齐草原上，因为海拔高的缘故，这里气候寒冷，沿途居民很少。乔治嘴唇皲裂，面容憔悴，不断用鞭子狠狠地抽打马，可是马依然不能快步："妈的，也许我们该弄两套喇嘛服穿上，这样就不缺吃住。"

"你以为喇嘛好冒充？会不断有人求你摩顶或者念经，我们又不会，更容易暴露。"

"可是现在我们有钱也买不到东西。这三天在路上没遇见一个活人，一到天黑就听野兽在号叫，恨不得把我们当美餐吞到肚里。"

"镇定，前面有一个驿站，附近有几户牧民，我们到那里想法弄两匹马或者骡子，到时把这匹老马杀了吃肉。"詹姆斯坐在后面，一边说一边看地图。

"这该死的地方……"乔治骂骂咧咧，点燃一支烟。

"把烟灭了！"詹姆斯忽然大声呵斥道，"前面雪山下瘴气弥漫，我们只有靠吸香烟才能避免瘴气危害。"

乔治悻悻地掐灭手中的香烟："停下来歇一会吧？我全身都快被颠散架了。"

"不行，我有种预感，他们很快会追来。不能耽搁，尽快往前赶，只要到了拉萨，我们就鱼归大海，会有人护送我们从亚东出境到印度，到时你将会得到一大笔赏金，可以选一个你喜欢的地方住下，享受后半辈子愉快的时光。"

"完成这次任务后你会回国吗？"

"嗨，但愿如此。我上大学时申报了奖学金，要求申请者必须选修一

门东方语言,藏语的奖金高,我就选择了它。当时我们一共有五个人选修,可毕业时只有我一个人拿到合格,其他人都半途而废。其实那个藏语老师并不喜欢我这个学生,他好像觉得我学藏语对西藏是一件不幸的事,经常故意压低我的成绩,当得知我向校方反映后,立刻对我实行严厉的打击报复。他是一个有些奇特的人,出生于贵族之家,汉语和英语都讲得不错,年轻时当过喇嘛,后来因喜欢一个女子而还俗到了英国。

"我第一次到西藏是以传教士身份,我没想到这个号称佛国的地方比想象中还要野蛮落后。记得我在一份报告中陈述:西藏有三多,僧侣多、乞丐多、野狗多。可是大多数西藏贵族并不想改变这种状态,担心自己的利益受到损伤;而中央政府派到西藏的汉官又觉得到藏地做官是份苦差事,不想久留,许多事袖手旁观,多一事不如少一事,经常蒙蔽中央,私下里搜刮钱财,中饱私囊,任期一到比兔子跑得还快。大英帝国是通过赠送武器、海关免税放行等策略才逐步渗透西藏,而只有掌握了他们的生活必需品——茶,才能掌握西藏的命脉。

"我再次到西藏就负有这个使命,这一待就是很多年,我对西藏也有了深入的了解。我发现这是一个很难征服的民族,他们即便喝咖啡、听西洋音乐,但骨子里永远属于佛,与上帝不搭界。我们大英帝国为西藏带来了文明,可是他们并不领情,倘若有好处就认为是佛给他们的,是他们虔诚念经念来的。我有种不祥的预感,只怕我们大英帝国在这里会竹篮打水一场空!"

乔治第一次听到詹姆斯说这类伤感的话,不觉心情更加灰暗,眼望茫茫荒原:"我们能顺利离开吗?这个鬼地方我一分钟也不想呆了……"

"不要灰心丧气,打起精神来!"詹姆斯一下又恢复到原来的状态。

天快黑时,两人到达驿站,偷偷走近,发现褐色的牦牛毛编制的帐篷里空无一人,只有一张矮小的破桌子,两张发黑的羊毛坐垫。角落里有炉子,但既没有食物也没有柴草。正在这时,一阵马蹄声传来,一个十多岁的男孩跳下马:"你们是干什么的?"

詹姆斯见是一个孩子,顺口胡诌:"我们是去拉萨的使臣。"

男孩打量他们一番："驿站我阿爸在管，他今天给头人送信去了，叫我照看一下。"

"我们去拉萨有很重要的事情。你能给我们弄点吃的吗？"

"把你们的乌拉马牌给我看一看。"这条路上很少出现外国人，孩子眼里充满疑惑。

"乌拉"是差役的意思，分人力和畜力两种。官府对出入西藏的官员、贵族、僧侣等，会发给一张乌拉马牌，有了这个马牌，就可以到沿途驿站换马或者找驮夫，有的不付费，有的即使付费也比其他人低廉很多，是一种特殊待遇。

"我们渡江时不小心将包掉在江里，乌拉马牌也在其中。不过我们有波斯国出使的证件，你看。"詹姆斯说着拿出一张印有英文的纸。

男孩看不懂上面写的内容，也不知波斯在何方，挠挠头不知该怎么办，想了想说："要不你们等我阿爸回来再说，我派不了马和粮食给你们。"

"佛说救人一命胜造七级浮屠，我们都快饿死了，你先给我们粮食就等于建了一座佛塔。"

男孩露出笑容，从马背上取下半袋糌粑递过去："你们先住下，帐篷后有干牛粪可以烧茶，马要等我阿爸回来再说。"

詹姆斯指着男孩的坐骑说："我给你银子买马好吗？"

男孩不为所动，摇摇头："不卖。"

"那，我们需要的马怎么办？"乔治焦躁起来，低声用英语问。

"去偷！"詹姆斯皮笑肉不笑。

央金等人一直赶到昌都昂沃罗桥边的白塔旁才与洛容西巴碰头。这里是北路入藏的又一个道路交汇点，过桥向南是一条大路，经过罗隆宗、拉孜等地去拉萨，沿途有村庄和驿站；而向北走的类乌齐草原虽然比较平坦，但人烟稀少，野兽出没，若不是大队人马不敢贸然行走，被视为小路。

"我们走南边如何？也许在工布江达就能堵住他们，从塘坝过来的人

也能在那里与我们碰头。"洛容西巴说。

工布江达是藏东著名的要塞,西藏地方政府派有宗本驻扎。这条路是通往拉萨的官道,一路上有村寨和关卡。"宗"在藏语里是县,宗本相当于县衙。工布本是地名,因为江达宗设在那里,故人们习惯称这一区域为工布江达。清代工布江达驻扎汉兵,设有粮台,后来赵尔丰向慈禧建议将江达划归四川管辖,主张江达以东为西康,江达以西为藏地,以便就近节制西藏。

央金想了一会,说:"不行,我们几个人要分开走,一是怕消息有误,二是怕他们途中有变。他们也许已经知道我们从后面赶来。我们分两拨,两个人走南边大路,两个人从北面类乌齐草原追,这样才能把他们堵在工布江达。"

几人商量了一阵,决定央金与洛容西巴走南面,曾秀、多吉走北面。

央金和洛容西巴过了罗隆宗、边坝宗,再往前行不久就到达藏东有名的大雪山夏贡拉山麓的一个只有五六户人家的小村子。可是他们并没有停下,而是依旧往前,直到天色渐晚才停下扎帐篷。

洛容西巴说:"夏贡拉山顶终年积雪,天气晴好时翻越需要在半山扎帐篷歇一晚,若是遇上雨雪或者大雾就十分危险,稍不小心就会滚下悬崖,或者掉进雪窖中。"

央金点点头,连日奔波使她看上去又黑又瘦。两人正说着,一个面容黝黑、衣衫破旧的中年藏族男子赶着一群羊经过,停下脚步:"你们咋在这里扎帐篷?晚上这一带经常有野兽出没。"

"我们想天一亮就上山,最好一天翻过夏贡拉山。"洛容西巴答。

"哦,你们从哪里来?"

"打箭炉。"

"哦呀,你们认识吉祥锅庄的旺堆老爷吗?"

央金停下手里的活打量他:"那是我阿爸。"

"哦呀,你果然是央金小姐!"那男子一下激动起来,"你们等一等。"说罢赶着羊就走,不一会疾步返回,手里提了一罐酸奶子,又从怀里拿出一块兴义茶号出的砖茶："这是当年旺堆老爷赠送的茶，我一直没舍得喝，今天正好招待小姐。"

"你如何认识我阿爸？"央金问。

"说来话长，"那男子捡了三块石头垒了灶，把茶掰碎丢进盛了水的锅里，"我是汉人，汉名叫郭大牛，原来是随赵尔丰大帅驻藏戍边的兵卒，后来在大帅身边跑腿，曾护送大帅去吉祥锅庄拜访旺堆老爷，还见过太太和小姐。刚才我一见你就觉得有点面熟，眼睛长得像太太一样明亮美丽，所以才开口问。"

"你咋会——"洛容西巴后面的话没出口，他想说怎么会如此落魄，因为郭大牛看上去与那些被称为"牛场娃"的牧羊人不相上下。

郭大牛明白他的意思，挤出一丝苦笑："一言难尽！我老家在山西，当年与同村的好友袁田贵一起跟随大帅入川进藏。我打过英国人，也打过叛军，还得过奖赏。唉，世事难料啊！袁田贵不明不白死在打箭炉一个山谷里，而大帅那么威猛的人竟也被砍了头！我好歹捡了一条命，可是家乡不敢回，也没什么亲戚可投靠，只好隐姓埋名在藏地落地生根。后来娶了一个藏族女人，生了四个娃娃。我如今已经是藏人，只能在这里终老一生了。"

央金不想让他太过伤感，于是引开话题："好久没喝到这么好的酸奶了！"

"满口生津。"洛容西巴舔着嘴唇由衷赞叹道。

"哦呀，这里虽然五谷不生，气候寒冷，却有天下最上等的酸奶！"郭大牛说，"你们要去哪里？"

于是央金把父亲被杀、热拉活佛的遭遇，以及此行的目的简要说了一遍。郭大牛听罢说："夏贡拉山和鲁贡拉山是藏东有名的大雪山，你们两个单枪匹马如何行？再说到达拉里宗之后还要翻一座山才能到达工布江达。这一带我比较熟，我送你们。"

央金和丈夫大为感动，正要推辞一番，郭大牛抢先道："算我为大帅和热拉活佛做一点事。听说热拉活佛曾在夏贡拉山的神庙里显过身，还有

人传说活佛就在鲁贡拉山的岩洞里闭关。"

央金不再说什么,转身从包里拿出一块砖茶赠给郭大牛,郭大牛揣进怀里:"明天天亮前我来。"

工布江达眼看就要到了,蓬头垢面、嘴唇皲裂的乔治瘫倒在一块大石头旁:"我他妈饿得能吞下一头牦牛。"

詹姆斯两个面颊深深地凹下去,下巴上乱蓬蓬地冒出密密麻麻的胡须,大脚趾从靴子里露出来。他看着山坡上散落的羊群:"你去弄一头羊来。"

乔治累得不想动弹。

詹姆斯厉声命令道:"快去!"

不一会乔治就拖回一头小羊,詹姆斯把血淋淋的羊肉架在火上,烤得半生不熟,两人就狼吞虎咽起来。

乔治吃了一阵,感叹道:"妈的,为了这本藏茶秘笈,我们都快成野人了。到了拉萨我要好好洗个澡,大吃一顿,然后睡三天三夜。"

"这种美梦到了印度再做吧。不过,到了墨竹工卡我们倒可以雇一条牛皮船改走水路去拉萨,这样省力多了,如果顺利,一天就能到拉萨。"

两人正在高兴,忽听远处一阵马蹄声。詹姆斯用望远镜看了看:"不好,恐怕是吉祥锅庄的人追来了。"

乔治跑过来伏在一旁张望,半信半疑:"这么快?"

"两个人,有一个女的。快,我们赶紧走!"

曾秀和多吉发现了慌忙逃窜的詹姆斯和乔治,扬鞭飞驰而来。詹姆斯掏出枪瞄准一匹马,只听"啪"的一声,多吉的马跌倒在地,多吉被抛在空中,重重地摔在地上。曾秀见状,从背上取下弓箭朝詹姆斯射去。可是这时大风忽起,飞出的箭失去力量,偏偏倒倒栽下来。曾秀本想追过去,可是想到受伤的多吉,只得掉过马头回去。

央金听到枪声:"一定是他们与詹姆斯相遇了。"

洛容西巴说:"嗯,只有英国人的枪才是这样的声音。"

三人立刻上马朝枪声的方向扬鞭而去。跑了一会,郭大牛招呼他们停下:"我们选一个地方隐蔽起来。"

"为什么?"央金和洛容西巴异口同声。

"他们的武器比我们的好,我们不能硬来。"郭大牛如此这般说了一番。洛容西巴大喜:"到底是战场上摸爬滚打过来的,讲起来就是兵法。"

三人赶紧在周围布置一番,然后各自埋伏在不同位置。果然不一会儿,央金从望远镜里看到了詹姆斯和乔治一前一后而来,于是恨恨地说:"等着吧!"

马儿越来越近,三人似乎能听到马急促的喘息声。接着,两匹马被事先拴好的绳索绊倒,詹姆斯与乔治顿时被摔下马。央金立刻跳出去扣动猎枪,"砰、砰"两声巨响后,詹姆斯与乔治顿时没了动静。

央金一下愣了,枪从手中慢慢滑在地上。她没想到自己历经千辛万苦追踪这两个恶魔,最终竟这样轻而易举结果了他们的性命!央金长这么大,连一只鸡也没杀过,更不要说杀人。正在发呆之时,詹姆斯与乔治忽然同时从草地上跳起来,拔枪对着央金,洛容西巴眼疾手快跳起来扑向央金。枪响了。洛容西巴身子一震,把央金压在地上,央金大惊:"啊——你咋了!"洛容西巴没有出声。

郭大牛身子一滚,顺手捡起央金落在地上的枪向詹姆斯射去。詹姆斯大叫一声捂着受伤的腿倒下。乔治的子弹向郭大牛射来,郭大牛闪身躲过,接着灵活地在地上左右滚动。子弹在他身边不断溅起火星和尘土。郭大牛一边滚,一边还击,最后两人都被对方子弹打中,躺在地上不能动弹。央金侧身从腰间拔出一把匕首向詹姆斯掷去,詹姆斯撑起身来一枪将匕首打落,接着用枪瞄准了央金。就在这时,一声枪响,一颗飞来的子弹与詹姆斯的子弹相撞,"啪!"一团放射状的火花在空中炸开,火光中曾秀跃马箭一般冲过来。央金趁势一翻身滚到郭大牛身边,拿起猎枪,对准詹姆斯就是一枪。这一枪打在詹姆斯的左肩处,詹姆斯身子一震,却并没有倒下,很快又举枪对准央金。这时曾秀手中的枪响了,詹姆斯捂着胸口倒在地上,鲜血从指缝中涌出来。央金走过去将猎枪指着他的头:"鹰嘴崖雪崩是不是你所为?"

詹姆斯似乎并没有恐惧，冷笑一声："算你聪明，那是我无数杰作中的一个……"詹姆斯挪动了一下身体："我要去见上帝了，不妨全告诉你们。我知道茶对藏人很重要，一直暗中打听各个锅庄的往来马帮的动静，得知兴义茶号要运送赏赐茶去拉萨，我知道好机会来了！为了不走漏风声，我命令手下干掉送信的人，并在鹰嘴崖安放了炸药，然后在对面选一个极好的射击位置。待马帮通过时，'砰！砰！'我放上两枪，引爆炸药，于是一场可怕的天灾就这样从天而降。真是壮观哪！其实雪崩后有人逃出来，不过我把他们弄到麻风病院里去了。哈哈——"詹姆斯疯狂地大笑，又说："后来赵尔丰听到风声，派一个叫袁田贵的人来调查，我也把他送到西天去了……"

郭大牛听到此，血一下涌上头顶："你——"

"魔鬼！"央金气得大吼一声，再次扣动扳机。詹姆斯应声倒下，眼前浮现出遥远的一幕——

寒风呼啸，星光黯淡。一间灯光昏暗的小屋里，一个身着皮袍、头戴皮帽、看不清面容的男子正在擦拭一把崭新的双管猎枪。

几声狗叫，一个人挟风带露闯进来，与擦枪人低语。擦枪人将一个装银元的红布包扔给对方。

来人起身离去，从头到脚裹在一张毡毯里的詹姆斯从黑暗中出来，发号施令道："干掉他！"

擦枪人出去，不一会传来沉闷的枪响，很快被风刮走，黑夜复归寂静，落雪无声。

惊天动地的雪崩，山川大地一片白雪……

詹姆斯挣扎了一下，脑袋一歪没气了。

央金转身抱着气息奄奄、满身血迹的洛容西巴："你说话呀，你不要吓我——"

洛容西巴费力地睁开眼睛："央金，有一件事……我一直隐瞒没告诉你……李永明……还活着，他被……热拉活佛救了……这消息是我阿爸打听到的，嘱我千万不要告诉你……"

央金和曾秀都愣了。洛容西巴说完这句话就在央金怀里停止了呼吸。

"你不能死!你说了要一辈子好好照顾我——"央金声嘶力竭地哀号起来,不断摇洛容西巴,"你不要走,不要走啊……孩子们还等你回去带他们骑马,你答应了的……你说话啊——"

曾秀擦了擦眼泪,过去搂着央金:"别哭了,菩萨会让他去天堂。"

这时多吉抓起躺在地上的乔治就要开刀,乔治央求道:"别,别杀我,我可以给你们一样重要的东西,赎回我的性命。"

"什么东西?"曾秀问。

乔治爬到詹姆斯身边,从他怀里掏出一个满是鲜血的布包,打开正是兴义茶号的制茶秘笈,正中有一个弹孔。

曾秀拿过来翻了两页,冷笑道:"这是假的,你们白费心思。"

乔治带着哭腔:"假的?上帝啊——"

"怎么处置他?"多吉问央金。

央金一抹眼泪,恨恨地说:"把他捆起来扔在草原上喂狼!"

"求求你,饶命啊——"乔治吓得大呼小叫,拼命地挣扎。多吉上前用布蒙住他的嘴和眼睛,然后把他驮在马背上,一拍马屁股,马往远方跑去。乔治在马背上颠了一阵,最后滑落草丛之中。

央金、曾秀、多吉一起动手将洛容西巴的遗体放在马背上,这时,从塘坝赶过来的人也策马而至。央金走到郭大牛身边:"跟我们一起回打箭炉吧。"

"不啦,"郭大牛一边裹伤口,一边说,"我当初留在藏地还有一个心愿,就是打探好友袁田贵的死因。现在为他报了仇,我也没有什么牵挂了,就在这里守着老婆娃娃。"

"什么时候能再见?"

"看缘分了。"

第四十二章

很多年过去了，到了一九三五年的春天。

李复生步履迟缓地往铺子走，他一头银白色的头发，面容清瘦，看上去苍老了许多。正在铺子里忙碌的长平见爷爷走来，飞快地跑出去搀扶着李复生："爷爷，你到哪里去了？叫人到茶馆去找也不见踪影。"

长大成人的长平酷似青年时期的李永明，只是略显单薄。

李复生答："出去转了一圈，眼看就到清明了，我打算把永明的衣冠墓培整一下，周围地面用青石板铺上。"

"爷爷，这些事你吩咐我就行了，不要自己去跑。快坐，我给你沏一杯茶，今天刚从蒙山送来的明前茶，我看成色和芽型都不错。"

"味道很好！"李复生品了一口。他忽然想起什么，说："我看见孟廷轩的坟塌了一大块，四周杂草丛生，回头也找人给他收拾一下。"

"爷爷，姓孟那么缺德你还要帮他？"长平义愤填膺。

李复生望着对面恒泰茶号，感叹道："人一死，就一了百了啦，也不要再计较他的过去了……"

"爷爷你心太软了，他那样的人不值得同情。"

"长平，要学会以德报怨。他死前向我表示了悔意，说到底我们还是亲戚。永秀和泾恒合葬在我们李家的祖坟地里，在阴间做了夫妻。"

原来孟廷轩被两个兵油子打成重伤后，想到死去的儿子、疯癫的妻子，一口恶气堵在心里，病情越发严重。那日让冯喜带话想见李复生一面，原以为两家明争暗斗几十年，积怨甚深，并不指望，不想李复生却很快就赶来。

孟廷轩一时竟然不知从何开口，好一阵才说："看在儿子的面上，求你原谅……"

李复生正要开口，忽听孟廷轩又说："当年赏赐茶被火烧……是我用飞鸟鞭炮引燃的……"

李复生大吃一惊。孟廷轩后面说什么他几乎没听进去，只依稀听他说到儿子泾恒，还有自己的女儿永秀……

李复生从孟家出来，步履沉重，欲哭无泪。永明死后，又失去了永秀，李复生悲痛欲绝。安葬了女儿和孟泾恒后他大病了一场，在床上躺了好一段时间，才慢慢恢复过来。

"爷爷，这事我尽快叫人去办。"长平的话将李复生的思绪拉回来。

李复生点点头，呷了口热茶。

"爷爷，听说那个陈伯欣半夜被人刺死在船上，还把船也烧了，可是刺客却踪影全无。"

李复生露出一丝冷峻："那是他罪有应得。"

长平比划着："我真是太佩服那个人了，若是能见到他，我一定先向他行三个大礼，拿最好的茶孝敬他，然后拜他为师，练一身好武艺。"

"哦。"李复生心不在焉地应了一声，思绪回到一个月黑风高的夜晚。

一个黑影从河水中冒出，轻轻爬上一艘停靠在岸边的大船。只见他黑衣黑裤，脸上一块黑布遮脸，仅露出一双眼睛，小心翼翼躲开船头的哨兵。

船舱里陈伯欣正闷头喝酒，桌子上杯盘狼藉，一双眼睛如同浸在血水里。黑影弯下腰，轻轻向船舷扔了一个小石子，哨兵闻声立刻走过去。黑影侧身敏捷地闪进船舱。陈伯欣醉醺醺还没有反应过来，一把匕首就从咽喉处插下去，直抵刀柄根部。陈伯欣来不及吭声，便瘫倒在桌子上。

黑影摘掉蒙在脸上的黑布，不是别人，正是李复生。

李复生将灯里的油和瓶子里的酒泼在船舱四周，然后点燃。大火中李复生跳入水中，听见身后几声尖叫："来人，有刺客——"大火熊熊燃烧，很快整个船身一片火海，有人不断跳入水中……

"爷爷，你在想啥子？"长平见李复生魂不守舍的样子，问道。

李复生回过神来,苦笑一下说:"这个世道,不是有了武功就不受恶人欺压。复仇人心中的伤痛,不会因仇人的死去而消失……"

长平似懂非懂,看着爷爷。李复生绕开话题:"我们不说这个。"

长平问:"爷爷,今年的新茶会何时筹备?"

"这几年各茶号的日子都不好过,苛捐杂税,层层盘剥。茶行里的掌柜们哪里还有心思办新茶会?我们要不是有点老底子,恐怕也只好关门喝西北风了。"

爷孙两人正说着话,忽见冯喜神情不安地从恒泰茶号出来,招呼轿夫:"快,到家去!"

孟廷轩死后,冯喜当上恒泰的掌柜。他把疯了的孟太太送回老家安顿好,就将妻子杨氏和小女儿文珠接来雅州,买下小南街一个临江的宅子。

冯喜跨进院门就大声喊道:"文珠她娘——"

转眼间一个高大壮实的妇人手拿擀面杖出现,"看你心急火燎的样子,啥事?"

"文珠呢?"

"上街去了。"

"不好了,不好了,听说红军要来了。"

"啥红军?这几年我见的这军那军多了,一会新军,一会护国军,一会国民革命军,一会又是北伐军,现在再冒出一个红军也不稀罕。"杨氏一边搓手上的面粉一边说,并没往心里去。

"哎呀,听说红军要吃人的!"

"哈,你把当我是三岁小娃儿哄?"杨氏忍不住哈哈大笑起来。

"谁有心思跟你说笑?红军要共妻!"

"供起?又是要钱!"杨氏没弄明白,顿时沉下脸来,"今年是民国哪一年?可是税赋已经交到哪一年?呸,难怪人家要说'国民党万岁'是'刮民党万税'。就像谁该了他们,欠了他们一样,又要供起……"杨氏说着,声音越来越高,气不打一处来。

冯喜打断妻子:"哎呀,不是国民党,是共产党,红军是共产党的军队。"

"共产党?"

"没听说吧?告诉你不是供起,是共妻,共产共妻!听说他们的铺盖有几丈长,男男女女挤在一起睡,婆娘大家共用。"

"妈呀!"杨氏瞪大眼睛,手里的擀面杖一下掉在地上。

冯喜没有理会妻子:"听说共产党走到哪里,就把有钱人的财产没收了分给穷人,叫打土豪分田地,也叫共产。他们原来的老窝在江西,后来人越来越多,蒋委员长怕他们夺了自己的天下,就派许多国军去围剿,称他们是'赤匪',要'格杀勿论'。后来红军招架不住了,只好退出江西,从湖南逃到贵州,一路上一边共产,一边与国军打仗。听说那些穷人都喜欢红军,成立一个叫苏——什么的农会,把地主商人的钱财全部没收。今天听说一部分红军又从贵州进入宁远府,若是向南去云南也罢,就怕他们向北走……"

"他们为什么要向北走?荒无人烟的高山峡谷,又是土司的领地。那些土司一直不喜欢汉人,才不会放他们通过。"

"妇道人家懂个啥子!听说他们就是往北方来了,说不定哪天就进雅州地界!"

"咋办?文珠……"杨氏不禁为女儿担忧起来。

"我正是想到文珠才万分担心,万一红军到了麻烦就大了!"

"那,赶快把女儿嫁出去!"

"你说得轻巧,女人的祸福就系在婚事上。俗话说男怕入错行,女怕嫁错郎。女儿的婚事说白了就是一桩只能赢、不能输的大生意,所以我要反复斟酌,权衡利弊。"

"你真是铁算盘,连女儿也要算!"杨氏不由埋怨道,"要不带她回老家躲一躲?"

"兵荒马乱的在路上更容易出事。再说,茶号的事我也脱不开身,这是我们一家的饭碗。"

"那，你说咋办？"杨氏带着哭腔。

冯喜说："你先把家里的细软收拾好，再准备几件旧衣服，不要大包小包一大堆。待会文珠回来，叫她这段时间老老实实在家里，不要出去乱逛，一有动静就把你们送到乡下躲起来。"

杨氏还想说什么，冯喜已转身走到大门口："茶号里还有一大堆事等着我办，你快收拾。"

冯喜走到街上，见有两家人正在往马车上装箱子，看样子准备离开，左邻右舍不断有人探头探脑张望，远处一些人聚在一起交头接耳议论，神情甚是慌张。有关红军的各种不祥传言像风一样吹进雅州城，令许多人惶惶不安。看到这种景象，冯喜皱紧眉头，正胡思乱想，这时，一个衣衫不整、骨瘦如柴的老乞丐可怜巴巴地横在轿子前："老爷，行行好！行行好！"

冯喜扔了两枚零钱出去，老乞丐捡了钱弯腰致谢，然后一瘸一拐地离去。冯喜忽然心里有点诧异，忙唤住轿夫："停，停。刚才那个乞丐咋有点眼熟……"

"冯老爷，那是原来府衙里的江师爷。"

冯喜大吃一惊："他？咋成这副样子了？！"

"我也说不清楚。听说他离开武大人后就去帮洋人，后来又和莽大娃一起鬼混，莽大娃死后就没了影子，有人说他藏起来了，也有人说他死了。前段时间不知道他从哪里忽然冒出来，一副半死不活的样子，没有人愿意收留他，只好在路边替人代写书信状子，挣了钱就去抽大烟，没有生意就当讨口子……"

"走吧。"冯喜叹了口气，挥手招呼轿夫起轿，他现在没有心思听这些以往令他十分来劲的事，一心盘算在红军打到雅州来前如何把家产转移走。路过教堂时见黑色的大门紧闭，莫里森正从楼上一扇半掩的窗户偷偷向外打量，正好与冯喜的眼光相遇。冯喜立刻转过头，假装没有看见。前任掌柜的遭遇让他体会到这是祸，洋人也是祸，少打交道为好。

时隔不久，越来越多关于红军的消息传到雅州。

从得知红军从贵州进入宁远的泸沽一带起，李复生的内心便处在一种无名的亢奋、焦躁和忐忑不安中，常常半夜惊醒，在床上辗转难眠。雅芝几次问他怎么回事，他都以年纪大了为借口，将话题岔开。他原来很少出入茶馆，如今每天都要去茶馆，而且选择码头附近来来往往人较多的地方，为的是打听红军的消息。

这天下午李复生从街上回来，转到作坊，见几个伙计围在一起神神秘秘地谈论着什么，完全没有注意到他走近。

"……有人说他们长得红眉毛绿眼睛，要吃人，特别喜欢吃娃娃咂。"

"啧，鬼说三四，你又没见过。"

"哎，你把那首歌唱给我们听一下嘛。"

"就是，唱一下。"

几个伙计极力鼓动其中一个。那人犹豫了一会儿："那，你们千万不要传出去，不然官府会把我抓起来问罪，他们说红军是赤匪。"

"我们大家赌咒不说出去！"

"一、二、三，说出去天打五雷轰。"众人齐说。

"红军纪律最严明，行动听命令，不敢乱胡行。打土豪要归公，买卖要公平，工农的东西，不要拿分文。说话要和气，开口莫骂人，出发与宿营，样样要记清，上门板、捆卧草、房子扫干净。借物要归还，损坏要赔钱……"

忽然，他发现了站在身后的李复生，慌张地退到一边："老爷——"

"不要害怕，把刚才讲的事说来听听。"李复生说。

"嗯，马帮的人说一个叫刘伯承的红军司令，在彝海边与彝族果基家支首领小叶丹拜了兄弟，歃血为盟，然后带队伍去了冕宁，再后来又向北边的山里走。"

李复生一惊，脱口而出："他们走小路？莫非想要渡大渡河？"

伙计一下语塞："这个，我就不知道了。"

"从泸沽到大渡河有两条路。大路从东面翻越小相岭，经越西县城到

大树堡,由此渡过大渡河,便可到达雅州城。从泸沽北面到冕宁县只有羊肠小路,经拖乌、筲箕湾、岔罗,再往前是大渡河。可是,那是死路一条……"李复生说到此,有些焦躁不安。

众伙计你看看我,我看看你,不知该说什么。连年的军阀混战,大家都有点谈兵色变,躲闪不及,可是听李老爷的口气,他不但不害怕,似乎还有些替红军担忧。

"爷爷为何对那一带如此熟悉?莫非爷爷走过?"长平进来一会了,此刻忍不住问道。

李复生没有回答,反问:"你到作坊来有何事?"

"铺子正要关门,忽然来了一位不认识的客人,既不报自己的字号,也没有谈生意,而是要见爷爷您。"

"啥子样的人?"

"大约四五十岁,灰色的长衫,头戴礼帽,说话和气,带了两个随从。他还问到我奶奶、爸爸、姑姑等人,好像对我们家知根知底的样子。"

"走,回去看看。"李复生与孙子一同返回铺子。

李复生跨进铺子,见两个年轻小伙子站在门口,机警地注视四周。李复生立刻觉察出他们是受过训练的正规军人,不由小心地问道:"你们是?"

长平插话:"爷爷,他们是随那位先生一起来的。"

两个年轻人一并脚后跟,挺直腰:"团长在里面等您老人家!"

李复生一愣,满腹疑惑,跨进里面的堂屋,一看见对方,顿时惊得说不出话来,摇晃一下,两行热泪夺眶而出,半晌,哆嗦着嘴唇:"永明,你——还活着?"

"父亲——"李永明呜咽着上前紧紧抱着父亲,眼泪忍不流住下来。

长平在一旁惊呆了。

第四十三章

"这到底是咋回事?你为啥不写封信回来?"

"父亲……"

"永明,你妈妈为了你大病一场,差点要了命……"

好一阵父子两人才止住眼泪。李永明说了句:"秀秀,她……"就哽咽无语

"这是永清的小儿子长平。"李复生不想勾起伤心事,拉过长平推到永明面前。

长平从惊愕从回过神来:"您就是二叔?我从小就听说您的事,哦,就像评书里的英雄好汉一样。"长平眼神里充满敬仰,拉着叔叔的手不肯放下。

李复生拉儿子坐下:"快告诉我,这到底是咋回事?"

长平紧挨着李永明,瞪大眼睛期待地望着他。

李永明沉吟了片刻:"真是一言难尽,回想起来就像一场梦。当年我受伤坠马掉入江中,眼看就要去鬼门关了,恰逢热拉活佛路过将我救上来,精心医治,让我捡回一条命。可是因为伤到头部神经,我失去了记忆,过去的事完全想不起来了。

"热拉活佛见状只好带我走,我随他先后去了北平、南京等地。后来他要去国外,就把我托付给他的一个朋友照顾。又过了很长时间,我仍然没有恢复记忆,不过身体完全康复了,不想再给那位朋友添麻烦,就独自去了上海,并在这位朋友的帮助下在图书馆找了一份工作。

"有一天,我忽然遇到陈珍妮,她与丈夫带着孩子到上海旅行。我失去记忆不认识她,可她不知道,以为我当着她丈夫面故意这样做,于是撇

开丈夫和孩子单独到图书馆来见我。她给我讲了许多往事。包括为何认识我,她的哥哥彼得,还有我的家,等等,可是我如同听天书一般。珍妮是个做事执着的人,她从图书馆的有关人员那里打听到介绍我来工作的北平朋友,终于知道我的经历。她离开上海时,留下一笔钱给她哥哥在上海的朋友,并托他照顾我……这些我都是后来我才知道的。

"再后来,我通过彼得的朋友认识了几个精英人物,他们本可以过无忧无虑的逍遥生活,可是却自甘受苦受累,为建立一个崭新的、没有压迫、没有剥削、平等富强的中国奋斗。他们是共产党人,他们的出现犹如拨云见日,一扫多年来郁积在我心中的阴霾,使我豁然开朗。我发现他们的想法与同盟会有相同之处,但也有更多不同之处。他们认识到中国的根本在于土地,因为占人口总数百分之八十的人是依靠土地为生的农民,抓住了土地就抓住了他们,于是将工农作为依靠对象,也就是将中国大众作为依靠对象,使之有广泛的支持者和群众基础,而这一点是同盟会革命党不具备的。

"不久他们发展我加入共产党,并送我到苏联学习、治病。在苏联期间,我的记忆慢慢恢复过来。我多次提笔想给家里写信,可是又怕给你们惹祸,因为当局一直把共产主义视为异端邪说、洪水猛兽,欲斩尽杀绝。于是只好一而再、再而三克制自己。

"儿子这一生,没对父母尽到一点孝心,反倒是让二老为我担惊受怕……"

"永明,你受了那么多苦,为什么不肯罢手?你说的三民主义、共产主义,我相信都好,可是少你一个他们照样可以干。可是兴义茶号就缺一个挑大梁的,当初送你去日本就是希望你继承家业,将这百年茶号基业延续下去,可是你要闹革命,顾不了家里。大清倒台了你该停手了吧,你还是不停,说要推翻帝制;袁世凯死了,你该住手了吧,你又说要二次革命。如今又是共产主义,什么时候你才能到头?你已是快到知天命的人了,我不指望享你的福,只希望你回来帮帮家里。我老了,你妈妈也老了,永清又帮不上忙,永秀不在世了,长平小小年纪就顶着干,你忍心吗?"

"父亲,对不起。"李永明满脸歉意。

"唉,不要说这些,为父希望你留下。"李复生声音里带着恳求。

长平左右看看不知该说什么为好,但内心则被李永明燃起一股激情。

"父亲,自古忠孝不能两全,我选择了为国家,就很难照顾自己的小家。望父亲能理解,成全儿子的一腔抱负。"

李复生无可奈何地摇摇头,接着叹了一口气:"央金没嫁给你也许是好事。"

"央金,她过得好吗?我……"

"还好,小孩也大了。"李复生犹豫了一下,没把央金丈夫过世的消息告诉儿子。

李永明低下头,好长时间没说话。

过了一阵,李复生忽然想起什么:"你回来是不是与宁远府那边的红军有关?"

"正是。我来这一带侦察敌情。"

李复生一惊:"你们打算过大渡河?"

"是的。红军在贵州四渡赤水打了几个漂亮的胜仗,士气大振,眼下只要过了大渡河,不但能彻底摆脱敌人的合围追堵,还可以从雅州直扑成都,进而控制四川。"

"老天爷!难道真是命中注定?"李复生情绪激动起来,声音有些颤抖。

"爷爷,您咋了?"

李复生神情黯淡地说:"你们走的这条路,与当年翼王五千岁一模一样。当年清军就是一步步把太平军逼到大渡河边的绝地,然后斩尽杀绝!"李复生沉默了一会,又说:"当初翼王率军从湘鄂入川,在川滇黔交界处徘徊了很长时间,一直拿不定主意该往哪里去。他觉得四川是天府之国,只要占据剑门、夔门就可以与清廷抗衡,但接连攻打四川的涪州、叙州、长宁等地,都遭到清军的猛烈阻击,兵马损失惨重。后来有人劝他到云南开辟疆土,自帝其国,翼王正犹豫不决,忽然有人来献计:从大渡河过河

进入四川并非难事,然后再经雅州直扑成都自立为王。来人称从昭通府到宁远府途中的米粮坝渡过金沙江,向西走到达越西就有通往成都的官道,一路上虽然有官兵把守,但人数不多;而走冕宁小路到大渡河边的紫打地渡河,一路上都是高山峡谷,人烟稀少,没有官军设防,当地的土司虽然有武装,但比较贪财,只要拿一笔银子打点,说明只是从他的地面上通过而已,就不会遭到阻拦。翼王对这个主意动心了,他觉得大渡河水流湍急,两岸崇山峻岭,非常人能渡过,清兵必定没在此地布设重兵,于是决定攻其不备。

"大军行动前,翼王担心其中有诈,便使用了疑兵计,先让李将军带领二万人马进入贵州,然后转向川东的酉阳一带。三月初,翼王带领四万人马从米粮坝顺利渡过金沙江。本打算从大路北上,可是途中接连遭到清军的伏击,于是只好改走小路去紫打地。二十三天以后,翻山越岭,人困马乏的太平军赶到大渡河边,才发现周围房舍空无一人,更要命是不但找不到粮食,河边一艘渡船也没有。翼王这才发觉中了清军的奸计,于是命人连夜砍树编筏,准备第二天强渡一批人过去,先占据有利地形,以便打破清军的包围。

"那天晚上翼王的潘妃生下一个儿子,大家都觉得是吉兆,可是半夜忽然下起大暴雨,天亮时山洪暴发,大渡河波涛汹涌,呼啸震天,根本无法渡河。三天以后雨才停下来,却发现清军已经出现在对岸。翼王知道没有退路便下令强渡,密集的弹雨打在船上,没有任何遮拦,军士们死的死,伤的伤。就这样大家依然在往前冲。眼看有人就要靠近对岸了,哪知老天爷又一次变脸,大渡河再次突然涨水,筏子被水冲撞,几下就砸成碎片,上面的将士转眼间被卷得无影无踪。事后当地人说大渡河从没有在四月里发过大水,而且那是百年不遇的大洪水⋯⋯

"太平军弹尽粮绝,四万人只剩下八千多人,四周被清军团团围住,翼王的嫔妃们见陷入绝境,不想被清军抓住受辱,便带着小孩一起投河自尽,还有不少受伤的军士也纷纷投河而死。翼王也受了伤,还带人想冲出包围。陷入绝境后,他想以自己的性命换得几千将士活命。骆秉章一口答应了,可是这个恶魔转眼就命手下大开杀戒。翼王被押到成都,用剐刑一刀一刀,整整一千刀……"李复生呜咽起来,浑身不停地颤抖。

李永明心生悲凉,叹息良久,过了一阵不由问道:"哎,父亲,你怎么对石达开兵败大渡河的事如此了解?"

"为父就是当年的太平军,并且是翼王身边的卫士!清兵围困后,翼王叫身边四个卫士带了重要的东西先行离开,而他自己却去了清兵的营帐,想换其他人活下来,可是清军依旧是斩尽杀绝!

"我受了伤,是你外公从大渡河边将我救起,然后又把我带回兴义茶号。你曾秀姑姑就是太平军留下的遗孤,她一直没嫁人,我和你母亲本想把你妹妹过继到她名下,使她老了有个依靠,所以给你妹妹取名永秀,可是……"

"父亲!"

"爷爷——"

李永明和长平惊叫起来,上前扶住李复生。

"为父不愿意眼睁睁看着你们重演当年太平军在大渡河边的悲剧。上万人马葬身水中,都说大渡河吼声震天,那是太平军冤魂不散!你晚上到河边坐坐,满耳都是哭泣声!"

李永明待李复生情绪慢慢平静下来后说:"父亲,蒋介石也预言红军要成为七十年前的石达开,在大渡河边全军覆没。可是红军不是太平军,因为我们有群众基础,改走冕宁小路也是首长得知情报后决定的。我这次悄悄回来,一是为打探情况,二是筹集粮草,事情完后抽空回来看看你们。爸爸,您要相信红军一定会顺利渡过大渡河!"

"现在已经是五月了,大雨说来就来。一旦下雨必定会涨大水,当年才四月就遇上暴雨山洪。老天爷是不认人的,不管红军还是太平军!"

"红军代表中国大众百姓的利益,俗话说得道多助,老天爷会保佑红军的!"

李复生摇摇头,长叹一声:"唉,我知道留不住你,待会你去见见你母亲吧!"

李永明看着父亲伤心的样子,不知该说什么。

李复生擦擦眼泪,态度很坚决:"走吧,你一辈子都在奔波,留下来万一有人知道你是红军也会被抓走。你比爸爸有见识。唉,希望红军能带来一个清明的中国,让大家过上太平日子。当年太平军也是想让大家过上太平日子,所以很多农民子弟投奔翼王,可是太平军失败了。爸爸盼望红军胜利,愿菩萨保佑你们。你也不要见你妈妈了,回头我给她说。我等你们的好消息。"说罢步履沉重地走进里屋。

李永明有点不知所措。

"二叔,你们一定能赢。"长平激动地说。

不一会,李复生从里屋拿出一个发黄的小竹筒,从中取出两张旧得发黄的纸片,对永明说:"我把这个留给你,这是当年翼王藏宝的地图。这些财物给红军,算是用在了刀刃上。当年翼王把他留下的财宝分别藏在六口棺材里,埋在不同的地方,以图东山再起,我和石勇,以及另外两个卫士,奉翼王之命,各带了四分之一的藏宝图突围,可是他们三人都在突围中不幸死了,翼王的愿望再无办法实现。

"石勇的图临死交给了蒙山的了空大师,了空大师圆寂前又交给了我。我凭着两张图找到一口藏宝的棺材,最初我并不想动用它们,可是赏赐茶遭遇雪崩,作坊又被一把火烧得精光,兴义茶号面临破产,万般无奈之下,只好取出一些财物换成银子,然后让曾秀带上制茶秘笈先到灌县兴隆茶号求吴掌柜帮忙。吴掌柜与我们是世交,我借他的作坊加工,也一口答应,我本说以秘笈为酬谢,他却坚辞不受,真是患难见真情。把你交给四狗子送往打箭炉后,我又连夜赶往灌县。那里是西路边茶产区,所产边茶主要销往甘肃和青海等地,那年由于匪患,茶路阻塞,库存中还有不少做庄茶没动。我买他的茶也算解了吴掌柜的围。

"我在吴掌柜的作坊里以兴义茶号的秘笈制成赏赐茶,又在他的帮助下,雇了马帮从威州走小路,经卧龙翻越牛头山到懋功,再从鱼通插上道孚通往西藏的官道。

"一路的艰辛自不必说,但兴义茶号总算渡过了难关。雅州武知府和一些茶号的掌柜对此一直困惑不解，这其中的曲直岂能为外人所道？兴义茶号生意恢复后，我便将赚回的银子又一一放回藏宝的地点。我觉得这是翼王在阴间保佑我，保佑兴义茶号……"

"原来如此！"李永明如梦初醒。

"还有，当年你去打箭炉途中见到那个逃出来被打死的人或许是马旺，在麻风病院看到的人也许是魏家贵。如果红军能夺得天下，一定要想办法救他。要给翼王立一块碑，善待太平军的后人……"李复生有些语无伦次。

"一定。父亲，您和妈妈多保重，红军会回来的！"李永明紧紧拥抱父亲。

李永明走后李复生就病倒了，不吃不喝，也很少开口说话。郎中到家里来号了脉，也说不出个所以然，只开了一剂调气滋补的药方。大家感到老爷病得突然，而且年事已高，这种状态令人担忧，尤其是老爷最信任的长平又不在——平时从不让长平出远门的李复生，这次竟然安排孙子亲自运茶去打箭炉，李永清为这事一直在雅芝耳朵边嘀咕。长平离开后，李永清不得不照料铺子，可是这次他似乎格外卖力，每次与客人寒暄后都会打听红军的消息。

大渡河的彼岸，李永明眼望滔滔河水，思绪万千，久久不愿离去。警卫员在一旁提示道："首长，部队走了。"

李永明转过身轻声说了句："父亲，你可以放心了！"说罢翻身上马，一挥马鞭朝大部队追去，警卫员紧紧跟随其后。跑了一阵，忽然听到一个女声在远处高声呼叫："站住！李永明——"

李永明一惊，立刻勒住缰绳，警卫员机警地拔出手枪。少时，只见两匹马一前一后飞奔过来，上面分别是央金和青初。

"是你——央金！"李永明惊喜不已，跳下马来。

"二少爷！"青初与李永明打过招呼，便站在一边。

央金一身艳丽的藏族服饰，尽管已过不惑之年，但依然美丽。她稍稍

长胖了一点,更添一份成熟端庄之气。她飞身下马,气呼呼地打量李永明,咬着嘴唇,半天才冒出一句:"你好狠心呀!"

"我,不知该咋样对你说……"李永明伸出去的两只手悬在空中,脸上的笑容慢慢僵硬下来,最后变得比哭还难看。

警卫员见状,知趣地闪在一边。

央金抹了一下涌出的眼泪:"我只想问你一句话:你结婚了吗?"

李永明沉默了一会,最后摇摇头。央金忍不住"哇"一声哭起来,接着冲上前来,拳头雨点般擂在李永明身上:"你为什么不写信?不写信!我以为你不在了,不在了……可是我又经常在梦里看到你,活生生的,一点不像在做梦。每年你的忌日我都要打好酥油茶在河边倒给你,去庙里都祈求菩萨保佑在天上遇到你……"

"央金,我——"李永明几次想把央金搂在怀里,可是只能忍了又忍,紧紧拽住自己的拳头。

正在这时,长平走上前来。李永明有些意外:"你咋跑到这里来了?"还没有等侄儿开口,又说:"你快回去,免得爷爷和家里人担心。"

长平有些不服气:"二叔当年出去闯荡时也不比我大,再说是爷爷叫我在大渡河边等你们的消息。"

央金一把拉过长平,对李永明埋怨道:"长平是个懂事的孩子,若不是他给我带信,恐怕你还不会告诉我。"

李永明长叹一口气:"央金,你永远在我心里。我不能给你安定的日子,只能祈求上天给你幸福。我不希望自己的出现,打乱你眼下平静的生活,所以……"

央金再次呜呜地哭起来,青初轻声劝慰央金:"小姐,二少爷还活着是菩萨保佑,你该高兴才是。"

央金破涕为笑。这时长平拉着李永明,指着后面的马帮说:"爷爷让我给你带了一些茶来,他说有了茶你们就好在藏地行走。"

几人说话间大部队已经走远。李永明依依不舍地对央金和长平说:"我要走了。"

央金的眼泪再次涌出来。李永明别过脸不敢再看央金，只得硬起心肠转身上马，心里却是翻江倒海，柔肠百结，真想停下来把央金紧紧搂在怀里，将这些年对她的思念一一道出。可是他不能说，他只能把一切埋在心里。李永明正想着，忽听央金亮开嗓子唱起来：

> 美丽的姑娘在山岭，
> 她进一步值百匹骏马，
> 她退一步值百头肥羊；
> 冬天她比太阳暖，
> 夏天她比月亮凉；
> 遍身芳香赛花朵。
> 蜜蜂成群绕身旁；
> 人间美女虽无数，
> 只有她才配大王；
> 格萨尔王去北方，
> 她日夜思念忧伤。
> ……

李永明回过头，见央金站在山头，如同一尊雕像，风吹动她的衣衫，就像经幡飞舞。央金深情地唱着，泪流满面，一遍又一遍。李永明泪如雨下，思绪万千，恨不得马上回到央金身边，内心的煎熬令他透不过气来，头晕目眩，胸口一阵阵绞痛。警卫员见状，赶紧上前搀扶："首长，你怎么了？"

"没什么。"李永明嘴里这么说，但不得不从马背上下来，撑着一块大石头喘气，好一阵才慢慢缓过气来，回头看央金已经没了踪影，轻声自言自语说："央金，你能原谅我吗？"

"首长，你说什么？"警卫员以为李永明在对他说。

"没什么，走吧。"李永明正准备上马，忽听一阵马蹄声传来，回头一

看央金策马飞奔而来。李永明又惊又喜:"央金!"

央金跳下马,扑上前来:"我要跟你走。"

"你——"李永明一愣。

"你去哪里,我就去哪里。"

"可是我们要走的路还很长,不知道还有多少艰险……"

"不许你再丢下我!"央金打断李永明,"我不能再次失去你。"

警卫员赶紧躲开。李永明克制住自己:"不行,你的锅庄和孩子都离不开你。"

"孩子已经大了,会管好锅庄,再说还有多吉和青初帮助照顾。"

李永明将央金紧紧搂在怀里。

李复生的病情越来越重,整天昏沉沉躺在床上。这天雅芝和李永清夫妇正在屋里一筹莫展,长平兴冲冲跑进来,大声嚷嚷道:"爷爷,红军过大渡河了!二叔平安无事了!"

李复生睁开眼睛,哆嗦着嘴唇:"过了大渡河,终于过了大渡河,大渡河……"

雅芝担心李复生过于激动,消耗精神,便示意长平不要再说。李复生也没有追问,隔了一会说:"你们去忙吧,我想睡一会。"

傍晚时分,雅芝端着一碗药走来,推开门见李复生端坐在屋中,头微微低下,怀抱石达开、李百安的牌位,含笑辞世。

"啪"雅芝手中的碗掉在地上,回身扶着门框喊道:"来人哪……"

家里的人闻讯过来,齐齐整整地跪在屋前。

就在这时,身处山中吉祥寺的曾秀忽然感到胸口一阵剧烈的疼痛。她跌跌撞撞走到佛像前跪下,双手合在胸前:"他走了,我也该去了。"

曾秀从怀里拿出李复生在她十六岁生日时送的银项链,无限眷恋地看了一眼,然后紧紧贴在胸口处,慢慢合上双眼。窗外飘起小雨,风一阵阵吹来,酥油灯摇摇晃晃,曾秀倒在地上,意识渐渐模糊。她恍惚间看到李复生带着马帮行走在一片辽阔的草原上，天高云淡，微风拂面，五颜六色的小花一直铺到天边的皑皑雪山下，远处传来悠扬的歌声。她身轻如燕地踏着花儿追赶而去，身边成群的鸟儿欢快地鸣叫……曾秀嘴角露出安详的微笑。

雅州，武道学的家门口，几辆马车载满箱笼包袱，管家手忙脚乱招呼力夫动作快一些。一个马夫边在车旁捆绑包袱，边与另一个马夫闲聊："武大人这是高升了！"

"当然，成都府比雅州安逸多了。"

"你听说没有，打箭炉的额尔尼大人要到雅州上任。"

"哦，当官巴适，一辈子吃香的，喝辣的……"

管家走过来，沉下脸："话多！"

两人吓得立刻住口。稍时，武道学出来，春风得意。

长平搀扶着满头银丝的雅芝往作坊里走。

"奶奶，二叔说等红军胜利了就会建立一个崭新的国家，到时我们的茶坊就会兴旺起来。"

雅芝点点头，目光停留在兴义茶号的匾额上。

天又下起小雨，四周朦朦胧胧一片，作坊里飘来一阵阵茶香，很快弥漫在天地之间……